縱橫北美

——從花果飄零到落地生根

北美洲華文作家協會

會長序　北美文壇的盛事

當「北美作協網站」的創網主編姚嘉為向我提議，她願意花時間把任內四年來在網站上刊登過的內容，精選出一些有代表性的文章，編輯成一冊《縱橫北美——從花果飄零到落地生根》文集，我馬上舉雙手同意。畢竟這些精采的作品雖然在網路上刊出過，但若沒有紙本印刷的書籍可以讓大家想看時就可以拿出來閱讀，是非常可惜的。

出版文集，首先得找家出版社，姚嘉為利用她在台灣的時間，找到「秀威」願意出版這本文集，和我商量過後，她立即著手開始選稿、編輯，同時進行徵求作者同意，花了大半年時間，收到五十一位作者的「同意書」，與秀威的編輯部開會洽談後，開始發稿，進入編排階段，希望趕在今年九月北美作協在拉斯維加斯舉行「會員代表大會」時，能夠出版發行。

《縱橫北美——從花果飄零到落地生根》精選五十二篇文章，分成四類，各自成輯。輯一「話史：回首來時路」，有八篇文稿；輯二「采風：人文與自然風情」，有十五篇文稿；輯三「如晤：與名家面對面」，有十四篇文稿；輯四「融合：融入他鄉」，有十五篇文稿。這四輯五十一篇文章的內容，正好把北美華文作家從原鄉移居到北美他鄉「從花果飄零到落地生根」整個過程寫了出來，都是很值得閱讀參考的內容。這部分詳細的說明就留給主編姚嘉為來給大家介紹。

北美作協網站現在由另一位作家蓬丹主編，仍是北美華文作家們發表作品的平台，也許以後可以每幾年出版一本精選文集，繼續把北美作協網站上刊登過的精華，用紙本印刷保留起來，做為北美文壇系列有意義的叢書。

感謝姚嘉為主編的辛勞，更要向所有為「北美作協網站」供稿的作者們，和曾經或仍在為「北美作協網站」貢獻心力的編輯們，說聲「謝謝」！

北美華文作家協會會長　吳宗錦

二〇一八年四月於加州洛杉磯

推薦序　「給你好看」——福澤文學眾生

「縱橫北美」，大有馳騁東西兩岸、氣吞北美山河的雄渾胸懷。此志何其壯哉！「從花果飄零到落地生根」，充滿海外遊子追夢的浪漫、飽含異地奮鬥的勇氣和毅力。此心何其堅韌！

我曾在《書寫@千山外》代序中這樣寫道：「二十一世紀的北美大地上，有許多都市也展現著中華盛唐長安城繁華璀璨的光芒。這些城市中，散居著許多以華文為載體的文字工作者，他們來自台海兩岸三地，雖身處異鄉仍不捨祖先的文字和悠久寶貴的文學，不離不棄堅守這塊小小的『心田』，以熱誠、執著的筆辛勤耕耘著！」

文中這些不離不棄，堅守心田的勇者，就是各位看倌；以熱誠、執著筆耕的智者，就是本會文友。

各位展現在自身形成的特殊文化及文學上的特質，較之母國文化更開放、更自由、更寬廣，這種氛圍下，各位創造了繽紛多姿而又堅韌傲然的異域文學新生命！你們將思鄉懷舊的心緒昇華為奮鬥進取、腳踏實地的力道！

「北美作家協會文學網站」從二〇一一披荊斬棘、克服萬難昂然創立，歷經多年的茹苦含辛、百折不撓，以堅持至今。這期間，我們看到每一位作協會員都抱持縱橫北美壯志，讓這網站壯大發光，大夥也不忘初心的為花果生根而辛勤筆耕。

時間無情，日子帶走無數春夏秋冬，也帶走一些同心灌溉網站的身邊好友，如夏志清教授、詩人紀弦、名作家喻麗清女士，懷念追思之餘，倍感他們留下的空谷餘韻，彌足珍貴！

時間可愛，歲月積攢無數人間真情，也沈澱許多文友彼此的相重相惜，當互相仰望和欣賞之際，眼前閃映的無不是字字珠璣、句句鏗然的華文美章，豐盛可喜！

星轉斗移，來到二〇一八年，任世事無常、風雲詭譎，唯「北美華文作家協會文學網站」的堅持不變，受到的關注不減。

為這網站灌注心血的園丁有嘉為、秀臻、士玲、林玲，繼有蓬丹等，從邀稿、集稿、編輯、網上作業，費心費神，犧牲奉獻的動力來自「給你好看」。

起心動念要「給你好看」的始作網站者，是當年北美作協副會長姚嘉為。無可置疑、不容否認的，她是自開始到此刻為這網站奉獻最多的人。

如今，網站精選集也在她精心籌編下出版了，可視為「北美華文作家協會作品大賞~書寫@千山外」的姊妹篇，不但再次見證北美作協的發展與成就，也為本協會叢書增添新猷——第一本網站精選文集，期待第二本、第三本、無數本的問世。

這是我們協會的喜事，也是全體會員可賀的成果！

感謝大家的勤奮灌溉，感謝嘉為辛勞運籌。

打開書頁，在「（輯一）話史：回首來時路」中，我們不難找到自己或身旁花果飄零的昔日身影，讓人感懷沉吟啊！

翻到「（輯二）采風：人文風情」，眼前的景致突然風光明媚起來，原來我們在飄零中處處有柳暗花明的呀！

細讀「（輯三）如晤：與名家面對面」，這是紀實文學的精彩篇章，引導著我們神領張愛玲、洛夫、張充和、瘂弦、張恨水等諸位先生的深邃世界。

讀至「（輯四）融合：融入他鄉」，很顯然地編者將「故鄉是一首唱不完的歌」轉化為「流不斷的綠水悠悠」，進而讓你體驗到用心志可以「彩繪靈魂之窗」，乃至達到「心安即是家」脫塵又入世的境界。

是的，你我在異域不但落地生根，而且開繁花結碩果了呀！

如此連結作者與讀者之間心心相印，加注文學與人生相成相輔的正向力量，編輯用心慈悲廣大，福澤文學眾生！

感謝所有作者，你孕育了本書的生命。

感謝所有讀者，你繁衍了本書的價值。

文末，再借用我曾寫過的一段文字作結尾：『「北美華文作家協會」結合歐洲、亞洲、南美、非洲、大洋洲等姐妹作協，有足夠條件成為一個世界文學史上從沒有出現過的全球華文文學代言人。

「代言人」是一個角色，不是虛擬的形象、是可以閱讀的載體，是世界華文文學精品發表的平台。

如今，你所看到的「北美華文作協網站」，便是我們通力合作搭建這巨大平台的第一步，任何偉大建築的起始，都是緣自一塊磚、一培土。

而，「北美華文作協網站」正是我們祈盼了許久的基礎工程第一培土。

唐代陸龜蒙有詩云「城上一培土，手中千萬杵。」這千萬杵都操在各位文友手中，讓我們以筆為杵，一起打造華文文學的長城！

在你我共同悉心努力下，這片奠基園地，必然越來越豐盛，越來越蓬勃！

祈盼他像一棵樹，栽在溪水旁，按時候結果子，葉子也不枯乾。

北美華文作家協會前會長、北美作協網站創辦人之一　趙俊邁

寫於二〇一八初春

主編序　北美華文文學行旅

北美作家生活於多元文化中，有國際的視野，以中文寫作。在北美居住日久，生活體驗和生命記憶逐漸與當地交融，能在中西文化間往返觀照。不論是題材，寫作關懷，視野與角度，都與國內作家不同，擁有自己的特色。

從這個認知出發，本書以歷史為經，從早年的華工、中國城、留學潮、移民潮到當代北美華人，建立主軸，以地理為緯，延伸到北美各地城市風情，自然和人文景觀，生活見聞，人生感悟，展示北美華文文學的風貌。

本書五十二篇文章，主要選自北美華文作家協會網站二〇一二年至二〇一六年的散文，分為四輯：（一）話史：回首來時路，（二）采風：城鄉人文風景，（三）如晤：與名家面對面，（四）融合：融入他鄉。由北美作家現身說法，從四個面向，縱橫交叉，呈現北美華人從花果飄零到落地生根的過程。

（一）話史：回首來時路

回顧北美華人的來時路，從十九世紀修築鐵路的華工、淘金熱、中國城，到二十世紀的留學潮、釣運、移民潮、九一一恐怖攻擊，一向是北美作家關注的題材，這些作品見證了北美華人一路行來的生存環境。

十九世紀華工到北美修建鐵路，其後散落各地，聚居形成中國城。排華浪潮興起，華人遭受屠殺迫害。張錯從美國作家馬克吐溫在內華達礦區的親身見聞切入，客觀呈現華人當時的處境。喻麗清寫懷俄明石泉排華大屠殺，不忘感謝伊文斯頓小鎮當年收留大屠殺倖存的華工，後來還蓋了中國廟。

五十年代留學潮開始，至二十世紀末而漸衰，不同時期的留學生各有其遭遇和掙扎，包括理想的追尋與幻滅，中西文化的差異，意識形態的衝擊，重新自我定位和價值觀重估，等等。

於梨華滿懷信心和夢想赴美留學，在舊金山下船後，陷入未曾料到的困境。憑著毅力和努力，扭轉自己的命運，這段經歷或許成為她後來創作留學生小說的伏筆。劉大任七十年代初投入保釣運動，放棄學位，事業夢想，多年列名黑名單中，始終無怨無悔。他自剖是受到柏克萊精神的影響，一個尋找烏托邦的過程。叢甦剖析海外華文文學，認為六十年代留學生文學蛻變為八十年代的新移民文學，有其時代必然性。

二〇〇一年，九一一恐怖攻擊發生，住在世貿中心不遠處的趙淑俠，寫下天崩地裂的震撼，和巨變後的感動。消防隊員和警察捨己救人，紐約人不再冷漠，不分族裔，四處捐款，集會，華人也到街頭贈送食品，已將紐約當作第二故鄉。

中國第一位留學生容閎長眠於美東的鄉村墓園中，與美國銀行家洛克斐勒，影壇皇后凱瑟琳．赫本為鄰。美西的墓碑鎮十九世紀發現銀礦，世界各地來的淘金客，以牛仔和歐洲人為最多，也有中國人，墓碑上的「被中國人殺死」即為明證。我們看到了華人與當地人在北美交會的痕跡。

（二）采風：城鄉人文風景

北美作家從當地居民的視野和角度，描寫城鄉風情，深入有趣，且有新發現，與走馬觀花的觀光不同。

觀光客所至之處常是大城市，其實北美不少趣味小鎮令人驚喜流連。新墨西哥的古鎮聖塔菲，滿城的阿堵壁建築，富於海灘沙堡的童趣。周遭山巒色彩斑斕，令名畫家歐姬芙一見傾心。喬治亞州的薩瓦那，建築典雅，氣象恢宏，充滿從容閒雅的南方風情，「每個角落都泛出古味」。南方莊園令人發思古幽情，但底層是當年黑奴的悲歌。乘遊輪遊覽阿拉斯加，只能看到極小部分，坐火車陸上旅遊，方能看到阿拉斯加的遼闊，獨特景觀和歷史。

為即將關閉的博物館辦追思會，人們身穿維多利亞時代喪服，宣讀訃告，回顧它的輝煌歲月，寧非異事？北美城市的中文譯名令人困惑，何以三旦寸是德州聖安東尼，積彩是底特律，滿地可是蒙特婁，喜丫頭是西雅圖，曼哈頓或曼哈坦，最早的譯名是民鐵吾？原來和該地的華人方言有關。

（三）如晤：與名家面對面

一九四九年後，不少中國知識分子到美國，如文化思想界領袖胡適，名作家張愛玲，當時身在美國的趙元任、夏志清、鹿橋、黎錦揚。五十年代至二十世紀末，於梨華、白先勇、叢甦、張系國、劉大任、郭松棻、李渝、李黎、張錯、簡苑、韓秀、喻麗清、琦君、施叔青、紀弦、王鼎鈞、木心、痖弦、洛夫、趙淑俠、趙淑敏，等名家先後到北美，二十一世紀有更多的名家來自兩岸。

北美人才濟濟，不同世代和地區的華人在北美相逢，因緣際會，親炙名家，寫下第一手的見證。張愛玲在柏克萊加州大學任職時，陳少聰是她的助理，劉大任的辦公室在她隔壁，寫下了和張愛玲近距離接觸的觀察感受。劉虛心追憶柏克萊時期的李渝，參加保釣運動，遊行示威，改編話劇，結婚，從中看到了保釣運動風雲流散的過程。

張明明寫父親張恨水，讓我們認識這位著名小說家的勤奮筆耕和愛國孝親的情操。孫康宜筆下的張充和，移居美國後，在耶魯教書法，追求藝術，安於淡泊，不慕虛榮。蘇煒寫張充和收藏的古墨，「有如一片歷史之海。墨裡有形，有色，有工藝技術，有文人寄託」，令人發思古之幽情。國內讀者還不知道木心時，紐約主編副刊的王渝收到他的投稿，驚艷之餘，鼓勵他投稿台灣的副刊。還有葉嘉瑩、叢甦、鹿橋，等名家特寫，讀之令人回味無窮。

洛夫從溫哥華落葉歸根台灣前，以筆談方式接受林玲專訪，親自寫下他一生對詩歌創作的見解和經歷，二〇一八年在台灣辭世，這篇專訪彌足珍貴。瘂弦訪問紀弦，非馬追悼紀弦，記下這位新詩現代派鼻祖的文學觀、詩觀、人生觀和言談笑貌。

（四）融合：融入他鄉

留學生和移民初到北美，人生地不熟，忙於安頓，加強語言能力，應付繁重課業，打工賺取生活費，前途充滿未知數。中西文化差異帶來文化震驚，價值觀受到衝擊，需調整適應，有漂泊和疏離感。

終於在某個城鎮安身立命，居住日久，驀然驚覺，生活方式和觀念已漸漸融入當地。生活悠然自在，和本地人來往，一家一菜聚餐，和老美一起登山，運動，有些作家和主流作家有了交集。

莫非參加國際短篇小說大會，以英文朗誦自己的作品，在會場與不同國家的作家或來自原鄉的作家交流，十分愉快，感到自己如同一座橋樑。

張燕風以清明上河圖中的開封城為背景，與美國作家合寫一個中國孩子和猶太孩子在這裡相遇，成為朋友的故事，希望不同種族的孩童年幼時即能建立信任和友誼。

作家從居住者的角度深入描寫城市變遷和個人變遷，大邱將兩者交織書寫，呈現一家三代居住底特律三十年後，已經落地生根。

編選本書期間，我重讀不少作品，對海外華文文學的特色有了進一步的體認。

十九世紀北美華工血淚史是北美作家關注的題材。這項浩大的寫作工程，需要先蒐集得之不易的中外史料，接著親自走訪當地。張錯沿著加州四九號公路，走一趟華工當年的足跡，喻麗清走訪北加州早年華人聚居之地。背後的動力來自血濃於水的民族情懷。

多重文化身分讓北美作家得以在東西文化間往返觀照，豐富了書寫的層次。全球化時代，資訊豐富，天涯若比鄰，加上旅遊方便，返鄉容易，有取之不盡的題材，可讓作家發揮創意，追尋自己的風格。

在此向趙俊邁前會長和吳宗錦會長深致謝忱。沒有趙會長的大力支持，不會有北美作協網站的創立，沒有吳會長的慨然允諾，不會有這本北美作協網站精選集的問世。

回顧二〇一二年，趙俊邁會長上任，我向他提出架設北美作協網站的構想——在北美華文作家協會的組織架構上，搭建一座網路平台，發表北美作家作品，傳遞北美各地文壇消息，從北美發亮，發聲，傳送到世界各地。他當下表示支持，並向紐約僑教中心申請經費，很快獲准。我採用《紐約客》清新、亮眼的網頁風格，完成設計，請網頁公司撰寫程式。《北美華文作家協會網站》於二〇一二年七月誕生。

網站以文學雙月刊的型式，精選佳作，定期更新，園地公開，鼓勵新秀。內容有作家專輯、小說、散文、新詩、文藝評論、報導文學等，展現了北美作家豐贍多元的創作特色，後來驚喜發現，網站也具有蒐集北美文學史料的功能。

吳宗錦會長上任後，我向他提出構想，從網站中精選二〇一二年至二〇一六年的佳作，出版第一本北美作協網站精選集，讓網站上的精采文章存之久遠，不致隨風而逝。很幸運得到吳會長鼎力支持，開始積極展開編選工作。

感謝網站編輯部當年合作的三位夥伴——紐約作協前會長李秀臻、加州詩人林玲和華府作協前會長傅士玲，再度答應合作。我們開了無數次編輯會議，發現二〇一二年至二〇一六年網站上刊登的文章數以千計，從中篩選，絕非易事。編書經驗豐富的士玲建議先訂定主軸，再進行篩選。可惜後來士玲另有任務，無暇參與本書編務，仍不吝提出建議，在此表達由衷的感謝。

姚嘉為　二〇一八年春　於台北

目次

會長序　北美文壇的盛事／吳宗錦　三
推薦序　「給你好看」——福澤文學眾生／趙俊邁　五
主編序　北美華文文學行旅／姚嘉為　九

輯一　話史：回首來時路

夕陽中的墓碑鎮／王紅梅　二二
松雪嶺——訪隱者不遇／王曉丹　二九
又見舊金山／於梨華　三七
馬克吐溫與華工／張錯　四八
挖出中國城／喻麗清　五七
柏克萊那幾年／劉大任　六二
紐約，不要哭泣／趙淑俠　七六
在原鄉與新土之間——海外華文寫作今昔談／叢甦　八五

輯二　采風：人文與自然風情

搖搖和擺擺／左一心　一〇〇
森林夜行記／艾諾諾　一〇七

漫遊史坦貝克的伊甸園／周芬娜　一一二
最後的邊疆／周愚　一一九
有趣的中文地名和姓氏譯名／周匀之　一二七
ＤＣ夜訪／草雨　一三一
別開生面的博物館追思會／原上草　一三七
時間原來是風情——迷人古鎮薩瓦那和聖塔非／張讓　一四五
風的故事／張棠　一五一
春臨德州四月天／陳玉琳　一五六
歐姬芙與她的心靈故鄉——幽靈牧場／雲霞　一六四
夏擷花鳥來／傅棐湘　一七〇
美國牧場傳奇——人狐情緣／劉於蓉　一七五
魅力溫哥華／鍾麗珠　一八四
次颶風時速八十英哩／韓秀　一八八

輯三　如晤：與名家面對面

木心印象／王渝　一九四
豪氣與佛心——紐約來的作家叢甦／石麗東　二〇〇

詩人相重——懷念詩人紀弦／非馬　二一〇
拾得詩心訪洛夫／林玲　二一四
總把春山掃眉黛／林婷婷　二三〇
美國學生眼中的張充和／孫康宜　二三七
古墨緣——和張充和一起欣賞她珍藏的古墨／蘇煒　二四五
我與張愛玲擦肩而過／陳少聰　二五八
蒼白女子／劉大任　二六六
懷念先父張恨水／張明明　二七一
鹿橋與張愛玲——感念《未央歌》作者鹿橋先生辭世十年／張鳳　二七五
海角也有四月天——專訪王鼎鈞／傅士玲　二八〇
日出——懷念李渝及當年共渡青春歲月的朋友們／劉虛心　二八七
詩是不會死的——憶與紀弦談創作／瘂弦　二九四

輯四　融合：融入他鄉

流不斷的綠水悠悠／大邱　三〇六
心安即是家／伊犁　三一二
人文與自然交融的樂活城——重返波德／姚嘉為　三一七

第十二屆國際英文短篇小說大會／莫非 三一三
悠悠白山行／凌詠 三一九
我和你和狗狗小布／張系國 三三四
兒童讀物中的多元文化／張燕風 三四四
我愛POTLUCK／梓櫻 三四九
彩繪靈魂之窗／萬玲 三五三
故鄉，是一首唱不完的歌／楊強 三五九
夜曲四唱／趙淑敏 三六五
那年，我報導奧斯卡／蓬丹 三七三
人生靜靜流去／劉荒田 三七八
送往迎來／鄭寧思 三八三
吾心安處即是家／簡宛 三八六
跋　空中編輯室／李秀臻 三九一
跋　揮別鄉愁縱橫北美／林玲 三九五

輯一

話史：回首來時路

夕陽中的墓碑鎮

王紅梅

從洛杉磯出發，向東沿著十號公路，一口氣行駛八百公里，傍晚時分，我和朋友吉恩到達了美國西部亞利桑那州的一個小城「墓碑鎮」。

一八七七年，一個名叫艾德·斯奇夫林的探礦人在這裡發現了銀礦，他告訴一個最好的朋友，不料，這個朋友不以為然地說：「那裡氣候惡劣，荒無人煙，你要是在那裡開礦，將來等待你的不是大把的銀子，只能是一塊墓碑。」這個無所畏懼的美國人真的去了，真的在那裡找到了銀礦，而且真的就把他的第一個銀礦取名為墓碑，後來，這個村鎮就成了墓碑鎮。

這是一個典型的西部小鎮，四周是美國西部特有的土紅色山丘和廣袤的曠野，點綴著星星點點的灰綠色小灌木。在一望無際的荒野間，一片形狀各異的簡陋木屋，赤裸地暴露在西部強烈的陽光下。主街直直的只有一條，街上一棵樹也沒有，當街的店面都有兩米多寬的木質的迴廊，迴廊裡有乘涼用的厚重的木椅子。進入內部也是一派的西部風格，粗糙石質的地面，本色的木質牆壁，桌子椅子都是原木稍加砍削做成，上面的木紋和木瘤還原封原樣。酒吧和飯店的牆上有木質的或鐵質的各種各樣的掛鉤，用來為顧客掛衣服帽子和槍支。最醒目的是各種動物的頭飾，野牛、野鹿、野狼都是原物本來的大小，在牆上活靈活現的伸出完整的頭頸。風燈、燭台、馬韁繩、馬鞭還放在當年的位置上，現已佈滿灰塵。有的牆壁上還可以看到泥坯和泥坯裡的麥草。牆上掛著不同尺寸的當年的老照片。當年西部質樸的生活和狂野的風情依稀可見。

當時的西部不但土地蠻荒，文明也蠻荒。來這裡的人，看中了那塊地，圍上柵欄，就是自己的了，發現什麼礦藏，挖出來也歸你所有。這怎麼能不激發那些背井離鄉，一無所有的人們。本來到美國來的那些人就充滿了冒險精神，敢於飄洋過海的英國人，鍾情於土地的愛爾蘭人，善於工程技術的德國人，英勇無畏的西班牙人，吃苦耐勞的中國人。最多的是牛仔，因為南北戰爭後，那些從戰場回到家鄉後的士兵，面臨的是經濟衰退，沒有工作，而西部大量的新開發的農田和牧場，急需勞動力。這些士兵，經過戰爭的洗禮，習慣了風餐露宿的生活，吃苦耐勞，又槍法準確。牛仔不但要吃苦耐勞，而且隨時對付印第安人的偷襲，野狼的圍攻和不法分子的搶劫，好的槍法必不可少，於是西部牛仔應運而生。

墓碑鎮因為銀礦的發現，短短時間內吸引了大量的淘金者，牛仔、礦工、商販、店主，甚至小偷、妓女等相繼湧入。這個黃土漫漫的荒漠小鎮，瞬間光彩奪目，同時黑道白道，江湖恩怨，偷盜搶劫，謀財害命也不斷上演。全盛時期，居民兩萬以上。當時，這裡有亞利桑那州最好的酒吧：水晶宮酒吧。最好的旅店：東方酒家。最著名的劇：鳥籠劇場。鳥籠劇院內設有酒吧、妓院、賭坊。女人穿極少的衣服，被吊在一個鳥籠子裡跳舞唱歌。這個劇院現在依然在那裡，雖然滿是灰塵，但格局完好，牆上，舞臺邊上的彈孔依然如舊。鎮裡的工作人員都穿著一百多年前流行的服裝，酒吧裡放著當時流行的音樂，餐館裡也是當時的菜單，劇院裡是《血戰墓碑鎮》和《執法悍將》的電影，都是根據墓碑鎮的真實故事拍攝的。賭桌上還放著一百年前的紙牌，妓院的花瓶裡還插著當年的乾花。賣槍支的商店，賣馬具的商店，甚至鐵匠還在繼續著當年的工作。鎮裡最華麗的建築是法院，法院後的絞刑架還依然如舊，豪華的馬車還應景似的載著遊客滿街轉悠。

我們吃了當年的牛排，我買了一套當年西部女孩的服飾，看了電影和真人秀「ＯＫ農場大決鬥」，又參觀了廢棄的銀礦，日落時分回到了旅館，旅館的對面就是著名的靴子崗墓地。

這時，一輪落日冉冉而下，映紅了西天的雲彩，遠山，谷地都染成了暗紅色。無枝無葉的約書亞樹像一枚枚鋼針紮在山坡和無垠的谷地上。靴子坡墓地在晚霞的餘暉裡很是悲壯，石塊堆起的墳墓揪心的荒涼，每個十字架都染血一樣殷紅。

我細看了每一個墓碑，大約有三百多個，除了一個嬰兒和一個老人，其餘全是死於非命的年輕人。美國有一句諺語形容一個人死於非命是「穿著靴子死的」，因為正常死亡的人要麼在家裡，要麼在醫院，他們不會穿著靴子的，只有死於非命的人才會穿著靴子。這也是靴子崗墓地名字的由來。葬在這裡的人絕大部分人死於槍殺，有的被謀殺，有的被誤殺，有的死於決鬥，不少是被印第安人殺的。還有的是礦難和意外事故。槍殺的原因有的很單純，有的為一句話，有的為一杯酒，有的為了爭一個妓女，有的因為輸錢，有的死的很悲壯，為了爭取自由和公正，有的死於不明不白的意外。

最讓人難忘的是這裡的墓碑非同一般，美國人很幽默，到死也不忘幽默一下。美國人上到總統官員，下到平民百姓，都有幽默天性。例如受人愛戴的雷根總統，被人刺殺，幸虧子彈偏了一點，沒有致命。我看了當時的現場錄影，雷根醒來的時候第一句話就笑著對醫生說：「希望你們不是民主黨，我不想再被殺一次。」布希因為不夠幽默讓大家很不滿，歐巴馬為了討人喜歡也常常拿自己開涮。著名作家海明威在墓碑上寫道「原諒我不再站起來了」。一位死於非命的年輕人讓人在他的墓碑上寫道：「我美麗的妻子只有二十五歲，她具備所有的女性的賢德與智慧，直接與她聯繫吧。」

可是墓碑鎮的死者幽默中更多的是淒涼，因為死者的背景往往一無所知，只能草草了結，例如一個牛仔死在酒館的馬莊旁，身上留下六顆子彈，所以墓碑上寫「死於六顆子彈」。兩個脾氣暴躁的牧人，一個要牲口快走，一個要慢走，於是互相射擊而死，墓碑上寫道「不幸死於壞脾氣」。「皮特，被撲克牌擊中後腦勺」。諸如：「馬摔死的」、「石頭砸死」、「瘋狗咬死」、「淘井悶死」、「過勞死」、「污水中毒」、「食物中毒」、「劫火車者」、「搶銀行者」、「被錯誤絞死」等等。因為墓碑的簡陋，和死者的無足輕重，大多的墓碑只是簡潔的幾個字。還有幾個寫著「被中國人殺死」。中國人真是無處不在，這麼一個荒涼的小村鎮，也有中國人。

總之，都是鮮活的生命突然停止，這裡生死是如此的輕鬆，這裡人的生命也脫離了常態。從這些死者的墓碑，不難看出那是一個多麼鮮活，狂野的時代，許多人為了夢想不惜拿生命來冒險，為了公正不怕以身試法。人們的審美也是奇怪的，這麼一個血腥的無法無天的年代，人們卻不斷的緬懷，追思，流連忘返。牛仔這一短暫的社會現象，讓人如此難以忘懷。牛仔們那一身標準的裝束，馬靴、手槍、圍巾、牛仔帽，以及牛仔們在馬上的勃勃英姿，還有那遼闊的草原，奔騰的牛群都成了人們對西部揮之不去的鄉愁。

最著名的墳墓，是三個連在一起的，墓旁一棵仙人掌正開著豔紅的花朵。他們分別是湯姆，弗蘭克和比利，死於著名的「ＯＫ農場大決鬥」。按電影裡所述，他們應該是反面角色，但他們的墳墓上還是放著許多花朵。

這個著名的故事敘述的是：堪薩斯的著名警長懷特．厄普，厭倦了緊張危險的員警生涯，退休後到墓碑鎮安度晚年，他的兩個兄弟也在這裡做生意，同時也是這裡的治安警官。但厄普看著墓碑鎮糟糕的治安，不願袖手旁觀，又一次挺身而出，披掛上陣。三兄弟因為執法嚴厲，得罪了不少人。一天，警官的好朋友，哈利醫生，在酒吧喝酒，與牛仔依侃發生了爭吵，兩人都喝了不少酒，吵鬧不休，警長厄普處理很長時間沒有結果。事後依侃抱怨厄普警長執法不公，袒護朋友，還拿槍威脅他，揚言要給醫生以及三兄弟顏色看。第二天，厄普兄弟當街毆打了依侃和他的朋友湯姆。依侃和湯姆憤憤不平，召集了朋友共五人，放話要殺掉警官以及他們的全家老少，討回公道，揚言如果厄普兄弟敢在街上出現，好戲就要上演。次日，厄普兄弟還有多事的醫生哈利四人果然威風凜凜的出現在街上。決定與依侃及湯姆等五人在OK農場展開大決鬥。這個著名的槍戰一共持續三十秒，厄普一邊只有兩個輕傷，依侃那邊三死兩重傷，從此墓碑鎮的治安大為改善。

這個著名的槍戰僅僅持續三十秒，也許你覺得不夠壯觀，但是要知道，他們用的是左輪手槍，相距只有四公尺，真正的是面對面，決定生死只有幾秒間，這場面也許比不上赤壁之戰的波瀾壯闊，但絕對有董存瑞手頂炸藥包的英勇，有荊軻隻身刺秦王的悲壯。看到這場決鬥，你佩服警長以及弟兄為了鎮裡的治安和家人的安全那種大無畏的英雄氣慨，同時也不得不佩服那些為了討個公道寧死不屈的牛仔們，不得不為當時的美國人果敢乾脆的處事作風而震撼。這是另類的可歌可泣，是對一個人靈魂最直接的最快速的拷問，是一個民族的錚錚鐵骨發出的最強音符。所以這個故事成了美國西部片源源不斷的靈感來源，是美國西部整個美國人樂觀，進取，英勇無畏的精神體現。

天黑時分，我不得不離開墓地，這時，曠野特有的疾風開始敲打這些墓碑，墳墓地上的石塊間不斷的發出尖利的哨音，彷彿當年的那些激烈的槍戰正在上演。

墓碑鎮隨著銀礦的終結迅速瓦解，墓碑鎮成了真正的墓碑，這些不起眼的無名的墓地成了別樣的風景被人紀念，那些可歌可泣的英雄故事也將長久地在民間流傳。

——北美華文作家協會網站，二〇一五年一月號

作者簡介

王紅梅，筆名蘇菲，七十年代生於中國大陸安徽省太和縣。畢業於安徽中醫學院，獲皮膚科碩士學位。學生時代開始寫詩，發表詩作數十篇，多次獲優秀詩作獎。二〇〇三年赴美，開始散文創作，出版散文集《天外的鄉愁》，其中〈說起梅花〉被選為二〇一五年北京市高考題。近期嘗試小說創作，作品散見於世界各地中文報刊和雜誌，受到好評。

松雪嶺——訪隱者不遇

王曉丹

「松雪嶺」是一個鄉村墓園的名字，它座落在美國康涅狄格州首府哈特福德市的南郊，按照英文的原名Cedar Hill，應該翻譯成「雪松嶺」才對，然而，中文字的奇妙常常就在於此，同樣兩個字換一種組合，就可能多了某種意味，「雪松」只是一種松樹的名稱，表明那個墓園到處都長著這種松樹，而「松雪」卻有了想像中視覺美的意境，這片墓園在松與雪的映襯下，又會是怎樣一番美景呢？

二〇一六年元月，在馬丁・路德・金紀念日之前的周末，我來到了松雪嶺。這真是一個環境幽雅，風景迷人的鄉村墓園，兩百七十英畝的一大片園地，規劃成三十多個不同的區域，雪松成片環繞，池塘星星點綴，古典雕塑、墓碑比比皆是。西方人的傳統，多以家族墓地的形式落葬，每片家族墓地的中間，都有一座刻有家族姓氏的紀念碑，家族成員則圍繞著這座中心紀念碑安葬。墓園裡有許多縱橫交錯的紀念碑，有些甚至出於歷史上有名的雕塑家、建築師之手，徜徉其間，何嘗不是滿滿的藝術享受！再想像一下，墓園裡一年四季的光景：春天五顏六色的鮮花，夏天濃蔭密佈的林園，秋天像打翻了上帝手中的調色板，冬天雪花、冰凌、寂寥的古木參天……

也許你會問：這是埋葬死人的墓地，還是供活人遊玩的公園？根據美國早期鄉村墓園運動的理念，任何一個墓園不僅要滿足已故者的需要，更要設計成適合生者的需求，墓園，不再是陰冷、死亡的代名詞，而是周圍社區的人們可以來此憑弔、懷念、散步、騎車、觀鳥、賞花、讀書、冥想的地方，它被看作是「一個超然離世者的開闊聖殿，讓所有來訪者感受到上帝在大自然中的崇高主導地位」。

我到這裡來，原本是為了尋訪一位已故師長的墓地，但因為墓地是新的，還沒來得及立起紀念碑，當然就很難找到確切的位置，找了一下午，卻無意中看到另外幾個熟悉的名字。那時夜幕已經降臨，墓碑上的字跡也難以看清，而那幾個名字在心裡撩起的波瀾卻無法平息，於是第二天一早，刻著這幾個名字的墓碑前，再次出現了一個好奇的尋踪者，一個為已逝的歲月流年唏噓緬懷的癡人。

第一個名字是J.P.摩根（一八三七－一九一三）。

他應該是美國歷史上最重要的銀行家，參與了很多大型企業的合併與創建，其中包括通用電氣、美國鋼鐵、以及AT&T等。他的影響力遍佈美國的巨額融資，以及美國國會。一八九五年，美國總統告訴摩根，聯邦財政部黃金儲備已近赤字，摩根牽頭制定了一個計劃，讓華爾街為美國財政部提供了價值六千五百萬美元的黃金，他引導的銀行合併，又平息了一九〇七年的美國金融大恐慌。摩根最大的貢獻在於，他極力遊說美國政府設立中央銀行，實際上，美聯儲是在摩根去世一年後建立的。華爾街日報曾這樣評價他：「上帝在公元前四〇〇四年創造了這個世界，約翰・皮爾龐特・摩根在一九〇一年重新組織了這個世界。」

值得一提的是，摩根於一九一二年曾訂購當時最大的遊輪「鐵達尼號」頭等套房，後因故沒有上船，讓他逃過一場死神之約，生命多延續了一年。他是第二年在羅馬過世的，當他的遺體被運回紐約時，華爾街下半旗，股票市場關閉兩小時，而他最終被埋葬在這片雪松掩映的松雪嶺公墓，因為這裡是他的出生地——康涅狄格州的哈特福德。

站在他的墓碑前，思想這位金融家的生前軼事，蓋世的名聲之下，仍然有著普通人的性情。據說摩根身材高大，肩膀寬闊，雙眼炯炯有神，他走過人身邊的時候，會產生某種物理效應，彷彿「大風吹過房子」。這樣魁梧帥氣的傢伙，卻長著一個醜陋的酒糟鼻子，名聲顯赫的大銀行家，自然有許多人要為他做宣傳，他卻討厭照相，他的所有相片都是經過修飾的，甚至因為醜陋的鼻子，他的自信也時常遭到破壞，為了讓人們把目光從他的鼻子上移開，他努力訓練自己的人格魅力。遺憾的是，儘管他竭盡努力想要讓人忘記他的醜鼻子，但在他過世一百多年後的今天，人們仍然把它當作軼事傳頌。其實他生前可能沒有想到，這樣的故事只會給他平添許多色彩，也讓人對他產生更多常人的親近。

再看摩根家族的紀念碑，在整個松雪嶺墓園裡也算得上富麗堂皇，但摩根卻像每一個普通人一樣，沒有邁過死亡的門檻，在死亡面前所有人都是平等的，因為上帝給了每個人一顆平等的靈魂，他死的時候，靈魂仍然需要上帝的拯救。

第二個名字是凱瑟琳．赫本（一九〇七－二〇〇三）。

她是美國好萊塢電影史上最偉大的女演員，近六十年的演藝生涯，使她獲得「美國影壇第一夫人」的美譽，她也是美國奧斯卡金像獎自一九二九年創立以來，唯一一位能四度摘下奧斯卡影后的女星。不過需要提醒一句的是，這位飾演《金色池塘》女主角的凱瑟琳．赫本，與飾演《羅馬假日》女主角的奧黛麗．赫本並不是同一個人，他們都是相近時代的偉大女演員，而且同樣都姓一個不太常見的姓氏，兩人又都相互認識，且是私交很好的朋友，因此對許多人來說容易把她們混淆。

凱瑟琳．赫本一生共被提名過十二次奧斯卡獎，十二次全都入圍最佳女主角，雖然提名的紀錄已經在二〇〇九年被梅莉．史翠普超越，但她榮膺連續四屆影后的輝煌紀錄，至今無人能比。她也是一個極有個性的人，她認為將演員在不同影片中的不同角色拿來評比，是一件荒謬且沒有意義的事，所以她從不去領獎，都找別人代替。她唯一一次出席奧斯卡頒獎典禮是在一九七四年，那次也是為了去給別人頒獎，令人驚異的是，那一次，她又創下了第一位影后穿著長褲出席奧斯卡頒獎典禮的紀錄！

凱瑟琳享年九十七歲，她葬在了她的家族墓地松雪嶺。凱瑟琳家族的紀念碑是一塊自然天成的石頭，除了上面刻著的家族姓氏，其他沒有任何人工雕琢的痕跡，這塊樸實無華的石頭，掩映在兩棵低矮的雪松之下，不是看著導圖尋找，很容易輕易錯過。我在想，一位生前令舉世驚豔的影星，死後也就只剩這一塊長滿苔蘚的石碑，雖然還有後人懷想與紀念，我去的時候，她的墓碑上有人綁上了一個松枝做成的花環，那是一個四季常青的松環，表達後人綿綿不斷的追念，可那與她又有何牽絆？好在有已逝的家族親人同葬一地，或許會有地下的溫暖，但願她的靈魂已經與造物主同在，已經進入美妙無比的天堂。

第三個名字是Yung Wing（一八二八—一九一二）。這卻是一個中國人，他叫容閎。

一般人對容閎的了解，多來自他的自傳《西學東漸記》，這是容閎寫的一本英文書，原標題是*My Life In China And America*（《我在中國和美國的生活》），內容詳述了這位「中國第一留學生」的求學經歷。容閎七歲隨父前往澳門，之後又去香港，一直在「馬禮遜紀念學校」就讀，從小就受到西方思想薰陶，十九歲時被他的老師，一位叫伯朗的美國牧師帶到美國留學，成為大清帝國的第一位留學生。容閎在麻省的「孟松預備學校」就讀之後，考入著名的耶魯大學，又成為耶魯大學的第一位中國留學生。後來容閎入了美國籍，學成之後返回中國，很快投入了洋務運動。容閎活了八十三歲，一生中經歷過無數從大清帝國到民國的變數，自身也多次投入到與民族自強相關的運動當中。他主張將西方科學引進中國；因參與康有為和梁啟超的維新計劃而遭清廷通緝；八十歲的時候，還在幫助孫中山籌款起義。

我個人一直認為，作為中國的「留學生之父」，他做的最有遠見的一件事，是勸說曾國藩和李鴻章，以公費選送幼童赴美留學，得到支持之後，成立「駐洋肄業局」，於一八七二年，選派一百二十名幼童分批前往美國留學。這一計劃實施不久，就遭到來自清廷的各方阻撓，因為這些幼童開始接受西方思想，染上「西洋風氣」，甚至皈依基督教，剪去長辮子。這令保守的清廷官僚十分不滿，上奏要求留學生撤回，最終朝廷准奏，把幼童召回。雖然這次留學活動未能圓滿成功，但這一批留學生返國後，對於中國之現代化均有貢獻，他們中間有著名的外交官唐紹儀、劉玉麟，有中國的鐵路之父詹天佑，還有香港行政局首任華人官守議員周壽臣等。

寫到這裡，我忽然想起自己以前寫過的一個故事：一隻生活在井底的青蛙，曾經因為一個偶然的機緣，跳出井底，看見了外面的世界，當他重新回到井底的時候，藍天白雲、樹木花草，外面世界的精彩成為他每天的話題。那些聽他講述的青蛙，也開始嚮往外面的世界，開始想像山的顏色，海的溫度，以及小鳥飛翔的姿態。他們依然活在井底，每天望出去的依然還是頭頂上那一小片天，但他們的瞭望開始有了意義，他們的日子開始有了夢想，他們也開始用一隻青蛙可能有的行動努力著，期盼哪一天可以跳出井底。

哦，容閎老先生一生所做的努力，不就是想帶動所有的青蛙跳出井底嗎！但井是那麼深，天是那麼遠，他的夢想看起來是那麼遙遙不可實現，然而，容閎先生的努力並沒有白費，他的後人不再是從前的青蛙，他們的基因也在一代一代改變，他們不再是一群麻木不仁的青蛙，他們至少知道了，井底之外還有更美麗的家，他們中仍有許多青蛙，義無反顧地甚至付上性命的代價！

我不知道容閎老先生如果活到今天，會不會對世事發出悲情的感慨，他之後的每一代人都在為追尋自由的天空，不斷付出無以替代的努力，可那個井的圍牆為什麼總是那麼牢不可破呢？為什麼他的後人永遠只能活在那一小片天底下呢？

想到此，我不禁悲從中來，為容閎老先生不能完成的遺願，為無數隻青蛙仍在努力的悲壯，如果生命注定只是悲情的歌唱，那也只好繼續這樣唱下去，在寒冷的冬天，在了無群星的黑夜，這歌聲至少可以成為彼此詩意的慰藉。

我在容閎老先生的墓碑前，深深地鞠了一躬，為我自己，也為和我一樣的青蛙，你在遙遠處明白我的心意，深深了解我們就是彼此的慰藉！當我抬起頭來，看見冬日的陰鬱裡，忽然有一縷恩典之光照進心頭，在那蒼茫遼闊，無可觸及的時空裡，那比萬有都大的造物主，終會來眷顧這群在羸弱中歌唱的孩子，眷顧這些渴望生之美好的青蛙，他要救他們脫離井底，安居在永恆自由的輝光中！

松雪嶺，我雖未能找到已故師長的墓地，但卻為他能葬在這塊清風明月的寶地而欣慰，過不了多久，他的墓碑豎起來之後，人們看見他的名字，會想起他生活過的年代，想起作為一隻青蛙，他已盡了他應有的努力。在掙脫了人世間的勞苦愁煩之後，他奔向了他所信仰的天父的懷抱，在那裡他得到的一切獎賞和責備，都將是無比公正的。

——北美華文作家協會網站，二〇一六年八月號

作者簡介

王曉丹，祖籍浙江義烏，出生於江西南昌，現居美國。上海華東師大中文系畢業，曾任江蘇省作家協會《雨花》雜誌社小說編輯。現為海外華文女作家協會會員、北美作家協會成員。出版詩集《麗娃河》，散文集《帶一顆心去》、《溫莎堡的黃玫瑰》，傳記文學《雅線意彩——懷念書畫大師董欣賓》。作品散見於《世界日報》、《奧華新聞》、《臺港文學選刊》、《粵海風》等海內外報刊雜誌。

又見舊金山

於梨華

四十五年之前，我是從舊金山進入美國的，慘綠少年，剛從大學出來。

在一個很偶然的機會裡，父親結識了一位從美國到台灣的由工人變成巨富的糖業顧問。承他熱心，答應做我的經濟擔保人。我當時像其他留學狂的學生一樣，對美國的現況是一無所知的。知道的，只是模糊的二手資料，加上自己不著邊際的想像力所織成的一幅美麗的遠景。有人願意負責保證金，當然是喜出望外，於是天天跑駐台的美國新聞處，找申請大學的資料、印成績單、填表格、跑郵局，然後，翹首以待。大學一畢業，即出國了。

美國總統號駛近加州的金門大橋時，我們四個在船上結識的女生與船上其他乘客都擠在甲板上，緊抓欄杆，更緊抓對我們將來人生大轉折的一剎那。其實是一座並不特別出色的大橋，但在落日臨去時灑出萬道金光的烘托下，大橋就顯出無比的雄偉氣勢，彷彿是展開了擁有神力的雙臂，容我們的巨船緩緩駛近、駛過，駛入一個燦爛全新的世界。

我同船友們擁抱跳躍，互道珍重再見。在她們的眼瞳中，反射出我的充滿了信心、充滿了對未來的希望的光芒。然後我下了船，下了希望之船，一下子被推入了一個全然沒有防及的絕望的深淵。

我的保證金擔保人來接我，兩夫婦。在台灣我父親工作的糖業招待所曾見過一兩次的夫婦，六十左右。丈夫見了我很高興，妻子則十分矜持。我略覺不安，但畢竟年輕，又被周圍的新奇事物感染，興奮的情緒掩蓋了一切，包括一瞬間的不安。但在我還沒有看清楚舊金山是個什麼樣的城市之前，我的擔保人即將我帶到加州首府Sacramento以北的一個小城，他們的家。

家在一座小山上，朱紅色的平房，周圍是果園及大片蔬菜地，果園之外別無人家。擔保人說這是他們的世外桃源，退休後買下來的。他料理蘋果園，他妻子照顧蔬菜地，春夏有新鮮的番茄、黃瓜、豌豆，秋天有甜而脆的蘋果，冬天在地下室製造他們自己的果醬及其他罐頭，疲累了，到山腳下的高爾夫球場揮揮球桿，喝喝酒，過的是他對我說，神仙般的日子。他很高興我來了，我可以不付分文地享受他們這種人間天上的生活。所付出的代價只是幫助他逐漸衰老的妻子料理家務，打掃清潔。說完他笑吟吟地望著我，想必是誤解了我臉上萬分驚愕無措的表情，即說，沒關係，不必馬上就要說感激的話，我先送你回你自己的房間休息，將行李放好，你從明天才開始工作就是。

我的工作包括抹灰、吸塵、洗地板、刷廁所、擺飯桌、收碗碟、刷油鍋、擦玻璃，用洗碗機，用洗衣機及烘乾機等等我在家中時都由家裡老傭人張媽做的家務事。唯一不同的，張媽有工錢，而我則是免費食宿。喔，還有，我的擔保人每天交給我的在學校買午餐的一塊錢。他是一個由工人到技術師到經理到老闆的自學致富的人，很可能不清楚由小學到中學到大學到研究院的程序，所以，在我來到之前，他已為我在當地的兩年制的初級專校註了冊。到他家之後的一星期，我即開始上學。清晨由他家走下山，在山腳搭校車進城。修的是一年級的英語會話、速記及打字。上學的第一天，當我坐在十七八歲、小城裡對外界事物一無所知的嘻哈打鬧的女孩間，任由她們百般觀看——我相信當時我是唯一長得與她們大不相同的外國學生——這才深切體會到「哭笑不得」這四個字的全部意義。

我無法向我的擔保人解釋我選錯了學校，我更沒有膽量向我父母說明我來錯了地方，唯一可做的是在夜裡，做完了家務，理清了廚房，等他們睡著之後，在我小小的後房裡，焦慮地打轉、思考，如何能離開這地方，到我早已申請到的南伊州大學的研究院去，完成我出國的目的，實現我在克利夫輪駛進金門大橋時暗自許下的壯志宏願。

我曾經哭過，不，那只是無聲啜泣；在剛到他們家的早上，一個人淒惶地下山去搭載我並不想去的學校的校車時，以及當他們晚間外出應酬，把整座山與山上無盡的風雨聲，及在白天聽不見，惟有夜晚才出現的山坳裡各種怪聲留給我的深夜，我都哭過，無數次。當然沒有任何人來撫慰我，因為沒有一個人知道我陷在雖在山頂卻在深谷的困境中。但那時畢竟年輕，畢竟不認輸，畢竟不甘心，於是漸漸地收起眼淚，收起自怨自艾，把花在流淚的時間，用來寫信給我認識的人，要好的朋友，求救。幾個月之後，不但收到了加州大學洛杉磯分校新聞系碩士班的申請表，還得到朋友的朋友的自告奮勇的許諾，由洛杉磯驅車來接，把我帶回人間。

因為路遠，我們在舊金山以南的小城住了一晚，當我們驅車由二八〇號公路轉入第十九街抵達金門大橋時，我真是喜極而泣，而且是有聲的哭泣。幾個月前由橋下駛入新世界時心裡編織的彩色的夢，雖已被半年殘酷的現實擊得粉碎，慶幸沒有破滅的，卻是自己的毅力和決心。我不是回來了嗎？我不是就要去自己想去的學校了嗎？現在開始，為時不晚。於是我喜極而泣。

四十五年後，我回來了。當年不識愁滋味的少年已是「滿眼青山未得過，鏡中無奈鬢絲何」的老年了，當年抱著壯志宏遠，闖天下的精神進舊金山，只匆匆一瞥。得了學位以後就不斷東行，由傍依太平洋的三藩市直達靠著大西洋的紐約。幾十年中，固然經過無數起伏，婚姻挫折，友朋聚散，但畢竟都在一般大千世界中比較單純的學界浮沉，最先是在安寧恬靜的小城，普林斯頓，再轉回密西根湖畔的艾文斯頓，都是大學城，人間的搏鬥廝殺也略為斯文點。何況失意挫傷之後，自有那一派宜人景色來撫慰受創的心靈。即使同事間輕則為了一篇學術報告，重則為爭奪系裡唯一的一席永久聘書，而鬥得頭破血流身心俱傷時，最大的慰藉則是課堂上對你全心全意臣服的學生，辦公室裡前來向你虛心討教的研究生，這是工商界、政界都不可得的瑰寶。比商界裡成功者的高樓大廈、遊艇包機、政界領導人的叱吒風雲都更能滿足個人的成就感。

離開小的大學城之後，去了大紐約的昆士區，當然沒有小城的寧靜，但大紐約畢竟擁有世界上任何一個城市都比不上的文化寶藏。當初舊金山只是匆匆一瞥，後來芝加哥，雖是離我居住的艾文斯頓不到一小時的車程的大城，三年期間，我當然不止一次地去過。過客而已。逛過環形的商業中心，訪過名氣不在紐約市現代博物館之下的藝廊。但因沒有住過，畢竟是浮光掠影、印象不深，更談不上喜愛了。紐約則不同，住過、逛過、愛過、嫌過、恨過、怕過，但三年住下來之後，對它最終的評語卻是：它是個令我迷惑不解的城市。世界上的巨富麇集於此，他們霸居在市中高樓的頂層，不是俯視在鋼骨水泥直立的建築叢中唯一青綠的中央公園，就是遠眺一片灰濛裡唯一軟性動態的東河。世界上的赤貧也麇集於此。在第一流旅館的背面，暖氣管的出口處；在中央公園，有靠背的座椅上；在大中央火車站的低層，警察腳跡不到之處，居住著全國為數第二的流浪漢。十元錢可以維持一日的溫飽，而霸住頂樓、目光橫掃芸芸眾生的巨富們、一擲千金的宴席，最終的目的與窮漢們無甚差別，也不過是填滿肚子而已。這是一個在最高階層與最低階層的居民可以共享它的給予而互不干擾的城市。

它卻又是如何令人眩目的城市！百老匯的舞台上，可以決定一個不為人知的新藝人的前程是光明燦爛，還是一生默默無聞。白蘭度在《慾望街車》裡的一聲充滿野性的「史坦拉」就把他拎上幾十年光鮮奪目的電影巨星之座，卡拉絲可以在米蘭劇院贏得十幾次的謝幕呼聲，但仍然要回到紐約的歌劇院奠定她歌劇女皇的聲望。藍燈書屋出版社推出了海明威、費茲杰羅的創作，才使他們成為當代的文學巨匠。芭蕾舞的世界裡，Balanchine是他們的聖祖，但他光彩奪目的才華是在他領導紐約的芭蕾舞團後才被世界承認的。它就是這樣一個城市，它認識才華，它鼓勵才智，它發現才能，但任一個既無財業也無才華的小人物，也可以在此容身，而且無數胸無大志的流浪漢，可以在這裡容身到怡然自得。如果，在大群的每日遷移的流浪漢中，有心情有欲望求得若干精神食糧的話，他們可以與世界巨富一樣享受幾個舉世無雙的博物館裡用巨資向世界各地購來的寶藏。

這就是紐約，有容乃大。它是一切的中心，但它又可以是一個令人找不到中心的地方。太複雜、太富有、太貧窮、太無私、太自私、太寬容、太吝嗇、太多、太少、太熱情、太冷漠，它是一個充滿矛盾的城市。那三年，我沉浸其中，對它有太多的反感，它對我又有太多的誘惑，終於，我覺得自己吸取太多無法消化，獲得不少又一無所有，我覺得惶惑迷亂而找不到自己，不，找不到自己要的是什麼。我離開它的時候，十分戀戀不捨，但心裡卻又暗喜，自己要離開這樣一個同時是妖惑又是絕情的地方。

住過了紐約市，以後居住很多年的紐約州首府奧本尼，僅是一杯濃郁的咖啡之後侍者端來的白水，不冰也不燙。溫的、靜的、無味的，但又是生活中不可缺的，像日復一日常規的生活一樣。奧本尼可以居住、可以養性、更可以讓子女無憂無懼地成長，同時又可以累積自己的努力而得到事業上的進步。當孩子們先後成長，先後離去，當我自己也倦怠了教書匠的日子、當我同我丈夫逐漸抵禦不住漫長的冰天雪地的冬天時，我們就像兩隻倦怠的候鳥，要尋找一個溫和的、既無冰雪又無酷暑的地方，安度既不要爭更不要鬥的人生的黃昏。我想起了舊金山。不，我一直也沒忘記過的，四十五年前，伸展雙臂迎接我同我的同船人駛入港口的，多彩多姿的城市。

當然不認識了。四十五年可以把一個慘綠少年帶入日落黃昏的暮年，當然更能改變一個城市的容貌。但變中有恒、恒中有動，有些地方是依然故我的，如金門大橋，如橋下的，由海洋流入港灣的太平洋的水波，如覆蓋在舊金山機場附近，有時濃得伸手不見五指的晨霧，以及，在東岸已是深秋的十月裡，在此地永遠是展開笑顏，光彩普照每個角落的陽光，這些都在，這些都是給我足夠理由招我回來的動力。

舊金山是一枚上翹的大拇指，懸空而又連著，大拇指的左面是汪洋大海，大拇指的右面是委婉港灣，海洋與港灣的交界處是金門大橋，橋是連接著舊金山與在它以北的Marin County，大拇指與手掌的連接處則是一連串的小城，先是柏林甘，再是聖馬刁，再是紅木城，再是柏拉阿圖，再是山景城等等，一直到最南端的聖荷西。在港灣的那端則是屋克崙、柏克萊以及到列區盟（Richmond）等等小城，都可以在一個小時之內，驅車或坐小火車，或坐捷運（Bart）到達這個對什麼奇怪的人物及事件都能容忍的城市。

我不是智者，但我一生愛水。高山峻嶺，縱使雄偉，但常給我一種壓迫感、冷峻感。而水，尤其是環繞舊金山的水，波動而不狂暴，遼闊而不茫茫無際，親和而不壓抑，反身轉側時也不驚心動魄。有足夠的晃動令人感到生命力，但不令人覺得騷動因而惴惴不安。幾十年前由海洋來，幾十年后由陸地來，我發現我當時對它的喜愛，今日毫不稍減。

但喜愛它的人豈止僅我，就是因為它太得一般人的偏愛，人們從四面八方來，這樣一條狹得像大拇指一般的土地就容不了向它依歸的人，我曾幾次三番地來探尋一小方我們的經濟能力可以負擔的土地，一幢小住所，竟然來了三四次，而終於落腳於離舊金山以南只有二十分鐘車行的小城——聖馬刁。與我們以前曾經擁有過的居處相比，這所離日夜車水馬龍的帝王大道只一箭之隔的我的新家真可說是彈丸之地，但周圍的許多好處彌補了它的形如麻雀的小。它坐落在建築師號稱的「美麗庭院」、西班牙式的米色牆圍頂著紅瓦的大廈中。

我們住在頂樓，遠眺一脈山巒，夜裡閃爍著山邊的燈光及山上的星光，眼底下是悄靜的像四合院一般的庭院，院中央游泳池的水永遠是碧藍的、平靜地接納庭院四周散發的燈光，我站在書房外陽臺的矮牆邊，享受即使是白天在九十度的高溫而夜晚必有習習涼風的夏夜，只覺心平氣和，再一次慶幸自己終於找到一個天時地利的好去處。何況陶淵明可以做到「倚南窗可以寄傲，審容膝之易安」，我擁有一個既有書房又有臥室，既有陽臺又有客房的麻雀雖小五臟俱有的公寓，還有什麼不滿足的呢？

那麼是否人和呢？天時地利不可能完全由人控制，人和，則是可以由自己左右的。雖然從教學退休下來，但卻也沒有到王維的「晚年惟好靜，萬事不關心」那種與世隔絕的境界。不過，離開了即使在學界也少不了的勾心鬥角的生活之後，心情的確是泰然得多。在不必與任何人爭長論短、享用一生辛苦累積的經濟安穩的太平日子裡，「人和」是容易達到的。「人生達命豈暇愁，且飲美酒登高樓」，我固然沒有酒仙李白的豁達，但到底是過了耳順之年，來日有限，端一杯酒，坐在陽臺上，送夕陽下山，迎明月初升，自有一番少年中年時領悟不到的怡然。與人無爭，必會和諧，更何況舊金山以及在它左近的每一個小城，有為數甚多的東方人，東方人中尤多中國人，中國人中，不乏對文學愛好的女性。交往之後，立刻發現我們有共同的語言。對一個作者來講，沒有比讀者讚揚你的文字、欣賞你的著作更美好的音樂了。人性中最基本的虛榮心得到滿足之後，還可以與你的讀者研討他人的作品，公認的佳句，相異的觀點，在風和日麗的露天咖啡座上，可以消度一個沒有時間壓力也不必擔憂延誤正事的下午。閑散地談，閑散地看著路旁行人惶急的神色、匆促的腳步，心裡竊喜地想，啊！這一切追逐，都是過去的塵事了。啊！多好！

天時地利人和之外，舊金山是如此一個景色奇異，山水悅目的城市！從一〇一公路北進入舊金山早期居民區傳教街。蜿蜒而上直抵雙峰頂，可以鳥瞰有時覆蓋著雲霧，但多時則展現本色的金山全景，蜿蜒而下，駛入金門大橋公園，那是個龐大的，無時沒有花，處處都有花，日夜可以看到樹叢花間自行車悠然出入的公園。從公園中央的大路直駛，當你正在驚訝它的綿延無際時，豁然一聲，你看到白浪翻滾的海洋撲面而來，舊金山固然不是以青山如黛而出名，但它有海洋翻騰的水，有海灣平靜的水，有金門大橋下海與灣相連而融為碧藍一色的水。而在有霧的日子，橋在霧中若有若無，車行其上竟會予人一種飄然過海的幻覺。過了橋，回首一望，有時整個舊金山都在雲霧之中，恍若仙境。

舊金山當然不是仙境。因為人們喜愛它的陽光和永不會捨棄的天時，逐漸構成它的地不利的現象。車多、車塞及車無處停泊都造成了行動不便的煩惱。出門有時不是一種享受而是一種負擔。但對一個不必定時在何處出現，沒有晨九晚五上班的約束，對有些約會可以說不的退休者來說，地不利只是一個小小的不便。因為不受時間限制，有時可以走路到達。因為不用為生存而忙碌，可以幾日不出門，簡單的飲食解決身體的需要，書房的書可以滿足精神的匱乏。陽臺上，永遠有和風的夜晚，恰是最好的把往事端出來細數的不可多得的悠然時光。對目前的日子，我十分滿足，對舊金山我不止一次地說：我真高興，我又見到了你。我回來了。

（註：本文收於《別西冷莊園》散文集（美國瀛洲出版社，二〇〇〇年）。）

——北美華文作家協會網站，二〇一三年五月號

作者簡介

於梨華，祖籍浙江鎮海，生於上海。考入台大外文系，一九五三年歷史系畢業後赴美。加州大學洛杉磯分校新聞學碩士，大學期間投稿，文章散見《文學雜誌》、《自由中國》、《現代文學》、《文壇》、《野風》等刊物，是台灣六十年代現代主義代表作家之一，留學生文學鼻祖。

一九六八年起在紐約州立大學奧本尼分校教授中國文學。著有《夢回青河》、《又見棕櫚、又見棕櫚》（獲嘉新文學獎）、《美國的來信》、《傅家的兒女們》、《焰》、《變》等二十六部小說與散文集，現居馬里蘭州。

馬克吐溫與華工

張錯

十九世紀中末，美國內戰的結果雖然是兵夷滿目，死傷六十餘萬人，損失高達八千萬的財產，但在內戰結束後的五十年間，整個國家卻如火後的鳳凰，在廢墟中重生。其中社會經濟的轉變因素極大，因為在內戰期間，整個國家陡然轉向機動化，無論在動員兵士或群眾，以及貨物的運送，都以極大的幅度進行，鐵路運輸隨即應運而生。第一條橫跨美洲大陸的鐵路完成於一八六九年，國內的農工業蓬勃方興未艾，再加上科技的電氣化，電話交通的現代化，和西部的黃金白銀以及其他礦產的開發，整個國家有一種欣欣向榮的景象。工業重鎮隨即興起，芝加哥、底特律、克里夫蘭、匹茲堡轉眼即成全國鋼鐵四大中心，再加上火車車廂冷氣化、中西部的農牧業轉趨活躍，芝加哥更是屠宰分發中心。另一方面，鐵路像八爪魚的魔手（Frank Norris語）四處張展，農民原有的耕地常受破壞，更兼農牧業經常流入鐵路大亨們的操縱，或大地主的壓榨，引發出相當嚴重的勞工問題。

但由於鐵路交通的發達，美國文化已逐漸由東向西轉移，不再侷限於波士頓到紐約一帶，也開始破除了新英格蘭或南方貴族那種道貌岸然的文學嘴臉，閱讀文藝作品的已不限於大家閨秀，而開始轉向廣大群眾，當然群眾的知識階層也應以多方面而言，但由於他們的要求，文學內容的廣面突然增加，小說人物不可能盡是《傲慢與偏見》的達西先生了，而由於文化社會的複雜性增加，人物包括三教九流，販夫走卒，當然，外國文學的作品也有影響，托爾斯泰、易卜生、齊克夫、哈地、左拉等人的小說與戲劇帶來強烈的寫實與自然主義，尤其這些作家常為亨利・詹姆斯等人在《哈潑月刊》與《哈潑週刊》的品評，更是傳誦一時。

在這時期崛起的小說家有三位是值得我們注意的——馬克吐溫當然是其中一位，其他兩位便是亨利・詹姆斯和威廉・侯活斯（William Howells），這三人都是當時一時之選，其中侯活斯算是三人之中的穿針引線者，因為吐溫和詹姆斯彼此格格不入，文風尤其背道而馳，藝術觀更是大相逕庭，但這兩人彼此卻和侯活斯相熟得很。

馬克吐溫曾被標榜為幽默大家，也常被視為美國的「鄉土作家」，大概稍對美國文學涉獵的人，都會聯想及吐溫那兩本膾炙人口的《湯姆歷險記》和《頑童歷險記》，由於這兩本書（另外再多加幾本其他的），他更曾一度被譽為「流域作家」，把密西西比河流域一帶的鄉土放在小說裡，但很多欣賞吐溫幽默的人，常常忽略吐溫是一個極出色的演說家，他的口語幽默其實卻是他幽默風格的原動力，他能講，所以能寫，而更因為他對大眾講，所以他對大眾寫，這一點和詹姆斯小說藝術大異其趣，詹姆斯無疑是一個文字出色的小說家，但如果拿他的小說來演講，擔保聽眾不用安眠藥便懨然入睡。

馬克吐溫的生平和他以馬克吐溫為筆名的典故早為多數人知曉，不用在此贅言，倒是他在一八六一年隨兄長入內華達州，在礦區一帶的生涯頗為引人入勝，更與中國華工有關，在他那《飽經憂患》（Roughing It）一書裡，更詳述他從中西部啟程到西部的旅程以及在礦區的種種見聞，其內裡有一章談及華工和吐溫本人對中國人的印象，更早被訂為美國當今少數民族研究的文獻，其實吐溫對中國佬（他當時之稱呼，並未含今天之歧視語意）有好印象是事實，但主要還是他本人的仁道和對人性尊嚴的重視，在他眼中，世界民族一律自由平等，在當日有強橫無公理的礦區，又是多麼難得可貴啊。他一生沒有到過中國，但他每次談及中國人都有一種親切感，這和他本人慈和誠懇的性格有關，但事實上，他晚年幫助容閎建立「留美學生團」而向當時的美國總統格蘭進言，又是怎樣的一種拔刀相助的義氣。

據吐溫自述，賣文為生實非他本意，本來他追隨做官的兄長來到內華達，主要還是想尋金掘銀，並望能販賣木材致富，怎知書生求財，三年不成，到了最後，只好執筆為文，為內華達及加州的報紙撰寫礦區風采，馬克吐溫的筆名，就是那時期亂取的，而最初寫的各種報導無非風土人情，此類的報導文學實在不敢恭維，但後來題材越寫越廣泛，觀察力越來越有深度，除了報導，還加上他本人敏銳的評察，這種改變，和他當時與另一位西部作家伯特•哈德（Bret Hart）的交往大有關係。哈德亦是一位以專門描述西部人物而起家的作者，但在故事各種驚奇歷險的描寫外，還加上各種人性悲歡離合的命運因素，常令人笑中帶淚，饒有奇趣，他那〈撲克鎮的幾個放逐犯〉的短篇，更是大學英文系研究哈德的典型教材，正如讀馬克吐溫，一定要讀到他的那篇〈卡拉維拉郡的跳蛙〉，此類的西部文學，描寫賭徒尤其出色，相信讀過這幾個短篇的讀者，一定為那些「千王之王」入木三分的描寫而拍案叫絕，至今加州黃金路的卡拉維拉郡每年仍然舉行跳蛙比賽，仍然紀念馬克吐溫那著名的短篇。黃金路另有一市鎮名「天使營」，鎮內有一小公園，公園內赫然屹立馬克吐溫的石像。

幽默與諷刺，是文學的兩大種類，本來幽默與機智（wit）並列，主要在引起讀者體內的決定健康與性格的四種體液，那是血液、黏液、膽汁和憂鬱液，但到了後來，無非以詼諧情景逗人發笑而已，但發展到十八世紀，幽默成為一種喜劇的風格，以同情及容忍去引發人性的深度，並用來對抗機智所引發的諷刺及揭人隱私等因素，如此，幽默與機智，又成了兩種不同作用的藝術了，後來機智一詞日趨式微，諷刺代之而興，仍然不能和有容乃大的幽默相比，研究馬克吐溫，就可以從他的幽默觀看出他的人道主義，譬如他碰到一件令他十分憤怒的事，在一件謀殺案件裡，法官胡亂給一個中國人判刑，後來才知道搞錯了，是另一個中國人幹的，便趕緊釋放這名已判刑的中國人，馬克吐溫後來這樣寫道：「這些黃面孔看來都是千篇一律，就連他們自己也分不出阿貓還是阿狗……只有唯一辦法做到天下為公，那就是胡亂吊死十來個手無縛雞之力的中國人，那麼自然做到毋縱毋枉。」

《飽經憂患》全書共七十九章，華工的描述散落在各章回裡，出現的次數既少，也沒佔有任何顯著的位置，但在第五十四章裡，卻是書中唯一描寫華工在內華達州與加州的章回，在全書普及本六百多頁的篇幅裡，該章僅佔六頁，這類百分之一比率實在道出了美國華工在歷史上的位置，雖然僅有六頁，但物以稀為貴，卻常成為比較或世界文學學者研究的對象，如包布洛娃在《世界文學》第九十四期的〈馬克吐溫作品中的華僑工人的形象〉，或C.Y.Hsu在三藩市早年出版的英文雙週刊《亞洲學生》內的〈馬克吐溫與中國人〉，都是這類的研究，其實這章對華工的觀察平淡無奇，倒是那種見義勇為路見不平的筆觸令人肅然起敬，下面是該章起首的第一段：

就像西海岸一帶大大小小的市鎮，在內華達州的維琴尼亞城也有不少中國人。他們溫和良善，白人有時放他們一馬，有時則視他們豬狗不如；真的，他們完全宅心善良，簡直不把任何怨恨放在心上。他們平和可親，不酗酒，做起事情來夜以繼日，一個放蕩的中國佬固然難找，而一個遊手好閒的中國佬，根本就沒有。華工但憑雙手，自食其力；白人常抱怨沒有事情做，但中國人從未有此等事情發生；他總會找點什麼的去做。他對眾人來說實在是一種方便——即使對最劣等的白人而言。因為他替他們承受一切控罪，白人偷竊，中國人賠償；白人搶劫，中國人坐牢，白人犯了兇殺案，中國人去替死。任何一個白人都可以在法庭上以宣誓方式把一個中國人的生命消滅，但中國人卻從不許可作證而使白人人罪。

我們國歌內自稱為「自由的天地」，實在沒有人反對，也沒有人對這種自由挑戰（也許就是這樣我們不讓別的人種作證），就在我寫到這兒，消息傳來，在三藩市，光天化日之下，一群頑童亂拋石頭把一個無辜的中國人擊斃，一大群人在旁袖手旁觀。

諸如此類的事件實在日有發生，層出不窮。但馬克吐溫自從遷出內華達礦區在舊金山報館任職時，有一次忠實作了一篇報導中國人在伯蘭街被愛爾蘭屠夫放狗咬到遍體鱗傷，另一個屠夫則同時變本加厲用一塊磚頭砸掉另一個中國人幾顆門牙的事件，總編輯看了竟不敢用，因為害怕影響到某種人士對報館的支持，馬克吐溫亦唯有逆來順受，這些事件與他離職舊金山報館大有關係。

研究馬克吐溫的學者，早年大都採用亞拜爾・佩恩（Albert B.Paine）三十七冊《馬克吐溫選集》版本。但自一九六九年開始，法德勒・安德遜編的《馬克吐溫書信集》及在一九七二年開始陸續出版，由愛奧華大學前文學院院長約翰・葛巴（John Gerber）主編的《馬克吐溫作品集》已成為經典選集，但是很可惜，即使是那麼經典的「作品集」，有一些有關華工的作品竟然被摒諸門外，譬如馬克吐溫在一八七〇年用書翰體寫了一篇〈高史密夫的朋友又出洋了〉，內含七封信，是一個美國華工阿宋喜寫給他在中國的朋友景福的，下面是這七封信的抽譯，讀者可以稍微體會一下華工在美的血淚辛酸。

第一封信（寄自上海）——「一切都決定了，我將離開這個被凌辱壓榨的中國，飄洋出海去那自由平等而沒有任何仇視的高貴國度，亞美利加、亞美利加，在那兒最寶貴的權利就是自稱為自由的大地，勇士的家鄉；我們這群苦力每天就是那麼渴切的望著大海，比較著家鄉的窮困與異國的安逸，我們知道亞美利加是曾怎樣歡迎過德國人和法國人，甚至是那些流離困厄的愛爾蘭人：我們也知道亞美利加怎樣給他們麵包和工作，以及他們是如何的感激流涕；我們更知道亞美利加準備接受和幫助更多受壓迫的人民，不論任何人種、信仰或膚色……」

第二封信（寄自船中）——「我們現在已出海了，直駛去那美麗的自由的天地，勇士的家鄉，很快我們就會抵達那個人人平等，快樂無憂的地方……本來說好我每月工資十二塊錢，但上船卻給美領事抽頭拿了兩塊錢，試想想，我們有一千三百人，領事已淨賺二千六百塊了……我們被安置在大艙裡，據說那兒不寒不熱，真是公正無私的美國人優待我們這群苦難外國人的最好寫照，大艙是擠了一點，也頗悶熱，但既是最好的安排，我們也甘之如飴。昨天我們這群人自己吵了起來，船長把高溫的蒸氣向我們噴過來，馬上便有七、八十個人皮開肉綻，當時形勢大亂，沒被炙傷而被踏傷的人為數也不少，但我們沒有抱怨，因為僱主告訴我們這是平息船上動亂最普遍的做法。」

第三封信（寄自舊金山）——「我登岸時雀躍萬分，歡喜若狂，但當時我踏上跳板時，一個穿制服的人在後猛踢了我一腳叫我當心（是僱主翻譯給我聽的），當我轉過身來，另一個官員用短棍猛拍了我一下，也叫我當心。當我準備用扁擔把我和洪胡的行李挑下船時，第三個官員已用棍打我，叫我把東西放下來，跟著又用腳踢我，表示他頗為滿意我的聽話……我孑然一身，想出城看看，但僱主卻說先要種牛痘，我告訴他我已出過天花了，但他說這是法律，於是又把我送去醫生那兒，結果法律規定每名種牛痘的中國佬都要交十塊錢種痘費，我成了一文不名。」

第四、五、六、七封信（寄自舊金山），這四封信都是阿宋喜抵達舊金山後的事情，有一天他在街上閒逛，洋人放狗咬他，警察經過袖手不管，幸有一路人（當然是白人）見義勇為救了阿宋喜，但卻和其他人吵了起來，結果阿宋喜被捉去官府，控以擾亂安寧的罪名，在獄中等候審判時他看到種種慘無人道的事件，美國夢終告幻滅！到審判時，只有洋人作證，胡說八道，中國人從不准對洋人作任何證詞，審判自然是一面倒，阿宋喜終於被判罰銀五元或入獄十天。

在這七封信裡，馬克吐溫從未放棄他獨有的口語風味的幽默，但在捧腹之餘，我們又會發覺眼角中常有一滴淚，不知不覺地流淌出來，不知道是歡愉，還是悲哀。

（本文轉載自《黃金淚》，張錯著，皇冠出版社，1995年。）

作者簡介

張錯，原名張振翱，客籍惠陽人，國立政治大學西語系學士，美國楊百翰大學英文系碩士，西雅圖華盛頓大學比較文學博士。現為美國南加州大學東亞系及比較文學系榮譽正教授

（Professor Emeritus），亦為台北醫學大學特聘人文藝術講座教授兼「人文藝術中心」資深主任。曾獲台北《中國時報》文學獎（敘事詩首獎）、國家文藝獎、中興文藝獎。著作五十餘種。近著有《風格定器物》、《山居地圖》、《中國風Chinoiserie——貿易風動・千帆東來》、《青銅鑑容——「今昔居」青銅藏鏡鑑賞與文化研究》、《英美詩歌品析導讀》。

挖出中國城

喻麗清

在考古學家的眼中，由土裡挖出來的「古物」才是真正的古董；與「時」、「地」相連的「古物」，不再只是古物，而是復活的生命。他們像妙手回春的醫生，幫土裡那些凍結的生命尋回被遺忘的身世。收藏家精心網羅的各式骨董，即使價值連城，對他們並無多大的意義。

一九九五年夏天跟女兒去懷俄明找化石，所經之地都是人口很少超過一千的小鎮。一路上地廣人稀，看見羚羊大角羊的時候比看見人的時候還多。路邊有些廣告牌，倒是新鮮有趣，讓人過目難忘。譬如：

別人的孩子無所事事，我們的孩子正在學習騎馬牧牛。

牛仔學校暑期班招生，歡迎報名。

或者，加油站掛個「每周一問」的牌子，寫著：

雞的哪一邊毛多？

Which side……我的腦子還沒轉過來呢，女兒已經大笑著說：

「Outside外邊啊。真好玩，這兒的人連加油也怕寂寞。」說不定因為要知道謎底，非去加油不可呢！我想，跟大城裡的加油站上，不是香菸廣告就是「樂透大獎等著你」的招牌相較，鄉下人的生活彷彿更能自得其樂。

更有一天，在旅客休息站讀到伊文斯頓（Evanston）的簡介，竟拿三個F開頭的字做招徠遊客的口號，把我們笑死。那三個F是：fresh air，freedom & fun（新鮮空氣、自由和好玩）。

緣分就這樣結下了。

我跟女兒決定去這有「新鮮空氣」的可愛小鎮（人口僅一千兩百）看看。

安頓好行李和「老忠實」卡車，我們走上街頭。先找到歷史博物館，果然櫃檯上有一小瓶一小瓶所謂「新鮮空氣」出售，每瓶一元，可愛得叫人不能不買。跟館員說不到兩句，他立刻給我們介紹：

「你們一定要去看看我們鎮上新建的中國廟，就在拐角口。現在去還來得及在關門前進去參觀。」

於是，我們去了。好像冥冥中那些「新鮮空氣」裡中國人的幽靈來給我們帶路，我們去了。

這是個古老但絕不陌生的故事，一批中國來的華工在這兒住過，後來一把無名火燒掉了中國城，中國人一個一個走了。從那簡陋的中國廟走出來的時候，我心中的感動有一大部分卻是出於對這小鎮的感激。

百多年前，華工開完了鐵路，到處尋找工作機會。他們之中有幾百人就在懷俄明州的石泉（Rock Spring）開採煤礦，留下來定居了。日復一日，遙遠的中國漸漸在當地小規模形成了，他們叫它「中國城」。中國城是當日華僑們的命根，也是洋人的眼中釘。排華排到石泉之時，沒想到竟演成一場大屠殺，六百多中國人送命。據伊鎮史料記載，當年美國政府還派出軍隊鎮壓，事後賠償清廷十四萬九千美元，作為中國留學生的公費獎學金。

石泉大屠殺倖存的一百多華工，流亡到伊文斯頓來。伊鎮的人不但收留了他們，還買他們種的青菜，跟他們一起過年，讓華工自己蓋了這座中國廟。日復一日，廟的四周又變成了中國城。香火最盛時，這兒曾經有一千五百個中國人，這座廟據說是當年全美三大廟宇之一。

後來呢？後來，鴉片煙館引起一場大火，這中國廟和中國城，甚至小鎮裡的中國人都一一消失了。

故事本來可以就此結束。然而一九五〇年伊鎮慶祝建城一百周年時，他們又想起了那些苦命的中國人。那些任勞任怨的黃面孔、過年時長達半條街的舞龍隊伍，他們想起來了。何不重建中國廟，紀念當日使我們也繁榮過一時的中國人呢？

他們用慶祝建城百年的基金，蓋了現在這座名為「中國文物館」的廟。我跟女兒激動地在那小小的奉獻箱中投下我們袋裡所有的鈔票。好像能感覺得到，在這可愛小城的空氣中，我們那些命苦的華僑前輩們比別處來得和悅與安詳，他們會保佑我們這些後來的移民，也保佑這善良的小城鎮。

正要往外走，管理員忽然對我們說：

「我們這兒有個考古隊正在挖掘中國城，明天是最後一天。你們如有興趣，早上十點可以去看他們工作。」

好像意外領到了貴賓券，這樣可遇不可求的機緣，竟讓我也參與了一次真正的考古，並且挖的是我們自己的中國城。

第二天，我們在廟後頭一條鐵路與公路交叉口上，找到他們考古的地點。早上十點已經相當熱，早有幾個學生模樣的人揮汗工作。女兒上前自報是地質系專攻化石的，立刻受到熱情接待，好像他鄉遇故知似的。領隊Don Larson帶我們一面看一面講解：這是一九二二年失火的中心點，由挖出的賭具，鴉片煙管和一些玉耳環推測，火是由賭場（也是鴉片煙館）引發的，延燒隔壁的首飾店，洗衣房還有肉舖子。

我們看到有些人在篩土，有些人在地下細細地挖，從焦黑的土中挑出一只茶杯的把子來，大家好不興奮，記錄的拍照的丈量的都笑開了。

不知為什麼，我覺得那個茶杯把子好像不想起床的孩子硬給人揪出來似的，特別可愛。到現在還清楚記得，一片黑色的土上，那只小小的耳朵般的白瓷杯把子——我有生以來第一個親眼看著出土、「並不很古」的古物。

我也看見剛出土一八五〇年代的象牙釦子牙刷銅板之類，青瓷破片不計其數。現場挖一個小時，實驗室裡要花十二小時來處理結果。考古，不僅僅在考「物」，我看實在是在考驗人的耐心。

真的，收藏家精心網羅的各式骨董，即使價值連城，也只是玩物而已。看過真正由土裡挖出來的「物」，那與「時」、「地」相連，有了第二次生命的「物」，再醜也知道它是出生入死復由死裡重生過來的。我終於懂得了古物與骨董的區別，對考古的意義有了新的敬重與仰慕。

——北美華文作家協會網站，二〇一六年二月號

作者簡介

喻麗清，一九四五年生於浙江金華，祖籍浙江杭州，三歲隨父母遷居台灣。臺北醫學大學藥學系畢業。創辦北極星詩社，曾任耕莘寫作班總幹事。先後任職於水牛城紐約州立大學及柏克萊加州大學脊椎動物學博物館，定居加州，二〇一七因病逝世。曾出版散文、詩、小說及報導文學等數十本。作品經常入選國內外各種選集及教科書。曾獲文藝協會散文獎章、新聞局優良著作金鼎獎、兒童文學小太陽獎及最佳少兒著作獎。曾任海外華文女作家協會第五屆會長，美國青樹教育基金會董事及台北醫學大學北加州校友會會長。

柏克萊那幾年

劉大任

最近，心閑意靜，選了幾個字，請一位業餘治印的朋友刻了一方閑章，一共兩句：燈火闌珊處，暗香浮動時。前一句來自辛棄疾的《青玉案》，後一句，從林和靖的詠梅名句「暗香浮動月黃昏」中截取頭四個字，為求與前句對應，加上「時」。

這方閑章的內容，豈不恰好暗合回憶柏克萊那幾年的心情？有兩段詩為證。

其一：

總是那一川煙雨
化作金光千條
向銀灰色的天幕
放大朵大朵的矢車菊
滅後復明　明後復滅

其二：

憤怒
如六月的石榴
懸一囊漿汁
於暖暖的風中
淡紅的胎衣裡
囚著一室晶晶
個個欲裂

兩段詩從來沒有發表，有點「日記」的味道，都寫於一九六七年四、五月間，抵達柏克萊大約不到一年的光景。

那是一個想像決堤、情感爆炸、理性飛揚的時代，卻無端被我趕上了，何其幸運，又何其不幸！

日記似的詩句，相當忠實地記錄了一個臺灣文藝青年初見柏克萊的精神狀態。然而，我的柏克萊經驗並未長期停留在感官層次，前後六年，從驚艷開始，逐漸融入繁重課業學習，同時應付打工生活壓力，最後投入行動，心理過程，大概分為三個階段：甦醒反思、懷疑背叛、決志行動。不妨就以我個人的變化為經，以當時的社會思潮為緯，附加旁敲側擊，設法描繪一下六十年代中後期以柏克萊為圓心的美國「文化大革命」。

必須先說明「甦醒反思」的背景。

一九六四至六六年，我在臺北參與了一些文化活動，其中包括給《筆匯》、《現代文學》寫稿，參與《劇場》雜誌的編印，《等待果陀》的翻譯和演出，《文學季刊》的創刊，和中央電影公司拍攝劇情片的實習等。除了這些文化活動，我在美國亞洲學會中國研究資料中心工作，擔任該中心主任艾文博（Robert Irick）的特別助理。這項工作直接牽涉到現代中國的研究，我因此接觸到不少美國研究學者（其中如Michael Oxonberg、Merle Goldman等，後來成為「中國學」的重鎮），除了為他們搜尋資料，還經常聯絡翻譯，安排專訪。

這兩項生活背景，決定了我的留學目的。一方面計劃兩、三年後回臺與朋友共同創業（文化傳播事業）；另一方面，我想通過美國的「中國學」研究理論、設備和材料，澈底瞭解中國現代革命的歷史真相。所以，留學的目的，一半文學，一半政治，主要是知識的追求，是否取得學位，對我而言，其實不太重要。重要的是，回臺創業。

柏克萊改變了一切。

艾文博是費正清的學生，哈佛大學歷史系的博士候選人，當時正在撰寫論文。他希望我去哈佛是理所當然的，然而，我卻選擇了柏克萊，其實與嬉皮文化、反戰運動等熱門議題完全無關。申請前，恰好在美國新聞處讀到一個調查報告，在全美大學政治系中，柏克萊名列第一。還有，我對中國現代史的認識，有個基本觀念，覺得單從歷史著手，可能難窺全貌，因此期望借助於現代社會科學的訓練，另闢蹊徑。柏克萊政治研究所是當年比較政治學的龍頭，擁有David Apter等名家，中國研究方面則有Robert Scalapino和Chalmers Johnson等一流師資，社會系的Franz Schurmann和歷史系的Joseph Levenson也都是一時之選，人才濟濟。此外還有一個私人原因，我那時戀愛的女孩子，就在柏克萊。不巧的是，等我拿到入學許可，女朋友已經宣佈跟別人結婚了。不過，我還是精神抖擻地遠赴重洋，很簡單，失戀跟我胸中的「大業」比較起來，實在無足輕重。

從一九六六年秋到一九六九年夏，雖然柏克萊校園熱鬧滾滾，Sproul Hall（加州大學柏克萊總校區行政大樓）前面的臺階與廣場上，經常有示威活動，每天到了中午時分，便是政治教育的示範演出。入學報到註冊的那天，我便在那裡聽Mario Savio的演講。也在那裡見證了黑豹黨第一次公開的武裝表演。但我的基本行為沒有違背留學的初衷，苦讀、打工，給臺灣的文學刊物寫稿，在陳世驤老師的卵翼下，跟楊牧、唐文標、郭松棻、鄭清茂等一批有志文學的朋友密切往來。同時，我又同一群亟欲瞭解中國現代史真相的朋友，祕密組成地下讀書會。不過，那個讀書會絕非革命細胞組織，基本上是出於求知欲。

行為上保持留學生的常態，思想上卻因周遭事態的潛移默化，慢慢出現了位移，這在當時，我並不十分自覺。

前面提到的Mario Savio是個關鍵人物。他是哲學系學生，跟我的臺大出身一樣，然而，他關心的已經不是十九世紀的康德、黑格爾，也不是二十世紀的數理邏輯或存在主義，他看到的是「當下」，執著的是「engage」（干預生活）。他是一九六四年「言論自由運動」的思想靈魂和行動領導。言論自由運動的引火點只是一件違規事件，Savio把它延伸成根本哲學問題，喚起一代人的反思，最終形成了向現行社會體制的全面挑戰。他創造了一個新名詞multiversity（字頭不同於university，後者意味「唯一」，前者表示「複合」），下面引述的文字（我的翻譯），是他在Sprout Hall臺階上一九六四年十二月那次靜坐示威演講的一部分，那次示威，結果造成八百名學生拘捕下獄，不過，言論自由運動從此野火燎原，後來結合越戰和黑人民權問題，掀起了遍及全國甚至全世界的青年反叛浪潮。

「主宰我們大學的是一個寡頭集團。這是一家公司。如果校務委員會是董事會，校長是總經理，那麼……，教職員就是一批雇員，而我們呢，就成了原材料。

可是，我們這批原材料，並不想變成任何產品，最終被大學的客戶購買……。

我們是人啊！

這就讓我選擇「民事不服從」。到了這樣的時刻：機器的運作如此邪惡，讓你噁心嘔吐，你不能參與，甚至無法默認。你必須把你的身體放在它的齒輪上，轉盤上，杠桿上，放在所有的裝備上面，迫使它停止。你必須告訴那些控制機器擁有機器的人，除非你獲得自由，機器必須停止操作。」

Savio的語言，反映了當代新左翼社會學大師C. Wright Mills的理論，呼應了SDS主席Thomas Hayden一九六一年冬發表的《給新（青年）左派的信》。有名的《呼倫港宣言》如此開篇：

「我們是這一代的人，孕育於至少是相當舒服的環境，安置在各地的大學殿堂裡，不安地看著我們繼承的世界……。」

一九六九年三月，柏克萊政治研究所最初接納的二十五名博士研究生，全都拿到碩士學位，但只選擇其中五人，留校繼續攻讀博士。我被幸運選中，而且是唯一的中國人。然而，時代風潮推湧之下，五個博士生，沒有一個完成學位。有人投入柏克萊社區的造反，有人加入反戰和民權組織，還有一位，拋棄一切，成為柏克萊丘陵地「紅色家庭」（The Red Family，一個極左派的公社）的一員。

一九七〇年底，保釣運動爆發前，我平安無事的求學生涯，出現改道脫軌，發生了兩件大事。

第一件涉及政治，第二件打亂了我的文學生涯規劃。

一九七〇年的春天，我僥倖通過了博士資格考試。說「僥倖」，並非謙詞。實際上，陳世驤先生是四位考試委員之一，他在口試過程中，確有偏袒送分的嫌疑。口試委員中，有一位專研

「組織理論」（organization theory）的年輕教授，也許為了炫耀，對我提出的論文嚴厲批駁，而他的那套理論，我又不太熟習，當場顯得捉襟見肘。陳先生在加大的威望很高，不少當紅學者都是他的門徒出身，他開口說話，基本就是定論。那天，陳先生繼續抽著煙斗，突然打斷我跟那位「組織專家」的論辯，要我談一談郭沫若的《十批判書》跟中共二戰後反蔣理論之間的關係。

兩個禮拜以前，陳先生的「六松山莊」曾有一次晚會，我大放厥詞的內容，就是考場上陳先生為我解圍所提問題的答案。

不過，因為我在「組織理論」上確實表現稍弱，考委會建議，要我在開始進行博士論文以前，先跟那位專家上一年課。這就造成了我的「政治事件」。

「組織專家」要求我採納美國學院的「投票行為」研究法，設計一套問卷，對臺灣留美學生的政治性向做一次調查，並利用「組織理論」，對調查結果歸納的不同性向群組，進行深入分析，以探求不同文化環境影響下的政治行為變化。我一共發出三千多份問卷，回收不到五百，這個結果，在民調統計上幾乎無法成立。回收率這麼低，有兩個原因。首先是臺灣留學生的政治冷感，本在預料之中，但低到不及六分之一，卻出乎意料。很快就有了答案。

一天，舊金山總領事館的政治參贊來了電話，我按時赴會。參贊先生將一大疊空白問卷丟在我面前，並表示，如果我不主動撤銷這個調查，他可以把手中的空白問卷全部填好寄回，然後問：你要做個誠實的學者？還是執意要反政府？

「問題」出在問卷裡面涉及聯合國中國代表權的那一節，其中問到：你認為哪一個政府代表全體中國人民，北京？還是臺北？

我的論文後來不得不以「報告」的方式收場。充水的答卷無法進行科學分析，我甚至懷疑，即便是我自己收回的問卷，裡面是否暗藏污染，也難以辨別。

這還不是我列入黑名單的開始。

早在一九六八年夏，我的好朋友，也是我回臺創業的預定夥伴陳映真，因政治案件被捕，同時入獄的還有好幾個朋友。這個白色恐怖時代的良心犯冤獄，徹底打亂了我的「大業」部署，不但一切計劃落空，臺灣文藝圈的朋友們人心惶惑，不敢公開往來聯繫，到了道路以目的地步。我身在海外，倖免於難，但自此上了黑名單，連回臺的路都斷了。關於這一事件的前因後果和相關問題，我曾在《壹週刊》的專欄《紐約眼》上寫過七篇文章（收入印刻出版社出版的《冬之物語》，有興趣的讀者不妨參考），此處限於篇幅，不再重複。

從一九六六年秋至一九七〇年冬，整整四年多時間，我基本維持一個打工苦讀的留學生生活方式。一九七〇年冬保釣運動開始，大步向前，不但思想激進化，而且放棄了知識追求，丟掉學位，變成徹頭徹尾的行動派，連頭髮衣著都變了個樣。這個變化過程，當然不是完全因為保釣，跟那幾年柏克萊以至於全世界的政治、社會、文化發展有密切的關係。但在談這些之前，應該把我四年讀書生活的大致內容，做個交代。

我的指導教授主要是Chalmers Johnson，韓戰時因為親身體驗中國援朝部隊的頑強，深感中國的覺醒與崛起是遲早的事，退役後決心研究中國。他對中國革命成功的詮釋，簡單說，核心理論叫做「農民民族主義」。在他的指導下，我詳盡收集了二戰期間的海南島「瓊崖縱隊」和粵東地區「東江縱隊」的史料，並運用Johnson的「農民民族主義」進行分析。另一個研究主題是在Scalapino教授指導下完成的，內容涉及中、蘇共之間的合作和分裂。一九七〇年春，我已經確定博士論文的研究主題和方向，並開始收集原始資料，閱讀相關理論書籍。加大柏克萊的「現代中國研究中心」和海灣對面的史丹福大學胡佛圖書館，收藏了大批文獻，我在其中找到了抗戰前後香港報紙的微影片，這對研究主題「中國民主政團大同盟」（簡稱「民主同盟」）相當珍貴，因為國、共兩黨的材料不免有偏見，英國統治的香港材料參照價值極高。我跟論文指導委員會多次討論後，決定利用當代社會學家Edward Shils專案研究印度知識份子的理論，作為我的分析框架。Shils基本認為，未開發國家的高級知識份子大多深受發達國家的主導思想影響，印度高級知識份子，每個人心中，都有一個倫敦、巴黎、柏林或紐約。我要追索的是中國知識份子從政的悲劇，民主同盟是我選擇的個案。高級知識份子組成的民主同盟，思想周密先進，專業知識趕得上世界一流水平，為什麼無法在中國取得政治主導地位？而貼近農民的土八路卻能成功？國民黨又在其中扮演了什麼角色？這些都是我想解決的問題。

我終於沒有完成論文，而且，搖身一變，成了一個半吊子的革命家，除了上面提到的一些相關事件，追本溯源，答案是三個字：柏克萊。或者，更精確一點，應該是「柏克萊人」。

六十年代中、晚期的柏克萊，究竟是個什麼神奇魔幻的地方？未曾親臨其境的人，是無法想像的。文化大革命高潮時期，有一句口號：靈魂深處爆發革命。這句話，在大陸中國，始終只是口號，沒有實質意義。用在柏克萊，卻恰如其份。

搜索靈魂，不妨從由外向內，一層層剝開。

剛到柏克萊，朋友安排我住在校園南面第二條街上的一家包膳宿的私營寄宿舍，老闆是個廣東老華僑，特別照顧，給了我一個半工半讀的機會。宿舍一共三層樓，底下一層有個寬敞的客廳。每天晚上開飯前，大約有半小時，大家聚集在客廳裡看新聞聯播節目。那是我第一次見識媒體主播的輿論威力，CBS的Walter Cronkite，雖然不是「意見領袖」，群眾對他的信任，遠遠超過白宮和國會山莊。那也是我第一次參與政治、社會和文化議題的辯論。每到廣告時間，客廳裡面必有新聞引發的討論。當時最嚴重的挑戰是，凡是同情當局政策的意見，必然有人指出：你難道是個conformist？這個用語不好翻譯，因為牽涉到戰後幾乎二十年的政治、社會和文化現狀，尤其是艾森豪時代一般美國人由於富裕而產生的冷漠和自足心態。字義或可譯為「墨守成規者」，但如不聯繫那個時代年輕人的普遍反思，就無法抓住它的輕蔑不屑感情。

一年後，我搬家到校園南大門Sather Gate以外十幾條街的二樓公寓，走路上學大概需要二十幾分鐘，每天往返四次，一定要經過柏克萊最富波希米亞氣氛的電報街。那條街道，六十年代與舊金山嬉皮文化山寨總部Haight-Ashbury齊名。電報街上，一路有各種門派的人散發傳單，鼓吹主張。沿街擺滿地攤，貨品當然以嬉皮和左翼文化的需要為主，商店、酒吧、餐廳等的裝潢擺設，自也配合時代氛圍。因此，我的平日旅程，實際就是感官和心靈接受定時洗禮的過程。走過電報街，從南大門進入校園，首先穿過法國梧桐構成的林蔭，然後，右邊是每天不缺的Sproul Hall臺階上面的演講和示威，左邊是學生活動中心大樓和自助餐廳，中間的廣場上，擺滿一溜臨時攤位，就是代表學生和街民各種意見和學說的群眾社團進行宣傳和吸收同志的地盤。這一帶，特別是午飯前後，經常人潮洶湧，柏克萊人在這裡交換思想，爭取支持，大鬪爭、大團結，大辯論，熱火朝天。

每一年的秋季開學時候，你可以坐在學生自助餐廳的戶外露天茶座上，看新報到的學生大批湧入校園。那是一種難忘的經驗，十八、九歲的大孩子，絕大多數來自加州和全國各地中產階級的郊區家庭，血色鮮紅而衣著光鮮，眼睛睜得大大的，滿臉喜悅好奇。不到幾個月，你便發現，他們的髮型變了，神情變了，穿上了牛仔褲，脖子上掛滿色彩斑斕的珠鏈，一個新的人種就這樣完成了演化，「柏克萊人」誕生了。

什麼叫做「柏克萊人」？

我們可以做社會學調查，可以進行心理學分析，也可以討論歷史哲學。然而，我只需要一個簡單明確的定義。「柏克萊人」可能有不少類型，思想傾向和追求目標也不一定相同，但有一個共同特性，他們不論男女，都是「烏托邦的追求者」。

五十年代的美國，富裕自足，烏托邦已經死亡。人們相信，美國的制度，世界第一，唯一需要的，就是將這種完成的理想，傳播給全世界。

然後，黑人種族糾紛開始暴露，古巴事件幾乎釀成世界面臨毀滅的核冬天，甘迺迪被暗殺，接著，馬丁路德金獲得諾貝爾和平獎，引發了北部白人學生南下的「自由騎士」運動，隨後，越戰真相逐步暴露，馬丁路德金被殺，羅勃・甘迺迪被殺……，不需要烏托邦的美國，被人發現，控制著所有人命運的，原來是個「軍事政治經濟複合體」。

這就是為什麼，《呼倫港宣言》的開頭，SDS的創造者之一，Thomas Hayden要說：「我們是這一代的人……不安地看著我們繼承的世界。」

這就是為什麼，十八、九歲的美國大孩子，血色鮮紅而衣著光鮮，郊區臥房社區養尊處優的產物，忽然變種，背叛自己的階級，背叛自己的政府和所有既成體制，開始搜索自己的靈魂，然後，靈魂深處爆發革命，開始尋找新的烏托邦，成為「柏克萊人」這個人類學的新品種。

柏克萊人大膽實驗，追求心靈解放，拋棄傳統價值，澈底改變人際關係，甚至在武裝暴動、祕密組織、東方神祕主義、邪教和迷幻藥物的嘗試中，尋找答案。

我的柏克萊經驗，前後六年。前四年，我走的是正規的留學生軌道。後兩年，我逐步進入「柏克萊人」的世界。

雖然不斷與柏克萊當時的各種激進團體有過接觸，SDS、進步勞工黨、伊朗同學會以及反戰、民權和第三世界聯盟等諸多新左派組織的活動都稍有參與，但我的「行動」，始終沒有脫離中國歷史的軌道。

我全身心投入的，主要是海外的保釣以及後來演變出來的中國統一運動。也正是直接參與運動的親身體驗，因「柏克萊人」而感染實踐的「尋找烏托邦」旅程，接受了嚴酷考驗，所有事業夢想全部報廢，學位自動拋棄，人生大轉彎，甚至對人性的本質產生難以解決的懷疑，然而，直到今天，捫心自問，沒有一絲一毫後悔。

對於今天十八、九歲的大孩子，我還是可以問心無愧說這句話：任何機緣，烏托邦出現在你的人生軌道，即使玉石俱焚，千萬不要放棄。

因為，人活著，不為這個，為了什麼？

——北美華文作家協會網站，二〇一二年十一月號

作者簡介

劉大任，台大哲學系畢業，早期參與台灣的新文學運動。一九六六年赴美就讀加州大學柏克萊分校政治研究所，一九六九年獲碩士學位并通過博士班資格試。一九七一年因投入保釣運

動，放棄博士學位。一九七二年入聯合國祕書處工作，一九九九年退休，現專事寫作。著作包括小說《晚風細雨》、《殘照》、《羊齒》、《浮沉》、《浮遊群落》、《遠方有風雷》、《枯山水》、《當下四重奏》等，運動文學《強悍而美麗》、《果嶺春秋》等，園林寫作《園林內外》以及散文和評論《紐約眼》、《空望》、《冬之物語》、《月印萬川》、《晚晴》、《憂樂》、《閱世如看花》、《無夢時代》、《我的中國》、《赤道歸來》等。

紐約，不要哭泣

趙淑俠

相信誰也不曾料到，矗立在紐約曼哈頓，具地標性風采的兩幢摩天大樓、世貿中心的所在：雙子星大廈，會一旦倒塌。但是她塌了，只在幾十分鐘之內便化為灰燼，在人們的視線中消失，留下的是濃煙慘霧，和五千多無辜葬身廢墟的冤魂。像似科學預言片的情節，卻不幸是真的。

紐約沒了雙子星大廈，世貿中心成了歷史名詞。驚恐的紐約人無法接受這個殘酷的結果，他們嘆息、流淚、憤恨。有的壓根兒不相信有這回事，本來嘛！沒有雙子星那兩幢氣度昂揚，一百多層大樓的紐約，還像紐約嗎？有什麼別的建築物，能夠把紐約修飾得更像一個傲視全球、雄姿獨具、大器磅礴的國際巨都呢？

許許多多的老紐約人不能接受，我這個剛住進來的新移民也難以接受。我的居所離世貿中心不遠，步行二十多分鐘可到。如果在樓下的花園中散步，一抬頭就能看到其中一幢的半個身影，雖不能產生陶淵明那樣「悠然見南山」的瀟灑恬淡的情懷，倒能感到一種振奮進取的欣悅。我選擇紐約做為退休後寄身之所在，正因為喜歡她的華麗壯觀，大城風範，包容面廣，文化內涵豐富，要西方有西方，要東方亦有東方，什麼民族在這兒都可找到一份屬於自己的天地。

雙子星大廈像是象徵紐約精神的兩座燈塔，看到它，你會清楚的知道置身在世界之巔。它屬於紐約人，紐約人也早把它納入生活，習慣了它。它的傾塌，讓紐約人傷心欲絕，在花園中漫步看不見它，亦讓我感傷痛。

一、巨廈傾塌之日

九月十一日的紐約，是個無風無雨的晴朗天，早晨八點多鐘，我像平常的許多早晨一樣，人已睡醒，睜著眼睛想東想西不肯起床，這時突然聽到悶悶的、甚至稱不上巨響的一聲重物撞擊聲。起先還以為是院子裡做工的機器噪音，過了片刻才驚覺到事態不對。

連忙打開電視，只見第一幢世貿大樓正在起火，奔放的紅色火舌直往上竄，接著又見一架低飛的民航機直闖到第二幢樓的胸窩裡，跟上來的驚恐鏡頭比能想像的更快更奇，濃煙烈火瘋狂的燒成一團，隨之天崩地裂的一聲爆響，兩幢一百多層、高聳入雲的雙子星，竟如溶化的冰淇淋一般，先後隨著煙硝向下萎縮，剎那之間化為無物。

世貿大樓不見了，紐約已沒有雙子星！這是怎麼回事？我連忙跑到臨街的客廳，憑窗掃視，只見街角上站滿了人群，大家的眼光都朝著一個方向，表情無疑是茫然驚懼的。再到陽臺的玻璃門眺望，證實那兩幢巍峨的建築確實消失了，代替的是沖天的滾滾濃煙。

很多朋友都知道我的住所離雙子星不遠，紛紛打電話來問安，連遠在歐洲的老友也隔海對話，兒女和妹妹們更是焦急如焚，都問我一切可好？堅固壯麗的雙子星倏的由地面上消失，恐怖手段如此殘暴，固然令我震憾，但親人和朋友們的關心，也讓我感到近乎於過慮，心想：我好端端的待在屋子裡，會有什麼事發生呢？誰知還來不及想完，電話已斷線，大樓內中央系統的熱水和冷氣也停了。

生活頓時顯得不便起來，於是我提醒自己應儲存點青菜、水果、牛奶、麵包之類的食物，以備應急之需。何況事態已如此嚴重，實在應該到附近走走，看看究竟。大約近下午五點的時候，我像每天一樣的，到相隔一條馬路的中國城去購物，不料出去就被警察擋住要看證件。此刻我才知道，周遭的情況有了巨變，各個路口擋著拒馬杆，警察認真的檢驗行人證件，不是這個區域的居民根本不被允許進入。街上行駛的盡是警車和救護車，私人車輛乃至公共汽車全沒蹤影。平日市聲喧囂的紐約，變得靜靜悄悄，除了警車的鳴叫，幾乎聽不見任何聲息。

華埠的主要購物街多半垂下鐵閘，經常人擠人的「勿街」，呈現出一種空蕩蕩的深沉落寞，餐館也歇了業，只有兩家點心鋪的門是開的。既然中國食品無從買起，我便換到另條路上，往東河方向的美國超市走去。

街上走的盡是穿制服的警察，尋常百姓僅僅我一個，我在冷清的人行道上緩緩踱著，望著漫天烏黑的濃煙，和在煙霧中時明時暗，彷彿縮減若干倍，也看不出什麼光彩，狀如一盞燈似的一枚小太陽。空氣裡流蕩著相當重濁的焦糊味，明明應該是彩霞燦爛的好晴天，卻被煙霧遮出漫漫幽暗。天災會使風雲為之變色，大自然的威力總表現在風雲雷電之間，但是人為的力量竟也能製造出這幕悲涼景象，著實令人震憾。

我已無心去購買什麼，而且遠遠的已看出那家美國超市重門深鎖。此時我心中嘀咕的是，一聲巨響火光熊熊之後有多少生靈塗炭？紐約市有多少人在哭泣、在尋覓、在期待親人奇跡般的回到身邊？有多少人心碎片片？常常聽到人痛斥罪惡之輩，以「野獸一般」來形容。事實上野獸的殘忍絕不如萬物之靈的人，野獸不會製造武器，沒有經過精巧設計的冷血殺人手法。

我頻頻的拭抹眼淚，不是哭，而是悲愴，為人性的淪落，為人間不息的仇恨而產生的無奈和無力感。碰巧對面一位中年警官走來，我不禁為自己的眼淚羞恥，直到發現他也在擦眼淚時，才釋然了。原來不分種族男女，人性和良知，人溺己溺的感情都是差不多的。我的感觸和痛疼也是他和所有的紐約人的，佛家所說的「同體大悲」，在此得到見證。

二、受創後的紐約

大城市的居民，在生活態度和處理人際關係上，表現得總比小城冷漠，不像小城居民那樣經常街頭巷尾相遇，笑臉相迎，亦不像小城的戲院和教堂，遇到的多是熟面孔，會漸漸的由生變熟。地方太大，各人有各人的生存領域，井水不犯河水，為自己的生活忙碌還嫌時間不夠，那有閒暇和興趣顧及他人？要大城的人不冷漠也難。

紐約是大城中的大城，內容包羅萬象，工商業和有趣好玩的場所，絕對夠資格領全球之風騷。在紐約討生活，每個人可建立屬於自我的獨立王國，要賺錢、要享樂、要過與世無爭的私人小日子，全憑各人喜愛，沒人管你，你也管不到別人。那些每天在公路或地鐵上消耗數小時的各色人等，活得都夠累，每個人在卯足了勁追求自身小環境的安樂，鮮少去關心身外之事。因此紐約人常被形容為冷漠、自私、愛錢更愛享受，具備一切大城居民的毛病。紐約人倒也不為此生氣或故意要做點什麼來表示清高。紐約人就是這個生活態度，也許潛意識的自認有資格秉持這個態度。

紐約人真的各自打掃門前雪，不會關心不會熱情嗎？不，在必要關頭，紐約人的熱情和同情心不輸於任何一個小鄉鎮的居民。雙子星大廈被毀的同時，紐約人的熱誠和愛心被激發了。數以百計的消防隊員和警察獻出了生命，一般市民以捐款、簽名、祈禱來表示感同身受。街頭供著鮮花和蠟燭，住家的窗口和大小汽車插上國旗。關懷和奉獻來自四面八方，不分族裔。一向被視為表現低調的華裔，我們自己的同胞，街頭捐款，集會哀悼，商家送飲料和食品，餐館老闆忙著為警察做熱飯盒，誰也不再袖手做壁上觀。都深深覺悟到自身是這塊地方的一份子，對主流社會的關懷，願意奉獻的熱心，發揮到人類美德的頂點。誰也不能再說華裔是冷漠的族群。

雙子星大廈被摧毀，使紐約人痛、惜，甚至不免有恨，但亦有正面的收穫：便是紐約市民的善良和同情心、愛國心、幫助人的心，人性的美麗光輝，毫不保留的流露出來，描繪出紐約最可愛的一面，以後有人再形容紐約時，會說：紐約是個包羅萬象的世界之最的大都會，市民團結又熱情，並沒有一般大城人的冷傲毛病。

三、身在紐約，何去何從

若說因雙子星大廈被攻擊、摧毀，就稱紐約是個充滿恐怖的危城，是否太過份呢？可我的週圍確實充塞著這種聲音。一些親朋好友已在討論：攻擊雙子星不過是開端，後繼的恐怖事件將層出不窮，紐約本身雖優點說不盡，外在的因素卻使她位列世界最危險的城市之冠，住在這兒總要擔著一份心思，很怕遭池魚之殃，厄運臨頭。言談之間，已有人認真的考慮，是否應該遠離紐約這是非之地，另找安身之所。

固若金湯的雙子星，會在寥寥少數惡徒的設計下，用薄薄的刀片制服客機駕駛員，令大廈瞬息之間毀於一旦，美國號稱世界第一強國，竟在迅雷不及掩耳的突襲下，顯得如此狼狽，整整的五、六天，我像陷身於孤島，無電話、無熱水、無報紙、無信件、無法叫出租車，若非靠著電視機，與外界就整個失去聯絡，附近街道有警察把守關口，顯然戒嚴狀態。空氣中充滿非常時期的肅殺氣氛，而潛伏的恐怖製造者仍在暗處蠢蠢欲動，事發至今已經足足兩個星期，電話仍然不通，生活水準依稀倒退數十年，戰爭的腳步似越來越近。這樣的一個城市還適合居住嗎？我不免認真的考慮。

我來紐約不是因為羨慕美國的現代化，更非為了要跨出國門，我根本就在國外，是名副其實的瑞士華僑。論物質文明、社會福利、山水人情，瑞士都算得上舉世翹楚，一樣也不遜於美國。特別難得的是，瑞士是永遠的中立國，與戰火爭端無緣，住在那兒的現代化房子裡，正可高枕無憂的樂享太平，加之我通德語，易於溝通，生活堪稱方便。

移民美國，全出於我一己意願的選擇。更怪的是，雖來美國，可並不想住美國別的城市，只想住紐約。若問我喜歡紐約的什麼？彷彿一下子也說不清、舉不出具體的理由，若說定要找幾條理由出來，我想「有容乃大」，紐約的能包容、多樣化，每個民族在這兒都不會澈底失去自己的根，是她令我鍾愛珍惜的，非常重要的原因。只舉個小小的例子，在紐約，那怕在某個社區的一個小小的圖書館，都可找到英文以外，其他國語文，如法文、德文、日文、韓文、西班牙文的書籍。咱們中文書亦不靠邊站，數目不多，書往往有點老舊，可告慰的是沒忘記你，至少擺滿那麼幾個書架。

我走過的地方不算少，像紐約這樣重視各族文化的城市還沒見過。對我來說，這是她獨特魅力之所在。何況在曼哈頓中城那一帶，寬闊的人行道可供我漫步，多樣的博物館、文娛表演、一幢幢參差有致的樓宇，都讓我喜歡。住得離中國城近，買中文書報，吃家鄉口味，皆近在咫尺。這種特殊的方便與樂趣，豈是海外遊子在別的城市輕易可得的呢！

每次由外面回來，從法拉盛或新澤西的方向，遠遠的就看到那對雙子星大樓，尤其是在晚上，幽幽暗夜是背景，兩幢高聳挺直的巨廈燈火輝煌，宛若兩個亮得透明的巨柱，華麗、壯觀、落落大城風儀，令人欣悅。我把紐約比做一位面貌艷麗、儀態雍容、見過大世面，也經歷過大風大浪，魅力無窮的貴婦。但我不想把雙子星大廈比成她的剪水雙瞳。失去眼眸豈不成了瞎子！紐約這個姿態萬千，風華絕代的大貴婦，當永遠清明剔透，用她美麗的眼睛觀望世界，是絕對不能瞎的。

雙子星大廈又美又亮、金光閃閃，是貴婦衣襟上的巨形鑽石花。如今貴婦遭劫，歹徒搶去巨鑽，還用刀子割傷皮膚。眾人為之惋惜，貴婦自身不免傷痛憔悴。但見過大陣勢的貴婦大美人，不會因此倒下，她的風華永在，不經數年，新的雙子星將又傲立於曼哈頓。紐約永遠是紐約。我真的如此堅信。所以，當誰問我是否考慮離開紐約時？我的答覆是：不會離開，我要固守。永遠的紐約城，跌倒再起，不要哭泣！

（寫於二〇〇一年九月雙子星大廈被襲兩週後。

本文轉載自《忽成歐洲過客》，趙淑俠著，秀威資訊科技股份有限公司，二〇〇九年。）

作者簡介

趙淑俠，生於北平，一九四九年隨父母到台灣，一九六〇年赴歐洲，原任美術設計師，一九七〇年代開始專業寫作。著有長短篇小說和散文作品四十餘種，計五百萬字。長篇小說《賽金花》及《落第》拍成電視連續劇，作品曾獲台灣中國文藝協會小說創作獎、中山文藝小說創作獎、及世界華文作家協會終身成就獎。一九九一年成立歐洲華文作家協會於巴黎。出版德語著作，為國際筆會、瑞士全國作家協會、德國作家協會會員。後陸續出任海外華文女作家協會副會長、會長，世界華文作家協會榮譽副會長。一九八三年起作品在中國大陸出版，並曾受聘為人民、浙江、華中師範、南昌、黑龍江、鄭州等大學院校的客座教授。

在原鄉與新土之間——海外華文寫作今昔談

叢甦

一、歷史的回顧——留學生文學

「海外華文寫作」這個題目涵括甚廣，這六個字包括了一個人生命裡的三大要素：「天地」、「語言」與「作為」。他的天地是「海外」，他的語文是「華文」，他的作為是「寫作」。換言之，我們現在要討論的是一個獨特的群體：一個遠離母國身處異域的但是依然用母語「華文」從事「文字與文化」工作的群體。這個事實乍看似不尋常，但是仔細審視，它必定有特定的、歷史的、文化的與個人的緣由。

由歷史的角度說，海外華文的寫作涵括「留學生文學」，或者正確地說，「留學生文學」開創了海外華文寫作的先河。在討論「留學生文學」之前，我們或許應該先「正名」。中國儒家文化主張「正名」，「名正則言順」。因之我們要問「留學生文學」的範圍包括什麼？它是否只為留學美國或西方的學者學人的作品？它是否也涵括其他華裔作家的作品？它是否只為在海外以中文為體的作品？它是否包括海外華裔作家的英文作品？在一般人的認知中，「留學生文學」是指在二十世紀六、七十年代自台灣至美國或西方留學的學人學者所寫的文學作品。從名稱上看，如果「留學生文學」只包括「留學西方的學人學者的文學作品」，那麼，在定義與內涵上有著不可避免的「侷限」與「排它性」。因此，由六十年代的「留學生文學」轉化蛻變為八十年代以後的「新移民文學」是有它不可逆轉的時代必然性。

對這個主題我將以宏觀的觀點來討論。宏觀地看事務是以整體的、歷史的、大時代的、鳥瞰式的觀點來剖解事務緣由。廣義地說，中國最早的留學生可能是玄奘。法師到印度取經以宏揚佛法。較近的著名的留學生有容閎，到西方以學習洋學洋務。青年學子離開母國跋涉異地的原因是因為異域他鄉有值得我們追求的學問、技能，有值得我們見識的世面。二、三十年代，經過「五四運動」的啟發與激勵，許多青年作家與有志之士留學英法，去學習研讀，或「勤工儉學」。這種留學是一種自發式的理想的追尋。但是在二十世紀動盪不安、狼煙時起的歲月裡，有的留學或飄零海外的生涯可能是由於政治因素、社會壓力或世俗觀感而導致。

二十世紀曾被歷史學家稱為「流放的年代」（Age of exiles），正如十九世紀被稱為「意識形態的年代」（Age of ideology）。十九世紀崛起的眾多「意識形態」，如民族主義、資本主義、社會主義、共產主義等思想模式，經過劇烈的競爭與鬥爭，在二十世紀裡不同的地域與社會發展成為具體的「政治現實」（political realities）。兩次世界大戰及無數的區域性衝突，以及血腥的意識形態的鬥爭暴虐——納粹主義、日本軍國主義、共產主義——脅迫大批人流離失所家破人亡，或浪跡異鄉而成為戰亂大風暴中飄零的落葉。二十世紀最偉大的作家群體中有不少位是逃避暴政流落異鄉的「政治流放人」（political exiles），現在僅由記憶所及提幾位，如Thomas Mann、Elias Canetti、Isaac Singer、Aleksandr Solzhenitsyn、Czeslaw Milosz、Joseph Brodsky等，皆為Nobel文學獎得主。另外也有作家由於社會或宗教壓力而被迫自我放逐，遠離母國在異鄉異域繼續以本國文字創作，如James Joyce、DH Lawrence、Samuel Beckett等。Beckett在離開愛爾蘭以後到了法國，他的成名作品皆以法文撰作，如《等待果陀》（*Waiting For Godot*）。流放作家的共同特色是「疏離感」（sense of alienation）與「孤寂感」。而「疏離感」與「孤寂感」是存在主義（Existentialism）哲學中視為人存在中的基本情態。美國的馬丁・塔克教授（Martin Tucker）在一九九一年編著的巨著《二十世紀的文學流放》（*Literary Exile In the 20th Century, An Analysis and Biographical Dictionary*）囊括上世紀所有的世界文學巨人，數十名諾貝爾獎得主與其他文壇稱著者，塔克在「前言」的長文評論中對文學的「流放意識」或「離散（Diaspora）文學」有極精闢的剖析。這本八百多頁的巨著中有我撰寫的八篇對華裔作家與韓國作家的評論。

在中國近代史上，一九四九年是一個撼天動地的分水嶺——國民政府棄陸遷台。其時五十年代的冷戰氣氛瀰漫全球，韓戰熾熱，海峽局勢險惡，島內政局風雨飄搖，威權體制高壓逼人，經濟艱困不振等外在因素使「出國留學」被視為青年人的寶貴出路。六十年代自台留美的青年作家群體，如白先勇、陳若曦、劉大任等十數名作家大多數源起於台大外文系的所謂「近代學派」

（The Modernists），曾共同為白先勇發行的《現代文學》雜誌撰稿。他們之中大多數在孩童年歲隨家至台（留美的陳若曦、歐陽子、郭松棻等作家係台灣本土）。當他們由於國家內戰由故鄉遷往新土（台灣）時，他們幼弱的心靈已感受到「內部流放」之苦，抗日戰爭時的顛沛流離是那代人幼兒時即有的痛苦記憶。而留學異域可謂二度流放（twice exiled），因此，一般流浪與離亂人所感受的疏離感、失落感與孤寂感是這批青年作家作品中不時浮現的情懷。這批「學院派」的留學生至美留學時，他們其中大多數在台灣的報紙雜誌上已發表過作品，在文壇已經「初啼新聲」。留駐台灣的陳映真、林懷民與蔣勳當年也曾為《現代文學》的撰寫者。這本雜誌曾是日後不少成名作家、藝術家的啟蒙園地。

於梨華較六十年代的作家群早來美國，畢業於台大歷史系。她通常被認為是第一位創寫「留學生文學」的作家，她的作品中不少以華裔學者學人在學院生涯中遭遇的困境、辛酸與權位鬥爭為主題。而較之於梨華更早在四五十年代由大陸來美留學，由於歷史巨變而真正「留美——留下來」，譬如林語堂、黎錦揚、蔣彝、唐德剛、夏志清、董鼎山等學者與作家，以中英文寫作。唐德剛與周策縱、心笛等曾在五十年代於紐約成立「白馬詩社」，以詩會友，定期吟詠，並出版詩集。胡適之當時是他們的導師與同仁詩人。「白馬詩社」轉變為後來的「紐約文藝中心」，更後來蛻變為目前的「海外華文作家筆會」。

這批六十年代的青年留學生作家與一般移植新土的作家，所共同面臨的問題可能有以下幾方面：

其一、語文因素：作家在海外繼續以中文寫作，因之所觸及的只是中文讀者群，但是由於不能熟練地掌握英文運作，而使作家猶豫不前去嘗試以新語文創作。

其二、社會文化因素：不能全然掌握新土的歷史、社會、文化習俗內涵，因之也侷限他們的寫作題材與人物，而只注焦於「異鄉人在異地」的辛酸困境、打拼掙扎為主題。

其三、人的因素：他們作品的題材與人物以華裔為主，但是成功的作品描繪的是人的七情六慾、生老病死。成功的作家可以超越外在環境的侷限而捕捉普遍人性的真實，在「卑微中透視偉大，平凡中尋覓不凡」。「留學生文學」中不乏描繪普遍人性的傑出作品。

其四、懷舊思鄉因素：因內戰而分裂的中國與海峽對峙的局勢使海外遊子敏銳地關懷故土的安危，「政治敏感度」與感時傷懷的「憂患意識」高度提昇。七十年代初的「保釣」運動曾激起海外學子的愛國激情與衛土熱潮。張系國的小說《昨日之怒》即受此激發。

因此「流放作家」（政治放逐）或者有「流放意識」的作家（雖然不為政治流放，但是受政治局勢影響而遠離故土），中外皆然，作品可能多少地反映了「孤臣孽子之悲、顛沛流離之苦、背井離鄉之痛、異地異域之驚」。隨之而來的對大多數作家面對的是如何在新天地裡「自我定位」與「文化認同」的難題。這些問題是所有新土移民，作家與否，都要面對的。

二、另個奇葩——歐華文學

「海外華文文學」是一個經常被討論的議題，但是在過去多半以「美華文學」為主。「海外華文文學」其中極重要的成素之一「歐華文學」有時卻被忽略。這種忽視不是由於偏見或成見，而是由於無知，由於對歐華文學的發展歷史與現實狀況的缺乏足夠認識。對歐華文學有「開創之功」的趙淑俠在一篇題名為〈披荊斬棘，從無到有——析談半世紀歐洲華文文學的發展〉的長文中對它在半世紀中的艱辛誕生、成長、經營、碩壯的過程做了極詳盡的介紹與「現身說法」的經驗談。

她在長文中將「歐華文學」從無到有、從「荒蕪沙漠」到「綠樹成蔭」的過程述敘得非常詳盡。追溯「留學歐洲」，我們應回顧歷史。研究中國近代文學史的人都認知「三十年代」的文學作品的「質與量」都是中國近代文學的最輝煌的成就。而三十年代的作家群體中不少佼佼者都是「留歐」，而非「留美」，正如在十九世紀與二十世紀初期「法文」是國際社會通用的官方語言，而不是「英文」。三十年代作家如老舍、巴金、徐志摩、凌叔華、蘇雪林、許地生、李金髮等，不是留英，就是留法。他們與西方文化與文學體驗過「第一類的親身接觸」（Close encounter of the first kind），在創作技巧與內涵上受到西方自十八世紀「啟蒙主義——the Enlightenment」以後即興起的「浪漫主義——Romanticism」、「人文主義——Humanism」與

「寫實主義——Realism」等影響，再融會當時中國政治現實與傳統文化的衝擊，他們創作出不少傑出壽世之作，對後世作家影響深遠。

由於日寇侵華，烽火戰亂，世局變遷，中國學子留學歐洲有了文化斷層，四十年代以後的留學「福地」是「美」而非「歐」。當趙淑俠於六十年代留學歐洲時，當時留學生罕見，中文刊物絕跡，漢學研究不昌，「中國」對一般歐洲人而言是一個遙遠的「地理名詞」。唯一的精神食糧是台北家中郵寄來的中文報紙。這也是當年留美學生的同樣困境。隨著時日變遷，留歐學生與僑胞漸增，中文報紙也一一誕生，譬如由大陸發行的「歐洲時報」，由台灣主辦的「歐洲日報」，獨立性質的「西德僑報」等為華人社會提供了信息與文化交流的渠道，與學者、作家與移民發表作品的園地。「日報」與「僑報」如今已停刊多年，但是當年都曾在歐華社會中發揮過特定的功能。

半世紀以來，趙淑俠與「歐華文壇」有著緊密互生的關係。她著作辛勤，苦心經營文化承傳與文友交流。一九九一年在她的主導與文友的協力下，「歐華作家協會」成立。這是一個極有組織力與向心力的作家團隊，他們曾主辦過多次「以文會友」的雙年會議、藝文活動，並出版會員文集與極有文獻價值的「歐華作協文庫」。更重要的是團隊中不乏臥虎藏龍文采不凡的作家，如呂大明、楊允達、鄭寶娟、學者車慧文等。他們及其他優秀的作家，在歐洲那片異國的天地裡以華文繼續辛勤筆耕，發揚中華文化深厚久遠的歷史承傳，這是難能可貴並令人欣慰的佳音。趙文是研究歐華文學發展史的重要原始資料。做為作家，趙淑俠著作豐碩，其中《我們的歌》尤為反映特定時代脈動的鼎力之作。

三、八十年代是海外華文寫作的分水嶺——新移民文學

八十年代以前，「留學生文學」的作家大部分來自台灣。而後在七、八十年代由台來美的作家群體的教育背景與生活經驗都有異於「留學生文學」的作家們（幾乎清一色是台大外文系畢業生），他們目前活躍於海外文壇，在小說、散文、評論方面極優秀的作家如章緣、張讓、姚嘉為、趙俊邁等的作品中不乏精彩佳作。由於台灣經濟起飛，海峽危機消弭，世界局勢變遷，這批作家們的關懷與創作焦點也有異於「留學生文學」的作家群。他們不再為沉重的「憂患意識」與尖銳的「政治敏感」而焦灼不安，而消沉悲愴。概括地說，自「留美」「美留——留下來」，早期的或後期的海外華文作家們，如施叔青、簡宛、趙淑敏、喻麗清等與其他眾多的在海外文壇筆耕不息者（包括「留學生作家群體」），順勢自然地融入了「新移民文學」的筆陣。

在此，我們應該指明的是：評論家有時會將某些具有時代特色的文學作品冠以一個統稱名號，這種做法其實並無褒貶之意，或價值判斷，更無科學的精準性。其目的有時是為了「便宜行事」，或點劃出某些特定時代文學作品突顯的獨特風貌與歷史脈動。

大陸在八、九十年代之後，由於改革開放，大批學者學人到海外研讀進修。當時一本寫作

極為粗糙的書「北京人在紐約」在大陸極為轟動暢銷，而且被拍成電影。由此可見對外開放甫始的大陸人對海外華人生活的好奇心與新奇感使他們頗為饑不擇食。目前由大陸至美的學人學子不少為報紙副刊寫稿，有散文雜文、小品及小說。作品的主題與早期留學生文學有相似處，譬如：思鄉懷舊，思念家人朋友，思念故土的小食風景，新土生活習俗的不適應，語文的礙障，覓職、覓友、覓金、覓屋等現實問題。但是在這些寫作中罕見的是對「分裂中國」（divided China）的恐懼與疑慮。海峽兩岸關係的改善，人民與商貿的頻繁交流等措施使那早期留學人感受的孤臣孽子的憂患情懷大為消滅。而且在大陸經濟起飛、人民生活普遍昇提、旅遊開放，互聯網的盛行的年代，海外學人與親友家人的聯絡通話與互訪已極為平常。如今的「世界村」已成為「天涯若比鄰」。這種「方便」與「幸福」是早期留學生夢想不到也不敢夢想的。因此在某些新世代作品中反映的不是「異鄉人在異地的深沉悲愴」，而是一個出遊者在陌生環境中的拙愚不適。來自大陸的作家的作品有的根本不可能稱為「留學生文學」，因為這批作家群體中不少人來美時都已是涉身社會與工作環境的成年人，在原鄉已經有著各種不同的個人經驗與涉世經歷。其中作家陳九的短篇小說與新詩都功力不凡。二○一一年底我為加拿大Waterloo University "Literature In History/History In Literature"的學術研討會寫作的英文論文（七二○○字），其中討論「海外華文寫作部分」對陳九的新作有著極詳盡的評論。另外有知名度頗高的哈金與嚴歌苓，他們在原鄉的或甜或苦的經驗與見聞提供並豐富了他們作品的內涵。前者以簡單可讀的英文書寫一個黑暗時代裡的人性悲歡離合，後者以擅長說故事的手法描繪出已逝年代裡平凡小人物不平凡的際遇。哈金的作品在英語世界已擁有相當的讀者群。

隨著政治大環境的改變與開放，中國國家實力的昇提，大陸海外移民的劇增，八十年代後海外華文的作品反映著新移民在新土的艱辛打拼、適應困窘、文化震撼、尋覓定位與故土思念等情懷。但是，大體來說，某些作品在文學技巧與文字修養上欠缺成熟洗練。在人人皆可為作家的互聯網年代，寫作的通俗化、大眾化、粗糙化、票友化、急就章化、譁眾取寵化等是必然的趨勢。

海外華文寫作自六十年代的「留學生文學」到八十年代後的「新移民文學」是一個漸進的蛻變過程：從「天涯孤客」到「異域過客」到「海角遊客」到「寄居僑客」到「生根新客」的逐步變化。生了根的「新客」遲早是要提昇為新主人的，由邊緣到主流是需要努力掙扎與時勢變遷的。在老外說中文已經比老廣說官話更帶京腔的今天，未來中文將與英文「並駕齊驅」，甚至取而代之，並非不可能的夢想。海外華文作家拭目以待吧！

四、另類群體——以英文寫作的華裔作家

我現在要短暫地提一下海外以英文寫作的華裔作家，之所以如此做並非刻意違反「海外華文寫作」的主題，而是要證明「不以中文寫作」並不等於「切割中華文化傳統」的臍帶。四十年代的林語堂在美的暢銷名著是《吾民吾土》（*My Country My People*,1935），六十年代的黎錦揚的

《花鼓歌》（*The Flower Drum Song,1957*）被搬上百老匯舞台（一九五八），兩者都是以「中國人、中國事、中國文化、中國傳統」為主題，雖然訴求的對象是西方人。更正確地說法是：正因為對象是西方人，所以以英文來書寫「古老的、遙遠的、神祕的」中國的傳奇與現實才更具異國情調的吸引力。

在海外的華裔作家純以英文寫作的後起之秀有譚恩美、湯婷婷、黃哲倫等。譚恩美（Amy Tan）的《喜福會》（*Joy Luck Club*）在美暢銷，且被拍成電影，生動描繪出不同年代不同文化社會環境中華裔母女的代溝。湯婷婷（Maxine Hung Kingston）的《女戰士》（*The Woman Warrior*）以花木蘭的故事做為引子與隱喻來象徵女人追尋自我定位的掙扎。另外一位在英語世界中游刃有餘的是劇作家黃哲倫（David Henry Hwang），他的名著《蝴蝶君》（*M. Butterfly*）曾在百老匯上演，也被拍成電影。他早期的作品《跳船》（*FOB□Fresh Off The Boat*），是他寫的有關《華裔故事三部曲》之一，也曾在Off Broadway的小劇院上演。

八十年代初期（一九八三），黃哲倫、夏志清教授及我共同被邀在「美華圖書館學會」的年會上做英語演講，主題是「海外華裔寫作」。多少年後黃君（其時年輕，尚未大紅）當時的一句話仍然令我記憶猶新。他的大意是他不願被人稱為「美籍華裔作家」，而願被視為一個書寫「人間事、世間人」的作家。這個願望也是眾多偉大作家的共同願望：以「人」為主題，以「大千世界」為舞台。將近三十年後，他的願望似乎已經達到，互聯網上Wikipedia 形容他為「美國劇作家」。黃哲倫是目前所有以英文寫作的華裔美籍作家中作品產量最多、主題最廣、市場最大的一位。除了華裔，他也寫了有關其他族裔與其他主題的作品。他最近的暢銷劇「中式英文」（Chinglish）回歸到以中美文化衝擊、中英文語言誤解而導致的喜笑困窘的主題。這位不願意被稱為「美籍華裔作家」的人看來至今仍不願跳離「華人故事」的如來佛掌心。

五、結論

因此我們可以下結論說，無論來自台灣或大陸的「新移民文學」作家，或生長在美國以英文寫作的美籍華裔作家，他們曾以中國人、中國事、中國傳統故事、傳奇、文化背景來創作是相當普遍的現象，他們也會繼續向母體歷史文化中去吸取滋養與靈感。去撰寫自己熟稔的「人與事」是理所當然極其自然的事情，自然得如同呼吸一樣。另外一個問題是：海外華人作家是否應繼續以中文創作？答案是一個作家應該用他最便利並熟練的文字來創作。蘇聯流放作家索忍尼辛不少的偉大巨著是在流放美國時以俄文完成。十九世紀的俄國大作家屠格涅夫「自我流放」到歐洲，在歐洲的皇室貴族的上流社會中以流暢的法語交談，但是他念念不忘他的祖國，並繼續以他摯愛的俄文創作。對於俄文，他曾說：「當我對我的祖國有疑惑、傷感的意念的時候，你，你這偉大而有力的俄國語言——你是我唯一的依靠和幫助。我不能相信如此一個偉大的語言不是屬於一個偉大的民族的。」

對於中國語文我們也有同樣的感情，這曾哺育、滋養、啟迪、感動過李白、杜甫、司馬遷、羅貫中、曹雪芹、沈從文、魯迅等以及其他無數優秀作家的文字，是一個寓意深遠、變化多端、象徵微妙、彌久長青的文字。經過歷史風暴的大起大落，它曾滋養著數億萬人的精神與心靈，而它也正滋養、啟發、激勵、陪伴著無數海外遊子的孤寂獨行。因此，我們也不能相信，「如此一個偉大的語言不是屬於一個偉大的民族的」。

——北美華文作家協會網站，二〇一二年十一月號

作者簡介

叢甦，臺灣大學文學學士，西雅圖華盛頓大學英國文學碩士，紐約哥倫比亞大學圖書館學碩士。大學時期曾為文學雜誌、現代文學、自由中國及中華日報等撰寫。曾為臺北聯合報、中國時報、東南亞南洋商報、聯合早報、香港開放雜誌等撰寫或主筆專欄，已出版中英文作品有小說、散文、雜文、遊記及論文等多種。曾為中國近代口述史學會首任會長、對日索賠同胞會創會會長，並與唐德剛教授等同仁創立海外華文作家筆會，隸屬國際筆會。自一九九五年至今為代表國際筆會參赴聯合國的兩位NGO代表之一。

輯二

采風：人文與自然風情

搖搖和擺擺

左一心

搖搖和擺擺是一對雁兒。今年春天，它們把家安在了我們公司裡。

說起我們公司，地方雖然很大，卻並不是什麼居家的好地方——噪音不小，空氣質量也顯見不佳。幾百輛校車從早上五點多起轟隆隆地進進出出，傍晚收車了還瀰漫著幾分油煙味兒，也不知搖搖和擺擺怎麼想的看中了這裡。也許是周圍溫暖的樹叢、寬闊的草地？也許是附近的小湖，還有友善的人們？不管怎樣，它們既然來了，做主人的豈能不殷勤接待？

美國的人都知道，除了執行任務的救火車、救護車和警車，校車是「最牛」的車。無論道路交通多麼繁忙，只要校車亮起紅色的閃燈，車身放出「Stop」的紅牌子，前後左右所有的車都必須跟著停下來，等校車的學生上下完、紅牌收了才可以走。當然，在偏僻的地方或小區，偶爾也會有不守規矩的人，抓住了可罰得不輕！今年州政府還在提案，要在每輛校車外都裝上攝像頭，凡敢不守此規矩者，以照片為證，每次罰款二五〇大元！然而就是校車，碰到搖搖和擺擺們也會好脾氣地停下車來，等它們擺動著肥肥的屁股，不慌不忙地橫過車道。

「搖搖」和「擺擺」是我給雁兒取的「小名」，其實它們可不是無名之輩，學名叫做黑雁，也稱為「加拿大雁」。它們的重要特徵是頭兩側頰部有三角形的白色斑塊，屬鳥綱，鴨科，有七個亞種，跟中國的大雁是近親。不過老美習慣管它們叫鵝（Goose），歸入天鵝類。中國的大雁，無論鴻雁、灰雁、豆雁、白額雁，都保留著遷徙的習慣，北美洲的大雁卻「分化」了。有些依然年年遷徙，從加拿大一直飛到遙遠的墨西哥去過冬，另外卻還有些不遷徙的雁群。加拿大到美國中部的很多地方，一年四季隨時都可見大群大群定居的雁兒。研究說雁群遷徙是記憶習慣，也為避寒和覓食，這可有待商榷了。這些常年逗留在北方的雁肯定已忘記了祖先的習慣，而且是不怕冷的，之所以「不按常理出牌」，恐怕唯一的理由是像人類一樣「以食為天」吧？據北美的「觀察家」們說，就連遷徙的雁群也越飛路程越短了，碰到食物豐沛的地方就不再往南。人性在變，鳥性竟也在變不成？

記得十多年前一個冬天，朋友邀老公去附近的州立公園賞雁，說今年的雁群大得出奇。那日公園裡白雪皚皚，叢林冰淞如畫，湖泊大部分都封凍了。在一個水深又背風的小灣裡，從岸邊到中央小片沒有結冰的水面上，停留著成千上萬隻大雁，黑壓壓一大片煞是壯觀。「嘿，你們這麼待著會感冒的！」朋友笑著找到根長樹枝一頓飛舞，頓時大群的雁兒就「撲拉拉」飛起又落下。老公說，那一群群雁兒起降簡直就像「轟炸機群」一樣漂亮極了。朋友只管趕，老公則抓緊攝像，美不勝收的雪景加上難得一見的巨型雁陣，兩個人欣賞得過癮竟忘了回家。幾個鐘頭下來凍得嗚呼哀哉，最後雙雙重感冒還連稱「值得」！為了一睹盛況，後來我冬天也去過那裡幾次，卻再沒有看見過那樣大陣勢，差不多都是一灣冰雪，隻影也無。

大雁本來就是群居動物，它們極「愛家」，愛「大」家也愛「小」家。春天，搖搖和擺擺跟其他「小家庭」一樣，分散找地方繁殖後代，小雁兒長大就跟隨爸爸媽媽一起回它們的大家庭了。雁兒也很是愛情極堅貞的鳥兒，一夫一妻終身為伴，如果一隻死去，另一隻會自殺或鬱鬱而亡。怪不得搖搖和擺擺總是形影不離，或者在草地上散步，或者在小湖裡游弋，有時華燈初上了還捨不得回家。初看它們時，誰也分不清雌雄。後來時間稍長，我們終於看出區別來了：搖搖個子稍高稍大一點，擺擺則屁股比較肥厚。

三月十七日，是聖派屈克節，雖然不放假，好奇好玩的老美仍然會戴上綠帽子，或者穿綠衣服、佩戴綠色飾品上班。校車從十一點到下午一點都比較閒，一些同事利用午休時間在露天開小Party，圍著一桌子的麵包汽水三明治，說說笑笑十分開心。搖搖和擺擺不甘寂寞，跑來湊興。它們先是遠遠地在草地上窺探，慢慢就靠近過來。果然，美食來了，有人把麵包掰碎丟給它們。一個年輕的司機頑皮，故意這邊丟一塊，那邊丟一塊，逗得搖搖和擺擺到處跑，大家看著它們笨拙的樣子哈哈直笑。兩個非洲裔大媽學著它們的樣子跳起舞來，雙手舉起肩膀晃動，屁股搖得驚天動地。旁邊的就把桌子當鼓打節拍，一時跺腳的、叫的、笑的鬧作一團。屋子裡的和路過的人都被吸引來了，越來越多的人加入舞者隊伍。他們故意跟在搖搖和擺擺的後面，手搭前面人的肩連成一隊，老老少少扭腰蹶屁股忘情大鬧。看著那些樂不可支的人們，你沒法不跟著開心大笑。搖搖和擺擺邊跑邊回頭，如果會笑，我相信它們一定也要張開嘴大打哈哈了。

轉眼已是仲春，「二月春風似剪刀」裁出的翠嫩細葉成了綠蔭。搖搖和擺擺不知怎麼露面少了。它們去哪裡了呢，是不是回「娘家」群裡探親去了？我正納悶，有朋友告訴我，它們渡完「蜜月」在做傳宗接代的大工程了呢。雁兒兩歲找配偶（早婚早戀哦），春天選好築巢穴的地方後，它們恩恩愛愛地一起做各種準備，然後水上交配。十天後雌雁開始產蛋，大約二～三天生一個，一般四～八個。而孵蛋也是一個辛苦漫長的工作。一個月的孵化期過後，它們累得飛行羽毛幾乎掉光，以至於小鵝出殼後自己好長一段時間都不能飛翔。

好久沒看見它們，真還怪想念的。一個晴朗的午後，突然看見搖搖和擺擺帶著一群小鵝溜達過來。哎呀，好可愛，五吋來長，黃毛茸茸的，背脊上的顏色稍微深一點，小眼睛晶亮晶亮！數一數，八隻，高產啊！搖搖和擺擺很小心地，不是在它們兩邊就是在它們前後護衛著。只要哪隻小鵝跑得遠一點，它們就會短促地叫幾聲，或者乾脆去把它趕回來。

這下，我們的校車司機更艱難了。小鵝們可不像它們的爸媽那麼「懂事」，有時候就是要在車道中間玩。它們一點也不知道，校車的每一站都是有時間規定的，司機不能太早也不能太晚，必須前後五分鐘之內準點到達。要知道，孩子們在等著，家長和學校也都在等著呢！

那天，John開著車胎漏氣的車好不容易趕到公司，已經比平日遲了近十分鐘。偏偏剛把車開出來就碰到搖搖一家！"oh my god!"要趕時間的John急得冒煙，只好開通對講機向調度室求援。辦公室和旁邊看到的人都去幫忙趕鵝，小傢伙們被攆得東一隻西一隻在車道上嘎嘎叫著亂轉，就是不往旁邊跑。Susan捧起一隻想送到草地上去，搖搖和擺擺竟然大叫著，張開翅膀伸長脖子直撲過來要啄人，嚇得她連忙放手。幸虧Mark比較有經驗，招呼大家成一橫排朝一個方向走，這才把他們一家「請」到旁邊草地上，給John解了圍。

那次以後，也許是父母「教導有方」，也許是小傢伙越來越聰明，總之類似的事情少多了。小鵝們長得很快，入夏已有差不多兩英呎長。它們不再在車道上傻傻地曬太陽，而是跟爸媽一起躲在樹蔭下或者去小湖裡游泳。到快放暑假的時候，它們雖然體型比爸媽還小一些，不知什麼時候竟學會飛了！到小湖裡去的時候不必再跑路，呼啦一下飛起來就全家出遊，交朋會友去了。離得近，那次我終於看見了是搖搖飛在最前面。據說，由於頭雁扇動翅膀的作用，在身後會形成一個低氣壓區，排成「人」字或「一」字在後面飛行的雁就少了空氣的阻力，輕鬆很多。

暑去秋來，開學後我們再上班的時候已看不見搖搖和擺擺一家，它們回群裡去了。霜風漸起，樹木草地由綠色變得五彩繽紛。每當空中一陣「嘎、嘎」的叫聲，有雁群從頭上飛過，我心裡就在想，這是南飛的雁群還是本地的呢？有沒有搖搖和擺擺一家在裡頭？雁鳴的聲音其實也很美的，有些像廣東人那種通過胸腹腔共鳴發出的聲音，洪亮而渾厚。果然「雁引愁心去，山銜好月來」，雲淡風清的秋日裡，長空雁陣讓眼前的圖畫活起來，特別有了生氣！

新移民來美國不久的老蔡卻在感嘆：「眼睜睜看著一群雁長大，這可是在美國啊，要在我們江西，只怕早就成餐桌上的美食了！」我笑笑，初來乍到的中國人都會這麼想。這裡隨處可見野鹿、野兔、狐狸、小松鼠等各種小動物，還有好多鳥兒，都自由自在地與人們和諧相處，人們保護它們已經成了自自然然的習慣。

冬天到了，馬里蘭的冰雪如期而至，雁群的身影也稀少起來。寧靜的冬夜，聽不到雁鳴，耳邊只有冰雪在風中細碎的「嚓嚓」聲或融冰的嘀嗒聲。錢起的《歸雁》驀然湧上心頭：「瀟湘何事等閒回，水碧沙明兩岸苔。二十五弦彈夜月，不勝清怨卻飛來」。我們又何嘗不是遠離瀟湘的雁兒呢？那天去公司，看到附近雪地上徘徊著一群大雁，腦海裡又浮現出搖搖和擺擺一家來。明知認不出，我依然一一看過去，它們在裡頭麼？小雁兒應該已經跟它們的爸媽一般個頭了吧？明年春天搖搖和擺擺還會來公司裡安家麼？它們也許不知道，自己曾經是公司一道獨特的風景線，人們還等著它們在新的一個聖派屈克節一起跳舞呢！

——北美華文作家協會網站，二〇一六年十一月號

作者簡介

左一心，湖南長沙人，一九九五年移民美國馬里蘭州。北美華文作家協會華盛頓分會資深會

員。曾擔任世界日報記者，現已退休。二十多年來一直協助先生「中醫專家」撰寫馬來西亞《中國報》和《南洋商報》的保健專欄，出版《好漢莫怕病來磨》，《向名醫學看病》，《抗癌真經》等六本專著，並在網路發表散文，小說等三十餘篇。

森林夜行記

艾諾諾

很早便計劃去Sierra Nevada Mountains東麓看秋天，路線是一早從洛杉磯由南向北先抵達Yosemite國家公園西南門，橫穿過整個公園，晚上安榻在Mammoth Lakes度假區的酒店。計劃之所以如此宏偉是基於之前我們已去過Yosemite無數次，車窗外的風景只想順道看看。可是首先，臨行的那天我們一家磨蹭到遲遲才出門；其次，一進入Yosemite還是被那裡的美色留滯到忘記時間的流逝。於是終於造就了我們這趟夜行森林的奇異之旅。

我們靜靜在Glacier Point目睹完最後一抹餘暉從Half Dom上撤去，天空還粉紫得可愛，等下到Yosemite Valley時卻已是伸手不見五指。記得剛出隧道有一個觀景臺，我們曾經在那裡既看過午後也看過傍晚的Yosemite金典景象。依著慣性，我們又把車停在了那裡。真黑啊，中間鷹頭般的Half Dom、兩邊重重疊疊的巨石山，以及下面蔥鬱的山谷，什麼也瞧不見。唯一的亮點來自臺邊上，有個人影正在用手電照他支著三腳架的照相機，鏡頭對向了天空。

呵，這是什麼樣的夜空！地面萬物漆黑一團，它卻深透著墨藍，那墨藍之中懸著的星星讓人吃驚地數不清。千萬顆，億萬顆，每一顆星星都出奇地亮，它們的光輝連成一片片星雲，一片片星雲又圍繞我們頭頂當空的中軸盤卷起來。而四周的巨巖撐出了一個拱穹，讓人有非常立體地置身於浩瀚太空之感，整個銀河系彷彿就飄浮在眼前。更確切地說，超脫了地球的塵埃嘈雜，連軀體本身都不復存在了，只剩下一雙雙睜大的眼睛。接下來，是星星還是反射著星星光亮的眼睛，就更加不得而知。人在時間和空間的無限裡是如此詫異和微不足道。

這麼美的星空是我有生以來第一次遇見，再不捨也得離開了，我們的車繼續在山谷中繞行。忽然夾道兩邊的半空中出現了一些亮晶晶的小光點，零零散散地垂直而上分布。是星星落下來了嗎？我驚呼著。老公笑起來，說你再好好看看，那些應該是攀巖人揹的燈。他們夜間攀巖，睏了就在懸巖上睡覺，明天一早就能登到崖頂，慶賀勝利的日出。這真又是一幅奇妙的景象，黑暗並不代表空無一物，那是巨大堅實的山巖；攀巖人的燈光恰似繁星散落，兩者聯合把蒼穹拉到了地面，讓我們的星空之夜再延伸。我又不得不反過來感嘆，微不足道的小人們在各自有限的時空裡能夠作出諸如此類的壯舉，恰似一顆顆星星裝點著人類歷史的長河。

我們的汽車開進了茂密的森林。迎頭的車燈越來越少，尾隨的車子也不堪緊咬我們的慢速度而偏身趕超過去了。很長一段黑暗中密林裡，只剩下我們一家踽踽獨行。遙遠處本來還是未知的深淵，我們車燈長長的光束如同利劍一般指刺過去，一條道路就奇蹟般出現在了眼前。兩邊高大的紅木像森嚴的衛士，極不情願又齊排排地往旁後退讓。它們在守衛著什麼呢？樹尖間一不小心露出了一線墨藍，還是那神祕的夜空，難道是那神祕之又神祕的閃爍星辰？

山裡的氣溫下降很快，薄霧悄悄升起並瀰漫開來，我們所看得到看不到的森林都更加迷幻。一會兒，它像是歐洲宮廷貴婦逸地的長裙。紅木灰綠色的小針葉顯得細毛茸茸，暗褐色的樹幹有著魚鱗一樣的細致紋路，再加上這一層薄霧的朦朧效果，布料材質簡直是地道的天鵝絨。天幕的墨藍也是天鵝絨最搭的色彩，其上綴滿的的鑽石則來自今夜最璀璨的繁星。如此神祕與高貴，不知誰能有底氣撐得起這一襲天大的長裙。一會兒，我們又像是走進了宮崎駿的動畫世界。我們一家三口乘坐的小車行駛在一望無邊的森林中，孤單的車燈刺破黑暗，我們瞪圓了眼、鼓圓了腮幫嘿嘿地向前衝。開到山頂路的盡頭，我們的小車又一躍而起駛入天幕，最終到達一顆星球，我們明亮溫暖的小家……轉頭一看，老公正緊握方向盤平靜地注視著前方，後座上的兒子也沒有鼓腮瞪眼，反倒是閉眼熟睡，打著輕輕的小鼾。我如同剛從甜夢中醒來，不禁暗自發笑。

想起十多年前另一段夜行森林的經歷。同樣是出遊，為了早些趕回家，我們選擇了一條穿過森林的近道，可是一頭鑽進去後便開始後悔了。道路崎嶇，密林如麻，黑不見底，那時老公車技尚不佳，年輕氣盛漸漸被拋在了汽車輪胎之後，恐懼感則越繞越多。後來甚至說起不久以前發生的登山客失蹤被謀殺的事件，車燈更加慘澹，巨樹更加猙獰，自己嚇自己，差不多算屁滾尿流逃出森林的。怎麼會有如此天壤之別呢？那時的我們初來美國，留學生還在為工作和身分擔憂，對異國的不了解、對未來的未知都是堆在心底的恐懼。比之現在的我們，已以我們自己的方式融入到美國社會，生活安定，自然看待問題的角度就大不相同了。希望經歷過這許多磨難的我們不止心隨境移，往後碰到困難時更要用上積極樂觀的心態。

容我浮想聯翩這麼多，夜路真的很漫長。

汽車連著被踩油門發出的嗚嗚聲告訴我們山勢在升高。樹木變得稀疏，因此可以看見更多的夜空，周圍連綿的黑色山屏輪廓也得以顯現。這些高海拔的禿山頭在我記憶中、在白天陽光下可是另一副模樣，鉛灰色、深褐色、赭紅色、枯黃色，它們會裸露地球表層的礦物質，閃耀最原始自然的光澤。「月亮」！悶聲許久的老公冷不丁叫道。就在我們的正前方，兩座山的埡口，一輪乳白的圓月霍然躍出。估算今天不是中國農曆十六就是十七，再加上迂迴山裡的緣故，所以才這麼晚看見月亮。無論如何，我們有些疲憊的眼神都隨著月亮更加清醒明朗起來。月亮在樹棵間、山巒後時隱時現，我們就峰迴路轉地陪她玩捉迷藏。月亮嫵媚地照著路邊的高山草甸，我們就慢下來用羨慕的眼光梳一梳伏倒流光的華草。月亮如果向不遠處的湖面扔下一把碎銀，我們就只有貪婪地朝著奔過去了。

月光下的湖泊確實美得難以形容。月亮透過高山清冷的空氣投映到清幽的湖水裡，湖面並不平整，時不時由山風蕩起淺淺的漣漪。月亮的影子於是被拉長了、折皺了、撕碎了，然後又被粘起來、撫平了、縮成團。寂靜中忽然響起竊竊人聲，原來早有兩人先到這裡，我們只顧看湖看月亮，不成心闖入了人家的二人世界。凸出路邊的小停車場只有我們一輛車，猜想這兩人是從附近的露營地步行過來。依稀能辨出他們大概的模樣，中年以上的一男一女，女子淺色的頭髮滲滿皎潔的月光，男子從後面環抱住女子，兩人就這麼綿綿擁立在湖邊，竟將這有些寡淡的月色攪得甜蜜粘稠。

還是不得不上車趕路。我們就這樣一路追逐月亮爬過海拔九九四五英尺的Tioga Pass，最終依依不捨告別了Yosemite國家公園。行駛在三九五號公路沿線開闊的高原上，月亮再也無處藏身，但始終是遠離城市燈光的偏頗之地，舉目望去，兩邊的景物在孤零零的月光下依然模糊不清。也好，讓我們再多攢些好奇入夢鄉，留待明天再來驚喜。

明天，我們將再次走進大山，走進日光下秋天的森林。

——北美華文作家協會網站，二〇一五年一月號

作者簡介

艾諾諾，來美十餘年，主事家務，業餘喜愛攝影、繪畫和寫作。在中國曾任臨床內科醫師，留美期間研修會計學並取得研究生學位。異鄉時而顛沛時而安詳的生活，讓人緊緊慢慢不斷發現自我，而文字是她記錄這一歷程的最好方式之一。

漫遊史坦貝克的伊甸園

周芬娜

喜歡漫遊加州的人，都會欣賞美國名作家約翰‧史坦貝克（John Steinbeck，一九〇二－一九六八）的作品。他是一九六二年的諾貝爾文學獎得主，也是個熱愛旅行的人。他的小說裡充滿了加州風物的描述，並洋溢著生動豐富的美感，不但為一般的旅遊書增加了文藝氣息及深度，也為熱愛文學的讀者們開闢了一個冒險的新樂園。

人傑地靈，加州的一些小地方經過他的品題，都變成了經典名勝，尤其是他的故鄉沙林那河谷（Salinas Valley，屬蒙特里縣（Monterey County））。他的兩部長篇小說《伊甸園東》（*East of Eden*）和《憤怒的葡萄》（*Grapes of Wrath*），都是以這個幽美的河谷為舞台的。《伊甸園東》壯麗如史詩，一開始就寫著：

沙林那河谷位於加州北部，是兩行山脈間的凹地。沙林那河蜿蜒的流過山谷中部，最後注入蒙特里灣⋯⋯山谷寬闊平坦的耕地上鋪著一層肥沃的泥土，只要冬季裡一次充沛的雨水，

> 就能使草木花卉生長起來。在多雨的年頭，春天的花朵是不可置信的美。整個山谷平地，包括山麓在內，鋪滿了羽扇豆和罌粟花。

藍紫的羽扇豆（lupine）和橙紅的加州罌粟花（California poppy），曾將荒蕪的沙林那河谷染成一片錦繡，有如傳說中的伊甸園。《伊甸園東》寫兩個白人家族到這裡開拓生根的故事，男主角山姆・漢彌頓（Sam Hamilton）就是史坦貝克的祖父的化身。史坦貝克家族在當地頗有名望，他的父親曾當過蒙特里縣政府的財政科長，母親是學校教師，在附近的蒙特里半島擁有海邊別墅，幼時常帶他去那裡度假。

史坦貝克還著有一本名為《製罐巷》（*The Cannery Row*）的小說，就是寫蒙特里市區的沙丁魚製罐工業的。他形容它像：「一首詩、一陣惡臭、一絲刺耳的噪音、一種鄉愁」，傳頌一時。然而，今日的沙丁魚製罐工業早已絕跡，惡臭與噪音皆不復存在，只留下如詩的海岸，和如畫的風景。但蒙特里市區還在「製罐巷」遺址成立了一個餐館和個性商店林立的觀光小區，來紀念他的貢獻。

遊客們只要趨車從舊金山上二八〇高速公路往南開，再轉進一〇一高速公路，一個半小時後就可抵達沙林那河谷。如今這裡已經不是野花遍地的伊甸園，而是一個由農場和葡萄園所組成的「世界沙拉碗」（The World Salad Bowl）了。大多數的居民也不再是白人，而是墨西哥裔移民了。墨西哥裔移民是這裡主要的勞動力，我這才恍然大悟為什麼史坦貝克的小說裡總帶有一股濃郁的墨西哥色彩。原來他從名校史坦佛大學輟學後，曾在沙林那河谷內的農場和葡萄園打工，成日與墨西哥工人廝混，哪能不受到深刻的影響呢？這個特別的經歷，變成了他日後創作長篇小說《珍珠》（*La Perla*）、《薄餅坪》（*Tortilla Flat*）、《憤怒的葡萄》（*Grapes of Wrath*）的泉源。

一到沙林那河谷，就看到一〇一高速公路兩旁綠油油的，到處是高麗菜、捲心萵苣、朝鮮薊、綠花菜、番茄、蘆筍、甜椒、黃瓜、草莓、葡萄藤的芳蹤，不時有工人在採摘耕耘。有些採下來的蔬果運到舊金山或奧克蘭港口，再轉運到全世界各地。說不定你今天吃的那碗生菜沙拉，就來自這裡。朝鮮薊的產量特豐，卡斯特洛維爾鎮（Town of Castroville）甚至有「世界朝鮮薊之都」的美譽。朝鮮薊（artichoke）是種原產地中海的蔬菜，在沙林那河谷內長得蓬勃葳蕤。朝鮮薊的嫩心的風味有若春筍，冷食、煎烤、油炸或拌意大利麵都很可口，佐以加州夏多尼白酒尤為出色。

從沙林那市區的出口出來，開個五分鐘，就可抵達位於中央大道（Central Avenue）的史坦貝克故居。這棟古色古香的維多利亞式建築，如今已被改成著名的「史坦貝克故居餐廳」（Steinbeck Restaurant），供應的都是他常吃的家常菜，食材就是這裡的新鮮蔬果。我去吃過兩次，覺得滋味平平，至少沒我做的菜好吃，只是反映二十世紀初美國加州鄉下的烹調而已。史坦貝克雖出身於中產之家，平時對飲食並不講究，吃的不過是一般的熱湯、沙拉、蛋糕，有時還吃點墨西哥菜。但在那幽美靜謐的餐室中用餐，想到他以前或許也在這裡吃過飯，令人覺得別有一番滋味在心頭。

這裡一套包括主菜、熱湯或沙拉的午餐，索價十五美元。雖不算豐盛，還能填飽肚子。而且服務親切，也算物有所值。熱湯是丹麥馬鈴薯清湯（Danish Potato Soup），鹹鹹的，以鴨兒芹調味，剛出爐的小麵包鬆軟可口。我讚美了幾句，胖胖的女侍馬上答說：「這麵包雖不起眼，製作來很花時間，忙了大廚一早上」。她還說：「餐室旁的小客廳以前是史坦貝克雙親的臥房，也就是他的出生地」。我趕快趁上主菜的空檔參觀了一下，只見窄廳裡擺了一套紅絲絨沙發，鋪著白蕾絲，牆上掛了一張史坦貝克的照片，看起來英俊體面。所謂的「山不在高，有仙則名；水不在深，有龍則靈」，看來還真是對的。

看完後再回去吃我的凱撒沙拉，有鮮脆的捲心萵苣、番茄、黃瓜等，醬汁味道很淡，跟現代的濃烈有所不同。主菜是加州風墨西哥捲餅（California Enchilada），搭配豆泥、綠花菜食用，味道也還不差。最難吃的是小紅莓蛋糕（Cranberry cake），蛋糕已經夠甜，還澆一大堆太妃糖漿，配黑咖啡還是難以入口。顯然那時的美國鄉下人尚甜，愈甜愈夠味，跟現代人不同。

草草結束了甜點，我們迫不及待的趨車前往附近的「國立史坦貝克中心」（National Steinbeck Center）一遊。這棟紀念館外觀宏偉摩登，陳列方式十分生動，不但有圖片可瀏覽，還有電影可欣賞。我幾年前去過一次，那天忍不住舊地重遊。中心前正在舉辦墨西哥農夫市場，一群人正叫賣著有機蔬果。有一個長得很醜的墨西哥女人臉上刺了一朵大花，居然媚態橫生。七彩的大甜椒擺得像一幅美麗的圖畫，令人很想咬上一口。中心旁還有一家叫「珍珠」（La Perla）的墨西哥餐館，以史坦貝克的同名長篇小說為名。

《珍珠》不但是暢銷小說，還曾改編成熱門電影。史坦貝克中心內最醒目的展示之一，就是《珍珠》的海報，旁邊放了個維妙維肖的大型蚌殼，殼裡有顆光彩奪目的珍珠。小說情節其實和中國〈和氏璧〉有異曲同工之妙，所謂的：「匹夫無罪，懷璧其罪」，刻畫起人類與財富的關係，充滿了諷刺與弔詭。一個貧窮的墨西哥漁民採到一顆奇大無比的珍珠，以為將帶來好運，結果因覬覦者太多，幾乎家破人亡。最後他憤而將珍珠丟回海裡，以找回昔日的安寧。

此外，《薄餅坪》（Tortilla Flat）的電影海報也令人眼睛一亮。這部以加州蒙特里半島的同名小鎮為背景的小說，有著類似英國「圓桌武士」的情節，強調幾個哥兒們在這裡幹革命的江湖義氣，穿插著浪漫的愛情故事，使史坦貝克一炮而紅，從無名小卒晉身專業作家之林。

接著他又寫了舉世矚目的《憤怒的葡萄》，這是一部以三十年代的美國大旱災為背景的社會寫實小說，敘述一個遠離奧克拉荷馬家鄉的佃農家庭，長途跋涉幾千里遷徙加州求生存的故事，為他贏得了美國國家圖書獎和普立茲文學獎。他悲天憫人的風格，也使他獲得了「人道主義者」的尊稱。但真正使他獲得諾貝爾文學獎的是長篇小說《人鼠之間》（Of Mice and Men），他提出了「在資本主義社會中窮人還不如老鼠」的理念，對後代影響深遠。館中還設立了一家很有格調的書店，專門銷售他的名著和紀念品。

《憤怒的葡萄》後來數度改編成好萊塢電影，有一部是由亨利方達主演的。館中貼著巨幅的電影海報，並播放著電影和朗誦書中章節的VCD，煞是熱鬧。先知總是寂寞的，因這本書暴露了太多葡萄園工人生活的黑暗面，史坦貝克有一陣子受到當地葡萄酒業者的抵制，一致拒看他的作品。據說他生前在家鄉父老眼中，本就是個不務正業吃喝嫖賭的混混，老媽曾想將他的名作送人，三姑六婆竟一律拒收，《憤怒的葡萄》事件只是冰山的一角而已。事實上這家紀念館到他死後三十年（一九九八年）才成立，事前在沙林那市議會辯論了三年才通過，現在他的形象當然不同了。

看完展覽後，我們發現「珍珠」餐館隔壁就有家「蒙特里之味」（Taste of Monterey）小酒館。蒙特里縣也是加州酒鄉之一，名氣雖不如納帕谷（Napa Valley）響亮，也擁有幾百家酒廠。天空陰陰的，正是喝酒的好天氣。酒館裡面陳列著上百種蒙特里美酒，我付五元美金，品了三種。印象最深的是Lockwood酒廠的夏多尼白酒，有熱帶水果的香氣，像是百香果和鳳梨的混合。品酒師是個漂亮的墨裔女郎，笑嘻嘻的拿著一瓶葡萄酒讓我拍照。沒想到如今這些蒙特里縣的葡萄酒竟要靠史坦貝克來促銷，沙林那河谷也因此聞名天下了。那些當初瞧不起史坦貝克的鄉下人如果地下有知，或許要慨嘆「世風日下，人心不古」吧？

——北美華文作家協會網站，二〇一五年七月號

作者簡介

周芬娜，台大歷史系學士、政大東亞研究所碩士、美國Union College電腦碩士。曾任美國ＩＢＭ電腦程式計師、海外華文女作家協會第九任會長。現任專欄作家，加州矽谷「紫藤書友會」創會會長。作品以遊記／美食評論為主，代表作為《品味傳奇》、《飲饌中國》、《人生真滋味》、《餐桌上的芍藥花》。三次榮獲亞洲週刊熱門文化指標（二〇〇三，二〇〇八，二〇一二）；台灣「中國文藝協會」五四文藝獎章（二〇〇五）；中國「漂母杯」文學獎最高榮譽獎（二〇一三）；台灣《講義雜誌》二〇一三年「最佳美食作家獎」。

最後的邊疆

周愚

一、遊輪

美國「最後的邊疆」（The last frontier）阿拉斯加（Alaska）孤懸於美國本土的西北，中間被加拿大隔開，要前往阿拉斯加旅遊，除非坐飛機，否則都需經過加拿大。我們夫婦這次的遊輪、火車兩週的海陸之旅，便是在加拿大的溫哥華上船。本屬國內旅遊，卻要先出國再回國，是件奇特的，也只有在美國才會遇到的經驗。

上船的安檢一如登機，滴水不漏。遊輪十二萬噸，樓高十五層，有如一座活動小島。船行平穩，絲毫感覺不出自己是置身於海上。七天航程，終點是阿拉斯加的第一大城安克拉治（Anchorage），但在中途停靠三個港口，可以上岸遊覽，另有兩天則慢行巡弋於冰山海域，令遊客盡情欣賞。

停靠的第一個港口坎奇肯（Ketchikan）人口七千五百人，不及加州的「小台北」蒙特利公園市（Monterey Park），更不及台灣任何一個縣市的鄉或鎮，卻是阿拉斯加州的第四大城。第二個港口朱諾（Juneau），是阿拉斯加的首府，也不過只有三萬一千人。第三個史凱威（Skagway）更有趣，只有八百五十人，但是在一八〇〇年代末淘金熱時期，它的人口卻達到了一萬三千人。三個港口岸上禮品店林立，上岸的遊客無不各家搶購，家家生意興隆，以一個八百五十人的小鎮來說，光是這些艘遊輪就足以養活他們。只不過，阿拉斯加觀光季節每年五月中才開始，九月初就結束，他們只有不到四個月的賺錢時間，就像螞蟻必須要在夏天存夠冬天的糧食一樣。

二、鮭魚

三個港口每地停留至少八小時，可以另外付費參加岸上的多種遊覽，在朱諾，我們選擇了鮭魚養殖場和冰河（Glacier）。

鮭魚（Salmon）是阿拉斯加最主要的經濟產品，但在那裡，卻不易像在加拿大可以看到成千上萬條鮭魚沿河逆游而上產卵的壯觀畫面，我們只是被帶到一座養殖場，是把捕捉到的鮭魚按大小分別養殖在不同的水槽裡，牠們在槽裡也奮力地游動和跳躍。看了牠們，不禁使我想起，鮭魚應是生物中最弱勢與最可憐的一種。牠們孵化後在游向大海的途中，至少一半遇到鳥、蛇等天敵而死亡。在大海中成長的過程中，又有至少一半成為鯨、鯊、海豚等大型魚類的食物。在逆游而上準備產卵的途中，又有許多會成為站在河中守株待兔的熊的美食，或是因自身力竭而死亡。有的雖未死亡，卻被淺灘的碎石割得遍體鱗傷，牠們如此，都是為了延續生命的後代。而牠們即使逃過了以上所有的災難，最後仍逃不過一個最大的天敵——人類。我們在船上，菜餚中每餐必有鮭魚，在阿拉斯加的所有商店裡，貨架上必有燻鮭魚（Smoked Salmon）罐頭，這些都是觀光客帶回來送給親友最簡便也最實惠的禮物。即使不在阿拉斯加，在其他任何地方的超市、餐館，鮭魚也都是熱門貨和最普遍的食品。

三、冰河

去冰河時，在手冊上，一再提醒遊客不可在冰河上行走，但事實上，人不可能在上面行走，因為我們能接觸到的只是水而不是冰。我們這次旅行是在八月下旬，也就是阿拉斯加氣溫最高的月份，而且在經過五月、六月、七月較溫暖的氣候融化之後，冰河已如強弩之末，只有在較遠的高處尚是未融化的冰。

冰河灣（Glacier Bay）與大學峽灣（College Fjord）是兩處觀賞冰山的重點，遊輪特地以迴旋方式緩慢移動，以使船上每個角度都能看清全景。但也因氣候已較暖，海面上滿是山上掉下的浮冰，小的如一張桌子，大的如一輛汽車甚至更大，冰山似也逐漸式微。幸運的是，在一片沉寂中，突然聽到轟然一聲巨響，一塊房屋般大小的冰由山腰崩裂落入海中，濺起的水花高達數丈，我目睹了這一幕本以為只有在電影中才能看到的動畫，算是不虛此行。

由於全球暖化，據估計，冰河冰山都可能在二十年後消失，我們慶幸，終能在有生之年前往一遊。

四、美食

遊輪上餐廳、酒吧、舞廳、電影院、圖書館、健身房、美容院、禮品店、游泳池、三溫暖、賭場……一應俱全。但玩意兒再多，對一般人來說，仍是「美食」最為誘人，也最實惠。尤其是，除了指定的兩處餐廳外，所有食物都是「免費」的。哈哈！天下有這麼好的事情嗎？其實，羊毛出在羊身上，我們所付的費用，早已將食物包含在內了。因此人人都會這麼想，一定要多吃一點，把本吃回來。船上可吃的，除了一日三餐（包括二十四小時開放不限次數的自助餐），還有漢堡、熱狗、披薩、冰淇淋……以及除了酒以外的各種飲料（酒需另外付費，且價格不菲）。因此，能吃的人有福了，只要不怕回來後腰圍尺寸加大，便可盡情地享用。

話雖這麼說，但真正的情形是，我上船的前兩天的確是吃得比平時稍多些，但第三天就吃回了原樣，第四天起甚至吃得比平時更少了。原因是，食物的種類看來雖多，但吃起來卻並不多。以早餐為例，天天都是火腿、培根肉、美式香腸、炒蛋、土司、麥片、煎烙餅……我真想要是有一份燒餅油條該多好。

我們來美國將近三十年，仍是天天吃中國菜，這次只不過兩個星期沒吃中國菜，就覺得難受了。很意外的是，在我們結束海上之旅，在陸地上的一處國家公園，我們所住的旅館對面，有一排數十家餐館及禮品店的走道，我們走到盡頭，看到有Thai food（泰國食物）和Chinese food的廣告標誌，但卻找不到餐館，後經來回尋找，原來他們並無店面，只是一輛活動的餐車。我們到中國食物的那輛車旁，窗口裡是位東方女性，很親切，但不會說中文。我們點了一客炒飯和幾支春卷，雖稱不上道地，但也解了饞。

五、火車

結束海上之旅，我們繼續乘火車北行，沿途並遊覽兩處國家公園，以領略真正的北國大地。在船上，遊客百分之九十是年長的白人，其餘就是東方人，也聽到有說國語的。而黑人、墨西哥人、棕色皮膚的印支人，則只見到幾個而已。及至上了火車，則除了我們夫婦兩個中國人外，其餘清一色都是白人了，我不知為什麼東方人只喜遊輪而不喜歡陸上之旅？其實遊輪能看到的，只是阿拉斯加東南方的極小部分，陸上旅遊才算真正到了阿拉斯加。

火車座位寬敞，四人一張桌子，坐我們對面是兩位六十餘歲的男士，知道我們是中國人後，其中一人告訴我他在中國待了四年，我問他中國的什麼地方，他答所有的地方（Allover），接著他說出了北京、上海、香港、澳門、台灣……還說去過越南和泰國。談到台灣，不僅台北和高雄，就連日月潭、阿里山，他也如數家珍。他們兩人後來的旅遊路線也和我們完全相同，不但同遊至終點費爾班克斯（Fairbanks），且在回程時同機，至西雅圖轉機時才分手。

火車車身全是玻璃，視野廣濶，並有講解員介紹沿途景觀，餐車上販售精美的食物及飲料，與在船上相比，又是另一番風味。阿拉斯加山多水多，山頂仍是白雪，河水清澈見底，當然所有的水都是溶雪。想起加州年年夏天乾旱，阿拉斯加的水真令人羨慕。

六、邊疆

阿拉斯加是美國的第四十九個州，與夏威夷州同在一九五九年加入聯邦，但比夏威夷早幾個月。夏威夷因四面環海，不與任何國家交界，所以阿拉斯加仍是名正言順的「最後的邊疆（境）」。它也以是美國最大的一州而自豪，即使把它一分為二，它的一半也比美國第二大州德克薩斯州要大。這塊土地是一八六七年美國以七百二十萬美元向俄國買來的，這筆錢在今天僅夠在洛杉磯的明星住宅區比華利山（Beverly Hills）買一幢毫宅。儘管當時購買阿拉斯加平均每英畝才花了兩分錢，但與俄國完成這筆交易的國務卿西華德（Seward）卻受盡了國人的責難，認為他花了這麼多美國納稅人的錢去買了一個「大冰箱」。現在來看，這個冰箱不但有金礦（已開採殆盡）、石油（包括陸上與海底）、漁業、觀光……在軍事上的重要性，那就更不用說了。

阿拉斯加全州的人口只有六十二萬多人，平均每二點五平方公里只有一個人，它也是美國倒數第三的人口小州，尚不及洛杉磯華人聚居區聖蓋博谷（San Gabriel Valley）內的人口數。若拿它與台灣相比，它的土地大約相當於四十七個台灣，人口卻只有台灣的三十六分之一，多麼誇張的數目字！

雖然莎拉裴林（Sarah Palin）競選副總統失敗，且現已辭去州長職務，但她仍是阿拉斯加的一個賣點，許多商店都擺放她的畫像，遊客也搶著和「她」合影。歐巴馬出生在夏威夷州，如果裴林競選美國二〇一二年的總統並當選，將創下美國最後的兩個州的人先後擔任總統的佳話。

七、有感

也許有人會以為，去阿拉斯加，在海上，可以很容易地看到鯨魚；在陸地，可以到處見得到熊、鹿、狼等野生動物；在市鎮上，滿街見到的都是愛斯基摩人和印地安人。或許還有人會認為，阿拉斯加仍是塊落後的不毛之地。事實上，這都錯了。

在海上，我們從未見到鯨魚；在陸地上，我們只被帶到一處圈養著的熊、鹿、羊……的地方去觀賞牠們；愛斯基摩人和印地安人，我不敢確定我是否曾看到過一個。予我印象最深，感慨也深，且是我最想說的，是全程中，我所接觸到的，幾乎全是白人。船上、火車上、商店和旅館裡……不但高級主管全是白人，即使店員、導遊、司機，服務員……也都是白人。我不知是不是也像美國本土把印地安人安置在偏遠的「保護區」（美其名的名稱）一樣，也喧賓奪主，如法炮製地，把阿拉斯加的原住民安置到特定的範圍裡去了？至於以為阿拉斯加仍是落後的不毛之地，那更是大錯特錯。阿拉斯加的一切都和美國本土沒什麼兩樣，人們說純正的英語，吃正宗美國食物。高速公路、五星級酒店、超市、快餐店……並無置身異地之感。

如果一定要說與美國本土有什麼不同，那就是氣候了。我去前洛杉磯氣溫高達九十多度，到那裡最低氣溫只有四十多度。阿拉斯加與加州時區只相差一小時，所以我回來後向朋友們戲稱我這次旅行沒有「時差」，卻有「溫差」，需要「冬眠」一些時日才能恢復呢！

——北美華文作家協會網站，二〇一二年九月號

作者簡介

周愚本名周平之，空軍官校戰鬥飛行科，軍官外語學校英文系及日文系，三軍大學空軍學院，美國空軍戰術學院武器管制官及電子作戰官班畢業。曾任飛行官，分隊長，中隊長，國防部禮賓官等職，上校階退役後轉往民航界，任遠東航空公司業務副主任。

一九八二年來美後從事業餘寫作，在美、加、台、港、泰、星馬、中國大陸發表作品三百餘萬字，著書十九冊，獲得多項文學獎。曾任北美洛杉磯華文作家協會會長，空軍官校校友會會長，空軍大鵬聯誼會會長，榮光聯誼會會長等。

有趣的中文地名和姓氏譯名

周匀之

有一次，偶然看到美、加傳統僑團舉行聯誼會的名單，除了知道羅省是洛杉磯，三藩市是舊金山，火奴奴奴是檀香山之外，有些地名竟然是我這個居美三十年，也算得上是「老紐約」，而且還算是資深媒體人聞所未聞的。

打聽和查閱之下，才知道三旦寸是德州的聖安東尼奧（San Antonio），積彩是密西根州的底特律（Detroit），滿地可是加拿大的蒙特婁（Montreal）。早期有人把西雅圖（Seattle）叫做喜丫頭（加拿大華文作協會長徐新漢兄告以，先僑把西雅圖叫做舍路）。究其原因，是先僑多為廣東台山籍，地名自然就根據台山發音翻譯。就連紐約幾個區的地名，竟然也有不同的譯名。舉世聞名的Manhattan，在華文媒體上就有曼哈頓和曼哈坦之分，Brooklyn也有布魯克林和布碌崙之分。

而曼哈頓最早的譯名是民鐵吾，現在幾乎已經無人知曉。

當兩岸三地的華人不斷增加，華文媒體相繼在美國蓬勃發展之後，由於兩岸的習慣用語不同，對地名的翻譯也出現不同。例如離洛杉磯不遠的聖地牙哥（San Diego），大陸的媒體譯為聖迭戈。

早期在台灣坐過冤獄的一位前輩作家，在他的文章中，把他居美的聖地牙哥譯成生的哀歌。來自台灣和香港的媒體，對同一個地方的譯名，也可大不相同，以舊金山灣區台灣移民和媒體所稱的奧克蘭（Oakland）為例，香港媒體譯為屋崙。舊金山附近聖荷西所在的Silicon Valley，台灣稱為矽谷，大陸叫硅谷。

溫哥華的衛星城市Richmond（里奇蒙），有人將之譯為富貴門。

說到美國的地名，紐約出現了兩個笑話。

一個是美國現在有五十二個州；另一個是寧波人發現了阿拉斯加。

自從大陸改革開放以來，美國，尤其是紐約增加了眾多福州、溫州和江浙滬移民，於是有人開玩笑說，對於美國有幾個州的正確答案應是五十二個，因為增加了福州和溫州。

至於寧波人發現阿拉斯加的的故事是這樣的：善於經商的寧波人飄洋過海到了阿拉斯加，看到與自己膚色相近的愛斯基摩人，於是脫口而出「阿拉自家」，愛斯基摩人也跟著喊Alaska。久而久之，『阿拉自家』就成了阿拉斯加的地名。寧波話的「阿拉自家」和英文的Alaska，真是百分之百的吻合，由此可以證明阿拉斯加是寧波人發現的。

在我濫竽媒體時，最感困惑之一的是，很難還原華人的姓氏。台灣和大陸的拼音方式不一，但至少有律可循，而東南亞華人的姓氏，因方言的不同，真可說是五花八門。

以我的周姓為例，台灣普遍用Chou或Chow，大陸用Zhou，香港用Chau，我還見過用Jhou，Jou和Chua的。

又以極普遍的張姓為例，台灣是Chang，大陸是Zhang，香港是Cheung，有的福州人用Tiong，我是無論如何想不到這會是中國人的張。

陳也有不同的拼法，台灣和大陸都用Chen，但香港卻有Chin和Chan兩種拼法，還有的陳是Tchen和Tan。

在台灣王是Wang，黃是Huang，但香港是王黃不分的Wong。台灣的劉Liu是香港的廖，香港的劉是Lau，台灣的廖是Liao。

在移民歷史上，還有紙兒子的情形，真實的姓和證件上的姓完全不同。

嫁給外族裔的女子，用了夫姓，除非已經知道她們的本名，否則真難還原到她們的中文姓名。

兩岸媒體對美國政治、演藝人員的譯名，也出入很大，對美國總統的譯名，台灣是採用美國新聞處的同一譯名，例如甘迺迪、尼克森、詹森、雷根等。而大陸和香港則有肯尼迪、尼克松、約翰生、強生和里根與列根。我在媒體工作多年之後，才知道香港媒體上的尊榮，就是台灣報紙上鼎鼎大名的約翰韋恩（John Wayne），有一年我到洛杉磯附近的Orange County，原來那裡的機場就叫John Wayne機場，大廳裡還有一尊他巨大的塑像。

很多歐洲的漢學家，美國學者和政治人物，都有很好的中文名字。同樣地，很多中國名人，也有英文名字，有的很好記，也用的很妙，例如蔣緯國是Wego Chiang，但台灣前副總統蕭萬長的英文名字是Vincent Siew，這只有在平時隨時記錄下來，才能在翻譯和還原成中文時正確譯出。

紐約和洛杉磯都有很多韓國人，他們其實都有漢字姓名，但是要從英文還原成他們的漢字名字，因為發音的不同，又是一大難題。

——北美華文作家協會網站，二〇一三年十一月號

作者簡介

周匀之（筆名周友漁、周品合），大陸出生，台灣受教育成長，退休記者。曾任職台北中央社、駐非洲賴比瑞亞（Liberia）記者、紐約世界日報、香港珠海大學。紐約市立大學皇后學院政治學碩士，曾兩次獲得中華民國僑聯總會海外華文著述獎新聞報導類第一名。

DC夜訪

草雨

一、星光河水

到甘乃迪藝術中心多次，但如今晚月空下無牽無掛佇立高台眺望波托馬運河還是第一次。望著星月下泛著幽光的河水，心中的冰稜隨著星星軟軟化浥，悄悄逝去……

對岸瑩光點點的高樓，還有腳下緩緩流淌的河水，把我帶回故鄉那座滿山遍野鳳凰花開的海島，似乎我正在鷺江邊遙望對岸的鼓浪嶼小島。當我還不知世間有幾多愁時，多少次深夜我站立在廈門鷺江邊，聽著海浪有一搭沒一搭地拍打岸邊布滿海苔的花崗岩。此時，遠處海中間有幾艘無所歸依的帆船，船艙口扯起的粗帆布遮住了裡面一盞昏黃的煤油燈，燈下常常能看到一兩個模模糊糊低頭忙碌的人影。腳下岸邊則孤零零搖晃著一兩艘小舢板。月下泛著白光的舢板上堆著一攤舊漁網，旁邊還有一兩個小筒，盛著漁人用過一半的剩水，隨著船身晃動，裡面的水也在一搖三晃，拼命往筒邊拍打，似乎要躍出庭院深深的小鐵筒，到波濤洶湧的大洋裡尋覓一番人生的滋味。

夏日星辰下，鷺島對岸是琴聲若有若無的鼓浪嶼小島，她沒有波托馬運河西岸燈火通明的高樓，只有掩映在鬱鬱蔥蔥相思樹中顏色褪盡的小洋房。今夜，河邊聖殿裡我突然醒悟，故鄉水中的小島其實不是為了琴聲和洋房，而是為了夢、為了遐想……，因為她的存在，海這邊的鷺島才有了祈望、有了育夢的星空。幽幽大海，隔絕了一大一小雙子島。這蔚藍深淵孕育了未知、迷茫、失落與希望。河邊甘乃迪，我才懂得其實每個人的心中都有一段隔洋遠望的彼岸。只要心中還有夢、還有那一汪奔流不止的清泉，就一定有彼岸，有岸上星星點點的燈光。哪怕秋風驟起、雷轟電劈，隔洋的燈光會陪伴你，予你柔、賜你膽。也許，這就是為甚麼少年的我常常會佇立輪渡碼頭，望著對岸的一山一水發呆發痴。而今天小溪般的波托馬河還能喚起我心中柔情萬種，勾出一番兒時的夢和滄桑歲月後的依然如故。

二、天地一線間——越戰夜月低徊

寅時夢醒，難以入眠。星空下五萬七千多魂靈還在湖面般的墓碑裡無聲呼喚我。我赤足慢步，走進這時光隧道，讓熱帶雨林的針芒刺痛歲月的肌膚，寒冽的雨點洗去周身每一寸的繁華，讓那黑牆上千萬個亡靈伸展他們的臂膀環繞我，把我擁進無聲無韻的通道，埋進記憶的流沙，在那裡一頁一頁翻檢陌生的姓氏，翻出落基山的晨霧、密西西比的晚霞、還有Napa Valley葡萄園的孤獨。

慢慢時鐘倒轉，隨著滴答的流沙，一步一陷，終於，在那「天人合一」、生死交界處，時光的白沙漫過我的頭頂，我雙膝緩緩跪下，滾燙的額頭緊緊貼上冰潔的花崗岩，柔弱的雙臂盡情張開，似乎要把一生一世都貼在這死亡與永生的大門上，用我的雙臂，用這顆熱淚盈滿的心撐開這扇三角大門，讓死亡在這裡駐足，給千萬個飄逝在歲月風塵裡的生命撐開一絲生的空間，讓他們有一刻的英名吶喊，講一段來不及講的故事。

我跪拜在這時光的墓底，仰望滿天星星消逝的夜空，絲絲清淚滾過臉頰，像滴滴雨珠滑過靜默的湖面。哀哭的不是手榴彈下、竹簽井裡橫飛的血肉，而是一朵朵俊美青春之花在熱帶雨林被攔腰齏碎的悲哀。如果生命真有腳步，靈魂還會嘆息，那麼在這兩壁小徑交叉處，急促、雜亂、錯綜的腳步、夾著粗重的喘息聲，一定會潮水般湧來。

我的父輩曾手舞鋼槍在東南亞與這些愛和華麥田裡滾大的士兵生死相搏。今天，我卻在濃濃月光下奮力撐開天門的縫隙，祈願上蒼賜予這千千萬萬迷失的亡靈能有須臾片刻，望一眼家鄉的星空，聽一次無知少年夜下的喧鬧。

月亮高掛，我要走了。我要走出時光的隧道。在身後兩扇大門吱吱合攏時，浮出往事的水面，用今生今世記住兩道門後來不及敘說的故事。在星空下、在秋風裡唱一曲五百英尺的生命輓歌。

三、水晶天問

從陰魂喧鬧的天地間，我緩緩登上美國這段輝煌平台[1]。林肯足旁，仰慕的遊人，或駐足參拜，或攝影留念。回身遠眺，只見堂外黑黝黝一片，兩旁高低參差的樹叢，只有軀幹輪廓，不見只枝片葉。遠處是雄鎮西方的白城堡[2]。如果亞伯那罕林肯低首沈思片刻，他一定會看到廳堂下方一汪靜如處子的大水池[3]，中間嵌有一尊尖尖的漢白紀念碑。

這裡是美國民主自由的靈魂。然而，它沒有法國凱旋門的氣派，沒有光芒四射的通衢大道為之烘托，沒有香榭麗舍的精品淑女為之典雅，更沒有皇宮護城金水為之鎮攝添威[4]。這裡只有憂國憂民的老總統，還有那一畦月光倒映的池水和倚天發問的尖尖白塔。

一切似乎都太素靜平白了。沒有放之四海而皆準的語錄，沒有一句頂一萬句的跋扈，更沒有慈父太陽的愚忠。稱霸世界的帝國竟濃縮為一汪皓月碧綠中的小尖塔。然而，這簡潔靜穆中竟有許多無言的溫柔、聖潔和剛毅。著名記者Peter Jennings曾坦言，無論何時何地他都隨身携帶一部

1 林肯紀念堂。
2 國會山莊。
3 倒映池，華盛頓紀念碑輝映其中。
4 北京紫禁城。

袖珍美國憲法，因為「美國是世界上唯一建立於理念的國家」[5]。這部憲法，就是水中潔白明淨的尖塔，像電影Atlantis裡的引路水晶，晶瑩剔透的光芒時刻詔示後人。一卷律法、一座立碑。這懵懂年輕的國家，幾分天真浪漫，無牽無掛，憑著一番信念、一分熱忱趑趄前進。

沒有帝王肖像高牆懸掛，沒有紳士淑女穿梭留連，唯有十年越戰的血淚恥辱、冰天雪地的韓戰硝煙和肅穆莊嚴的二戰沉思。這裡，懷抱美國的傷心和驕傲，林肯極目遠眺，祈願後代子孫，在反思池裡清理思緒，且思且行，永不遺忘：「我有一個夢……」[6]

——北美華文作家協會網站，二〇一五年一月號

作者簡介

草雨，本名梁旭華，生於南國鳳凰花開的鷺島——福建廈門。一九七七年以優異成績考進西語系，一九八二年獲得西班牙語學士學位（北京外國語大學）。曾在中國外文出版發行事業局任翻譯，之後考入北京外語學院拉美文學碩士班。一九八六年赴美國紐約州立大學石溪分校攻讀拉美文學，獲博士學位，成為中國第一位西語文學女博士。先後在紐約州立大學，阿拉巴馬州私立

5 Kate Darnton, Peter Jennings, A Reporter's Life. PublicAffairs, New York, 2007

6 馬丁路德金在此發表著名演講：「我有一個夢」。

大學及蒙哥馬利公立學校從事教學與研究。研究西語經典文學之餘，撰寫漢語新詩，西班牙語及英文詩歌。

別開生面的博物館追思會

原上草

多年來，我造訪過許多博物館，也追思過一些親友的離世，然而參加博物館追思會卻是破天荒第一遭。其實，為一個藝術博物館舉行「追思會」，大概在東西文化史上也絕無僅有。

今年九月最後一個周六，天高氣爽。聽說華府著名的柯克倫藝術畫廊（Corcoran Gallery of Art，以下簡稱柯廊）兩天之內就要關門大吉了，我一早就匆匆進城，趕在開門前來到這座距白宮僅一箭之遙的典雅建築前。

一、全美博物館，五元老之一

柯廊在華府獨立博物館中規模最大，歷史最久，也是全美博物館五大元老之一。然而，對一般外地訪客說來，它卻是一塊鮮為人知的寶地，大多久居首都的華人也往往過其門而不入。它獨特的麗質想必是被藏品豐富且靠國稅支撐、得以免費進入的國家畫廊及史密森尼（Smithsonian）旗下眾多的博物館掩蓋了。

柯廊是十九世紀出生於華府中心喬治城的銀行家兼藝術收藏家威廉柯克倫（William Wilson Corcoran）在一八六九年捐建的。與同代大多崇意迷法的美國收藏家不同，柯先生的主要興趣不在收集國外藝術上，而是推動美國本土藝術的發展。他創辦藝廊的宗旨「致力於藝術」（Dedicated to Art），醒目地刻在柯廊的門楣上，其重點是以提攜鼓勵美國天才為主。

為實現此目標，有遠見卓識的柯先生同時還創辦了柯克倫藝術與設計學院（Corcoran College of Art，以下簡稱柯院）。該院是華府唯一的正式藝術院校，規模不小，有兩百多名教職員工，近六百名學生，其中兩百多是研究生。柯廊本身就是學院的課堂之一，且專闢一間展廳展示教師、學生及客座藝術家的作品，包括曾設計越戰紀念碑的華裔建築師林瓔（Maya Lin）在內的許多知名藝術家也曾蒞臨柯院講學。

一百多年來，柯院培養出繪畫、雕塑、攝影和設計等領域裡眾多傑出人才。柯院還為對藝術有興趣的成人和青少年開設各種課程，每年學員多達三千五百餘人。我有不少美國朋友常攜子女來接受藝術教育與薰陶，其中一些孩子還由此踏上追尋藝術的荊棘路。

二、講解員惜別，聽眾動容

柯廊配有義務講解員為觀眾導遊。那天，接待我們的是一位拉美裔的美國海軍退役軍官，双名約翰–保羅。他帶我們最先欣賞大廳階梯兩側的大理石雕塑，其中最別具一格的，是十九世紀美國雕塑家鮑爾斯（Hiram Powers）塑造的「希臘奴隸」。

這座雕像表現的是一八二一至一八三二年，希臘反抗奧圖曼帝國的獨立戰爭期間，被俘的希臘人在伊斯坦堡市場被販為奴的悲慘故事。美輪美奐的女奴裸體，足以與古希臘神話引發特洛伊戰爭的海倫媲美。不過她圓潤的雙手上，卻多了一條箍得緊緊的鎖鏈。據說在南北戰爭時，美國詩人惠蒂埃（John Whittier）曾以此塑像為主題，在哀嘆希臘女奴淒慘命運的同時，抒發對美國黑奴的同情。女詩人勃朗寧（Elizabeth Browning）和廢奴主義者洛厄爾（Maria Lowell）也曾為她寫詩行文。

約翰－保羅接著引領我們參觀了一樓的展室。其中四間主要收集了自建國以來直到二戰結束期間美國畫家的上百幅作品。展品包括哈德遜河畫派祖師科爾（Thomas Cole）及弟子丘奇（Frederic Church）的名畫；當然還有霍默（Winslow Homers）、霍普（Edward Hopper）和沙金特（John Sargent）的珍品；不少非裔畫家如Joshua Johnson和Aaron Douglas的傑作也在其收藏之列。

隨著講解員的腳步，從一間展室走進另一間，細細地品賞這些描繪戰爭場面、自然風光與平民生活的畫面，就像在穿越一部多彩多姿的美國通史。一樓另外兩個展廳則集中了一些曾對美國藝術有重大影響的歐洲畫家的作品，其中不乏德加和畢卡索等大師。

解說結束前，約翰－保羅動情地說：「我在柯廊做志工多年，今天卻是此生最後一次在這裡為大家服務了。」原定四十五分鐘的導遊，他足足講了一個半小時還意猶未盡。我想，他是在盡全力讓參觀者在柯廊永久關閉之前，多看幾眼館藏的精品吧。講解員對柯廊的摯愛與敬業精神，也深深地感染了聽眾。走出展廳時，不少人眼角都噙著淚花。

三、職員辦追思，別開生面

聽畢解說已過正午，感到飢腸轆轆，於是想出去吃個便餐，回來再接著參觀二樓的現代藝術和攝影展。一腳跨出館門，卻被撲面而來的景象驚呆了。只見門前的石階上，黑壓壓地站滿了一大群人。男士們頭頂高筒禮帽，身穿燕尾禮服，臂纏墨黑袖箍。女士們則頭戴鑲羽緞帽，身著曳地長裙，臉遮蕾絲面紗，清一色維多利亞時代喪服裝束，就連門前的一對雄獅也被披上黑紗。放眼望去，一片肅穆的黑色海洋，而在雄獅頭前，浮出一架綴滿鵝黃鮮花的花圈。

看到我一頭霧水的表情，近旁一位慈眉善目的老婦人耐心地作起了解釋。原來，由於近年來董事會決策失誤和管理方面經營不善，導致柯廊瀕臨破產。最近由法庭裁決，柯廊將永久關閉，其價值二十億元的一萬七千餘件館藏將無償地交由國家畫廊挑選，選剩的再分送美國各地的其他博物館。柯廊的建築與柯院則由喬治華盛頓大學全盤接收。現有雇員全部解聘，不少人可能就此進入失業大軍的行列。

不忍看到這座經歷一個半世紀風雨的獨立博物館就這樣悄然逝去，曾將大半生心血貢獻給柯廊已退休的榮譽藝術館長西蒙絲（Linda Simmons）和前總監潘薩蘭（Elizabeth Punsalan）與前公關主任坎貝爾（Carolyn Campbell）一起籌畫組織了這場別開生面的「追思會」。她們在《華盛頓郵報》上發訃告，在網上建立「柯廊紀念冊」臉書，向關愛柯廊與柯院的同事和朋友們散發了追思會的通知，並建議大家都穿上與創辦人柯先生同期的維多利亞時代式樣的喪服前來。

老婦人的一番解釋讓我深為所動，立刻決定放棄午飯，也加入為這座藝術殿堂追思的行列。等候期間，從眾人的談話中得知，人群中有許多是柯廊和柯院的員工教師和歷屆學生，也有些是曾在這裡展出過作品的藝術家與家人。其中最引人注目的一位拄著手杖、帶著潛水鏡、蒙著面紗帶重孝的男士，便是已故著名前衛藝術家Manon Cleary的丈夫。

人群中也不乏在此志願服務多年的講解員，更有常年受惠於畫廊與學院的藝術之友。其中不少人出於對柯克倫的感情在此結緣。比如照片上這個看似親密無間的「三口之家」，集會之前僅是臉書上的網友。「父親」Randy是早年經常採訪畫廊的資深報人，「母親」Robin是戲劇界的活躍分子，「女兒」Sasha則是剛剛踏入外交界門檻的新秀。

還有不少柯廊、柯院的老同事、老朋友從西至洛杉磯、北至波士頓、南至新奧爾良的全美各地風塵僕僕地專程前來。《華盛頓郵報》和《WTOP》電台等媒體記者們也聞風而至。

四、管理失策，淪為衣冠塚

追思會的前半場在博物館的大門前舉行。西蒙絲女士首先宣讀訃告，回顧柯先生創辦藝廊與學院的卓視遠見及柯克倫百多年來走過的輝煌歷程。她也含蓄地針砭造成柯克倫「離世」的原因。

接下來，坎貝爾女士宣讀因故不能前來的前館長波特溫尼克（Michael Botwinick）的致辭。他將柯克倫比作一隻三腳凳，支撐它多年偉業的三大支柱是：集中美國藝術瑰寶的豐富館藏；滋潤藝廊和學院成長的世代藝術家；以及數十年如一日盡心盡力的從總管到保安的各級工作人員。致辭中列舉了不少其藝術與職業生涯與柯克倫息息相關的人名。

波先生在結尾處沉痛地嘆道：「這座宏偉的華廈將不再是柯克倫藝術畫廊，而淪為一座衣冠塚。」學識高深的前館長在此用的是一個拉丁字「cenotaph」，中文譯為衣冠塚。聽到此，我不禁想起少年時代拜謁位於北京西郊香山碧雲寺孫中山先生的衣冠塚時，母親對我的解釋，因為孫先生的遺體葬在南京的中山陵，此處僅有他的衣冠，故名衣冠塚。我想，衣冠塚裡至少還有衣冠，這座華廈閉館之後就將空徒四壁了。

接下來，全體參加追思會的人們進入博物館，最後一次集體瀏覽各個展廳。在西蒙絲女士的帶領下，眾口合一，邊走邊誦讀沿途所見畫作的藝術家的大名，也一一誦讀同屬柯克倫這個大家庭眾多成員們的名字。此時全場的氣氛達到高潮，許多人禁不住流出熱淚。

五、藝廊安息，留精神遺產

追思會的下半場移至柯克倫先生的安息之地橡樹山墓園繼續舉行。一部黑亮的靈車載著花圈開道，參加者的轎車緊隨其後組成一條長龍開往喬治城。這座俯瞰石溪的優美靜謐的墓園也是柯克倫先生於一八四九年為他故鄉的居民出資興建的。古老墓園如今有一萬八千座墳墓，散布在綠樹成蔭的山坡上，柯先生和他的家人則安息在他生前建立的柯克倫家族大理石墓亭裡。

因為柯先生的祖先來自愛爾蘭，追思會的組織者特意邀請了一位愛爾蘭風笛手為追思會演奏。在風笛曲《高地》的樂聲中，眾人將寫有「柯克倫藝術畫廊安息」字樣的花圈安放在柯先生墓前。在西蒙絲女士再次宣讀訃告之後的一個時辰裡，與會的眾人一一回憶起柯廊對他們的事業和人生的影響，以及他們在柯廊度過的許許多多的難忘時日。最後，風笛手吹起德沃夏克《自新大陸》中的《歸家》一曲，眾人才依依不捨地魚貫步出墓園。

走在隊伍的末尾，我望著最後一抹夕陽將金輝鍍在柯克倫先生的墓碑上，想他親手創辦的柯克倫藝術畫廊雖然不幸「逝世」，然而他當初創業的宗旨，柯廊與柯院這一個半世紀裡對千萬人的影響，將成為被世代珍惜的不朽精神遺產。

——北美華文作家協會網站，二〇一五年十一月號

作者簡介

原上草，本名劉嫄，三歲啟蒙即喜讀字紙。十二歲失學，務工多年。經十年苦心自修，考入北京大學生物系，獲學士、碩士，又獲瑞士巴塞爾大學神經生物學博士。多年在美國國立衛生研究院任研究所國際辦公室主任，主編過多部英語學術專著。美國國立亞洲藝術博物館講解員，常受邀做文化藝術演講。多年來讀書、行路、攝影，足跡遍及六大洲近五十國。著有《暢遊世界最大圖書館》一書，作品散見於《書與畫》、《絲路藝術》、《幼獅少年》、《世界周刊》等刊。

時間原來是風情——迷人古鎮薩瓦那和聖塔非

張讓

什麼樣的城鎮，會給人「原來我夢想的地方就在這裡！」的欣喜？

大學時代，初見一街老屋的深坑，即刻就喜歡了，那感覺好像是「找到了不知自己在尋找的地方」，才意會到台北原來是個相當西化的地方。等到了鹿港，看見廟前拉南胡的老人，更馬上為小鎮的氣氛吸引，好像回到了比較溫文爾雅的年代。譬如現在的三峽和大溪老街，也有點那況味。

很難具體描述美好小鎮，或歸納成簡單的幾何原則，譬如街道的長寬曲直、棋盤形還是放射狀、建築高低疏密、廣場或公園怎麼安排、是否配合自然環境等。「青山橫北廓，白水繞東城」，立即喚起美麗畫面。記得在夏威夷，簡直一株垂垂老榕庇護蔭底幾張桌椅，就是城鎮最簡單的原型。我們要求城鎮的，不就是那雍容的氣度和深廣的臂彎嗎？莫理斯曾說，建築應該看來「有如就是從泥土裡長出來的」；當人由野外回到鎮上時，應該會感到「愉快和安心」。此外，引人的小鎮，總能在基本的秩序和悅目外，又容許遊戲和驚奇，譬如彎曲的窄街和豁然開朗的公園，不然就跌進可怕的呆板或造作裡了——關鍵在，由序和亂間製造空間的流動，因而給人步步驚奇的美感。

無疑，美國沒有像義大利的西亞那或英國的牛津那種古典小鎮。但美國畢竟有些自己的趣味小鎮，讓人一見驚喜，進而佇足流連。紐約州的庫柏鎮市容整齊，而四週田野起伏景色秀麗，增添它的誘人。麻州的史多克橋親切家常，而維吉尼亞的亞歷山吉亞以及馬里蘭的伊斯頓都磚樓沿街，氣派儼然又古色古香，可以漫遊細看。科羅拉多西南的山城烏瑞和特魯瑞德藏在雄偉的聖黃山脈裡，動可爬山滑雪，靜可逛街坐咖啡館，或遊訪附近荒城，是遺世而不清冷的好地方。在這些動人小鎮裡，我最留戀的有兩處：喬治亞州的薩瓦那，和新墨西哥州的聖塔非。

喬治亞州的首府薩瓦那在薩瓦那河畔，十哩外便是大西洋。像費城，薩瓦那是個計劃都市，但格調迥異。費城工整，而薩瓦那優雅。這得歸功兩百多年前創建人奧格托普的遠見，他的棋盤形設計裡還包括了許多公園和廣場，顯見將人情因素（如審美、休閒、社交等）考慮了進去。因此薩瓦那建城以來雖經過多次擴建，從沒背離設計的基本精神。典雅的建築排列在井字形街道兩旁，給城鎮恢宏的氣象；馬路中間寬闊蓊鬱的綠島公園、噴泉廣場和西班牙苔柔細飄拂的茂密老樹，又給了它閒逸的趣味。這裡每個角落都泛出古味，你清楚感到時間曾由遠方來到這裡而後又飄然而去。在這時間永恆的風裡，你不會有身在郊區時那種不知從哪裡來往哪裡去的虛無和失落，你看到過去未必流逝而現在未必更好，因而有點迷戀有點困惑又有點惆悵，無論如何你可以恣意抒情。也許因歷史不夠老憂患不夠深，美國人多生機煥發不具悲劇感，因此在美國難得見到有人「發思古之幽情」，更少見到引人俯仰徘徊的處所——薩瓦那是個例外。

那年我們在四月早春來到這裡，一進鎮立刻就感到它的南方風情，迫不及待要下車徒步。我從沒見過這麼多樹多公園多靠背板凳的城鎮，這裡的每一吋空間都在說：「別急，享受現在！」我們走過雍容莊嚴的奧格托普大道，轉進紅磚道或石子街，累了踏進隨便哪一座小公園（大約有二十處這樣的小公園），穿過一條條隨風輕搖如記憶觸鬚的西班牙苔，然後在涼蔭下的靠背椅上坐下，任眼光在園裡的彫像和花木間流轉，身心浸透小鎮從容閒雅的氣息——這不是個地方，而是種情境。

一九九八年約翰．柏內特的報導文學《熱天午夜之慾望地帶》意外暢銷，後來又經克林伊斯威特拍成電影，薩瓦那遽然出名，吸引了許多遊客。它固然不免販賣古老（所有城鎮的兩個賣點：不是新就是舊），但畢竟是個活生生的城鎮，而不盡是賣弄歷史空殼的風騷，如威尼斯。

當布萊森在奔波過半個美國來到薩瓦那，不禁大喜：「我不知道美國竟有這樣完美的地方。」西蒙波娃卻在《美國紀行》裡，嘲諷薩瓦那死寂貧乏、凍結於古老高雅中。那分明過於尖銳的批評，反映了她那特屬於巴黎人和法國人的時空感。若她像布萊森在「唯一有生氣的東西是蒼蠅」的美國中西部長大，或像我來自古文化的小島都城但長年住在「彷彿無話可說卻又不斷重複一句廢話」的美國郊區，口氣恐怕就大不相同了。

從薩瓦那往北進入南卡洛來那州，便可到庫柏河入大西洋的港口查爾斯敦。市齡三百年，沿街是整齊漂亮漆成各種粉彩顏色的老屋，窗外多種了橫長木盒的鮮花，不時可見高高垂下的紫藤花串，確實可愛。但我不免拿薩瓦那來比對，查爾斯敦有貴氣嬌氣，卻少了薩瓦那幽深的風情。我們四下漫遊，一面奴隸市場的招牌讓我直視了半天。十八世紀英國人從非洲販賣黑奴便運到查爾斯敦，附近有許多華美莊園可以參觀。南方莊園的瑰麗和奢華底下是無數黑奴的悲慘，前景是白人的意氣風發，背景則流淌過黑人的藍調哀歌。我們隨意遊走，最有情調的卻是座青苔老樹的古墓園。

從喬治亞到新墨西哥，是從老樹綠蔭到了山野和沙漠，色澤從蒼綠轉到金黃。聖塔非是美國最古的鎮，由西班牙人在一六一〇年所建，那時五月花的移民還沒離開歐洲。在美國名鎮裡，沒有比聖塔非更獨具一格了。把薩瓦那和查爾斯敦隨意放在歐洲任一地方絲毫不顯突兀（除了西班牙苔），把聖塔非搬過去便十分搶眼。原因在聖塔非全是阿堵壁建築，也就是泥巴屋。阿堵壁是當地印第安人的傳統建築，以混合乾草的泥磚砌成，平頂圓角簡單厚實，木樑突出外牆，木柱支撐寬闊陰涼的走廊，呼應土地和沙漠的泥黃，線條柔和流暢，面貌篤實有如單純可靠的鄉下人。太陽直射時，阿堵壁不泛白刺眼；在晨昏斜光裡，泥黃轉成耀眼的橘金或橘紅。不論在什麼光下，都混合了海灘沙堡的童趣和亨利摩爾雕塑的溫厚深沉。一旦見慣了阿堵壁屋，再看白人建築便覺得直線銳利如刀直角尖刺如鋒，嚴竣拒人。

市中心是四面阿堵壁建築環繞中央方形廣場，有樹木、彫像和石凳。同樣的阿堵壁建築連排沿窄街而去，街盡頭可見遠山和金色原野。一九〇〇年早期，當地作家、藝術家、建築師和政治人物、生意人合作發起保存運動，規定鎮上所有建築都必須採阿堵壁式樣，後來在室內和家具設計上也發展出融合印第安線條和色彩的聖塔非風格。因此除了聖法蘭西斯大教堂，不管是大小美術館、州長官邸、盲聾學校或是高雅的拉方達旅館，一律阿堵壁。當你信步漫遊，不禁有置身泥屋村落之感。我尤其喜歡鎮緣曲折的峽谷街，窄街兩旁是繽紛的藝廊、餐館和住家，阿堵壁屋阿堵壁圍牆，街道的感覺特別分明。旅行時我一向更喜歡逛到住宅區去看住家（公共建築無論如何總一副權勢嘴臉），阿堵壁圓如肩背的屋牆或鑲著厚重無漆粗刻的木門木窗或漆成大紅大藍（經常是鮮亮的靛藍，印第安人相信藍色可以驅邪），是在美國東部絕看不到的，而高高的阿堵壁圍牆定義出裡外，給了那空間戲劇感和家居的親密感。在峽谷街上，我有回到小時行過小巷的溫馨。

聖塔非對我的吸引是它的所在地新墨西哥（所以我們一去再去），以及獨特的阿堵壁村落格調。否則不能否認，聖塔非是個高級觀光城，阿堵壁建築修飾雅致，美術館、歷史館外，鎮上滿是昂貴的藝廊、餐館和各式商店，招引遊客的鈔票。相對，首都阿柏克基的舊城區便素樸許多。離鎮往北可到喬治亞・歐姬芙待過的幽靈牧場去看層次分明的紅色山岩（這時你會比較懂她的畫），更北到近科羅拉多邊境的陶斯，是當年作家和藝術家（包括勞倫斯和安塱・亞當斯）聚集的藝術村。像聖塔非和大多新墨西哥古鎮，陶斯也是個阿堵壁小鎮，不過規模小許多。但陶斯就在蒼鬱的紅色基督山脈間，天光清明色澤飽滿，景觀更誘人。不遠是質樸的阿堵壁聖法蘭西斯教堂，和一座保存完整的千年古印第安村落，依山帶水，是珍貴史蹟也是藝術，溫馨讓人想要住下。到州南的瑪西亞，你可見老阿堵壁屋的素顏真面，而推想印第安人當年的甘苦。從這裡往東北不遠，便是奇特的白沙漠。

古城風情固然讓人迷戀，但趣味更在尋訪本身。我喜歡走過任何小鎮的經歷，不管它多小多平凡多破爛。我記得在烏瑞附近探訪荒城瑞斯頓，在陶斯鎮外面對最紫藍的落日，在瑪西亞置身黃沙滿天。空間也是時間，繁華敗落都是景。要緊的不是走過，是人在那裡。

——北美華文作家協會網站，二〇一三年七月號

作者簡介

張讓，原名盧慧貞。曾獲《聯合文學》、聯合報和中國時報文學獎，並經常入選名家年度散文或小說選集。作品包括長篇小說《迴旋》，短篇小說集《並不很久以前》、《我的兩個太太》等，散文集如《時光幾何》、《剎那之眼》、《旅人的眼睛》、《我這樣的嫖書客》、《一天零一天》、《有一種謠傳》與最新手記書《攔截時間的方法》等，和小說、非小說譯作多種，包括艾莉絲·孟若的《感情遊戲》和《出走》。現定居美國加州。

風的故事

張棠

一、焚風

千橡城所在的山谷叫Conejo Valley（簡稱康谷），這Conejo一字是西班牙語「野兔」的意思。八〇年初我們搬來千橡定居時，「野兔谷」還是一個人口不多、四面環山的小村莊，一座座小山巒上，空蕩蕩、灰濛濛的，覆蓋著一層短短的枯草，南加有名的Santa Ana winds就經常出沒於這些山谷之間，肆無忌憚的、暢所欲為的嬉戲玩耍。

Santa Ana winds是南加州特有的一種焚風。每年秋季至次年初春，這種既乾又熱的「下山風」都會從內陸沙漠穿過山谷，沿著海岸吹向海洋。

這焚風極有個性，它來無影，去無蹤，說來就來，說走就走。每次駕臨舍下，都擺出一副善者不來，來者不善的高姿態：它有時來只為了發發小姐脾氣，而有時又怒不可遏，潑辣之至。

焚風是夜貓子，喜歡在夜裡不請自到。就拿某一個靜得出奇、奇得詭異的夜晚來說吧！因為時差，我到了半夜，還在床上翻來覆去，不能入睡⋯⋯忽然之間，我聽到屋角的木板很輕很輕的卡了一聲，輕到好像小貓踮著腳在屋頂上走路。幾聲輕手輕腳的卡卡聲後，呼呼風聲從屋角開始，繞著我家房舍，轉了一圈又一圈，聲音愈來愈急，愈來愈響…啊呀！Santa Ana風來了。

還有一個狂風怒吼的夜晚，我家房屋被吹得嘎嘎亂響、搖搖欲墜，我們提心吊膽的過了一整夜，差點被沒完沒了的風聲給逼瘋了。「Ferocious Winds！」根據第二天報紙頭條的報導：好多屋頂，都被狂風掀開，破了大洞。

但是夜貓子也有乘人不備，在大白天裡突擊民宅的案例。那天合該有事，老公上班去了，我也到鄰鎮辦事。等我中午回家，發現大門被東西堵住，打不開了。我費盡全力，推開大門後，眼前的亂象真把我嚇呆了……客廳裡的一扇高窗，被風吹破，玻璃碎了一客廳，狂風正卯足全力，從吹破的窗口硬擠進來。房子在灌風，好像汽球在充氣。兩層樓高的窗簾成了任性的舞者，穿著白衣長裙，盡情地飛舞……

幸好保險公司馬上派人來把破窗用木板釘上，才把焚風擋在屋外。打破的、砸爛的、撕破的損失，後來保險公司也都賠了。總體說來，財物損失不大，教人慶幸的是，狂風吹破玻璃的那一刻，我們沒人在家。

二、野火

焚風又叫devil風（魔鬼風）。南加州野火之所以惡名昭彰，其實都是因為魔鬼風帶頭，在山谷中飛來竄去、胡亂撒野的緣故。

南加州天氣乾旱，冬季是雨季。雨季時雜草叢生，起起伏伏的丘陵一片青綠，賞心悅目，十分詩意。但乾季一來，山上草木因長期無雨，變得枯黃易燃，如果此時焚風驟起，星星之火立即可以燎原。

就我記憶所及，八〇、九〇年代，千橡地區就曾有過多次野火燎原的紀錄。

例如有一個星期天，我們清早起來，看到陣陣黑煙不斷地往東飛去，火燒地區看來極遠，我們也就不以為意。誰知到了中午，風向突轉，黑煙變成火光，一下子就飛越了幾座山頭，直撲我家而來。這一驚嚇非同小可，我們拔足就跑，慌慌張張的抱了幾本照相本，飛車逃去朋友家避難。

晚上回家，火勢已被控制，我們開車到外面去巡視災情，看到附近山頭，一條條火龍還在熊熊燃燒，紅通通的火光在夜幕當中，顯得特別的驚悚恐佈，後來聽人說，那熊熊火光其實是救火員放火燒山的防火牆。我們Ventura縣有素質精良的救火隊，以及一群經驗豐富、通曉風性、熟知地理、英勇善戰的消防人員，他們每天二十四小時嚴陣以待，幫助居民防火、擋災與救火。

濱海小鎮Malibu位於焚風入海的出口處，常被焚風光顧，其中的一場Malibu大火，路線曲折迂迴，燒得十分離奇。那次大火一路燒到Malibu海邊後，忽又轉向，飛奔回頭，一直燒到我家後面的莊園Hidden Valley。因為風勢強勁，住在附近的居民都接到通知，叫我們隨時準備撤離疏散。奇怪的是，雖然大火已近在咫尺，而風勢卻朝與我家相反的方向吹去。我們坐在家中，既不見煙，也不見火，只能在電視上隔「屏」觀火。如不是數十輛救火車從各地趕來，停在路邊待命，我們還真不相信野火已經燃及眉睫。幸虧風神仁慈，及時停風止火，我們才逃過一劫。

寫到這裡，我忽然發現，近幾年來，康谷的焚風似乎已大不如往昔潑辣，不知是不是房屋建多了，風姐吹過千橡小鎮時，已無法卯足全力、呼嘯來去了。

三、與風共存

宇宙浩瀚，天威無窮。近年來雖然科技發達，人類對自然界的風雲變幻已有所掌握，畢竟地球渺小，人類脆弱，吾人在世，怎能對大自然沒有敬畏之心？只要人住南加，我們就得學習與Santa Ana焚風的共生共存之道。

我們何其幸運，在四季如春、群巒環繞、風景如詩如畫的的山間小鎮，安居樂業了三十五年，度過了人生最珍貴的黃金歲月。從青絲到白髮，縱然經歷過幾次風災，都能安然度過，人與Santa Ana winds共生共存的往事，也就成為我們家住千橡數十年來，最叫人難忘的幾件小故事了。

——北美華文作家協會網站，二〇一五年七月號

作者簡介

張棠，祖籍浙江溫州，著有散文集《蝴蝶之歌》與詩集《海棠集》。二〇一三年《蝴蝶之歌》榮獲台灣華僑聯合總會華文著述散文佳作獎。二〇一一年在世界日報的部落格被「臺灣本土網路文學暨新文學主義時代」提選為首批優秀「臺灣本土網路散文作家」。二〇一七年「母親的錢塘吳宅」——文榮獲浙江省教育廳、浙江日報等四個單位聯合舉辦的「美麗浙江－記住鄉愁」徵文一等獎。二〇一四年擔任海外華文女作家協會副祕書長兼會員文集主編之一。現為北美華文作家協會會刊詩歌編輯。

春臨德州四月天

陳玉琳

德州的春天雖短卻很迷人，每年我都會盡情享受一番，今年較特殊：四月的第一個週末是復活節長假，我們應邀到Tyler友人家過節。

Tyler在達拉斯東南方，距我家車程約兩小時，以出產玫瑰花而聞名於全美。我問好友Hillys現在能否看到玫瑰？她說：「玫瑰還沒盛開，但我會帶妳去賞花，春季是Tyler最美的季節。」

Tyler春季之美，在我們進城之前就已感受到。車行在鄉間道路上，許多綠草地上開滿黃花，我越看越喜歡，彷彿進入江南春季的油菜花田，請老公停車讓我拍照留念。

繼續前行不久，路邊樹上掛滿的紫藤花再度令我「驚艷」，原本嬌滴滴的紫藤，隨意攀爬在樹林間，美的自然又充滿旺盛與歡愉的色彩。

到達友人家已近黃昏，與Hillys約好明天早餐後去賞花。第二天上午到達賞花地之前，我以為是在公園或花園賞花，沒想到Hillys的老公Tom將車停在一家私人住宅前，我知道美國有些私人花園是免費供人參觀的，但我從未見識過，驚喜之餘，我有些躊躇不前。

Hillys是識途老馬，一下車就對我說：「Azalea（杜鵑）好美！」。我對眼前的美景有些迷惑，到玫瑰花城來欣賞杜鵑？

在達拉斯也可見到杜鵑花，多數人家的前院會種上一些。除植物園外，我還沒見過如此多姿多采的私家杜鵑。Hillys指著路標對我說：「這一帶自二〇〇三年起，已成為觀賞杜鵑的景點。」

看到紅，白，粉各色杜鵑，我想起中國古老的神話故事——「望帝啼鵑」，說給Hillys聽，她覺得很有趣。興沖沖地帶我進入這家私人花園，停在大門邊的一棵樹前。她請我仔細觀察花瓣，並問我是否知道這是什麼花？

我見到雪白花瓣成十字型，不由得想起張曉風談流蘇花，她說：「每一朵都開成輕揚上舉的十字型……那樣簡單地交叉的四個瓣，每一瓣之間都是最規矩的九十度，有一種古樸誠懇的美。……像一部四言的詩經。」我見過流蘇花，與眼前所見的完全不同，於是向Hillys請教。她說：「這種樹叫Dogwood，十字型花瓣的兩端有小孔，傳說是耶穌被釘上十字架後，上帝不願世人再受釘十字架之苦，就將當時製做十字架的橄欖樹木變小，但花瓣成十字型，以提醒世人記住耶穌所受的苦難。」我在復活節聽到這個故事，對這種花的印象格外深刻。

詩人瘂弦說：「每一個小小現象的內核，都藏有一則宏大的神話。韻律的概念，就是花開的概念……」用這句話來說解花與神話的關係，真是再恰當也不過了！

張曉風談流蘇花的結論是：「如果要我給那棵花樹取一個名字，我就叫它詩經，它有一樹美麗的四言。」多認識鳥獸草木之名，正是讀詩經的好處。張曉風有豐富的想像力，如果有機會，我真想請她也為這種花命名。

我們要參觀的是後花園，女主人Bonny見有客來訪，熱情的出來迎接。得知我來自台灣。她很興奮的告訴我：她是退休的新聞記者，很久以前她去過香港，聽說台灣很美，她一直想去。

和女主人的寒暄剛結束，轉過身來，我發現一條鵝卵石步道，立即脫鞋踩上去，女主人說我是第一位脫掉鞋子踩上這條步道的客人。她在香港見過當地人踩在步道上健身，她試過，好痛！所以很驚訝我不怕痛。

踩完鵝卵石步道繼續參觀前，女主人告訴我們，隔壁鄰家今年也開放後花園供遊客參觀，我真是開心極啦！眼見園中一片華彩，我彷彿進入紅樓夢裡萬艷同盃的幻境中。

遠遠瞧見男主人Don（他是一位藝術家）正在修剪花圃，心中頓生敬意。這對夫婦將自己辛苦整修，精心設計的花園開放給遊客觀賞，對他們的付出，我更加珍惜，小心翼翼的走在步道上，避免傷害任何一種花木。

我看到美麗的花草就拍照留念，見到不知名的花朵就請問男主人Don，Don的身後有個造型特殊的花架，濃密的Lady Banks Rose開得興高采烈，不須綠葉陪襯，它們就已搶盡鋒頭。

在濃密的樹蔭下，我看到一間透明的溫室花房，裡面培養著各種仙人掌，足見這家主人對花木的愛好是多元化的。

走過濃密的樹蔭，我們來到鄰家花園，這家花園中的空地較少，種植的花種雖多，但都經過精心設計，花色的搭配合宜，使我想起兩句古詩：「萬樹綠低迷，一庭紅撲簌」最足以形容眼前景緻。

我與老公各自拿著相機四處拍照，園中有許多我熟悉的花木，如百合、鐵樹、中國繡球花、日本紅楓、羊齒，還有Pansy（三色紫羅蘭）。我最喜歡流水與岩石旁的鐵線蕨，岩石邊一株低矮的茶花樹已花開滿枝，在草坪與綠葉襯托下，花朵顯得格外潔白。偏愛紫色的我，在樹叢間發現一串不知名的紫花，像是一隻隻正在棲息的紫蝶。抬頭看到高處有個花架，爬滿了意氣風發的紫藤。園中最惹我疼愛的是一小叢紫藤，倚著石橋而生，自然垂掛溝邊，萬綠叢中的紅花，因這團紫韻而更顯靈秀。

我們兩家人在園中四處尋找各自的最愛，終於發現我們有共同的疑問要請教這家主人。我們發現有一種美麗的花兒，在陽光下顯得格外耀眼，大家都想知道這是什麼花？

這家男主人在回答完其他遊客的問話後，走過來告訴我們這種花是Lady Azalea（淑女杜鵑），他園中有粉紅與淡黃兩種，我偏愛粉紅色，它們美得含蓄真像淑女。

我們一行人在園中逛了許久，離去前我再度來到Dogwood前仔細觀賞，發現一隻正在覓食的松鼠，在花葉與花瓣間的松鼠非常可愛。

剛才進來只顧著賞花，要離開時老公有重大發現叫我看。原來這家門前地上有兩塊石碑，一塊是Tyler市政府頒發的大獎牌，說明這家私人花園是Tyler歷史著名景點的界標。另一塊是美國內政部登記證，證明這棟房子建造於一九二八年，已登記為國家著名歷史景點。我看後想起剛才女主人的介紹，她說她與先生在二〇〇三年買下這棟房子時，花園已荒蕪。如今我們所見，全是他們夫婦兩人的經營成果。我知道這兩塊石碑代表著榮譽，要維持這份榮譽就要付出，我更加敬佩這對夫婦的精神。慶幸自己有機會到此一遊，我蹲下與石碑合影，只是膝蓋不聽使喚，蹲下就站不起來了。

拜別主人後，我們繼續賞花。Tyler市有許多杜鵑花街道，坐在車裡賞花，除杜鵑外我見到更多美麗的Dogwood Tree與紫藤。Dogwood Tree除開白花外，還有一種開粉紅色花，若說白花端莊高雅，這粉紅色花則別有一番清新俏麗的活潑韻味。許多人家門前的火紅色杜鵑花相當搶眼，穿梭於大街小巷間，紫藤幾乎隨處可見，許多住家門前的樹上都攀爬著紫藤。

最有趣的是，週一（四月五日）早晨，我在自家後院的榕樹頂端，發現串串紫藤。驚喜之餘，打電話對女兒說：「難道Tyler城中的紫藤昨晚和我們一起回家了嗎？」

女兒在幾週前就告訴我，四月的第二個週末她要回家，工作累了，家永遠是孩子的思念。女兒知道我最近眼睛太疲勞，陪我去植物園賞花順便野餐。

原以為是鬱金香最美的時節，卻因為前兩天的大雨，淋壞了花之嬌女，看到公園入口處東倒西歪的花兒雖有些失望。但繼續往裡走：鬱金香園中的各色花朵仍然很有看頭。

迎著徐徐和風，沿著樹蔭下的人行道緩緩前進，邊走邊賞花甚是愜意！紅、白、紫、黃、粉紅、淡紫、粉黃、橘白各色鬱金香看得我眼花撩亂，我喜歡鬱金香不僅是花美，更愛它獨立綻放的個性，可惜都在樹蔭下，現場觀賞美麗醉人，照片效果欠佳。

在一片又一片的鬱金香花海中，女兒發現一種多重花瓣的鬱金香，很特殊好漂亮！但不像常見的鬱金香單花瓣，反而像牡丹花。回家後我查考結果，果然有一種Double Late Tulips（重瓣晚花群鬱金香），也稱為Paeony Flowered Tulips（牡丹花型群鬱金香）。

另一片鬱金香花色柔和多姿，淡黃與粉紅雙色搭配合宜，姿態優雅的隨風輕搖，宛如翩翩起舞的淑女。鬱金香花海的底層，還有一叢叢色彩鮮豔的Pansy（三色紫羅蘭），充滿浪漫色彩的Pansy，又名三色堇，有人稱它蝴蝶花或人臉花，我和女兒為它們取名為「米老鼠花」。

接近中午時分，穿過一片林蔭大道，我們準備到湖邊去野餐，女兒問我這是什麼樹？我說是紫薇，她問我為何如此肯定？我說紫薇樹幹無皮，走到盡頭看插在地上的牌子，果然寫的是「Crape Myrtle」，可惜是開白花的銀薇，否則夏日紫薇怒放的季節，這片景色將更可觀。

達拉斯植物園與White Rock Lake（白石湖）相連，我們在湖邊高地樹蔭下吃中餐，居高臨下，眼觀湛藍湖水與藍天白雲，耳聽輕音樂演奏，不時還可見到可愛的小娃兒自高處滾下，使女兒也回憶起住在台灣的日子。那時我常帶她去澄清湖野餐，還買了一個網狀的吊床，繫在兩顆大樹之間，她總愛躺在上面看書。

休息夠了，我們繼續觀賞植物園中其他的花木，見到串串紫花與白色繡球花，我非常喜歡，女兒說我應拍張到此一遊的紀念照。充足的雨水使園中其他花草更美艷，尤其是杜鵑，看來今年我與杜鵑花最有緣，滿園色彩艷麗的杜鵑，吸引眾多遊客。

這園中除紅、白、粉色杜鵑花外，還有黃色與橘色的花朵也十分亮麗，圍著花朵拍照的遊客絡繹不絕，我與女兒四處找尋無人的角落為花兒拍特寫，在植物園中我也發現Dogwood tree，但只有瘦小的花瓣，無論粉紅或白色：都無法與上週所見的相比，也許Tyler市的土質較適合這種樹吧！

上週末氣溫驟降，本週回暖後，我家後院的紫藤花已落盡，想必Tyler城中的紫藤花潮也已褪色。

生活中處處有美，認識美是一種幸運，珍惜美是一種福氣，我願與各位分享這份幸運與福氣。

——北美華文作家協會網站，二〇一四年五月號

作者簡介

陳玉琳，祖籍浙江餘姚，國立台灣師範大學國文系畢業，曾任高中教師，移居美國後從商。

業餘愛好寫作，二〇一二年開始擔任北德州文友社社長至今，並同時主編達拉斯地區歷史最悠久的中文報紙《達拉斯新聞報》內「北德州文友社專欄」。現任北美華文作家協會副會長，海外華文女作家協會副秘書長。常有散文遊記與家居抒懷之作發表於《達拉斯新聞報》及《世界日報》與台灣《中華日報》，作品有《靜墨齋文集》等。

歐姬芙與她的心靈故鄉——幽靈牧場

雲霞

前年夏天，朋友一行十人從休士頓來訪，共遊了我們新墨西哥州的幽靈牧場（Ghost Ranch）。它位於州政府所在地聖塔菲（Santa Fe）西北方的阿比丘（Abiquiu）城，距Albuquerque Sunport國際機場約一三〇英里，佔地二一〇〇〇英畝，因畫家喬治亞・歐姬芙（Georgia O'Keeffe）而出名。

歐姬芙生於一八八七年十一月，卒於一九八六年三月，享年九十八歲。她是美國的藝術家，被列為二十世紀的藝術大師之一，以半抽象半寫實的手法聞名。她在寫實中加入抽象的意味，比純寫實更具有美感和詩意。她的畫，無論主題是沙漠、花卉、抽象或動物骨骸，往往只用少數幾種顏色，表現形式簡單，卻深具原創性。她曾說過：「如果畫只是拷貝自然，永遠也不會比自然更美，還有什麼好畫的呢？」

歐姬芙年僅十二歲時就立志將來要當畫家。大學選讀芝加哥藝術學院，一九一二年參加維吉尼亞大學暑期課程時，老師阿隆貝蒙（Alon Bement）介紹當時教育家阿瑟・衛斯理・道（Arthur

Wesley Dow）的理念給她，即藝術家應善用線、色彩、面與形來詮釋自己的理解和感覺。強調用眼睛去感覺，而不事先用腦去思考。這課程啟發了她的創作觀，她深受這理念所吸引而開始嘗試將自己的風格融入其中。

一九一五年她將試用炭筆所繪出一系列抽象主題的作品，寄給好友安妮塔．普利茲分享。好友將其拿給二九一畫廊的主人與攝影家阿爾弗雷德．史蒂格利茲（Alfred Stieglitz）。他十分欣賞，未通知歐姬芙即於一九一六年五月將這一系列的作品放在一團體展內展出，評價很好。他成為她的伯樂，又續為她舉辦了兩次個展，將歐姬芙推上畫壇新銳藝術家的寶座。

兩人間逐漸發展出愛情，一九二四年結為連理。這一年她開始畫最著名的花卉系列，大幅的花朵佔據整個畫面，以微妙的曲線和漸層色，組成神祕又具有生命力的構圖。有人說她的花卉作品充滿了性象徵，她說：「那可不是我說的，是他們自己想的。」她又說：「沒人真正仔細看過一朵花，它是如此之小，我們沒有時間，而觀看需要時間。我把它畫得很大，他們就會大吃一驚，花點時間去注視它，我將使忙碌的紐約客花時間好好看看我所看到的花朵。」

歐姬芙美麗、執著、堅定，從不為外界的觀念、潮流所淹沒。臉部線條剛毅，又喜穿黑色衣服，給人種酷酷冷冷的感覺。史蒂格利茲掌鏡，對她身體各部位的審視與拍攝，成為他感受愛、表達愛的一種方式。在暗房裡他拎著濕漉漉的圖片對她說：「我對妳所有的感情都凝結在這個瞬間。」他將拍的許多照片（包括裸體）放在自家畫廊展出。當然這些大膽的照片立即引起了爭議，更加使她聲名大噪。她的容貌、眼神、身體語言就如同她的畫一樣，頗具魅力。

也許是她的聲名淩駕他之上後，給了他壓力，兩人之間摩擦不斷。也許是他花心的本質或是故意氣她，有了外遇，兩人終漸行漸遠，不過始終未離婚。史蒂格利茲曾對歐姬芙語重心長地說過：「我們都成功了，但都各自失去了一部分，這就是生活的諷刺。」

一九二九年歐姬芙受朋友之邀來到聖塔菲與陶斯（Taos）散心，她一眼就愛上了這裡遼闊的高原、沙漠、荒野與峽谷景觀，還撿拾動物骨骸與岩石回紐約作畫。一九三四年再度來到新墨西哥州，無意中發現了幽靈牧場，覺得這裡就是她心靈的故鄉，每年往返於此地與紐約之間。

一九四六年史蒂格利茲過世，她留在紐約處理他的遺產。他的攝影作品幾乎被世人遺忘，是她，耗費精力使其恢復美國現代攝影之父的名聲，他在她心中的份量，未曾因歲月的流逝而淡薄。

一九四九年正式移居新墨西哥州，過著遺世獨立的生活。從幽靈牧場的畫室，可望見窗外雄偉豪邁的大自然景觀。她畫荒野、泥磚屋、動物骨骸搭配山岳。藝術家評論她這是在描繪死亡，其實在她眼中，她只看見形體單純的美，覺得骨骸充滿了生命力，跟死亡哪有什麼關係！畫作中的骨骸空靈純淨，與廣袤天地相襯連，展現出生命的悠長與寧靜。

一九六二年，七十五歲的她眼睛得了黃斑點退化症，視力開始退化，卻還是努力作畫不懈。

一九七三年秋，年輕的陶藝家璜・漢彌敦（Juan・Hamilton）到牧場來找工，歐姬芙雇用他幫忙處理家事，很快成為她生活中關係緊密的伴侶。漢彌敦鼓勵她憑觸覺感知製作陶藝，除非倒下，她依舊不停止藝術創作，是一位真正的藝術家！

一九八四年，她遷往聖塔菲，以便得到較好的醫療照顧。一九八六年三月六日，九十八歲的她在聖文森醫院過世，骨灰撒在她生前最愛的皮德農山（Pedernal Mountain）。她視此山為聖山，曾說：「它是我私密的山。屬於我的。上帝告訴我，如果我畫它，畫得夠多，我就能擁有它。」（It's my private mountain. It belongs to me. God told me if I painted it enough, I could have it.）

死後，她的骨灰撒於此，與聖山從此永不分離。

她去世後，被列入美國國家傑出女性榜。在世時，曾獲頒十個榮譽學位，有不少以她為主的相關書籍陸續出版，美國郵政也曾將她所繪的《紅罌粟花》印成郵票。一九九七年紀念她的歐姬芙博物館在聖塔菲成立。

久仰歐姬芙的盛名，她使得樸實無華、聲名無著的新墨西哥州熠熠發光起來。我們懷著「朝聖」之心，於下午兩點多鐘穿過掛有牛頭骨標誌的大門，抵達遊客中心，辦好入住手續，瀏覽禮品店後，就由導遊帶領我們參觀。

遊覽車在荒漠中開著，蔚藍的天空、起伏的山丘，紅色的泥土與東一叢西一叢的曠野植物，展現了無法言喻的遼闊與荒涼之美，難怪歐姬芙會說這裡是她心靈的故鄉，願意在此度過餘生，也頓時明白為什麼有些人見此景觀，會有匍匐在地膜拜的衝動。

遊覽車每至景點停下，導遊就拿出歐姬芙的複製畫，跟背後的景致比對，告訴我們這張畫畫的就是這裡。幾十年過去了，物換星移，可是她筆下的景物卻沒變，那座煙囪石（Chimney Rock）依舊偉岸地矗立著，皮德農山也以睥睨天下之姿屹立在地老天荒的沙漠中，枯枝椏仍然光禿禿地杈開著，沒倒下。不到兩個鐘頭，導覽結束，大家意猶未盡地按原路回到遊客中心。

荒漠高原，夜涼如水，於交誼廳閒聊同樂後，提前就寢。次晨我們早早起身，上山趕看太陽出來照耀山巔那一刻的壯麗景觀。一路上坡，每個角度看到的風景都好美，哪怕是一棵枯樹、一堆亂石。到頂了，太陽光影逐漸移動，當照在煙囪石上時，真是氣象萬千，令人驚嘆。只見這突起的柱石神氣地挺立著，與遠處的皮特農山，朝夕面對面，相看兩不厭。想到終老於此的歐姬芙，她又何嘗不是如此？

離開幽靈牧場前，向長駐於皮德農山歐姬芙的魂靈道聲再見。再度深深凝眸，將此地的山石草木，雄渾與遼闊全收眼底，盡鎖心頭。

與同行夥伴們，互道珍重，他們趕往機場搭機返回休士頓，而我們則不捨離去，將車朝皮德農山下的Abiquiu湖開去。

——北美華文作家協會網站，二〇一六年五月號

作者簡介

雲霞，祖籍重慶，畢業於台大外文系。海外華文女作協與北美華文作協聖地牙哥分會永久會員。曾任女作協十三屆（二〇一二～二〇一四）財務長與十四屆秘書長。文章散見台北與北美的報章雜誌。出版著作：《我家趙子》、《人生畫卷》與《天地吟》。「台灣本土網路文學暨新文學主義時代」推薦其為值得收藏的優質作品。二〇一六年與副會長荊棘合編出版《世界美如斯——海外文學織錦》一書。於《聯合報》網站成立「有情天地部落格」。

夏攜花鳥來

傅裴湘

一、蜂鳥

當年旅次加拿大洛磯山脈（Rocky Mountain），在晨曦野外，與一對以噸計的麋鹿母子，肩並肩共享芬多精。從此以後我很珍惜跟動物靈犀相通的時刻。炙夏和蜂鳥的交往，經常使我心花怒放。

走向我家後院，先經過南鄰沿界種的淺紫非洲百合（Lily of Niles），面對車房往右轉，就是幾尺大的草坪了。果樹有橘子，檸檬，柳丁。三面牆外鄰居都種樹，很吸引眾鳥棲息。我跟大多數人一樣，特別鍾愛蜂鳥。非洲百合是小型聚生吊鐘花，蜂鳥最喜歡吸吮它花心的蜜。

我駐足看牠們採蜜，牠們漸漸不怕我，就在空中表演特技。搧動翅膀比秒快十幾倍。一會兒停在原點，一百八十度平翼撐翅，一會兒前進，一會兒後退。有種新科技電子小飛機，專用作偵測的，完全仿造牠們的身段。牠們被我端詳膩了，也不告別，穿過車房，闖入後院，飛上了電線。

牠們的靈巧頭型，類同小彈珠，嘴尖長如針。常常四、五隻，跳躍在五條電線上，活如低音譜表上的四分音符，但節拍快過八分音，我目不暇給，數拍跟不上。牠們睥睨高高在上，不肯紓尊降貴，我得想個法子，把這些小精靈引誘下來，與我平步平行。去鋪子裡買了兩個圓筒狀的餵鳥器，懸吊在橘樹枝下。一個專伺候體積大的鳥，裝滿了各色穀子。筒的兩邊各刻一張蛋狀的開口。有根比筷子長的棍子，穿過下端，一方面平衡重量，同時方便鳥站著，伸頭入洞口進食。

我在起居室窗內，時時見到鳥成雙，立於棍子兩邊，掛枝頭的紅線，就開始轉圈。通常是同種鳥，在一塊兒打鞦韆。奇怪的是，洞口離筒底，有幾分高，牠們怎會把穀子吃得一乾二淨？再觀察，我知道牠們用坐蹺蹺板方式，把食筒傾斜一邊，就吃得光光了。難怪我一進院倒穀子，數十隻大小鳥，唰唰唰地飛擁擠來，安靜在樹梢、草地等我。有時我做些雜事，牠們照樣跳上枝幹，查我下步動作。這當然不打緊，但我發現一個問題：離穀筒子很近的另一圓筒，裝滿了嫣紅的蜜汁，紅線兀自豎立，為什麼無「鳥」問津？

我裝食器，目的針對討好蜂鳥。「鴉霸」在鳥世界亦然，蜂鳥體型袖珍，群「鳥」亂舞下，牠們怎敢越雷池一步？魚與熊掌，我寧取蜂鳥，於是我卸下穀筒，單留果汁。我的獨門食譜，就是多糖。水的比例少，再加甜品的顏料，粉紅、深紫、靛藍、碧綠，換不同顏色，誘牠們然然下來。此招果然奏效！我的野生寵鳥，紛紛下到凡間。有隻棕色的，可能是其中領袖，牠長得比其餘大些，鳴叫音質如古琴瑽瑽，早晚守門在電線上，牠同時膽大，敢靜止在我鼻前樹梢尖頭。橘樹有幾條枝尖，細若針頭，牠固定停駐四、五枝點上，通告牠的地盤。

牠帶來的夥伴很多，我在院子裡，忽地左耳越過一隻，還來不及領會，忽兒牠的配偶，由我右耳飛過。牠們除了讓我欣賞空中飛「鳥」，還棲枝炫耀轉身，展翅，搖頭的可愛動作。飲水的動作最好玩，有的飛著空中加油，暫停，喘口氣時，頭一面顫抖，一面飛行；有的停在塑膠花瓣邊，在小小花心裡，猛灌瓊漿玉液。最漂亮的一隻，渾身青綠，頸項圍著一圈豔紅。

沒想到我的作為，引起了群鳥的爭地大戰。最忌妒蜂鳥的，是不知名的褐雀集團：體積似迷你麻雀，群居嘰嘰，牠們跟蜂鳥一般霸氣，但數量更多。翅膀箭飛往後，夾成窄角的八字。有個傍晚，我正換糖汁，褐雀成百的飛上比牆的橘樹上，密密麻麻佔滿枝葉。那棕蜂鳥匆匆率友趕來，牠最眷戀的尖枝，正被某隻褐雀盤據，蜂鳥焦急得繞那枝柱，不住地打圓圈，對方毫不理會。牠的夥伴只有十幾隻，對場面完全沒轍兒。我驚呆了，五分鐘前，沒有任何鳥跡，一切發生得太快了！我那作客的十歲姪女，也親見此幕戰火，她大發感想，"Hei!It is a free land!"

我在自家橘樹下等停火，眾鳥紛紛離開後，我也把汁液放滿了。猜想蜂鳥該下來了，沒料到那批褐雀，在天暗中又回來了。這次牠們分成幾團，有的停歇我家橘子樹，有的飛上柳丁枝，有的在原來交戰的樹頭。這樣的陣仗，我的同盟鳥，那會硬闖？

此後我在樹下，朝著電線的愛鳥，無論拍掌，裝汁，或請求，牠們光表演洗身，擦澡，就是不縱身躍下。身為靈長類，對大自然的強凌弱，大欺小，我一籌莫展。

二、扶桑

在臺灣恣意怒放的扶桑，對我是具像的圖畫記憶。由美東遷居南加，也隨處可見這種大紅花。賞花興起，也查查資料，中國古籍為它取炫麗別名：朱槿，照殿紅……扶桑還曾是日本、墨西哥二國的稱謂。最神祕色彩的傳說即「東方神樹」：扶桑樹上掛著太陽或太陽鳥，真美得無以名狀。

我小時把玩扶桑，常舔摘下的花瓣。孩童在校園裡，頑皮地折出花的底座，黏在鼻尖逗趣。這種常綠灌木，或小喬木，作中藥可化痰或利尿。這裡的房主喜歡拿它裝飾門面，作圍籬，盆栽在各式瓷缽中，兩、三朵便生意盎然。

北鄰接壤處，我們種了兩棵扶桑：前一株重瓣，大包小，片片捲曲；後一株就是最普通的五花瓣，花面好像漆層薄脂，燿燿閃晶瑩。每瓣只露八分，另二分藏在鄰瓣底下。五片不約而同，疏落勻稱地共讓空間，朵朵可跟前院的玫瑰分庭抗禮。為節約用水，市府規定各戶，一禮拜只能打開自動噴水兩次。烈日灼傷家家種的聖奧古司丁草（Saint Augustine Grass），株株枯燥成灰，縱莖橫梗裸露土表。我於心不忍，竭力搶救，趁著晚涼風徐時，迅速澆水個把分鐘，將五十呎水管，轉出轂轆軸心，拉過屋角，讓扶桑也沾受福祉。垂頭喪氣的扶桑花葉，稍稍揚眉吐氣。葉脈漸清至邊緣，劃出鋸齒。我決定放牛吃草幾天，沒料到葉子開始打皺摺，老毛病又犯了：它們的天敵，一種小棉蟲再回來了。

這些蚜蟲，顏色大小如白芝麻，灑水時到處蠕動、散飛。牠們在枝葉上產卵，老神在在，垂掛膩膩黏黏像網的東西。扶桑每年都因此萎蔫下去，我恨得與可惡的害蟲不共戴天。誅殺念頭一起，我立刻行動。為著不傷花木元氣，我用肥皂水，細粒蠕蟲應噴跌落葉面，堆得密度比視眼所及多太多，噁心極了！隔日探究成果，沒想到春風吹又生。蚜蟲向人挑戰，逼我再開殺戒，我必須阻止牠們藉機孳生。

扶桑陸陸續續在枝頭重生了，花心吐出蛋黃色花蕊，椎柱透著復原信息。人間夏季，餘興連連。

——北美華文作家協會網站，二〇一三年三月號

作者簡介

傅裴湘，生長於台灣。父母一九四九年隨軍隊赴台。父帶眷駐防花蓮期間，正逢大地震，在母腹中倖存。爾後，曾遷往萬巒、鹿港、羅東、屏東、台北等地。父母皆愛好詩文、寫作、閱讀；也嗜看電影。大學就讀於台灣東海大學中文系。畢業後，於師大國語中心任教。移民洛杉磯三十餘年。自教育單位退休後作義工，仍舊常看中西電影。因興趣寫心得，上部落格。

美國牧場傳奇——人狐情緣

劉於蓉

約在一年前我們賣了城裡的房子，買了一座牧場，搬了家才發現這兒真是美國人兩百多年前立國之初的家園，這裡每一家都相距好幾畝地，雖然雞犬相聞，卻各自為戶，不相往來，加州天氣好，每天艷陽高照，也有足夠的水草餵養牧場的動物，附近的蘋果、水梨、鱷梨、柑橘、血橙、檸檬、蘭姆……濃密的水果樹形成了重重疊疊的小森林，鮮甜的微風迴蕩在大氣之中，住在這裡彷彿生活在綠野仙境。

可惜這美景良辰一到夕陽西下完全溶入墨黑的夜晚，牧場人家日出而作，日落而息，隨著大自然的時鐘作息，他們像游牧民族在此落地生根，養兒育女，繁衍後代，家家戶戶都擁有自衛的長槍、短槍，可以無懼無憂地在月色溶溶繁星閃爍下，高枕安眠，不像我們從城裡「移民」過來的都市人，連睡覺都要開著燈，仍舊提心吊膽辛苦地熬過一夜又一夜。

不過在對街的一幢精美絕倫的豪宅，卻與眾不同幾乎夜夜都亮著燈，尤其是周末假日，整幢大廈的每一層迴廊、每一扇窗扉、每一片屋簷，還有院子裡的每一堵牆頭都亮著數不清的暈黃色，既華麗又溫柔的燈光，我常痴望著豪宅，猜測是怎麼樣的一戶人家住在裡面？

這麼大的房子，至少一兩畝地的院子要花多少錢去點全那麼多盞燈啊，這不像是凡人居住的房子，飛簷入碧曲徑勾欄，倒像是暫時停泊在「夜之港灣」的一艘豪華郵輪，燈光使她顯得通體透明，似夢似幻，令人感到如醉如痴、會不會當黑夜隱退，太陽升起，她就駛向另一個神祕世界之港口再度展現絕代風華？

然而每當華燈初上，整幢豪宅在黑夜裡炫耀著如千花樹一樣璀璨的光影時，卻無那「車如流水，馬如龍」的喧嘩熱鬧，更沒有鐘鼓笙簫歌舞翩翩笑語盈盈，倒是無影無息，靜若寺廟古剎，裡面躺著千年不朽的木乃伊？或是靜靜等候著仙子，貴人的光臨？

有一天，我終於發現豪宅裡的一扇門打開了，我看見一個滿頭白髮的老者走出來，他身著白色高領毛衣，瘦長的腿上是一條洗得褪色的牛仔褲，他既不是一具木乃伊，也非不食人間煙火的仙人，而是一個典型的美國白人，我急忙對他說：「Good Morning!」，他立刻回應「Morning」並朝著我走過來，被人發現我是一個窺視者，我又緊張又興奮的抓緊圍牆上的鐵柵，我的心跳如鼓，呼吸急促，不知道會發生什麼事？還是我的生命將要面臨另一個嶄新的序幕？

他告訴我，他早已注意到我們這家新搬來的「入侵者」，也常看見我在附近徘徊，不過還是很有禮貌地問我，可需要什麼幫忙嗎？我趕忙避重就輕地回答他，這一帶除了牧場裡的馬、牛、羊、小毛驢、雞啊、鴨啊，是不是尚有許多野生動物？他說妳難道看見了什麼？我趕忙告訴他，最近我的確看見了兩隻一大一小美麗的銀白色狐狸，活潑可愛相互依偎的身影常在此出沒……他急忙說，沒錯，這牧場四週除了有狐狸、狸貓、松鼠、土狼，還有浣熊、兔子、果子狸、土撥鼠……甚至禿鷹、孔雀，不過，不用怕，牠們不會傷害我們的。我又問，黑夜中我曾見過小小的一朵一朵的綠色火焰光，那是鬼火嗎？聽說一兩百年前牧場裡的人去世就地埋葬在自己的家園，有這回事嗎？他慈祥地回答，沒有這回事，妳所看見的鬼火其實是「狐火」，也就是狐狸的眼睛呀！多麼美，多麼神奇的眼睛啊！真是上帝的傑作，這時他灰藍的眼睛怔怔地遙望著遠處的果林，若有所思⋯⋯

經不住我的一再追問，他終於告訴我這幢牧場豪宅曾經什著一位父母雙亡的年輕人，他是獨生子，繼承了祖上留下的遺產，獨自一人形單影隻地過日子，直到有一個謐靜的夜晚，牧場裡響起了「叩叩」的敲門聲，是一位少女笑盈盈地站在大門口，她有著極美、尖尖的小臉，玲瓏的櫻唇，海一般湛藍的眼睛，當兩人四目相接，竟然閃電似的震憾了他年輕孤寂的心房，同時她如夜鶯一樣的嬌嫩聲音傳入耳中，原來她才搬來，因為電路尚未接好，所以前來打擾，向他借用火柴和蠟燭，像上輩子已安排好的情緣，年輕人身不由己地挽住伊的柔軟小手進入屋中，找到了火柴和一小截爛燭，遞給她，少女道謝之後輕巧地轉身準備離開了，可是門外的夜晚是那樣的深沉，連天上的繁星也照不透那漆黑的夜幕，他怎麼忍心讓少女一人獨行呢？

他立刻衝出門外追上去，兩個年輕的孩子一同回到少女所住的小木屋，伊沒有邀請男孩進屋，卻在門口一隻手握著閃爍的蠟燭，另一隻手緊緊擁抱著他表示感謝，伊身上散發著一陣陣的體香迷醉了他，他絕對相信那不是香水或脂粉，這神奇的香味叫他熱情地擁吻了伊，也就是在這麼溫馨的仲夏之夜，一對有情人陷入了蜜一般的情網裡。

此後，倆個孩子幾乎每晚在小木屋裡廝守到午夜，才依依不捨地告別，過了一年多，年輕人決定鼓起勇氣向少女求婚，當他含著激情的眼淚，向少女虔誠地單膝跪下時，伊微微顫抖地伸出纖纖玉手，嬌羞不勝地讓他戴上訂婚戒子，年輕人卻「啊！」地一聲驚呼，原本素白的小手此刻竟變成佈滿了白色絨毛的狐狸爪子……嚇得他跌坐在地上，連手裡的戒指也掉了……一陣暈眩，年輕人又強自鎮靜跪在地上完成了求婚儀式，他勉強地吻了未婚妻，藉口頭痛，提早回到自己的莊園去休息，他未來的小新娘子怔忡不安地獨守著小木屋滿面狐疑，不知所措，雙手合十地祈禱，但願不是自己說錯了什麼，但願明天一切都會恢復正常。

剛剛訂婚的年輕人一夜輾轉難眠，他想了又想，決定等到天亮，太陽一出來就去向少女道歉，可是當他回到樹林，如往日一般，腳踩在沙沙的落葉上，耀目的陽光下卻遍尋不著那幢他幾乎夜夜都來造訪的精巧的小屋，他繞來繞去，一遍遍地走著找著，百思不得其解，最後終於在一顆大樹洞裡發現一些白色的狐毛，他情不自禁地抓起一團絨毛湊到唇邊，驚訝地感覺它柔軟得像情人的秀髮，還帶著伊特殊的體香味兒……他的心亂得不知道該怎麼辦？沮喪地回到自己的家，頹然倒在床上。

他回想在幼年時期跟在慈祥的祖父身邊做些零碎雜事，老人家時常對他說，孩子，你看那些養在欄柵裡牛、羊、馬、驢、豬等等動物都是咱們的家庭企業，包括在地上跑的雞、鴨、兔子也都具有經濟價值，牠們不但養活牧場人家也養活世界上許多其他的人，在欄柵外尚有其他的動物，我們雖然沒有將牠們關起來餵養，但是這牧場上的每一吋土地都是牠們的家產，牠們世世代代，生老病死都在這片土地上，我們不能把牠們當做野生動物看待，應該尊重牠們，不要打擾牠們的生活，動物是有感情、有靈性的，往往在暗中會幫助我們的。

祖父還告訴他，在自己八、九歲時，有一天清晨準備去上學，當他一打開大門，就看見了兩隻銀白色的小狐狸緊緊地抱成一團睡在大門口，好像奄奄一息非常虛弱，牠們不怕祖父，任由當時仍是個小男孩的祖父撥弄，原來是牠們中了獵人的箭，可惡的獵人，牠們這麼小，大概不足過周歲吧，幸好受傷的部分靠近後臀部，雖然流了一些血，尚不致於喪命，牠們弱小的身軀不停地顫抖，想必是又餓、又冷，傷口也痛……祖父趕忙放下書包，把這一對小生命抱入暖和的柴房，給牠們倒了一盆水和牛奶，又拔了一些嫩青草留給牠們吃，看牠倆舒服地躺在乾草堆上，才安心地關上柴房的門扉去上學，以後好長的一段日子，他不但每日早晚去探望牠們，而且給牠們吃有營養的食物，為牠們的傷口換藥，還輕聲地與牠們說話，唱兒歌，用小梳子梳亮那美麗的銀色狐毛，直到傷口完全癒合，祖父才依依不捨地讓牠們回到果林去。

春去秋來，一晃眼，祖父從一個小男孩變成身強力壯的漢子了，有一天他到附近的林子裡去伐木，山洪突然暴發，他來不及逃到安全地帶，陷在滾滾洪水的急流之中，載浮載沉，雖然奮力掙扎，但天色漸暗氣溫及水溫陡然降低，可憐的祖父縱然是個壯漢，卻也感到飢寒交迫，精疲力盡……幾乎昏迷時，突然來了兩隻銀狐，牠倆合力將他自急湍中救出來，再拖到岸邊的高地上，並且用溫暖的身體緊緊地依偎著他，等他慢慢地恢復意識睜開雙眼後，牠們才起身離去，倘且一路頻頻回首眷顧……

祖父又告訴他，動物中狐狸的靈性特強，偶爾還會化為人形，躋身在人群之中，伺機行善助人，牠們知恩必報，甚至變成一位絕世美女，為了報恩而嫁給人類為妻，終生無怨無悔地服侍他，愛護他。祖父相信那兩隻救他的狐狸就是當年的小銀狐回來報恩的……如今，他想到早已仙逝的祖父，想到祖父所說的話，彷彿言猶在耳，悔恨的男兒淚沾濕了枕頭，他譴責自己的言行竟然如此魯莽無情，真恨不得立刻匍伏在伊人的腳前乞求饒恕…

天邊最後的一絲晚霞悄悄褪盡，月亮漸漸自西山升起，月光依然溫柔地覆蓋著謐靜的牧場，年輕的男子按捺不住相思之情又走回樹林中，小屋竟然毫無異狀地矗立在眼前，門前的那盞燈籠依舊點亮著歡迎他的信息，美麗的情人熱情地擁他入屋，他什麼也沒有說，什麼也不敢問，倆人一起享用豐盛的晚餐，共飲醉人的甜酒，已成為他未婚妻子的情人為他委婉動人地歌唱，為他婀娜多姿地翩韆起舞，他卻沒有醉，因為他清楚地看見了情人舞動著的裙裾下拖著一條奇異的狐毛尾巴，他記得年輕時的媽媽外出應酬也披過這樣的披肩，曾經是無與倫比的美麗，高貴⋯

然而此刻卻更能確實證明將要成為他的妻子的女子並非正常的人類，而是一隻人們口中的「狐狸精」、「狐仙」，他不再驚嚇，也不再猶豫了，因為他已深深地陷入情網，再也無法自拔，也不管是人？是狐？將來是幸福？還是痛苦？他已決心準備一場別開生面的隆重婚禮，來迎娶親密的愛人為終身伴侶。

舉行婚禮的那一天，新娘子美若天仙，穿著公主一般尊貴的曳地白色絲緞長袍，然而不論是新娘、新郎還是親朋好友甚至貴賓都面戴狐狸面具，每人手提著一盞圓圓小小的紅燈籠，大家沿著牧場裡的小溪跳舞、唱歌、飲酒，熱鬧到午夜時分，一對新人才帶著感恩的心情在眾人的祝福聲中進入洞房⋯。

婚後，他們享受著幸福的新婚生活，不及一年就有了愛的結晶，然而他們初生的寶寶卻是一隻雪白的小狐狸，出落得像人類的小女娃娃一樣美，一樣可愛，可是她的全身卻佈滿了小絨毛，還有一條像媽媽那樣的狐狸尾巴，年輕的爸爸非常沮喪失望，也憂慮女兒的前程，將來如何在人類的世界生存？卻一籌莫解，他變得沉默，整天躲在屋裡，羞於見人，連大門都不出，在一個沒有星光的夜晚，傷心的媽媽懷抱著剛滿月的小狐狸外出散步，卻一去不歸⋯⋯空曠的大廈裡保存著伊人的結婚禮服，音容笑貌及陣陣微香猶在室內迴蕩，卻見不到女主人的倩影了，也許，為了剛出生的孩子，她再也不願意變回人形了，她只能帶著小狐狸在牧場附近的果林中躲著，遠遠地，默默地將心中的愛及關懷送給心愛的人⋯

老先生低低地說著，我靜靜地聽著，分不清是故事，還是神話？然而說到此，他突然停頓了好一會兒，然後拍拍我的肩頭轉身走回豪宅的大門⋯我沒有趕上去繼續追問這「人狐情緣」的結局，因為我似乎看見他眼角的晶瑩正向著阡陌縱橫，孤寂落寞的臉頰流淌。

當晚，我躺在床上難以入夢，那是個月圓之夜，牧場裡的生靈不願安息，有的對月狂吠，有的高鳴呼伴，有的喁喁低訴，還有細碎的啜泣⋯夜的交響樂章正拉開序幕⋯

「花非花，霧非霧，夜半來，天明去⋯」也許當明朝旭日昇起，這牧場的一切都化為夢幻泡影，我也用不著絞盡腦汁去猜，誰會是這位說故事的老人？誰又是那一對相依為命的銀狐？為什麼對門的豪宅總是燈火輝煌地開著沒有賓客的派對？

——北美華文作家協會網站，二〇一三年七月號

作者簡介

劉於蓉，祖籍東北哈爾濱，屬滿族旗人。畢業於國立台灣師範大學英國文學系，曾在台北名校中山女高教授高中英文。並在台灣電視公司主持「學府風光」、「美麗寶島」」、「溫暖人間」及「台北市政廳」等專題節目。創辦《體育》雜誌，邀請美國「哈林籃球隊」、「白雪溜冰

團」赴台北演出。一九七六年，到美國攻讀英國文學碩士學位。出版小說集、散文集；著有《香車美人》、《美國小酒館裡的百態人生》、《美國女子監獄寫實》等書。

魅力溫哥華

鍾麗珠

韋瓦第（Vivaldi）有一首傳世的小提琴協奏曲「四季」，每次聽它，心情都不由自主隨著曲中季節的轉換而變化。來到四季分明的溫哥華，體會更深，真實生活中對春夏秋冬的遞嬗，感受也更真切。

溫哥華景色之美，只要來過的人都會給予肯定，它的春花秋葉、夏月冬雪各有其風韻。溫哥華的春天，常常使人有一覺夢醒大地復甦的驚喜。嚴冬的腳步才剛離開，毫無預警地，樹木枝頭的嫩芽便抖動在料峭的春寒中了；強韌的生機也讓人感受到天地之間滿滿的生命力！春花，是溫哥華魅力的最佳呈現。迎春、杜鵑、石楠、櫻花、鬱金香……都迫不及待的一叢叢、一簇簇爭先恐後展示風姿。它們像要竭盡生命，燦開枝頭。無論你身在何處，周遭總有奼紫嫣紅、花團錦簇，像是給人注入了一劑青春泉源！

如果說春花是溫哥華的魅力，那麼，秋葉便是加拿大令人魂牽夢縈之所在。加拿大景色之所以迷人，林木森森是一大功臣。樹叢又是秋葉的母體，時序進入初秋，滿山遍野，星羅棋布，像調色盤，灑滿綠、黃、橙、紅，深深淺淺，比花更繽紛，更醉人！置身其間，令人不忍遽去。

楓葉是加拿大的象徵。它紅得濃艷，紅得壯烈，從醉紅而暗紅，然後殞落，有點捨我其誰的悲壯，令人憐惜而又肅然起敬！我常常拾起一片片掉落的楓葉，壓在案頭，夾在書中，陪伴我到明秋楓葉再紅的時候。

溫哥華的冬天就是雨多，綿綿不斷的大雨小雨下個不停，不下雨的時候也總是烏雲蓋頂，滿天昏暗。看著老天滿臉愁雲慘霧，加上周遭繁華落盡的花木，枯槁著容顏，光禿著枝椏，瑟縮在寒風中，透著一股蒼涼肅殺。此情此景常常會使人毫無由來的心情低落，悲從中來！

然而，不知道那一天，當一覺醒來，拉起窗簾的剎那，大地一片潔白，雪，就這樣悄悄地，飄然降落大地，掩蓋了一切枯槁衰敗，不見了蒼涼肅殺，也驅散了悲情愁緒，宇宙之間變得如此純淨和無瑕！

初履溫哥華時，來自亞熱帶從未見過雪的我，驚豔之餘，竟不顧一切拉著藤和孫兒們打起雪仗來。可是，三天過去了，甚至一周、半月，雪還未融化，到處一片白茫茫，未免感到單調乏味，好些地方還因人踐車輾變得污穢烏濁。因此心中又不免暗禱，寧可忍受那漫天的蒼涼肅殺、枯槁衰敗，但願不再有飄雪的日子。

儘管溫哥華的春花燦爛，秋葉醉人，但我卻偏愛它的長夏，尤其是夏日黃昏。

溫哥華多雨，但在晝長夜短的夏天，卻是艷陽高照的日子居多。尤其是我們居住的白石鎮，因為地理位置的關係，卻受到日照的偏愛。打從清晨五點多睜開眼睛，迎著的便是一個晴朗美好的開始。望著藍澄澄的天空，自然會帶來一天的好心情；而黃昏，已是向晚時分的九點多了，夕照仍發揮它最後的威力，染紅半片天之後，才依依地緩緩西沉。

夏天清晨，我起得特別早，推開落地窗，比我更早起的烏鴉，已三五成群的在草地上跳動覓食了。當我把早餐剩下的麵包灑落草坪，牠們驚喜之餘，總會想盡辦法引來更多的同伴分饗。我感動牠們那份無私和友愛，群鴉覓食也成了我每天期待的畫面！

夏日午後，似乎是一天中最寂靜的時光，微風輕拂，太陽懶懶地掛在天邊。我總會泡一壺好茶，或端一杯咖啡，坐在院子陰涼的一隅。或手中一本書，或者什麼也沒有，只是坐著冥想，童年的往事，青春的記憶，孩子的成長……都一一回到腦海。想著想著，竟不知不覺進入了夢鄉！

晚飯後，我最愛坐在後院的盪椅上，搖著晃著，陣陣歸鳥遠遠穿過雲絮，掠過天邊，飛向遠處的樹叢。有時候，矮樹叢中突然蹦出一隻小野兔，怯生生的溜過草地，鑽進對面的花樹間，矮小的花樹藏不住牠的身軀，看過去還以為是多了一朵白花。偶然來湊熱鬧的小松鼠，膽子可不小，大喇喇地嗑食掉落地上的果實，用牠那靈活的小眼睛，滴溜溜地和我對著看呢！

微風過處，飄來數不清的白色飛絮，像一朵朵小小的降落傘，著陸在碧綠的草地上，尋覓牠們生命的歸宿。周圍是那樣謐靜，連蟲聲也是那樣輕輕地叫著。這時，我總會情不自禁的哼起古諾（Gounod）的「小夜曲」。那是所有小夜曲中我的最愛，也是我和藤最常合唱的一首：「黃昏後，當你在我懷中，柔聲歌唱……」是那麼浪漫，而又那麼柔情蜜意！

然而，藤在兩年前一場小中風之後，得靠輪椅代步，難得到院子裡共享夏日黃昏的時光，而我更不忍心獨享那曾是兩人世界的夏夜時光。

不知道，我生命中的美麗長夏，是否就此離我遠去？

——北美華文作家協會網站二〇一三年十一月號

作者簡介

鍾麗珠，筆名丹荔，廣東蕉嶺人。曾任台灣中華日報、台灣醫藥器材周刊社記者，及台視文化公司家庭月刊編輯。早年寫散文，也寫小說，作品散見各報章雜誌。並曾為大華晚報家庭版撰寫專欄達十餘年。出版散文集有《廚房外的天地》、《拙婦》、《幸福的時光》、《誤把櫻花作桃花》、《人生有歌》及短篇小說《不同軌道的列車》等。二〇一四年並與剛辭世的另一半林伊祝的作品出版合集《最後的二重唱》一書。

次颶風時速八十英哩

韓秀

二〇一二年六月下旬，大華府地區已經進入夏季，暑熱難當。正午的驕陽下，氣溫接近華氏百度，於是家家戶戶冷氣機日夜不停地運轉著。

二十九日星期五，一個次颶風自美國中部拔地而起，以八十英哩時速撲向大西洋，一路摧枯拉朽勢如破竹。電視台、電台拉起警報，囑咐民眾小心風災，關緊門窗，謹慎開車，提前儲備食物、淨水、手電筒、乾電池。

晚間十點半，十年來幾乎從來沒有停過電的北維州維也納小鎮的大部分商家和私人住宅停電了。冷氣機自然是悄然停止了動作。我靜靜點上七八根蠟燭，一柄團扇在手，繼續看我的閒書。外子趕忙將收音機裝上電池，播音員的口氣有點緊張，因為風速太快，許多樹木被風颳倒颳斷、壓斷電線。雖然次颶風正在迅速離境，但是電力公司來不及調兵遣將，大華府地區百萬戶停電的狀況恐怕要整整一週才能百分之百修復。

「一週、七天、一百六十八小時啊！現在，我們馬上必須做什麼？」外子問我。

「趁著手機還有電，趕快在兒子的手機上留言，讓他不要掛念。」不要讓遠在加州的兒子心神不定是我的第一考量。外子笑了，手機總有地方充電的，不妨事吧。我還是堅持給兒子那邊留了話，然後約法三章，不開冰箱，少開門，儘可能保持較低的室內溫度和冰箱溫度。

第二天，天剛破曉，社區街上人聲嘈雜，原來是路旁大楓樹折斷倒在路上，車子開不過去了。電話早已不通，男男女女拿著手機都在互相詢問，你用AT&T，他用Cox，她用Verizon，怎麼可能全都不通了呢，這修樹公司的電話打不通，那樹幹橫在路上可怎麼辦呢？有人仍然在拚命試著讓那嗡嗡作響的手機與對方聯絡上，有人回家去尋找可以用來鋸樹而不需電力的工具。

外子將車庫的門用手拉開，我拎著一把伐木工人使用的大斧頭，外子擎著一把足有兩英呎長的手鋸出現在眾人面前，大家這才丟開手裡玩具般的小刀小鋸歡天喜地聚攏來，砍的砍、鋸的鋸、拖的拖，不一會兒，路清出來了。有人已經開著車子奔到市中心從星巴克買了熱咖啡來，大家一邊喝咖啡一邊交換各家的「災情」以及剛剛聽來的重要消息。家裡停電不可怕，總有不停電的地方，可以為手機充電，可以帶著電腦去工作，可以帶著iPhone、iPad去過一兩天輕鬆的日子，權當放假好了。今天是星期六，本來就應該放假啊！大家哈哈地笑了。

不知是誰說了一句，尚有餘電的手機無法聯絡是因為網際網路不通了。頓時，眾人沒有了聲音。網路公司也得有電才能運作，這是常識。但是，e時代來臨，人們的日常生活已經和網際網路密不可分。多少人已經完全不檢查門口的郵箱，連伊媚兒都不看，只靠手機簡訊與人聯絡。有多少人已經不用支票，薪水直接送進銀行帳戶，信用卡公司的帳單也直接從銀行帳戶劃撥。但是銀錢來往還是得透過電腦來進行，生意還是得在網路上做，不會憑空地飛來飛去。這個無所不在的網路忽然停擺，人們下意識地摸出口袋裡的錢包，在銀行關門的情況下，口袋裡的現金能支撐一週嗎？自己已經有多久沒有用現金買任何東西了？

一向光鮮活潑充滿生氣的街道頓時一片死寂。人們走向早已很少光顧的小鎮公立圖書館，因為圖書館有電有冷氣。面對著早已生疏了的紙本書、嘩嘩作響的報紙、精緻大方的雜誌，手伸出去，又縮了回來，到底是太過陌生了啊。我看著這些人尷尬的表情，忍不住搖頭。人們也走進自己有發電設備的購物中心，最少，有餐飲可買，有電影可看，也有不是很冷的冷氣。我跟外子說，總不能一直看電影或是捧一本書一直坐在休息區的沙發上不動，還是回家吧，雖然熱，不會比完全沒有電的塔什拉瑪干大沙漠更熱。外子說，沙漠裡總有風吧？我笑了，沙漠的風若是來了，就不得了，人們避之唯恐不及，帶來涼爽的風不在沙漠裡。話還沒有說完，我已經明白，回到室溫已經接近華氏九十度的家裡已經不現實，不是每個人都可以忍受高溫和昏暗的。

於是，在三十日的傍晚，我們走進了一家旅館。燈火通明，冷氣機轟鳴著。接待員是一位印度裔的青年，他熱情地為來投宿的本鎮居民辦好入住的手續。把鑰匙交給我們的時候，他滿懷歉意地說，「我們什麼都有，冷氣機運轉正常，餐廳裡晚餐已經準備好，冷飲、冰品一應俱全……，只是，不能上網，網際網路還沒有恢復……。」看到客人們滿臉的沮喪，他趕快補充說，「不過，我們有上好的信封信紙，有浮水印的，就在客房的書桌上。」除卻我們兩個，別的客人早已一哄而散，有浮水印的信封信紙對他們沒有什麼意義，要緊的是網路什麼時候可以修復。

電力公司畢竟努力，我家停電的時間只有六十八個小時，網路也在七十小時之內修復。修樹的公司派來了工人，將街道上已經折斷的樹木清理乾淨，未曾折斷但是看起來不大穩當的樹木也都得到很好的照顧。街道上生氣勃勃，人們手裡拿著各種圖文並茂的設備喜笑顏開再次玩起四通八達的上網遊戲，好像之前的那幾十個小時只是惡夢一場。

我打開電腦，消息傳來，谷歌光纖將推出結合網路電視和超高速網路的服務，其速度為每秒一吉位元組（gigabyte），比大部分現有網路服務的速度快大約百倍。快、快、快、再快一點、簡單、容易、棒透了！話是不錯，可是啊，再快的速度還是需要電力。大自然只不過打了一個噴嚏，時速八十英哩的小小次颶風就能讓電力中斷、網路癱瘓，讓萬能光纖消失於無形，讓數百萬人手足無措、方寸大亂。

輕鬆按鍵，送出二十九日上午早已寫完的專欄文章。然後把斧子、鋸子、蠟燭、團扇放在隨時可以找得到的地方，看著散處每個房間的書籍、報紙和雜誌，心裡的那份踏實卻是前所未有的。恍然間，想到旅館裡提供的信紙信封，笑了起來，遂走向門口的郵政信箱。e時代又如何，我的信箱裡總是會有手寫的書信，不是我寄出的就是友人寄來的，情誼深長。上面是否有浮水印，那倒無妨。

——北美華文作家協會網站，二〇一三年五月號

作者簡介

韓秀，Teresa Buczacki，出生紐約市，在台海兩岸居住過三十七年。現居美東北維州維也納小鎮，讀書、寫作。曾任教於美國國務院外交學院、約翰・霍普金斯國際關係研究所。一九八三年開始華文文學寫作，為海內外華文報刊撰寫近四十個專欄。至今，為美國《漢新月刊》撰寫的書介專欄已經是第十一年。出版長篇小說《亞果號的返航》（《折射》之新版）、《團扇》、《多餘的人》，短篇小說集《親戚》、《一個半小時》、《長日將盡——我的北京故事》，散文集《雪落哈德遜河》、《尋回失落的美感》、《文學的滋味》，文林憶述《尚未塵封的過往》，書話《翻動書頁的聲音》、《永遠的情人——四十六篇藏書札記》、《與書同在》，藝術家傳記《林布蘭特》、《塞尚》、《米開朗基羅》等四十餘種。多次獲獎。

輯三

如晤：與名家面對面

木心印象

王渝

我對沒有意義的事物向來特別感興趣，一件已經有了意義的事物它就僵在意義中，唯有不具意義的事物才鮮活，期待著意義的臨幸。——木心《上海在哪裡》

木心去世即將一年，往事浮上心頭。

第一次收到木心的稿件，感覺是驚艷。怎麼有人寫得這麼好，這麼與眾不同？他的書寫不帶一絲當時的大陸文風。這位來自大陸定居此地的作家，像是從石頭裡蹦出來的孫悟空。我當即做了一件非常荒謬的事，不是向他邀稿，而是建議他投稿給臺北《聯合報》瘂弦主編的副刊。我向他保證：他的作品正是瘂弦在等待著的。雖然瘂弦和我是好朋友，但是我工作的《美洲華僑日報》是一九三九年《美洲華僑洗衣館聯合會》在中共地下黨人唐明照、冀朝鑄等人支助而創辦。在這樣的左派報社工作，我不敢給臺灣的朋友惹麻煩，和瘂弦久已不通音信。但是紐約的華人讀者到底太少，我為木心的作品感到委屈，希望更多人讀到。當時的情況下，只有選擇臺灣了。

我工作的《美洲華僑日報》在中美關係解凍後，也給我帶來優勢，亦即我可以向大陸作家邀稿。大陸作者對海外的報章也只放心給我們投稿。甚至從大陸出來的人，也只放心給我們投稿。所以我對大陸寫作方式、風格相當熟悉。木心卻完全和他們不一樣。我欣賞他的作品，也充滿好奇。最初我手裡捧著他的稿子，直是疑疑惑惑，不能定位這位作者。

其實，木心已經給臺灣投稿了，而且正如我所料，瘂弦非常欣賞他。後來《聯合文學》還為他出了專輯。他特地到我辦公室來，送一份專輯的複印本給我。向來沉穩，喜怒不形於色的他，那天真正開心了，一臉忍不住的笑意。也是那天我才得知，他早年寫了不少作品，全部散失了。好消息接著不斷傳來，臺灣出版他的散文、小說、詩等等。平常我習慣了他的沉穩，這天他臉上閃現的笑意，打心底煥發出來的歡喜，本該讓我跟他分享這份喜悅，但是感知裡卻莫名地泛起陣陣傷痛。

讀到瘂弦在文學會議中一面擊鼓一面朗讀他《林肯中心的鼓聲》，我真正為他高興。瘂弦最具慧眼，最珍愛才華，做為編輯的他著力引介新作家，推薦老作家。

木心作品中最特別之處，是對在大陸過往的經驗，他永遠採取高高在上的姿態，不是不顧，而是不肯流於輕率的訴苦和責難。從他的作品中看不到他經歷過的種種，他對造成苦難的當事者只有蔑視。他若訴苦，那可是太抬舉他們了。他以精心保持的自我，以豐美的風采面對不屑的遭遇。他和大陸那時流行過的傷痕文學、尋根文學，後來一窩蜂的魔幻加重回鄉土的現實主義文學都不相干，逕自執著於他自己的創作道路，建築他自己的文學王國。

他能夠這樣做，是因為底氣豐厚，當然這些都和他的經歷、秉性和淵博有關，以至於創作時筆鋒得以自在地遊走古今中外，並且熔鑄成獨有的感受與風格，筆下遂體現出通達的睿智和氣度開闊的兼容。通達如是，他便能將禪宗、釋家、道家，基督家都融滙並立，探討生命，關照智慧。於是能從《街頭三女人》點出她們的傻、壞和可憐，結論卻落到自己身上，「是個有點傻有點壞有點點可憐的男人」：也便能沉浸在現代大都會林肯中心鼓聲裡傳達出的蠻荒氣息：也便能雍容有度地與不同時空裡的人物交談，嵇康也好，紀德也好，梵樂希也好。那些文句鋪展開來，是一道道的文學盛宴。

我接到他的稿件總不忙閱讀，而是等到有了從容的時間，準備好一杯熱騰騰的咖啡。咖啡並不一定會喝，而是那噴香的氣味要緊。在他的文章中，我也最執迷於那些帶著咖啡芬芳的句子。大都會博物館正門臺階前，常常有許多街頭藝人在那裡表演，他寫道「從博物館受洗禮出來，純正的藝術使人頭昏腦脹，精神營養過良症，弄不清自己是屬於偉大的一類還是屬於渺小的一類——臺階上的明朗歡樂，倒一下使我重回人間，沖散了心中被永恒的藝術催眠後的鬱結。」這類文字常膠著我的目光，久久不想離開。提到過甜的食品，他這樣陳述「而且目睹某個中年男子，在一杯咖啡中放下六塊方糖，若無其事地喝光了。」我讀著，心裡漫生出笑意。

他在《上海在哪裡》那篇文章中說「我對沒有意義的事物向來特別感興趣，一件已經有了意義的事物它就僵在意義中，唯有不具意義的事物才鮮活，期待著意義的臨幸」，可以看出他是如何迫切地希望擺脫束縛。總之，他在作品中不斷地尋求釋放。詩人商禽的作品，被許多人譽為超現實，他自己卻說那是超級現實。他在書寫中和商禽一樣要求心靈的釋放，表現上兩人的作法卻迥異。商禽讓人想起挪威畫家愛德華・孟克（E.Munch）那幅著名的繪畫《尖叫》（scream）。從聲音裡讓人看到被囚禁的靈魂，痛苦地扭曲著。而他不然，他採取高姿態，全然紳士派頭地從內心深處發出獨白。

木心不僅是作品與眾不同，為人作風也很獨特。我知道他當時經濟情況肯定不好，但是他衣著方面總讓人眼睛一亮，豈止注重，更有一份獨特的講究。這一點顯著地表現了他愛美的天性。這種天性延展到生活各方面，特別是談及藝術文學時，他常常不自覺地流露出潔癖。因為我工作的關係，我們常會談到一些文學作品，他批評的態度嚴謹到近乎嚴酷，或許我的表情都寫到臉上了，他帶點抱歉地笑著對我解釋，他對人要求寬厚，而對藝術卻要求絕對忠誠，寧可刻薄。

一九八三年上海旅美畫家陳逸飛的作品得到西方石油公司董事長漢默的賞識，在此地漢默畫廊舉辦個展。我們見面談及此事，他說也曾想拿作品去見漢默。他對自己的畫很有信心，結果躊躇再三還是甚麼也沒做。這樣閒閒的碎語讓我觸及到他內心的感受。平常不動聲色，不是無感，而是修養。在一個鼓勵自我表現的社會，仍是掙脫不了習慣了的自制。他，注定只有等著被發現。

因為編輯報紙的文藝副刊，所以我時常會辦一些文學活動，或者請客吃飯的事。他不喜歡熱鬧，只偶爾參加，所以他和此地華文寫作圈子裡的人並不熟悉。但是當蘇曉康他們的《河殤》在大陸受到批判，我在海外集稿組織專輯支持時，他卻自動很快送來稿件。我至今記得，美工編輯賴世榮別出心裁的設計，整個版面極為醒目，排出的第一篇就是木心的文章。六四事件，坦克出動之後，紐約舉辦了抗議示威。幾千人的遊行，快結束時我們竟然走到了一處，他已經很疲累，仍然注意到，我們這一圈人手上的示威牌子，他連連稱讚。那可是我前一晚邀集了十幾位畫家共同的創作。

我們聊天，他很少談及自己，特別是過往在大陸的生活。聊天多了，我隱隱感到他必然出身世家，或許享受過優渥的青少年，但是後來必然遭遇過肉體與心靈的折磨。他不談的，我從不問，或許因為如此，他有時會主動透露一些。有次，我們一起去看了一張關於文革的影片，看完我一直說可怕。他跟我說，最可怕的並沒表現出來，那是把人帶進醜惡，所謂「改造」，是把人變成不是人。於是，他說到要抵制那種折磨，太難了。他曾經受不了，決定自殺。我聽得屏氣不敢出聲。他繼續說下去，他其實也不敢面對死亡，想來想去選擇了投河。他走進河裡，走到河水快淹沒整個人的地方，勇氣消失了，急急忙忙涉水回到岸上。他的講述非常平淡，我聽了後卻一直忘不掉。陳丹青在《守護與送別》中寫道「⋯先生要死了⋯他微微一愣，神色轉而舒緩。我仍不能確定他是否認出。片刻，他如交代自以為要緊的意思時，悠然轉用浙滬口音普通話，平靜而清楚地說：『那好…你轉告他們，不要抓我…把一個人單獨囚禁，剝奪他的自由，非常痛苦的……』」。

——北美華文作家協會網站，二〇一三年九月號

作者簡介

王渝，曾任《美洲華僑日報》副刊主編以及《今天》文學刊物編輯室主任。曾為香港《三聯書店》，《上海文藝出版社》編輯詩選、微型小說以及留學生小說的選集。作品有詩集《我愛紐約》和《王渝的詩》，隨筆集《碰上的緣分》。譯作有《古希臘神話英雄傳》。

豪氣與佛心——紐約來的作家叢甦

石麗東

二〇一三年十二月初的第一個週末，叢甦應美南華文作協之邀南下訪問休士頓，抵達的週五晚上，文友們眾星拱月似地擁簇著叢甦進入華埠的東海飯店，室外的氣溫從前一天驟降到華氏三十度，剛坐定即噓寒問暖：「是叢甦把寒流帶來的吧」，「衣服帶夠了嗎？挺得住這股冷鋒嗎？」不意叢甦立即揮灑她一貫招牌的豪俠之氣：「怕冷？誰怕誰，我是紐約來的揶！」

半世紀以來，紐約不僅是叢甦多篇小說的場景，同時也舖排她專業生涯和退休後的人生舞台，追溯叢甦在華文文壇闖出名號，早在她北一女時代參加婦女寫作協會徵文比賽奪得第一；若以一九八〇年作為叢甦文學創作的分界線，前此出版的作品：「白色的網」、「秋霧」、「想飛」、「中國人」四本小說集子，和一九八一年之後的「君王與跳蚤」、「淨土沙鷗」、「生氣吧中國人」三本散文集子及另一本小說「獸與魔」皆在居住紐約時期集結成書。日後叢甦逐漸轉向散文雜文創作，或被指名為「小說界的逃兵」，她解釋「人到中年平添一些或多或少的犬儒，而雜文的形式比較適合發洩那或狂或狷的情緒。」

叢甦創作文類的轉變，還因學業有成，在紐約謀得合意的職業和安定的生活，走出求學時代的艱困與疏離，能夠放眼觀察更廣闊的大千世界。作為聯合國總部的所在地，紐約集全球商業、財經、媒体、藝術、時裝、娛樂的中心，堪稱世界文化的首都，尤其二十世紀下半葉美國身為冷戰時代自由陣營的領袖，它像磁鐵般吸引各國精英（其中包括三〇年代就成名的作家如沈從文錢鍾書等的來訪），此一風雲際會的客觀事實構成叢甦書寫散文的豐富資源。對於棲身大半生的世界名都，叢甦表示：紐約的可愛處在於充滿活力、各色人等，日夜不息，似為世界之縮形。

一、從小說到散文

一九八五年紐約一家華文報紙副刊主編曹又方邀請叢甦定期撰寫專欄，此時的她不僅海闊天空落筆皆是文章，叢甦更認為「黑字落上白紙，又印成報章，就有相當的社會屬性，創作本身也有社會內涵和社會責任。」

當叢甦的小說讀者遺憾她歇手創作小說的時候，她本人卻以旁觀的態度表示：「可惜什麼？⋯⋯從藝術的角度看，好的小說是比較具有永恆性，但就時效來說，雜文比較乾脆有力，一針見血。」這股豪氣和主張「文以載道」的歷史觀促使叢甦參加「海外華文作家筆會」、「對日索賠同胞會」、「中國近代口述學會」等三個組織，日後更以「國際筆會」婦女作家委員會的聯合國代表身分提出英文報告，替弱勢婦女申訴不平，爭取權利，因此成為一位名符其實的社會運動家。

叢甦本名叢掖滋，出生於山東掖縣，正值抗戰兵興，家中手足八人，她排行老么，其成長過程和舉家遷徙的路線，代表近代中國人的流離典型之一；先是逃到大後方，一九四九再播遷台灣。

二、青島歡樂歲月

抗戰勝利後，叢甦隨父母親來到青島，那是她童年時代最安定最快樂的三年，頭一次吃大白米，頭一回用自來水和抽水馬桶，在青島唸小學時她閱讀了一些巴金、李健吾、茅盾的作品，似懂非懂，囫圇吞棗，飢不擇食。在作文簿上叢甦形容一個車夫蜷縮牆角「一個孤獨的人力車夫，踽踽地踱著，等待顧客……」老師用紅筆圈得麻密，評語「感情豐富」。如今回頭看，這是她走向文學殿堂所鋪下的第一塊磚。

一九四九年，父母親帶著三個較為年幼的小孩來台，全家棲身台北南昌街的一條窄巷，他們從青島的花園洋房，擠進台北三十尺長十尺寬的小屋，對叢甦幼小的心靈難免產生抑鬱、恐懼之感，此時南昌街窄巷的對面恰有一家書店，老闆和善，對那些只看不買的學生，從來不下逐客令，這家書店適時成為叢甦少年時代一個難得的文學課堂，在那裡她閱讀了中國古典名著：《三國演義》、《水滸傳》、《紅樓夢》、《西遊記》，西洋翻譯小說：《飄》、《茶花女》、《基督山恩仇記》、《小婦人》等，緣於閱讀名著的激勵，令就讀女師附小六年級的她，向新生報

「兒童園地」投稿，不意就讓「叢甦」的筆名首次見了報。

在北一女的六年時光，她的作文常被老師在堂上朗讀，課餘還參加多樣活動，譬如辦壁報、演話劇、說相聲、演講和作文比賽，到了高中最後一年她報名參加女青年徵文比賽，拔得頭籌，因此獲邀加入台北婦女寫作協會，記得當時入會的年齡是十八歲，結果虛報了一歲，她榮膺該協會最年輕的會員。

三、系狀元的壓力

高中畢業後，叢甦以第一志願考進台大外文系，經北一女老師查分的結果發現她和聯考狀元祇有些微零點幾分的差距，入秋開學後，叢甦和其他十三位考取台大的北一女系狀元回校參加授獎儀式，對叢甦期望甚殷的父親認為沒點上狀元反而是一件好事。

然而摘下系狀元的桂冠，一直構成叢甦台大求學時的隱形壓力，平日除了上課就到外文系圖書館拚書，在那裡她研讀了十八世紀英美重要作家的作品，還讀完戲劇家易卜生和美國尤金奧尼爾的全集。她的努力耕耘，不但四年皆獲「書卷獎」，而且也替自己漫長的文學之路奠定基礎。

大二那年，她選修夏濟安教授的「英國文學作品選讀」，經由老師的命題，要大家模仿「咆哮山莊」的筆法，試寫故事女主角「伊莎貝拉的蜜月」，這篇作品至今仍被她所珍愛，而且自認是影響她獻身文學的一部關鍵性的作品，夏老師讀後讚賞叢甦學識廣博，想像力豐富，文字優美。這也是她在夏濟安所創辦「文學雜誌」上刊登的第一篇小說。三十年後聶華苓編選海外華文文集，也把這篇列入。但是若干叢甦同班卻口出怨言，因為教翻譯的候老師竟要同學們把這篇中文翻譯成英文。

四、「盲獵」與存在主義

一九六〇年代初期叢甦負笈美國，當她在西雅圖的華盛頓大學攻讀文學碩士的時候，接獲白先勇「現代文學」創刊號的邀稿信，叢甦完成了散文式的小說「盲獵」，後來歐陽子編選「現代文學小說選集」，便將「盲獵」列為首篇。白先勇推崇這篇小說是「台灣作家受到西方存在主義影響，所產生的第一篇探討人類基本存在困境的小說…可視為生命過程的一個寓言。」故事主軸寫五名獵人在黑暗的森林中想要捕捉黑色的鳥，每個人的心裡充滿焦慮、恐懼和絕望，作者把這些內心感受上升到人生哲理的思考。

早在大學時代，叢甦便對於形而上的作家懷有偏愛，譬如她對杜斯妥也夫斯基、卡夫卡的作品比較傾心，而對一般人所喜愛的珍奧斯汀、狄更斯和詹姆士卻如秋風過耳等閒視之。因此一開始寫小說，叢甦就強調人類的內心世界，認為「內在人」比「外在人」更為重要，「作家對心理的刻劃比對外型和對話的描述更重要」。如果把人比喻作冰山的話，叢甦說「我比較注意的是淹沒在水裡的那一部分。」

一九六一年她取得華盛頓大學文學碩士，指導教授建議攻讀博士，忽聞母親病逝，叢甦傷痛逾恆，姐妹們建議她趕快搬到紐約，可就近照應；她決定轉往哥倫比亞大學攻讀圖書館碩士，以謀生計，畢業後她應聘紐約洛克斐勒家族的紀念圖書館任職，數年後升任館長，直到她退休為止，這份工作給她機會觀察美國精英階層的文化；她從洛氏家族看見富而不驕，盡力回饋社會的家風。那年代叢甦的外文系校友朱炎戲稱她位居宇宙的中心，因為地球的中心在紐約，而洛克斐勒大廈則是紐約的中心。

五、「想飛」與「中國人」

由於喪母之痛和轉換工作帶來的忙碌使她停筆十年，自一九六七年用英文寫了一篇評夏志清「中國現代小說史」便擱筆了，直到一九七七年她結婚生子之後第一次返台探親，重新熟悉中國的語言文字和故土人情，「為了再認同中國人」，她重新提筆寫作。

叢甦停筆十年恰也是她小說創作的分水嶺，來美的初期寫留學生流放的經驗和失落的一代，到了一九七七年的「想飛」和七十八年「中國人」諸篇表現的則是覺醒的一代「寫的是流浪的中國人，他的躑躅、徬徨、期望和等待」，這時她留美近二十年，所見所聞的社會現實促使她走出象牙塔；「深深覺得人如果連活命都成問題，那麼對形而上的焦慮和探討也就等而次之了，…這也是為什麼後來覺得卡夫卡越來越索然無味，而對雨果大慈悲的人道主義卻感激涕零！」。

白先勇對於叢甦創作小說的技巧曾評論：「傑出的小說家，在寫作技巧上，一定有一、二處為旁人所不能及者。叢甦的小說，最成功的在於對細節有效的控制與巧妙的安排，她的文風類近繁富，而她的才華則表諸於小說中比喻的塑造。」

一九八一年五月她代表台北「中國時報」訪問北歐一個月，完成《淨土沙鷗》，這本遊記，除了風景還融會當地文人、哲學家藝術家的評介，附上當代一些小人物的訪問，讓歷史和現實兼顧，陳映真說，這是他所讀過最好的遊記。

一九八六年她出版另一本小說《獸與魔》，雖然寫的仍是海外流浪的中國人，但內涵卻更為廣泛，故事涉及納粹集中營、文革、柬埔寨的戰亂，作者關注的焦點是人性受到的扭曲與摧殘，陳公仲教授認為叢甦此一時期的小說風格「更帶有散文化的色彩，在作品結構上，時空改換更大更靈活，……同時也加上議論性的言語，有助於增加作品的理性思考，提升思想品味。」陳教授並且認為「叢甦不僅是一名為民請命的作家，也是一位政論家和鬥士。」

自九〇年代叢甦退休後能有更多的時間和精力從事散文創作、社區演講和社會公益活動，在一篇悼念唐德剛教授的文章中，叢甦提及她在紐約所參加的三會，其一，「海外華文作家筆會」，它的前身乃五十年代唐德剛與胡適等學者和詩人所組的「白馬詩社」，九十年代初，「海外華文作家筆會」並與「國際筆會」掛鉤。

六、熱心社會運動

其二，「在唐教授的鼓勵下，擔任「對日索賠同胞會」的會長，雖然在主事的五年內並未索得分文半毫，但對於提升歷史意識和責任認知上激起一定波瀾，大陸各地民間索賠行動也陸續展開。「索賠會」後來發展而成「亞太事務研究中心」。

其三，九十年代在紐約成立的「中國近代口述史學會」，由叢甦擔任首任會長，數十年來口述歷史的成果碩然。此外她曾任舊金山「中國民主教育基金會」評委，紐約「中國人權」顧問，自一九九五年起，任國際筆會婦女作家委員會的聯合國代表。

二〇一一年，叢甦以國際筆會婦女委員會聯合國代表身分向聯合國NGO大會提出一篇三千字的英文報告A Brief Report：Violence against Women，它指出，女性因天生體質和傳統的社會地位使然，不論戰時或平時，多為暴力襲擊的對象，她列舉男性沙文主義、回教狂熱份子藉宗教之名迫害婦女，以及落後地區女童受歧視的現象。二〇一三年年底她在休士頓美南作協的演講題目是「婦女撐住半邊天」，從古今中外的史實中論述女性在社會中的邊緣地位和不公平待遇，充滿對弱者的關懷。她認為要改變這些現狀，必須先改變一般人的想法和態度，也就是所謂的意識型態。

七、「偉大」和「重要」之別

演說中她被問道「偉大」和「重要」作家的區別何在?她舉例海明威是重要的作家，但是福克納和杜斯妥也夫斯基卻是偉大的作家，有位聽眾請她進一步列舉中國古今的偉大和重要作家時，她表示有許多作家朋友，不能回答這個問題。但知無不言的叢甦從更廣闊地角度說明：一個偉大的作家要有宇宙觀，像中國四大奇書寫的都是人與社會的關係，而偉大的西方名著寫的是人與宇宙的關係，她表示十分尊敬夏志清學問淵博，但是卻不贊同夏教授在《中國現代文學史》裡，把張愛玲放在第一，張表達的是人生的滄桑，說到表現人生的關懷與關照，她認為魯迅要更勝一籌。

「如果人生有機會重頭來一遍，你會怎麼做?」叢甦說：「我會集中精神，用心寫一本書，就像曹雪芹完成紅樓夢一樣，而不是像過去這樣涉獵文、史、哲、藝、音樂、科幻小說、星象學和佛學的研究…分散自己的精力。」

數十年來她發表的中英文散文及評論近千篇，兩年前本想出一兩本，但台灣的某方只願出全集，而不願零星作業，因為全集必須通盤整理出來，更需找人打字，對叢甦說來工程浩大!新春伊始，她計劃把「明報月刊」連載過的中篇寓言小說先行出版，對於喜歡叢甦小說的讀者，無疑是一件令人興奮的好消息!

——北美華文作家協會網站，二〇一四年三月號

作者簡介

石麗東，政大新聞研究所碩士，曾任中央通訊社編譯，中央日報海外特約撰述，休士頓郵報資料圖書部。美南作協首任會長，海外華文女作協第十一屆會長。

兩度獲僑聯華文著述獎新聞寫作類第一名。曾獲世華華文創作獎第二名、香港明報紐約創刊徵文第二名、全球星雲文學獎報導文學類第三名。著有：《當代新聞報導》、《成功立業在美國》、《誰與爭鋒：美國華人傑出人物》、《綠色沙漠》等書。主編《全球華人女作家散文選》、《全球華文女作家小傳及作品目錄》、與趙淑敏共同主編《采玉華章：美國華文作家選集》。

詩人相重——懷念詩人紀弦

非馬

沒有月亮的天空
每顆星
都是回憶鞋中的
一粒砂
確證你的
存在

住在舊金山的紀弦先生是我近年來接觸比較密切的寫詩朋友。開始通信時，我曾為他在信中「非馬兄、弟紀弦」的稱呼多少感到不自在。因為無論是在年齡、寫詩資歷或成就等各方面，我都是名副其實的後輩。但我知道他這樣只是為了表示尊重對方，而且他似乎對所有的朋友都這樣稱呼，便坦然了。

第一次見到他，是在台北工專唸書的時候。好像是合唱團的指揮朱永鎮先生在泰國講學遇難，我們開追悼會，會上有一位老先生（那時候三四十歲的人在我們的眼裡都是老人）一把眼淚一把鼻涕在號啕大哭，一問說是詩人紀弦。雖然我是合唱團的負責人之一，而且那時候在主編一個叫《晨曦》的校刊，也寫過幾首徐志摩體的詩，對現代詩卻沒什麼認識，所以也沒敢上前去同他打招呼。第二次見到他則是多年後在舊金山機場。朋友告訴我紀弦先生要來接我，我連說不敢當，但聽說他堅持要來。一出閘門，便看到他戴著一頂草帽伸著雙手，像多年不見的老朋友般，直直向我走來。

紀老坦率天真的性格，在他的詩裡表露無遺。曾有一位剛接觸新詩不久的朋友寫信問我，詩人不是該溫柔敦厚的嗎？為什麼紀弦一點都不謙虛，在詩裡直稱自己是「最美最新也最偉大的詩人」呢？我回信告訴他，一個詩人，特別是一個上了年紀或成了名的詩人，能在詩裡袒露自己的心靈，除了天真，還需要勇氣。何況，如果連詩人本身都不相信自己在歷史上佔有的獨特地位，或不相信自己寫出來的東西是「前無古人，後無來者」，那他的作品一定沒什麼看頭。我寧可讀狂傲的真情，也不願讀謙卑的假意。而只有像他這樣不失天真的詩人，才有可能到了八、九十歲還在那裡寫詩，而且寫出來的詩有時候甚至比年輕詩人寫的還要來得年輕。

除了天真之外，最讓我感動的是紀老熱情寬闊的胸懷。我常收到他的來信，告訴我他多麼地欣賞在某處讀到我的某一首詩。在今天，這樣有心的讀者已經很少很少了，何況是詩人，更何況是德高望重的詩人！我自己便因為疏懶，每次讀到詩友寫的好詩，最多只在心裡頭暗暗喝彩鼓掌，很少想到要拿起筆來給作者寫幾句鼓勵的話。他曾在一篇談論我作品的短評裡說：「詩人非馬作品〈鳥籠〉一詩，使我讀了欽佩之至，讚嘆不已。像這樣一種可一而不可再的『神來之筆』，我越看越喜歡，不只是萬分的羨慕，而且還帶點兒妒忌，簡直恨不得據為己有那才好哩。」今天有多少個詩人能有這樣的氣度與雅量，毫不保留地對另一個詩人說出這樣鼓勵的讚語呢？在文人相輕的年代，這種詩人相重的情懷，更使我感念。

有一次我把去杜甫草堂及李白故里遊覽的感觸寫成的幾首詩寄給紀老。不久便收到他的回信，說「大作數首已拜讀，我胡亂地打了幾個分數，希望你不要生氣。」看到他在我的原稿上用紅筆又劃底線又寫評語又打分數，我有在他課堂上受教的幸福感覺。不要說他那麼慷慨地給了我一個A-，一個A及兩個A+，即使他給我幾個C+，我想也夠我感激高興滿足的了，怎麼可能生氣呢？特別是他在我那首題為〈在李白故里向詩人問好〉的詩中，「詩仙詩聖的稱號太無聊／寫詩又不是小學生作文／爭什麼第一」的詩行下劃了密密麻麻的紅線，並稱之為「神來之筆」，我便知道我們的心弦有一個共同的頻率。

曾因研究大塊體恆星（massive stars）及宇宙黑洞獲得一九八三年諾貝爾物理獎的芝加哥大學印度裔教授成都拉（Subrahmanyan Chandrasekhar，昵稱Chandra），是天文學權威之一。晚年他致力於分析藝術創作與科學發現的學術著作，他說他常問自己，為什麼科學家們不能像藝術家一樣在他們的晚年展露出一種安詳雍和的神態？他說，在回顧了他們自己一生的奮鬥與成就之後，你能想像貝多芬或莎士比亞在臨終時不快樂嗎？

我想我們也可以說，你能想像紀弦在他臨終時不快樂嗎？

——北美華文作家協會網站，二〇一三年八月號，詩人紀弦紀念專輯

作者簡介

非馬（馬為義），一九三六年生於台中，在廣東潮陽度過童年。威斯康辛大學核工博士，曾任阿岡國家實驗室能源及環境系統研究工作。業餘寫作。出版英詩二十三本、散文及翻譯詩文集三本。主編《朦朧詩選》、《顧城詩集》、《台灣現代詩四十家》及《台灣現代詩選》等，詩作被收入百多種選集與台灣、大陸、英國及德國等地的教科書。曾任美國伊利諾州詩人協會會長。近年並從事藝術創作，舉辦過多次個展與合展。現居芝加哥。

拾得詩心訪洛夫

林玲

在現代詩的領域中，洛夫是作品最多的詩人之一，他的詩文及詩論在兩岸三地出版達五十餘本。而涉及洛夫及其作品的評論專書及學術論文更不勝枚舉。舉凡他的形上思維、美學信念、生命情態、意象鑄造、語言銳變，以及東西文化元素融會、現代古典詩詞辯證等等，都能經由他的生命體驗與意象轉化融貫入詩，且成為其詩論述的主體，他的詩路歷程，具體而微地體現出上世紀六〇年代以迄，華語現代詩壇的成長、茁壯與演變。

詩齡超過七十年的他，詩的風格也詭譎多變，且與時俱進。早年便歷經顛沛飽看風霜的他有著「詩魔」的稱號，如今的他則更像一位淡定透徹的「詩的行者」。

針對寫詩，他曾說：「變，是另一個天才的名字。」意即要在每一次的創作中不斷的實驗一種「一面放棄一面站立」的技巧與精神，讓詩的內容與形式，都能在棄舊立新當中不斷地變化。而天才之能變、善變，正是由這創作路上不輟的破中求立、求新、求美的自我琢磨與焠鍊，才能凝鑄成斐然的詩章。歷經戰爭與流放的他，從解嚴前威權體制下的軍旅生涯中走來，一路將他對生命的思考與生活的感悟鍛造成詩，每句每字，都飽含著穿透一個時代的力道。然而對詩人本身來說，寫詩是多麼孤寂的事業。洛夫多變的詩路上，必然隱藏許多不足為道的孤寂與苦澀，也難怪詩人譬喻自己「在書之外，只是一杯寂寞的咖啡」。

而作為洛夫的讀者卻是有福的。我們得以從他豐富詩作的修辭、音韻、意旨或隱喻中、從他注滿生命議題的長詩裡，學習到如何捕捉他詩中最具特色也最為重要的元素——意象。我們會隨同那傳達自他潛意識裡不斷跳出的隱晦意象，走入一個又一個場景，設想自己是那場景中的主角、旁觀者或代言人，比如在石室中比擬自己與死神的對話；比如在廢墟中讓自己成為廢墟、或一隻踮腳向廢墟致敬的松鼠；又比如看見自己向鏡中的「我」揮拳一擊後滲出的血水……，我們的心會在生活中模擬或啟動這些意象，因為它們正好替我們在現實世界之外，找到一個小小的、隱密的缺口，容許我們從這個缺口去宣洩自己的情感、關照自己的盲點、填補自心的黑洞、開拓心胸視野，期許自己，即使滿世界燈火熄滅，不用對鏡揮拳，也能輕易找到自己的臉。

一、訪談紀錄

因限於時空遠隔，會面因緣不巧，無法親赴溫哥華拜訪洛老，使我對這位重量級詩人的專訪，只能透過最傳統的電話和書信往返來完成，然我確是帶著對詩人的景仰之心，半年來大量並仔細重讀他的詩作和生命影像，慎重準備訪談資料，當一切就緒，我向這位只曾在電話中請益過，卻素未謀面的坦率詩人，郵寄出我的邀訪信和提問稿。

一個多月之後，果然收到詩人的親筆信，針對我的提問一一回覆，洋洋灑灑十七張四開紙，侃侃吐露他一生對詩歌創作的見解、經歷與回顧，讀之久久，如沐春風。而他熱忱又嚴肅的治詩態度，更是令我敬佩！

以下是訪談的十問十答。

（一）流放成一首首詩

林玲（以下簡稱林）：您七十餘年與詩為伍，您的詩，從早年超現實主義的魔幻詩，遞嬗到近年解構並解放傳統詩的禪意詩，詩風幾經流變；而您的人生經歷，也與中國近代史、甚至華族遷徙的路徑，都有緊密的相連。可否談談您生命中「兩次流放」的緣起，以及其間的經歷對於您的創作風格有著怎樣的影響？

洛夫（以下簡稱洛）：詩與生活內涵，和生命的歷程都有密切的關係，我畢生的詩歌創作過程，其實就是我「兩度流放」經驗的內化過程。可以肯定的說：沒有我第一次（一九四九年）從大陸流放台灣的經驗，就不可能有我這樣的詩人，即使不被打成右派，也只不過是一個平庸而無價值的詩人。我這一生太多負面的經驗，抗日戰爭、國共內戰、金廈砲戰、越南戰爭，幾度與死亡擦身而過。多年後南京詩人馮亦同曾如此評述：「金門砲戰的最大戰果，就是炸出了一位大詩人」，詩人瘂弦也曾戲言：「越戰結束後，什麼也沒留下，只留下一部洛夫的

《西貢詩抄》，當然，這些話都是過獎的溢美之辭，不過，這也是「詩神戰勝死神」的一次鐵證。

寫《石室之死亡》是我初次以超現實手法寫詩的一次實驗，詩藝術的原創性遠遠大於書寫的邏輯性，「讀不懂」似乎成了這首詩的「原罪」，有評論家質問：我以超現實主義寫詩，是不是因為在白色政治統治下為了不敢碰撞禁忌而採取的權宜之計，或者純粹是一種藝術的自覺？或者只是一種表現手法的選擇？其實當時我並沒有這種策略考慮，從沒有說選擇超現實手法是為了掩護自己不敢因觸及政治現實而犯禁，就是在今天我仍然會說這絕對是出於藝術的自覺。在另一次訪談中我對《石室之死亡》的意義特別作了解釋，第一，《石》詩的主題不僅涉及金門砲戰這一件事，而是在宏觀角度下標舉的時代的悲劇精神。下面這三行詩就足以說明當年兩岸中國人的心境：

漂泊的年代
河呀，
到哪裡去尋找你的兩岸？

第二，《石》詩是當時我內心世界真實的表述，我寫得如此隱晦，主要是因為我覺得戰爭與死亡是兩項非理性的、不是一般日常語言所能說清楚的東西，所以我只好採用像超現實主義那樣的半自動語言。

一九九六年我第二度流放到加拿大，有客觀因素，更是一項主觀的選擇，但初履異國，面對的卻是一個更嚴峻的生命變局，那就是「身分的焦慮」，和政治身分認同的錯亂感，好在我的文化身分始終如一，譬如「天人合一」這種中國傳統的卻又超越時空的存在哲學，正是我在異國他鄉安心立命的精神堡壘，後來我在寫三千行長詩《漂木》時發展出「天涯美學」這一詩觀，作為這首詩的理論基礎。《漂木》是我的精神史詩，有哲學的闡釋，有宗教的關懷，有形而上的探索，也有對兩岸政治與文化的批判，最終我把它歸納為一句話：「生命的無常，宿命的無奈」。總之，這段時期我在詩中渡過了那美麗而又荒涼的歲月，整（個）生（命）擁有一種詩意的存在，但也只不過是美麗和荒涼而已。

（二）為何是詩？

林：詩與其他文學藝術類型一樣，在本質上，都是創作主體內心世界外化的產物。請問在眾多的文學表現形式中，您當初為何選擇了詩？是否受到早年軍中言路狹窄與時代艱難的影響？

洛：其實這個問題我已在上面回答過了，只是不夠完整。你所謂的「軍中言路」和「時代艱難」對我早年的寫作並無直接影響。關於「軍中言路」，我瞭解你的潛台詞，在下面談到超現實主義時，我會有詳細的解說。

選擇詩歌作為我一生不捨的追求，首先是由於我生性傾向以直覺寫作，不善於理性的辨析，喜歡用意象表達內心世界，而拙於敘事與推理，所以走著走著便一頭栽進了超現實的幽深玄妙的世界。詩不講廢話假話，卻講究「虛實相生」的空靈意境，這才是詩的本質。

詩是以最精簡的語言表現無限而豐富的情思，散文囉囉嗦嗦一大篇還不見得能把事情說明白，交給詩吧！一兩行就夠了。中國古典詩每首都是一個豐盈而完美的宇宙。

（三）由魔而禪嗎？

林：接著上一個問題，過去您用超現實主義手法寫戰爭、寫漂木般的人生，後來詩壇上很多評論指出，您的詩漸漸從主體外化的「魔幻」意象，蛻變為物我合一的「禪道」寄寓，請問這代表您的精神世界逐漸向中國古典哲思的回歸嗎？

洛：一個詩人的創作歷程並不是一、二、三如此機械式的發展，有些發展固然有跡可尋，但並不那麼明顯，那麼規律，譬如在早期的《靈河》時代就已寫出了像〈窗下〉那樣暗含禪意的詩。早年我的修正超現實主義表現手法，在我後期的作品中仍可看到靈光閃爍。其次，我的回眸傳統，激活古典，使舊詩中的神韻和美妙的意境，有機性地融入現代詩中，確是我自始至終追求的目標、一項從未放棄的實驗，並不是分階段的進行，一些評論家的視角有時不一定準確，論述也不夠全面。

（四）我不只是三分之一的我

林：請您談談《無岸之河》這個文學紀錄片電影的拍攝始末。您覺得王婉柔導演是否拍出了您一生的創作軌跡——戰爭、漂流、回歸？是否與您最初接受拍攝這個傳記體紀錄片的構想相吻合？

洛：我對《無岸之河》這個文學紀錄電影的確不太滿意，我並不完全否認導演的才華與專業修養，但她導的只是三分之一的我，也許這是我最重要的部分，呈現的卻不是一個完整的詩人洛夫。她在這部電影中把我定位為一位「戰爭詩人」，只突出我在上世紀八〇年代戰亂時期的形象，《石室之死亡》這首詩成為我唯一的固定的標籤。殊不知（她應該知道）戰爭詩只是我整個創作生涯中的一小部分，我大量的抒情詩、禪詩、隱題詩，形而上詩如《漂木》及其「天涯美學」等的美學思維和迭次的風格蛻變，在片子中全被忽略了，且不接受我累次的建議。所以在許多場合我都會爭取機會加以說明，以免日後讀者與文學史家錯把我定格在某種獨特的身分上。

（五）關於古詩今鑄

林：近年來古詩今鑄成了您新的創作方向，請問您用現代詩的語言及意象，去解構古典詩特有的神韻時，可曾遇到什麼困難？新腔與古韻是否有格格不入的感覺？

洛：古詩今鑄，也就是我對古典格律詩的解構，很早以前我就在做這種實驗。最為讀者和詩評家矚目的就是八〇年代寫的〈長恨歌〉，這是一首以超現實手法，現代意象語（言）改寫的白居易的〈長恨歌〉。這首詩被解構得很厲害，不論是語言風格、意象結構、節奏舖展，都是空前的創作，但近年來我寫的《唐詩解構》更是一項富於創意的突破性的實驗工程，我的構想是謀求對古典詩中神韻的釋放，希望從舊的東西裡找到新的美，發掘所謂「意在言外」的「意」中的潛在特質。我在《唐詩解構》的後記：〈詩性的另類思考〉中有這麼一段話：「這是一種對舊體詩的重新詮釋，和再創造，一種試以現代語言表達方式以及全新的意象與節奏來喚醒、擦亮、激活那些曾被胡適們蔑視，摧毀、埋葬的舊傳統，並賦予一個新的藝術生命。這種思考與作法也可能被視為一種徒勞，不過我相信，這是翻新傳統，建構中華新文化的一項值得一試的工程。」

（六）那一首還沒有寫出來的

林：在您眾多的詩作中，您自己最滿意的有哪幾首？請您在不同的人生階段中各選出一首自己最滿意的作品吧！

洛：這也是我經常被問到的問題，在思考這問題時不免有些遲疑，甚至尷尬。我的作品很多，不過我對自己的作品管很嚴，在編入詩集時都做過嚴格的選擇，凡收入集子得以出版問世，都應是我較為滿意的作品，當然其中還是有高下之分，譬如經常被評論的，在電台、電視頻道、以及各種朗誦會朗誦過的、被選入各種詩集和兩岸中學與大專學校國文教材的，大多是我較為滿意的作品。

我的風格多變，每個時期所認知與掌握的美學觀念有所不同，我對早期《靈河》中的作品總嫌其過於浪漫淺薄，缺乏質感，技巧也不成熟，我滿意的也只有〈窗下〉、〈石榴樹〉、〈暮色〉等首。我常發現讀者讀詩的品味莫測，我辛苦經營的「力作」，讀者不一定喜歡，他們中意的反而是那些無心插柳、信手拈來的隨意之作。一般讀者通常喜愛溫婉的抒情、明朗的意象、淺白易懂的表述，因此我早年寫的抒情詩如〈煙之外〉、〈眾荷喧嘩〉、〈因為風的緣故〉、〈愛的辯證〉等意外地受到當今讀者的鍾愛，可是詩歌評論家與詩學者的欣賞角度又不一樣，他們中意的而且一直保持高度評價的是一些難度較高、有個性、有思想的作品，如〈長恨歌〉、〈金龍禪寺〉、〈邊界望鄉〉等，近年來對長詩《漂木》尤為矚目，最有趣，也最值得思考的是，五十年前寫的艱澀難懂的《石室之死亡》，今天仍然成為評論家談論的焦點。因此，作者與讀者之間總是有某種微妙的距離，我認為保持一點適當的距離是必要的，二者隔得太遠，顯然是由於意象過於內化，語言過於陌生，讓讀者難以進入你的內心世界，但如隔得太近，為了遷就讀者不惜把想像力和創作力壓低，以致喪失了詩人的獨特風格，這絕不是一位有抱負有追求的詩人願意做的。

回到問題的原點：我對自己的作品究竟有哪些滿意的？通常我會作出有點謙遜也有點滑頭的回答：我滿意的作品是那一首還沒有寫出來的。

（七）這島上

林：我很喜歡您最早在《靈河》中的一首〈這島上〉，你在詩中把流放到台灣的悲情逐漸褪去，開始將征衣的沙粒轉化為腳下泥土的種子，許多意象透露出成長與勃發的生機。我覺得這首詩與前幾年李安導演拍的《少年派的奇幻漂流》有許多可相對照的地方。可否說說您一生所居住過最久的地方——台灣，這座島嶼對您的人生及寫作的意義？

洛：你說你喜歡《靈河》中那首〈這島上〉，我倒是有點意外，我對自己早年的作品總覺得很青澀，不夠成熟，依你的欣賞水平應該不致如此，但我找到這首塵封了數十年的少作重新閱讀時，才發現你的解讀是有說服力的。的確如你所說：當年流放台灣時那種初期的荒涼感和失落感已逐漸消逝，「開始將征衣上的沙粒化為腳下泥土中的種子，諸多意象透露出成長與勃發的生機。」這些解讀都說在點子上，真好！詩本來就是一種超越時空的東西，一種精神的升華。當年我寫這首詩時，就是想透過想像使自己從漂泊羈旅、人失去方向的茫然中跳脫出來，但初履台灣，孑然一身，現實處處不順心，孤獨咬人啊！只有藉著寫詩來紓解諸多外在的壓力。

我在台灣這島上生活了四十年，我的至親好友，文學夥伴都在這裡，儘管一直處在泛政治化的喧囂中，因政治互鬥而使族群關係日益惡化，經濟日漸衰退的大環境中，我仍然以台灣為第二故鄉，在此我建立了自己的文學王國，在此我擁有大量的高水平的讀者。在客居異域二十年的晚晴歲月之後，我最想落葉歸根的不是我出生的湖南，而是割捨不了的台灣，為甚麼？只因為我最寶貴的青春都消磨在這塊在地圖上毫不搶眼，卻負載了、傳承了中華最輝煌的傳統文化的小島。

（八）走過石室再回金門

林：我想金門這個島嶼對您的創作來說，可能更加意義非凡。《石室之死亡》是您最重要的作品之一，奇詭艱澀的超現實主義語句下，深埋著歷史和戰爭的伏流，以及您對歷史潮浪、生死驟變的反思。您在詩中的第一節就說「而我確是那株被鋸斷的苦梨／在年輪上，你仍可聽清楚風聲，蟬聲」……這比諸後來《背向大海》中的〈再回金門〉，您說「十月，沒有銅像的島是安靜的——開酒瓶的聲音畢竟比扣扳機的聲音好聽。」前後相比，前者的意象就非常濃稠，語句也較為艱澀，不像後者詩中的平鋪直敘較多，詩意亦較易解。請您談談這些轉變的緣由？是否人在最逼近死亡的時空中，才最易跳出時空，泯滅去時空的界限，觀照到生死的本質和宇宙人生的真實意涵與價值？

洛：你說我的〈再回金門〉詩意比較易解，這顯然是相對於《石室之死亡》而言，《石》詩密度高，有質感，它在詩藝上的獨創性尤受推崇，但在意象處理上太過雕飾，在音韻節奏的安排上也不夠完善，所以在處理《石》詩以後的作品時力求補救。〈再回金門〉在這些問題上我都做了審慎的修正，它是一首表現金門生態和歷史演化的小史詩。時代變了，生態和文化也跟著變了，當年在砲火煙硝中，我對戰爭與死亡這兩樣東西茫然無知，但卻十分準確地掌握了歷史的腳印。數十年後金門當年的面貌也許只能在戰地博物館裡看到一鱗半爪，要想理解金門風雲變幻，歷史演化，以及它的時代意義和存在價值，你只有在〈再回金門〉的詩意中找到答案。我不認為〈再回金門〉的筆法是「平舖直敘」的，語言雖有明朗的趨勢，卻挖到了金門歷史的核心，和它那起伏跌宕、韌性特強的命運。

這首詩可以算是我較滿意的作品之一，不知你聽過這個故事沒有？二〇一二年我寫了〈再回金門〉，第二年我應邀到金門大學演講，當時校長李金振博士也在下面聽，講完後我即席朗誦了這首詩，八百多聽眾立即的反應不是熱烈的掌聲，而是一片肅穆的表情，李校長聽了也十分動容，當場宣佈要把〈再回金門〉刻成詩碑豎在金門大學的校園內。第二年，一塊極其壯麗、鐫刻十分精美的詩碑果然巍巍地豎立在廣闊的校園內，成了一項訪客必看的觀光景點。

（九）詩書結合二元一體

林：您的詩曾被譜成曲子吟唱、被寫成書法作品、被拍成影像紀錄片，請您談談現代詩與書法、音樂、繪畫、影像藝術及其他藝術形式結合的可能性。

洛：詩，可說是一切文學藝術產生魅力的基本元素，不論是意象的、音樂的、或視覺的，都因詩質的豐沛而熠熠生輝。「畫中有詩，詩中有畫」固成定論，蕭邦、柴可夫斯基的詩音樂更是舉世聞名，以詩配畫是中國傳統繪畫的特色，中國書法的內容即以詩為主體，我的詩已有不少譜成歌曲，而現代詩與書法的結合是我的獨創，不過迄今尚未得到書法界普遍的認同與實踐。這樣也好，正顯示出我書法的特色，獨此一家。

書法與詩的關係是二元一體，古代書法家都是詩人，他的書法就是他的詩，但今天的書法家大多只是寫字的高手，不但不會詩，連文化底蘊、人文素養都付闕如。書法藝術最重要的一個觀念是「空間的創造」，所以很重視「留白」，猶如太極，太極由「陰」、「陽」二元構成宇宙的基本因子，書法則以「黑」、「白」二色建構一個獨特的宇宙。一幅字的空白部分本來是筆墨不到之處，不過這個「白」並不是紙上的白，而是書法家所創造的空間，正由於這空白的存在，筆墨才會產生情趣，充滿生機，這跟詩因重視「想像空間」而增添了靈氣、豐富了一首詩的內涵（是）同樣的道理。

作為一個詩人書法家，我經常會面對一個困惑問題，有一次在我的書法展覽會場，一位記者問我：「你本是一位很前衛的現代詩人，卻又投入這種非常傳統的書法創作，你不覺得這很矛盾嗎？」當時我毫不猶豫地答道：「從美學觀點來看，真正美的東西都富於創意，而這種美是超越時空，萬古常新的，例如唐朝懷素和尚的草書，今天看來還是那麼氣韻生動，魅力無限。他的草書既有音樂的節奏感，又有繪畫的靈動感，所以他創造的美是傳統的，也是現代的。」我所追求的藝術，不論是詩或書法，都是一種本質上的美，不管它是古代的，或現代的。

（十）以詩體現民族審美經驗和價值意識

林：古人以詩言志，詩有興、觀、群、怨等社會功能，與古典詩詞相比，現代詩的社會功能是否也等量齊觀？作為一位經歷大時代的現代詩人，您覺得現代詩，除了從創作者的內心折射出當代的時代精神之外，在文學領域與文化發展上的超越性與永恆性如何？

洛：我們不應否認詩的社會功能，但（它）不是（詩）主要的（價值所在），其實古典詩也未必每首都強調社會功能，譬如王維的禪意詩、李商隱的愛情詩都是十分個人的，但他們創造的意象同樣具有永恆之美，我認為只要掌握了詩的本質就是好作品，就是能傳達一個民族的美感的形式。所謂文化，主要在體現一個民族的審美經驗和價值意識，至於激蕩人心、改變氣質、撫慰情緒只是詩的副產品，而以詩的形式來宣揚某種意識型態，這種詩就只是一種政治工具罷了。

二、結語

很多詩人或作家前輩們長年海外漂泊，最後都以母語寫作回歸心靈的故鄉，藉之寄託此身安頓，那麼詩人洛夫呢？在訪談中，這個與「鮭（歸）」有關的問題雖未被提及，卻也隱藏伏筆。郵亭人世，鴻路棲遲，亞當斯河畔良久的佇立，是否就是詩人對鮭魚返鄉的沉思？數十年來詩人頻繁往還於美加、大陸、港、台、金門、越南之間，從放諸江渚縱流漂蕩的書寫，到驀然回首無雨無晴的了然，那首心中尚未寫出的詩究竟要在何處完成呢？

此刻答案似已呼之欲出！

果然，洛夫在給我的信末說：「…我在加拿大待了二十年，因年邁決定於今年九月底搬回台北長住。書法原稿送給你作為紀念吧！」

讀著這幅詩人慨贈的書法自書詩——〈金龍禪寺〉，晚鐘、山寺、夕草、雪夜、灰蟬、燈火，意境豐滿，超以象外；而書幅中間那句突兀的「如果此處降雪…」，行草落墨的「雪」字，也帶著反虛入渾的逸泰，峰迴路轉之後，「雪」的浮想與「墨」的再現之間，恍然一只灰蟬驚起，心下頓有所悟，彷彿澈見詩人一生積健為雄、抗懷千載的落落詩心，不覺悠然神往，如見道心。

打電話向他道謝時，想到那一首他自謙自許卻始終「還未寫出的詩」，我問洛老：「…〈再別雪樓〉如何？」電話那頭的他笑了起來，爽朗地說：「這是一個好題目，請保持聯繫」。

放下電話，我開始由衷地期待，不久的將來，能在台北再讀到這位米壽詩人與古為新的詩集。

——北美華文作家協會網站，二〇一六年八月號

作者簡介

林玲，筆名夏子，東海大學經濟系畢業，德州農工大學康默斯分校財經所碩士。曾任東海大學助教、銘傳大學講師、博庫網站編輯、文學城博客總編、北美華文作家協會網站編委、網路媒體自由撰稿人。善詩書畫印，網撰文集有《指尖流水》、《百年彳亍》、《清淺望河漢》、《融園詩草》、《寄靜齋隨筆》、《寄靜齋篆刻輯》等多種。

總把春山掃眉黛

林婷婷

「即使不講課，站在那裡，她就是一首詩。」

曾經有人用這句話來形容葉嘉瑩老師，我認為是對她一種總和的、綜合的、詩意的概括，是對她的著述和詩詞創作，是對她的詩學研究的成就最貼切的讚美，也是對她的人品、學品、和詩品的一種欣賞，一種讚歎，一種敬仰！

第一次見到葉老師應該是在我從菲律賓移居溫哥華之後的第二年，那個時候我剛聯絡上從香港移民溫哥華的文友余生，有一次他通知我說，他就讀於台灣大學時的一位老師要在列治文中華文化中心講課，邀我去聽，說是唐詩一個系列的最後一堂課。那天晚上我踏進課室時，這位老師已經站在一塊白板前，準備要講課了。顯然她是一位非常認真守時的老師。不記得當晚講的是哪位詩人，對眼前這位老師我有著莫名的驚艷，只顧欣賞她優雅的氣質，講課和吟詩的聲音如銀鈴般悅耳。好像什麼觸動了我的心，微微喚起塵封已久求學時代上詩詞選課的回憶。那是我在一個非母語環境成長中，曾經對中國文學自我追求的努力。可是畢業後發現那是一種在工作上和在社會上都派不上用場的喜愛，是最終要被冷落被放棄的東西。可是就在那個下著冷雨的夜晚，聽葉老師的課，我感到無比的溫暖，像是聽到一聲遙遠的呼喚，叫我再度萌生對中國古典文學的追求，一顆種子落在了我的心田。

於是，只要我在溫哥華，我都會去聽葉老師為嶺南長者學院每年一次的詩詞課，本來我只習慣在列治文開車，為了去溫哥華的Langara學院聽課，剛開始的時候是搭一位同學的便車去，後來就放大膽子記住路線，自己開車去上課。為此，覺得滿有成就感！由於場地的問題，老師授課的時間通常都是在暑假時每星期六的下午，有時碰巧我有外出旅行的安排，即使不能全程課都上，我也是照交學費，不放棄能聽一兩堂課的機會。那個時候我對葉老師的背景並沒刻意去了解，只是為了聽課，保持講台上與講台下幾分欣賞，幾分敬畏的距離。老師的博學讓她自然而然流露一種學者的威嚴。

葉老師講課都是站著講，發給學生的「講義」僅是詩詞的範例。「講稿」全在她的腦子裡，葉老師有超人的記憶力，大凡詩詞、歷史年代、她都詳記無誤。講課時滔滔如行雲流水，好像急於在很短的時間內把她所知道的都傳授給學生。漢語有許多同音字，老師絲毫不馬虎的，邊講邊把她所提到的重要名詞或詩句寫在白板上，或寫在投影機特製的透明膠紙上，方便學生作筆記。老師求學時曾經把她的恩師，也即當時輔仁大學古典文學著名教授顧隨先生講課的內容，記錄了十大本筆記，多年後整理成十萬字的書出版，為中國古典文學的研究保留了一份重要的資料。

深受顧隨先生的治學真傳和教學風範的影響，葉老師講解詩詞，分析如剝筍如抽絲，每次介紹詩人的作品，她都要先講作品創作歷史年代的背景，作者生平，字面上的意義，所蘊涵的言外之意，所表述的人生哲理，以及所引用的典故，因此，她常常自嘲講課如「跑野馬」。其實我們聽她的課，最是喜歡她「跑野馬」，帶我們穿越時空，在古典文學豐美廣闊的天地裡，上下求索，汲取養分。無論是講詩經、離騷、唐宋詩詞、以至清詞，無論是屈原、李杜、陶潛、李商隱或李清照，葉先生都是如數家珍，叫我們如沐春風，如飲甘露瓊漿。葉老師平易近人，不單在課堂裡講課，在溫哥華只要是文友們的聚會，邀請老師參加，席上請她講話，無論人多人少，她也都會為我們講解一兩首詩。有人願意聽，她就願意講，大有孔子「有教無類」的胸懷。想不到我移居遙遠的加拿大，竟然有幸向這位傑出的老師學習。雖然我不善於寫詩，但發覺即使寫散文時，如能運用古詩詞來烘托，會使文章更為硬朗，寓意更為深刻。

葉教授講詩，時常提到詩的「感發」力量，讓我聯想到亞里斯多特詩學所說的：詩是用最經濟的文字激發強烈感情的文字創作。去年夏天，首次聽完葉老師講有關李商隱詩謎的四堂課後，讓我更深切體悟到中國古典詩的感發作用。在介紹這位詩人的生平時，老師也談到李商隱對她個人詩作的影響以及她和義山先生的詩緣。老師就舉了她自己的幾首詩作為範例，其中也有她與李商隱「合作」的詩例。

葉老師六、七歲就會背詩，十二三歲時就特別喜歡李商隱的詩；後來隨著家境變遷和國家戰亂，她看到人間許多不幸，因此她對李商隱那種懷才不遇坎坷的命運很能感同身受，受李商隱《送臻師》這首詩的感發，她十六歲的時候就寫過一首《吟蓮》的詩：

「植本出蓬瀛，淤泥不染清。如來原是幻，何以度蒼生。」

當時她看到了軍閥之爭，看到了國土被侵略殘踏，多少戰亂、流離、貧窮、飢荒、死亡，也就是李商隱所說的「苦海迷途去未因」，反思這苦海中失落人類的去從與救贖，她對佛陀的虛實提出了質疑和控訴，是她受李商隱詩早期的影響。

老師說她常常夢中得詩句，醒來她就會想起李商隱的詩句，然後借用（老師風趣的說是「偷」）這些詩句和夢中的詩句湊成一首完整的詩，呈現另一種意境、心情、和寓意。譬如她夢中得的詩句：

「換朱成碧餘芳盡，變海為田夙願休。」

老師就用義山的一首描寫思婦「總把春山掃眉黛」等待的無奈，和另一首詩人對孤寂與淒涼的感慨「雨中寥落月中愁」，合併成詩，雖然也表達了對自己命運的感傷，卻多了頑強不屈服於現實的表述。她認為即使生命是多麼淒苦、悲涼，理想和盼望是多麼遙遠，但寂寞痛苦中她也要「掃眉黛」繼續打扮自己，堅持培養自己的美好；把消極轉化為積極，絕望中點燃希望。老師這首詩中所表現超越生命悲苦的轉變，給了我莫大的震撼。

在另外一首詩：「一任流年似水東，蓮花凋處孕蓮蓬，天池若有人相待，何懼扶搖九萬風。」葉老師雖然也是感概歲月年華如流水，一去不復還，但是她深信凋零的蓮花仍然孕育著種子，只要有人在天池等待，無需怕九萬風的遙遠。葉老師所表達的心志，說明她相信只要她教的詩，有一顆種子落在聽者或學生的心中，詩就有希望傳承下去，只要有人受用，她便要繼續教，怎麼辛苦都不怕。她這首詩雖然採用了李商隱詩感傷憂鬱的韻調，卻是反其意呈現一種深具信心的堅強。

寫「不向人間怨不平，相期浴火鳳凰生，柔蠶老去應無憾，要見天孫織錦成」，葉老師更是完全從個人生命不幸的浴火中重生，道出了她傳承古典詩詞的抱負和決心，儘管世間有太多的不平，細柔的蠶老去死掉也無需抱憾，因為她要看到中華子孫能把文化的絲織成美麗的錦衣。這是她教了七十年的書的信念，她的抱負，她的堅持。讀葉老師這幾首詩作，我好像更加走近了她坦然赤誠的詩心，感受到她堅強的生命毅力，她光明磊落的人格，她教詩寫詩生命的綿延不斷。

葉老師在她生命中許多黑暗的日子裡，經過憂患的生命考驗，她又是如何從「一己的傷悲裡超拔」，並活出更高遠的人生境界呢？葉老師說：「是古典詩詞給了我維生的工作能力，是古典詩詞蘊含的感發生命與人生的智慧，支持我度過了種種憂患與挫折，詩歌能夠治療人的傷痛」。

讀古典文學有什麼用呢？葉老師認為「古典詩詞讓人心不死」。她深信在她「偶然的一次講話中，只要詩歌的種子，能夠落在一個青年人的心裡，就會開出花來。」葉老師去年底在溫哥華世界日報《華章》文學版的「名家談」一篇題為「傳統詩，詩傳統」的文章裡，表示她堅信中國詩歌不會滅亡，希望年輕一代繼續學習古典詩詞，讓中華文化長流，綿延不絕，薪火相傳。這是支持她一生教授古典詩詞，筆耕不輟，傳遞華族文化唯一的動力。

今年適逢葉先生九十大壽，海峽兩岸及北美各地都熱烈地在籌劃系列慶生活動，網絡上竟然有個奇怪的反應說：「葉嘉瑩為何這麼走紅？」其實我們不該以明星般的走紅來看待老師，葉老師從一九四五年大學畢業後，就開始教書，教了七〇年的中國古典文學，也是畢竟一生的努力和執著，把她這方面的研究心得傳授世人，她沒有刻意選擇榮譽，是榮譽選擇了她！她學術研究的成果來自她一生浸泡在圖書館裡的廢寢忘食，來自她與古代偉大詩魂，與如王國維如此偉大思想家日日夜夜的心靈攀談和理性的反思。她淡泊名利，除了學問，她對世俗名利無所追求，葉先生受古人詩詞生命感發所展現的偉大人格和對中國古典文學所作的貢獻，叫人高山永仰！

——北美華文作家協會網站，二〇一四年七月號

作者簡介

林婷婷，祖籍福建晉江，出生於菲律賓馬尼拉，菲律賓大學文學碩士，八十年代即活躍於菲華文壇。一九九三年移民加拿大後繼續寫作並熱心文學活動。曾任加拿大華人筆會會長、加拿大華裔作家協會會長、海外華文女作家協會第十二屆會長、國際筆會菲律賓中心理事，現為加拿大華人文學學會副主任委員。曾獲台灣僑聯總會一九九三年華文著述散文類首獎、二〇一〇年冰心文學新作佳作獎，其餘出版有英文兒童書及民間文學研究論述等。

美國學生眼中的張充和

孫康宜

每到春天，我常會想起住在耶魯附近的張充和。這位以書法、崑曲和詩詞著稱的才女今年已經九十二歲了。之所以會把她與春天的意象聯繫在一起，是因為每年春季我都教一門有關中國傳統女性文學的課程，都會在課堂上和學生們討論充和的詩詞。不久前耶魯同事金安平又出版了《合肥四姐妹》一書，所以學生們都對張充和及其家族的文化背景產生了莫大的興趣。這些年來，我經常在課堂上引用的作品包括一九八一年充和為我抄錄的一組詞——那是由二首《菩薩蠻》及一首《玉樓春》組成的詞作——其開頭的第一句就是：「嘉陵景色春來好。」那是描寫半世紀以前重慶地區的春景和一段文人逸事的作品。後來為了簡便起見，我乾脆就把充和的這組詞稱為「春來好」，因為可以省去向學生們解釋《菩薩蠻》、《玉樓春》等詞牌的麻煩。

後來，學生們就很自然地把充和的詩歌和春天的景物聯繫在一起了。他們都說，每次討論充和的詩歌，就等於是在迎接春天的到來。果然，藉著細讀文本的技巧（一般通過英譯），他們漸漸發現充和的詩中充滿了春天的氣息，代表著一種生命的熱情和希望。尤其在充和出版的《桃花魚》詩詞集裡——由其夫婿傅漢思（Hans Frankel）和Ian Boyden、Edward Morris等人英譯——我們可以讀到許多有關春天意象的描寫。例如：「三月嘉陵春似酒」、「干戈未損好春光」等。特別在〈桃花魚〉（〈臨江仙〉）那首詞裡，我的學生們感受到了「春風」的意境。他們想像，當春天桃花盛開時，武陵溪會是怎樣的景色；同時他們也注意到，充和似乎在暗用明代畫家仇英的畫作《桃花魚》之典故，有意指向桃花源的理想世界。總之，學生們特別欣賞〈桃花魚〉裡所描寫的春天美景以及那充滿流水的意象，因為對他們來說，那種意境也最能代表中國傳統文學的特色。（值得一提的是，班上的Adam Scharfman和Melisse Morris兩位學生特別在他們的期末作業中討論充和詩中的流水意境與夢的關係。）再者，我一直認為傅漢思教授的那本《中國詩選譯隨談》專著（*The Flowering Plum and the palace Lady : Interpretation of Chinese Poetry, 1976*）也暗藏了「春天」的情緣隱喻。在他那本書的開頭，傅漢思曾引用梁代詩人蕭綱的〈梅花賦〉來讚美梅花的特殊靈性和氣質。據蕭綱的原意，梅花之所以美好，主要因為它能較其他花木早一步報導出春天的來臨（「梅花特早，偏能識春」）。但我卻一直以為傅漢思是用梅花來形容他的夫人充和的。傅漢思教授已於二〇〇三年去世，每次我想起這個梅花的隱喻，就自然感觸萬端。不久前Mimi Gardner Gates女士（目前西雅圖藝術博物館館長，也是微軟總裁蓋茲的繼母）也把充和形容為一株永遠美麗而幽婉的梅花，真令我心有戚戚焉。（見《古色今香》Fragrance of the Past，西雅圖藝術博物館張充和書畫展，二〇〇六年）。

此外，在課堂上，我的學生們最喜歡聽我講述充和那組「嘉陵景色春來好」的詞作之本事，因為那是有關一幅畫的傳奇故事，而那故事最能具體說明充和與中國傳統文人的密切關係。（有關這個故事及其文化意義，波斯頓大學的白謙順教授已有詳細的專文介紹）。原來這幅畫的故事發生於烽火連綿的二次大戰期間。當時許多文人和藝術家們都紛紛逃往重慶等後方避難。一九四四那年充和正在重慶居住，她於六月四日那天登門拜訪她的書法老師沈尹默先生。那天談話間，沈先生作了一首七言絕句贈給充和。詩曰：

四弦撥盡情難盡
意足無聲勝有聲
今古悲歡終了了
為誰合眼想平生

充和很喜歡這首詩，於是立刻就把詩中的字句牢記在心了。幾天之後，在一個偶然的機會裡，她造訪了朋友鄭肇經（權伯）先生。一見權伯先生的辦公室裡文房四寶樣樣齊全，充和感到興奮異常，於是就提筆畫出了一幅《仕女圖》，以反應老師沈尹默前些日子所寫的那首短詩，並將之贈給權伯先生。充和之所以作《仕女圖》本來只是一種即興的創作，是傳統文人慣常的習慣。（順便一提，當時充和畫那幅圖時，外面空襲警報的聲音正在不斷地響）。沒想到，後來她再次拜訪權伯先生時，《仕女畫》不但已經裱好，而且該畫的上下左右均已填滿了當時許多位名家的題詞了（包括沈尹默先生的題詞）。

權伯先生一直將充和的《仕女畫》視為家中至寶，但二十多年後此畫卻在文化革命中因抄家而不幸遺失了。但一九九一那年——權伯先生去世之後兩年——此畫突然在蘇州出現，正在城裡拍賣。當時充和在美國得知此消息，立刻就請她在蘇州的弟弟以高價買回。這樣，歷盡了多年滄桑之後，此畫終於失而復得，又回到了充和的手中，目前就掛在她北港家中的牆壁上。如果說，充和是「民國最後一個才女」（在此借用朋友蘇煒的話），那麼沒有什麼比這幅《仕女圖》的故事更能具體說明充和在中國才女文化的悠久傳統中所扮演的重要角色了。

我自己感到榮幸的是，一九八一年初識充和時，充和為我寫的那幅書法居然和《仕女圖》的故事息息相關——當然，那時《仕女圖》尚未找到。原來那年，由於中美復交之後不久，權伯先生剛與充和取得書信的聯絡。在一封來信中，權伯先生曾惋歎《仕女圖》的失去，尤其對當年題詠的諸位文人都早已逝去一事感到悲哀，故他請充和將其所存該畫的圖影放大，並加上新的詞作，一併寄給他，以為紀念。因此，以「嘉陵景色春來好」開頭的那組詞也就是一九八一年充和特別為權伯先生所作的。而那年充和贈我的書法，所抄錄的也正是這組重要的詞作。

不用說，我的耶魯學生們非常欣賞「嘉陵景色春來好」那組詞。他們特別感動的是，一個在美國定居了半個世紀的人（充和於一九四八年與傅漢思教授結婚，一九四九年移民美國），還能保持對過去經驗的新鮮記憶，還能藉著中國傳統藝術的媒介，有效地再現那個經驗。

然而，我的學生們最欣賞的，還不是充和詩中對中國傳統的懷舊情緒。他們更喜歡的乃是充和所寫有關移居美國之後的生活經驗。這是因為他們在這些作品中，讀出了令人嚮往的淡泊情境。當然，許多移民到美國來的中國知識份子都想達到這樣的心靈境界，但能像充和如此不慕虛榮、不斷追求藝術而安於淡泊的人並不多。

首先，充和最喜歡用一個「淡」字來形容她的生活態度。她曾於自己七十壽辰的隸書對聯中自勉道：「十分冷淡存知己，一曲微茫度此生。」她那種「君子之交淡如水」的態度也是多年來朋友們最為欣賞的。一九八七年（即傅漢思教授從耶魯大學退休的一年）充和在其〈秋思〉一首題扇詩中也用「客情秋水淡」的意象來形容她作為一個移民者那種「淡如水」的心懷（即所謂「客情」）。移民者之所以較易培養淡泊的情緒，乃因為內心有著「到處為家」的觀念。充和曾在早期一首詩中說過：「不知何事到天涯」、「春為裝束夢為家」。她在〈桃花魚〉（臨江仙）一詞中也寫道：「願為波底蝶，隨意到天涯。」其實充和從小就習慣了這種「隨意到天涯」的人生態度，因為多年來連續不斷的遷徙終於使她把夢境看成自己的家了（「夢為家」）。她八歲時母親就去世，之後不久她就到安徽合肥的祖母家去受傳統國學教育，十六歲才回蘇州，後來抗戰期間又逃難至昆明、重慶等處，因此一九四九年之移民美國只是這一連串經驗的延續。

我的美國學生們在充和的詩中看到了中國移民者特有的一種「隨緣」之態度。他們最欣賞充和那組題為「小園」的詩。（「小園」就是傅漢思夫婦多年來在他們北港家中後院所開拓的那個小菜園）。其中《小園》第八寫的就是這種「隨緣」的情趣：

當年選勝到山涯
今日隨緣遣歲華
雅俗但求生意足
鄰翁來賞隔籬瓜

此詩用「選勝」和「隨緣」來突顯「當年」和「今日」的不同，最為有趣。顯然，淡泊的移民者已經改變過去那種精心選擇遊覽勝地的熱情了，而現在重要的乃是隨緣，乃是學習如何順其自然地過日子（「遣歲華」）。詩的末尾以一個鄰居的老翁來作結束，也特別發人清醒。

最近有人把充和稱為「二十一世紀中國最後一個貴族」，（趙俊邁，《古色古香的張充和》，世界週刊，二〇〇六年，四月二十三日）。其實我認為充和不一定喜歡讓人視為一個「貴族」。我想她會更喜歡被人看作一個腳踏實地、自力更生的淡泊人。她的詩中就經常描寫那種極其樸素的日常生活內容：

一徑堅冰手自除
郵人好送故人書
刷盤餘粒分禽鳥
更寫新詩養蠹魚
（《小園》第九）

遊倦仍歸天一方
坐枝松鼠點頭忙
松球滿地任君取
但借清陰一霎涼
（《小園》第二）

可見，充和平日除了勤練書法以外，總是以种瓜、鏟雪、除冰、收信、養鳥、寫詩、靜觀松鼠、乘涼等事感到自足。那是一個具有平常心的人所感到的喜悅。難怪我的美國學生們都說，在充和的詩中可以看見陶淵明的影子。

（編按：張充和女士於美國東岸時間二〇一五年六月十七日下午一時去世。作者孫康宜為耶魯大學Malcolm G. Chase'56東亞語言文學講座教授。）

——北美華文作家協會網站，二〇一五年七月號

作者簡介

孫康宜，美國著名華裔漢學家。原籍天津，一九四四年生於北京，兩歲時隨家人遷往台灣。一九六八年移居美國，曾任普林斯頓大學葛斯德東方圖書館長。現為耶魯大學首任Malcolm G. Chace'五六東亞語言文學講座教授，曾獲美國人文學科多種榮譽獎金。二〇一五年四月當選美國藝術與科學學院（American Academy of Arts and Sciences）院士。二〇一六年七月被選為台灣中研院院士。

古墨緣——和張充和一起欣賞她珍藏的古墨

蘇煒

充和老人告訴我：她與古墨的結緣很早，從她過繼到叔祖母家的童年時代就開始了。

「那時候我才七、八歲，已經在朱老師教導下開始學寫字。」那一回，是在老人日常習字的案桌上，跟著老人研墨寫字，張先生忽然提起了古墨的話頭，「我祖母有個妹妹，我叫七姑奶奶，祖母帶我上她家去玩，把我寫的字帶給她看。七姑奶奶稱讚說，字寫得不錯呀，我要送給你好墨。從七姑奶奶家回來，她送給我幾個老墨，我小孩子也不懂，就拿到書房去磨墨寫字。朱老師看見了，吃了一大驚，說：哎呀，這可是明朝方于魯制的墨呀！你小孩子怎麼不知痛惜，用來寫大字！以後，朱老師就要求我，用家裡的老墨、古墨寫字，只能寫小字，而且要用碎墨，不能用整墨。我就是從那時候開始，注意保存和收藏古墨的。家裡的整墨我都捨不得用，所以就保存下來了。成年以後在各個地方走，我也注意收藏好墨、古墨，就一直收藏到今天。」

「你的七姑奶奶家，怎麼會有這麼多古墨呢？」我很好奇。

「這故事說來就長了。」老人笑吟吟地進入了綿長的回憶，「我祖父的父親——也就是我的曾祖父張樹聲，是兩廣總督，代過李鴻章的職，在《清史稿》裡有記述的。我祖父是大兒子，考上進士後本來要做官，但他不喜歡做官，就擔了一個類似駐京辦事處之類的閒職，住在北京看家。曾祖父有四位公子，一人玩一種喜好的玩意兒。我祖父就是喜歡書，喜歡玩書，玩墨，愛收藏古書、古墨，所以家裡很多這樣的東西。到了我父親手上，我父親卻不喜歡這類東西，拿著家裡給的錢去辦學校去了。後來祖父外放當川東道台，在川東九年，離開的時候整船整船都是書。他過世以後，合肥張家的幾房人，自然就把這些古書、古墨都保存下來了。這就是我的七姑奶奶，順手就能把明朝方于魯的古墨送給我這個小孩子的原因。我現在手邊用的，還是兩錠明朝的墨呢！」

我一時肅然。禁不住對自己日常在老人案桌上把弄的那些不起眼的黑傢伙們，生出了某種敬意。

「說起明朝的墨，還有一件好玩的事兒。」老人眸子裡一閃，想起一件陳年舊事，「那一年——應該是一九六〇年代以後的事吧，我和漢思去印度玩，經過香港，在我表妹家落腳。表妹與我平輩，是李鴻章的侄孫女。她是四房的，我祖母也是四房的，所以我們很親。她看我們馱著一個大箱子，就說：你不如換上我們家的小箱子吧。她遞給我一個小箱子，裡面有個什麼東西在滾來滾去。打開一看，是一錠墨。仔細看，不得了，是明朝的墨，上面雕著一個獅子頭，比方于魯還早，是方于魯的老師——程君房制的墨！表妹說：你喜歡，就拿去好了——那是小時候我流鼻血，媽媽用它來給我止鼻血的。呵呵，她用這明朝古墨來止鼻血！」老人爽聲笑了起來，「記得小時候，那時的人都說墨裡有膠，認為墨能止鼻血。其實陳墨是沒有膠的。過了這麼些年頭，早退膠了，要止鼻血，也要用新墨。——嘿，我家現在藏的年頭最老的一錠墨，就是這麼來的！」

我隨手把玩著桌子上擱著的墨條，知道它們全都是年頭、來歷不凡的傢伙，便仔細端詳著上面的圖案和嵌字。果不其然——

這一方——「墨精　乾隆　夏銘旗仿古制」。

那一方——「光緒癸未年胡子卿　嶺南葵村居士選煙　徽歙曹素功九世孫　端友氏制」。

再一方，上面只有三個鑲金刻字：「龍香劑」。

「這可是上好的墨呢，上面縷的都是真金。」老人說罷，蹣跚著步子（老人近時腿腳已不太靈便），從廳堂書架上拿過來一本老書。那是周紹良著、趙樸初題署的《清墨談叢》，翻到某一頁上，我眼睛都亮了：書裡圖文記述的，就是眼前這些墨方！「原來都是這麼有名的墨呀！」我不禁嘖嘖讚歎起來。

「我這裡的墨分兩種，松煙墨和油煙墨。」老人在我耳邊絮絮地指點著，「這種墨，是松煙墨，墨色濃厚但不亮，滲進紙裡顯得很厚重；這種則是油煙墨，是用桐樹油燒制的，墨色發亮。我喜歡把兩種墨磨在一起，用它寫小字，墨色又厚重又發亮，很好看。當然，還要看你用的什麼紙張。你看，這是用松煙墨寫的字，不發亮；油煙墨發亮，合適用普通紙，寫扇面。」

我仔細打量著桌上紙張的各種墨蹟。只見眼前不同的墨色，都是一樣的黑，便傻笑著問：「哪是松煙墨，哪是油煙墨，我怎麼看不出來呀？」

「呵呵！」老人朝我得意地笑著，「我從小就聽老師教我，寫字——更不要說作畫了，要分辨不同的墨色效果。寫什麼字，用的什麼墨，我現在一看就能看出來。現在一般人用的，大都是油煙墨。因為油煙墨發亮，容易出效果。寫扇面，我就喜歡用好的油煙墨。那一年在蕪湖，我還不到十六歲，我孃母要我給她寫經，寫《金剛經》。經文並不長，她拿好墨讓我寫，是一套乾隆石鼓墨，上面有石鼓文。裡面有碎墨，我就研磨碎墨寫字，把整墨帶回家。朱老師看見了，說：這墨太好了，你小孩子不要隨便亂用，要好好保存。難得的是，老師是大人，卻並沒有騙走我這個不懂事小孩子手裡的好墨。這套墨有十錠，相當名貴，我就一直存著。說起來，我留在上海的古墨，打仗的時候放到上海銀行保險箱裡，八十年代回國時才拿出來，幾十年後他們還保存得好好的。那套石鼓墨後來被我帶到了美國——在北平上飛機的時候什麼都不能帶，那些古墨是後來隨我的書，由『修綆堂』賣書的夥計李新乾幫我寄出來的。剛到美國的時候很窮，整個五十年代漢思都沒什麼事做。實在沒錢用，我就把這十錠乾隆石鼓墨，賣給了日本人，賣了一萬美元——一萬美元那時候是很多錢哪！好東西賣掉了很傷感情，我為這十錠墨，傷了很久的心呢。」

窗外，是一片殘雪未化的早春光景。老人略略掩飾著她的黯然神色，換了一個語氣說：「墨是好東西，從前大戶人家結婚陪嫁，都送一套套的墨來做嫁妝。明朝方于魯制的墨，我現在還用著呢。」她打量一眼窗外，「保存古墨的學問可大了，空氣乾了不行，有濕氣也不行，乾了就會開裂。加州天氣乾，有時候夜裡我都能聽見墨裂的聲音，聽得直心疼。」老人見我聽得興致盎然，便發出鄭重的邀請，「這樣好了——等天暖一些，暖氣停了的時候，空氣不乾燥了，你再過來看墨，看我保存的那些古墨，我再給你講墨的故事……」

老人說著話，順手又研起墨來，絮絮說道，「最近常寫大字，用墨量很大，我就在陪客人說話的時候磨墨，磨完了就倒在這個盒子裡。」硯臺邊，是一個巴掌見方的黑圓漆盒，裡面填著綿質纖維，「一般的新墨磨起來很臭，我的墨從來不臭，都是陳年好墨呢，磨起來甚至帶一種墨香氣。我現在用的墨，最新的也至少是五十年以上的，都是我弟弟早年給我order（定做）的。有的人寫字，家裡進不去人，因為墨很臭。」老人說著調皮地笑起來，「艾青送給我一幅字，我總是不敢打開，打開來味道不好，墨很臭，呵呵……」

我一時恍然：從小學寫字，都知道墨臭；可是充和老人常年習字的屋裡，卻從來沒聞見過異味。我下意識地嗅嗅鼻子——墨香，屋裡果真彌漫著一種類似麝香味的淡淡的墨香……

二〇一〇年初夏的一個日子，跟張先生通過電話後，我便興奮地驅車上路。「今天天氣好，暖氣也停了好一陣子了，你到我這兒來看古墨吧！」老人盛意發出了邀請。

進得屋來，張先生笑吟吟坐在几案邊，好幾個高高低低的錦盒已經擱在茶几上。顯然是放下電話後，老人家挪著步子，自己把一盒盒的古墨從樓上搬下來的。

「都是打仗時留下來的，都是戰前存的墨。」老人指點著。仔細端量，這式樣不同的錦盒與包裝卻大有乾坤。「我可以打開來仔細看麼？」我小心地向老人徵詢，「當然當然！」老人回答得輕快。

這是以國畫卷軸的方式卷著的一盒墨，展開卷軸，只見卷軸中的木盒上寫著「翰苑珍藏」幾個行書小字，打開來，裡面是一套雕縷著金絲圖案的五彩墨條。「這是畫畫用的彩墨，是我結婚時楊振聲送給我的賀禮。」我徵得老人同意，拿出一錠錠墨來，仔細觀賞上面的圖案。噢，這可是一組「八卦墨」呢，在每一錠墨條上，在陰陽卦象的「━ ╍」筆劃後面，都是一行縷金小字（卦象筆劃在電腦寫作軟體裡不易呈現，從略）

間碧　春江煙漲

間綠　桂岑儲精

間紅　仙源華雨

間紫　鵝管山霜

正墨　易水餘香

正青　朱厓積翠

正白　東流耀浩
正赤　沆井流霞

八個卦象八錠墨，各有象徵寓意。「這是乾隆時代的墨，這樣的墨，我怎麼會捨得用？」老人說罷卻輕輕笑起來，「不過我現在常用的，倒是兩錠明朝制的墨呢。」

我一盒一盒地打開各種錦盒包裝，小心拿出墨條，仔細讀著正面、背面的銘文，老人在我耳邊絮絮解釋著（下面紀錄的，其實只是很少的一部分）：

梅花似我　趙穆　（印章）——「這是個清朝的文人。那時候的文人都喜歡自己做墨。」

老湘讐同治壬申　胡開文墨——「胡開文的墨在清朝很有名。」老人勉力記憶著，「我記得我查過，同治壬申是一八七二年。」

古歙　曹素功監制——這是兩錠長橢圓型的浮雕著金龍的墨。「曹素功是胡開文以前，大概是康熙年代左右最有名的制墨家。」

曹素功制　潄金家藏——這是一套四方的墨，形制簡單。「這都是乾隆以前做的墨。看起來樣子不花巧，其實做得很講究的。」

徽歙　曹素功第六世孫　堯千做墨　金不換墨——這是一套兩錠的鑲金墨條。「你看，這真是個做墨世家，到了第六世孫還在做墨。」

我一邊觀賞著古墨，一邊在手邊的小本上做著記錄。有一錠墨上銘印的是篆字，我讀不太懂，張先生接過來看一眼，就順手拿過我的筆，在我的本子上寫下小字——石舟仿佳日樓　制墨

——老人真是眼光精準！

湖田草堂書畫墨　雁壋題名

一惜如金　蒼珮室珍藏

鳳池染霜　亦有秋室珍藏——「這些都算近代的墨，乾隆左右的。」

宜吟館　康熙五年　秋九月造　詹方寰制——我注意到封盒上的康熙年號後面注上了阿拉伯數字——「一六六六」的西元年號，顯然是張先生自己先前玩賞古墨時做的考據功課。後面我還看到，有些注上的年代時間還打上了有待考證的問號。

金冬心造　冬心先生造　五百斤油——金冬心就是金農，是從康熙末年開始，歷經雍正、乾隆一直活躍到嘉慶四年的清代「揚州八怪」之一，這可是與鄭板橋齊名的的大書畫家日常用的墨呢！我問：「這『五百斤油』是什麼意思？銘刻在墨條上，太古怪了，果真是揚州八怪呀！」老人笑道：「金冬心喜歡吹牛，說他用的墨，都是用五百斤油燒出來的煙制出來的，所以就特意要把『五百斤油』銘刻在墨條上！呵呵，不過，它的真材實料也一點不假，你敲敲看——」老人拿過那錠墨，輕輕地在案上敲著，發出鏗鏗的有如金屬的響聲。我接過那錠墨，掂在手裡，果然沉甸甸的一如金屬製品。——「五百斤油」，果真名不虛傳也！

琴書知己　承恩堂藏墨
一函書　乾隆卅年　一七六五
三台淩煙閣　重光協洽　辛未　一八一一　一八七七？

——墨水匣邊上打上問號的西元年號，顯然是張先生自己做的年代考據功課。「這都是我曾祖時代的墨，藏墨人是我祖父。」老人輕輕拂拭著墨水匣上的浮塵，喃喃說道。

——這錠墨的銘文，引起我的注意：

正面：愛蓮書屋選煙　平梁周氏　子昂持贈
背面：江南無所有　聊寄一枝春

——「這『子昂』應該就是趙子昂，也就是趙孟頫吧？」趙孟頫（一二五四—一三二二），乃元代書畫名家，宋太祖十一世孫。因為降了元人並入朝做官，在世人眼裡，其字便因秀逸而顯媚態，被歷代書家詬病。我算了算，若然，這可是一錠明朝以前的古早老墨呢！我說，「按常理，做墨的人，應該不敢隨便冒用『子昂』之名的。」老人沒有正面答我，只是微笑著說道：

「這墨好得很，我小時候用過。」

——這一方，又是名人墨：

正面：任伯年訂　詹大有制墨

背面是幾筆花草竹石：伯年寫　少石刊

——「墨上的畫，是任伯年自己畫的。」老人說。任伯年是清末名畫家（一八四〇－一八九六）。如果說前面的『子昂持贈』之墨，張先生不敢貿然斷定年代；那這一方任伯年訂制的墨，則毫無疑義是任伯年本人一直在使用的「私墨」了。

嶺南葵村居士選煙——「這是乾隆時代的墨，也是我日常的用墨。」老人說。

萬年紅——這是一錠朱砂墨。墨色是深重的橙紅，掂在手裡沉甸甸的。「習慣都叫朱砂墨，其實不是朱砂做的，都說朱砂有毒呢。這應該也是乾隆時代制的墨。」

抱甕軒書畫墨　光緒癸未年　胡子卿——「我用的大多是光緒時代的墨，胡子卿制的墨，那時候很有名。」老人說，「我用古墨的時候，都先把硯臺洗得乾乾淨淨的。」

老人見我看得入神，仔細做著記錄，便更加來了興致，「我現在拿我還用著的最老的兩錠墨給你看。」充和老人蹒跚著步子，走到書案那邊，摸索了一會兒，臉上帶著盈盈笑意走回到茶几這邊來，「你看，這就是那錠我表妹用來止鼻血的古墨，這是明朝方于魯的老師，程君房制的墨。」我小心接過。這是一錠帶著雕刻獅頭的圓柱形墨條，墨身凹凸不平，果真留下了斑駁的歲月痕跡，上面的銘文是——

鯨柱　程君房制

我再接過老人遞過來的另外一錠墨，上面的銘文很特別——

咸豐元年　將軍殺賊　祭公之墨

——墨錠上，似溢出一股怒目金剛之氣。

我久久凝視著眼前的茶几。高高低低、淩散重疊的古墨，有如一片凝結的歷史之海。墨裡有形，有色，有工藝技術，有文人寄託，飄過滄桑興亡的烽煙，漫過高山流水的琴音，自然，還流蕩著大山大野古桐新松的薰煙馨香……

小記：近讀董橋大哥《這一代的事》書中〈說品味〉一文，提及古墨收藏的話題，饒有別趣，茲錄兩小節於下，供感興趣的讀者備考：

中國化學家張子高業餘收藏古墨出名，藏品近千方，其中不少是明清墨中至寶，寫過多篇考證古墨的文章，還同葉恭踔、張絧伯、尹潤生三位藏墨家編寫《四家藏墨圖錄》。好墨講究膠輕、煙細、杵熟，自然牽涉膠體化學的學問；張子高學化學，後來又專攻化學史，難怪他說：「藏墨是我的愛好，也是我研究化學史的一個小方面。」職業和趣味竟如綠葉配牡丹，很難得。

張子高耽悅古墨，梁思成醉心山川，張石公酷愛繁華，說是求「知」求「趣」，實際上也流露出他們對人性的無限體貼。William Empson談「都邑野趣」（urban pastoral）也可作如是觀。品味原是可以這樣調節出來的。——董橋《這一代的事》（廣西師範大學出版社二〇一一版）

——北美華文作家協會網站，二〇一三年九月號

（編按：張充和，文學名家沈從文夫人張兆和之妹，著名合肥四姐妹之幼妹。一九一三年生於上海，一九三四年考入北京大學國文系。一九三六年任《中央日報》副刊編輯。抗戰時期，為教育部編中學教科書，後任職教育部音樂教育委員會。一九四七年在北京大學教授書法和崑曲。一九

四九年移居美國，在加大柏克萊校區東亞圖書館工作。一九六二年起在耶魯大學講授中國書法，一九八五年退休，長期擔任海外崑曲社顧問。五歲開始習書法，工詩詞、通音律、能度曲、善吹玉笛，人稱「世紀才女」，二〇一五年辭世。）

作者簡介

蘇煒，作家、批評家，任教於美國耶魯大學東亞系，曾任中文部負責人。文革中下鄉海南島十年。一九七八年入中山大學中文系，獲學士學位。一九八一年赴美留學，獲洛杉磯加州大學文學碩士。後在哈佛大學費正清東亞研究中心擔任研究助理。一九八六年任職中國社會科學院文學研究所，一九八九年後客居美國。著有長篇小說《渡口，又一個早晨》、《迷谷》、《米調》，短篇小說集《遠行人》、學術隨筆《西洋鏡語》，散文集《獨自面對》、《站在耶魯講台上》、《走進耶魯》，交響敘事合唱——知青組歌《歲月甘泉》歌詞，歌劇劇本《鐵漢金釘》，《天涯晚笛——聽張充和講故事》等。

我與張愛玲擦肩而過

陳少聰

這大半輩子以來，與不少名人有過擦肩而過的緣分，但至今依舊教我覺得深為悵惘的，莫過於與張愛玲的一段特殊的際會。雖然事隔三十餘年，張先生辭世也已經十年了，這段因緣至今依然「別是一般滋味在心頭」。也許現在終於到了傾吐的時候了。

一九六九年秋天，我住在加州柏克萊，那時剛從愛荷華大學讀完碩士，開始在加大附設的中國研究所的語文部門打工。本來那裡的資深研究員是莊信正（在莊之前是夏濟安先生），那年莊信正另有他就，他的位子由他舉薦張愛玲接任。張和我兩人當時是語文部門僅有的兩個工作人員。在職位上我應當是她的助理。我們的上司則由加大東亞系的陳世驤教授兼任。陳教授愛才心切，特別把張先生從東岸聘請到所裡來。他因愛惜張愛玲的曠世才情，一心想為張安插個有充分自由的差事，好讓她有精力多創作，並沒仔細考慮過她是否適合做這類學院派的研究性工作。

第一次見到張愛玲是在陳先生為她接風的晚宴上。陪客還有三、四位其他教授。我的全副注意力都聚焦在張的身上，那時期我是不折不扣的「張迷」。她所有著作我沒有不讀的。在她身邊我變得小心翼翼，羞怯乖巧。儘管我的內心萬般希冀著能與她接近，與她溝通，當時我卻連話也不會說，也不敢說。我幾乎聽見自己心底迫切誠摯的呼喊：相信我吧！在我身上你會找到一個真正崇拜你了解你的知音！請放下你自衛的盾牌吧！

那晚張很文雅地周旋於賓客之間。她不主動找人說話，好像總在回答別人的問題。說話時臉上帶著淺淺禮貌性的微笑。她穿著一襲銀灰色帶暗花的絲質旗袍（後來她一直都穿顏色保守的素色旗袍）。那年她四十九歲。身材偏高，十分瘦削。中度長短的鬈髮，看得出是理髮師的成品。她臉上略施了些粉，淡紅的唇膏微透著銀光。她的近視眼度數不淺，以致看人時總是瞇著眼睛，眼光裡彷彿帶著問號，有時讓你不敢確定她是否在看著你。

過了不久，陳教授又請了一次客。晚飯後請大家到校園劇場去看美國版的「琵琶記」。在劇院裡，我懷著緊張興奮的心情，坐在她的旁邊。這次她給我的印象與頭次相仿。還是一身素雅的旗袍，淡淡的粉光掩飾著她蒼白的容顏。在中場休息的時間，她從皮包裡拿出了粉鏡，對鏡捋了捋本已一絲不亂的頭髮（後來有一兩次我也曾在大街上瞥見她對著店鋪的玻璃窗捋著她的頭髮）。她的話有限。只記得她說了些有關原本《琵琶記》的作品背景，不知是否因為當時過分緊張興奮，我竟然記不得那次交談的其他內容了。

不久之後，張先生開始正式上任了。所裡上班鐘點頗具伸縮性，尤其由於她的「巨星」身分，更有充分的自由安排她的工作時間，反正到年終交得出研究論文來就行。張先生總是過了中午才到，等大家都下班了，她往往還留在辦公室。平日難得有機會與同事見到面，也沒有人去注意她的來去，大家只是偶然在幽暗的走廊一角驚鴻地瞥見她一閃而過的身影。她經常目不斜視，有時面朝著牆壁，有時朝地板。只聞窸窸窣窣、跌跌沖沖一陣腳步聲，廊裡留下似有似無的淡淡粉香。

那時與我同時在中國研究所打工的研究生還有宋楚瑜和劉大任。宋沉穩持重不苟言笑；劉則尖銳俏皮，言談機鋒。我們閒聊時偶爾不免會提及張先生來去的神祕蹤影。大任曾打趣說：「張愛玲是咱們辦公室的靈魂嘛！」一語雙關，玄妙自在其中。

張先生自從來過陳家兩次之後，就再沒見她出來應酬過。陳先生和夫人再三邀請，她都婉拒了。陳教授儘管熱情好客，也不便勉強，只好偶爾以電話致候。

一九六九年太空人登陸月球那一天，陳教授夫婦開車經過城西的San Pablo大街，湊巧撞見張先生站在路邊，正仰頭瞇眼張望電線桿上的招貼，手裡提著一個大紙盒。陳先生連忙煞車，問她在找什麼，她說在找公共汽車站。她近視得厲害，竟把電線桿當成站牌了。在送她回家的路上，陳先生才弄明白，原來張今天特別趕去買電視機，準備觀看今晚登陸月球的實況轉播。陳先生事後對我們說：「可見張先生對世界大事還是挺感興趣的，我們大家本來還以為她完全不食人間煙火呢？」

我和她同一辦公室，在走廊盡頭。開門之後，先是我的辦公園地，再推開一扇門進去，裡面就是她的天下了。我和她之間只隔一層薄板，呼吸咳嗽之聲相聞。她每天大約一點多鐘到達，推開門，朝我微微一粲，一陣煙也似地溜進了裡屋，一整個下午再也難得見她出來。我盡量識相地按捺住自己，不去騷擾她的清靜，但是，身為她的助理，工作上我總不能不對她有所交代。有好幾次我輕輕叩門進去，張先生便立刻靦腆不安地從她的座椅上站了起來，瞇眼看著我，卻又不像看見我，於是我也不自在了起來。她不說話；我只好自說自話。她靜靜地聽我囁囁嚅嚅語焉不詳地說了一會兒，然後神思恍惚答非所問地敷衍了我幾句，我恍恍惚惚懵懵懂懂地點點頭，最後狼狼狽狽地落荒而逃。

這類「荒謬劇場」式的演出，彩排了幾次之後，我終於知難而退，沒法再續演下去。魯鈍的我終於漸漸覺悟了這個事實：對於張先生來說，任何一個外人所釋出的善意、恭敬，乃至期望與她溝通的意圖，對她都是一種精神的負擔和心理的壓力。至少那一個時期的她確是如此。

從此我改變了作法。每過幾個星期，我將一疊我做的資料卡用橡皮筋扣好，趁她不在時放在她的桌上，上面加一小字條。除非她主動叫我做什麼，我絕不進去打攪她。結果，她一直堅持著她那貫徹始終的沉寂。在我們「共事」將近一年的日子裡，張先生從來沒對我有過任何吩咐或要求。我交給她的資料她後來用了沒用我也不知道，因為不到一年我就離開加州了。

深悉了她的孤僻之後，為了體恤她的心意，我又採取了一個新的對策：每天接近她到達之時刻，我便索性避開一下，暫時溜到圖書室去找別人閒聊，直到確定她已經平安穩妥地進入了她的孤獨王國之後，才回歸原位。這樣做完全是為了讓她能夠省掉應酬我的力氣。

那陣子剛讀完她的新書《半生緣》不久，接著人家又借給我一部胡蘭成寫的《今生今世》，其中有一章以「民國女子張愛玲」為題，深入地書寫張先生。我讀得過癮極了，但同時又覺得有幾分罪過感，彷彿自己躲在她背後偷窺私密似的。但是胡蘭成的描述真是生動，也更加深了我對張愛玲的了解和尊重。

當時正值加大學生鬧學潮，學生發起的言論自由運動如火如荼，反越戰示威也轟轟烈烈。身為外國學生的我們，總像隔岸觀火。人家搞革命我們湊不進去。自己的國家又遠在天邊……台灣正值白色恐怖高峰期；大陸文化大革命毒焰方興未艾，我們這些外國學生的心態不免陷入惶措鬱悶的低潮，雖然我一向對政治反應遲鈍，然而夾在一批血氣僨張、雄辯滔滔的知識青年當中，難免也感染到周遭的苦悶徬徨。一頭栽進張愛玲的世界，似乎是我個人逃避方法之一。在那段苦悶的歲月裡，她的視野變成了我的世界；她精絕的文字，成了我渴望的痲醉劑。

隔著一層板壁，我聽見她咳嗽，她跌跌沖沖的腳步聲。我是張愛玲週邊一名躡手躡腳的仰慕者。方圓十呎之空間內我們扮演了將近一年的啞劇。我是如此地渴望溝通與相知；而她，卻始終堅守她那輝煌的孤絕與沉寂。

初春時節，柏城路邊的紅梅花開得最是燦爛。有天早晨出門時我順手摘了幾枝。在辦公室舊櫥裡找到一只缺了口的白瓷壺，我把一捧紅梅插了進去，看來居然像日式盆藝。我頗為得意，順手把它放在她的案頭，沒去想過她會如何反應的問題。那幾天我們也沒機會碰面。又過了幾天，聽說她病了。我打了電話去問候，並問她需不需要我為她買什麼藥物之類。她住的公寓在Durant街，距辦公室只有三個街口，我很容易為她效勞，她自然婉拒了。後來我還是不放心，逕自照她所說的症狀到中藥房配了幾副草藥，送去她的公寓。我撳了下門鈴，心裡知道她不會來開門，我把藥包留在門外地下就離開了。

幾天後，張回來上班了。我們中間的門仍掩著。在書桌上我發現了一張寫著「謝謝」的小字條，壓在一小瓶Channel#5香水的下面。我只好嘆息了。真是咫尺天涯啊！我深深感受到沉重的無奈與悲涼。一半為她，一半為我自己，我感到一絲泫然。

我終於澈底醒悟張先生是個澈底與俗世隔絕之人。一幅荒漠的意象在我心底浮現出來：在一片空蕪廣袤的荒漠上，天荒地老，杳無人跡，所見僅僅是地平線盡頭一輪明月，孤零零冷清清地兀自照著，荒漠上只見張踽踽獨行的背影。私底下我曾一再渴望她偶爾回眸，發現有一雙真摯忠誠的目光正追隨著她。這當然是我一廂情願之想，其實張先生早已拂袖奔月去了。

十年前在廣播中聽到張先生辭世的消息，我並不特別驚訝。她辭世的方式，顯然出於她自己的選擇。我覺得早在二十年前她對生存方式的抉擇與後來她辭世的方式如出一轍，前後完全一致。我對她的抉擇，唯有持一分敬意與尊重。

不止一次，朋友們都勸我把這段「不遇」之緣寫出來發表，我都搖搖頭，因為一向怕湊熱鬧。況且這段往事是屬於她和我個人之間的「隱私」，潛意識裡我想我寧可將之珍藏於心，唯恐一說出來就會失去了什麼似的。

我怕失去的到底是什麼呀？我問自己，難道怕失去我們從未曾擦亮過的火花？我又不得不笑了。

有一年雷驤帶了他的電影工作隊來到柏克萊。他要拍十二位二十世紀中國文學巨擘的紀錄性影片，張愛玲是其中一位。那時她尚在世，住在洛杉磯。雷驤找到我作尋訪舊蹟的嚮導，我義不容辭地充任了一次「白頭宮女話天寶」的角色，帶他們回到城中心二一六八 Shattuck街，坐電梯上三樓舊地。指出長廊頂端張愛玲和我的辦公室，指出宋楚瑜工作過的圖書室，劉大任待過的小房間……研究所早已搬到加大校園去了，此地已改為商業寫字間。長廊裡光線亮了許多。一扇扇掩著的門扉後傳出說話的聲息和機器操作聲。

我想起了「辦公室的靈魂」一語，不覺獨自莞爾。走廊上再也聽不到張愛玲趺趺沖沖的腳步聲。那淡淡的粉香，猶似有似無地在廊裡游移飄浮著。

——北美華文作家協會網站，二〇一三年五月號

作者簡介

陳少聰，生於大陸，成長於台灣。東海大學外文系畢業。前後在美國愛荷華大學獲得英美文學碩士學位，以及華盛頓大學臨床心理工作碩士學位，服務於臨床心理治療多年。出版有《水蓮》、《航向愛琴海》、《有一種候鳥》、《永遠的外鄉人》等書。曾獲時報散文獎、吳魯芹散文獎、以及二〇一二年僑聯文教基金會散文著述首獎。現已退休，居住在加州灣區。

蒼白女子

劉大任

薄暮時分，一名蒼白女子沿牆疾走。

這是我最初也是最後的張愛玲印象。

這個印象，對海內外眾多張迷而言，不僅無法理解，而且不能接受，我知道。

但那是一九六八、六九年之交，又一個張愛玲一度恐懼過的「大難將至」的時代。你如果未曾經歷過，一定無從設想。人活著的時代，人活過的時代，其中恒有斷層。你與我，以及我與張愛玲之間，有跨越不了的鴻溝，我的表述，只能當故事讀。

我的張愛玲印像是時代直觀與親眼目睹的混合產物，裡面有她的外在形象，也有我的內在活動。

我那時在加州（柏克萊）大學讀博士學位，主修比較政治，專攻現代中國革命史。留下永恆印象的那天，我記得特別清楚，正在思考如何將社會學家愛德華・席爾斯（Edward Shils）有關落後國家知識菁英理念異化的學說，適用於近代中國知識分子的救國意識。

黃昏前後，我從研究室下樓來到街面，只見一名全身素白的女子沿牆疾走，擦身而過。等到我發動引擎準備上路，才忽然想到，那就是我的新同事張愛玲。

為了幫助我完成學業，陳世驤教授給我在加大現代中國研究所謀了一個差事，號稱「助理專家」，其實就是工讀生。我的固定工作包括教洋學生中文。洋學生的程度參差不齊，但都是博士或博士後研究生。程度低的只能教劉少奇的《論共產黨員的修養》之類，高的也可以高到明清史料，甚至於地方志、墓誌銘。

張愛玲的辦公室在我隔壁，若不是她的前任莊信正透露，我根本不知道有幸得此芳鄰。然而，張愛玲的作息習慣與常人迥異，太陽不下山她不上班，什麼時候下班當然更無人知。總之，她的安排彷彿就是為了不與任何人接觸，幸好她的工作也不需要與人接觸，因此，雖曰同事，到任一段時日，我從沒見過她。

現代中國研究所初期設於校外的Shattuck Avenue，即今天的地鐵站附近。但那時還沒建地鐵，整個金山灣區也沒現在這麼熱鬧，不到天黑，車馬行人已十分寥落，蒼涼氛圍中的驚鴻一瞥，不免讓我震動。

我那時雖非張迷，也讀了幾本她的書，而且，來往知交中，不乏張迷。水晶應該排名第一，但他到柏克萊，或許在張離開之後，因此，同他的討論，沒有現場效應。唐文標則比較複雜，他的最愛張愛玲與希區考克，皆非我所喜，尤其是唐到保釣後赴台前那段時期，思想見地不免受時代風潮所染，對張愛玲的態度只能以愛恨交加形容。楊牧那時改名不久，我們仍習慣叫他葉珊，意見稍有距離，談論時每以「那婆娘」代稱。最激烈者莫過於郭松棻，他的名句是「姨太太文學」。交班不久的莊信正則是張迷中的關雲長。張愛玲晚年只信任兩、三個人，莊居其一，移交前後無微不至或為這層關係的淵源。

所有這裡提到的人，那時都在陳世驤先生的羽翼下，我們有時「自詡」陳公門下行走。

這一切因緣都構成我初見張愛玲時不免震動的背景，當然還有其他……。

六十年代的柏克萊，是左派視為聖地而右派深惡痛絕的反越戰爭民權的中心，又是嬉皮靈藥文化的首都，校園裡，各類議題的政治鬥爭與思想交鋒熱火朝天，周遭的街道社區，則有世界各地前來朝聖的花神兒女，製造了一種空前絕後的波西米亞次文化。台灣貧血資訊與封閉教育系統下長大的我們一代文藝青年，乍見這種場面，能不心搖神蕩、目瞪口呆？張愛玲出現時，我和我的那批朋友，大抵處於那種不知天高地厚的心理狀態。

張愛玲可是見過世面的人，她怎麼看我們？當時的我無從得知，只是現在回想，偶有在辦公室或社交場合見到的時候，總感覺她的眼光，好像遙對我頭部上方至少一尺的某個空間。如今，我也到了她當年的年紀，每次見到E世代的風流人物時，往往想到她避之唯恐不及的眼光。

張愛玲在加大的工作叫做「當代中國詞彙研究」。這種工作為何必要？二十一世紀的中國人可能莫名其妙。必須說明，美國重歐輕亞，向為傳統，日本研究的認真起步，恐怕是珍珠港事變以後的事。《菊花與劍》這本經典作品，便是軍方支持下的第一本人類學研究。不同於漢學的「中國研究」起步更晚，如果不是韓戰中「意外」死了幾萬人，美國學院裡肯定沒這些預算，加大現代中國研究所也無從設立。陳世驤即使愛張愛玲之才，對她的小說高度評價，也無機緣給她支援。這個邏輯固然有點簡單化，但說張愛玲後半生有幾年的生活來源為中共人海戰術間接所賜，也未嘗不能成立。

為避共禍一路流亡到北美洲的《秧歌》作者，大概不會接受這個推理，然而，內心深處，會不會有些矛盾呢？別的我不知道，但她的工作熱情不很高，是可以見證的。張愛玲的研究主要是遍讀中共的報紙雜誌，從中挑選「新語句」、「新詞組」，每年蒐集一批，並通過自己的學養，考古論今，寫一本三、五十頁的小冊子。舉例說，毛澤東用「東風壓倒西風」為中國人的反帝運動打氣，這句話源於《紅樓夢》中林黛玉的某種愁情。曹雪芹為什麼這麼用？毛澤東為什麼那麼用？張愛玲的工作便是幫研究中國的洋人掌握其中的曲折變化和信息。

雖然一年只需要寫一本小冊子，據我所知，能力絕對不是問題，這是可以肯定的。我猜，她對這件差事的性質，一定厭惡到了極點。

陳世驤老師一九七一年春天心臟病突發去世，追悼會後，唐文標有句名言：「樹倒猢猻散」，不幸應驗了。

我於一九七二年失業後另謀出路，倉皇離開了柏克萊。張愛玲什麼時候走的，什麼樣的情況下走的，我都不甚了了。對我而言，「大難將至」想不到竟出於陳公的英年早逝。對張愛玲，我想，失去陳公庇蔭的花果飄零，也許只是上海時代「大難將至」後的又一個小轉折而已。

柏克萊時代以後，三十多年了，自己的行踪也逐日蒼白，心中的蒼白女子印象，竟因此而有了點不朽的意味了。

——北美華文作家協會網站，二〇一三年五月號

作者簡介

劉大任，台大哲學系畢業，早期參與台灣的新文學運動。一九六六年赴美就讀加州大學柏克萊分校政治研究所，一九六九年獲碩士學位并通過博士班資格試。一九七一年因投入保釣運動，放棄博士學位。一九七二年入聯合國祕書處工作，一九九九年退休，現專事寫作。著作包括小說《晚風細雨》、《殘照》、《羊齒》、《浮沉》、《浮遊群落》、《遠方有風雷》、《枯山水》、《當下四重奏》等，運動文學《強悍而美麗》、《果嶺春秋》等，園林寫作《園林內外》以及散文和評論《紐約眼》、《空望》、《冬之物語》、《月印萬川》、《晚晴》、《憂樂》、《閱世如看花》、《無夢時代》、《我的中國》、《赤道歸來》等。

懷念先父張恨水

張明明

父親的一生，極為勤奮，一年三六五天，他工作三六五天，只有在除夕寫詩和元旦作畫是他在寫作之餘，心情放鬆，純為消遣。一九四九年父親中風，落下半身不遂的毛病，不能正常工作了，不再作畫，但是寫詩的興趣不減。一九六〇年父親寫了一首詩給我們：

元旦示兒

照眼梅標歲月賒，文章老去浪淘沙。
涉園須解憐花草，敬祖才能愛國家。
手澤無多唯紙筆，心銘小有起雲霞。
一鞭追上陽關近，莫讓前程綠影遮。

每年農曆的臘月二十四他把祖母的照片貼在大廳的牆上，按安徽老家的習俗，請祖先回家過年。大年夜，必在廳房的大圓桌上，等家人把年菜飯擺放停當之後，切兩段白蘿蔔做燭臺，插上香，他顫巍巍地給祖母下跪，恭請她和祖先們回家和我們一起吃團圓飯。

父親說過，他不幸成為封建的兒子，但是他要做個民主的老子。他從不要求我們給他下跪拜年，飯後給父母鞠個躬，就可以討得壓歲錢。

父親對子女的孝訓是無語的。日寇侵華，父親不願做亡國奴，毀家紓難，放棄了自己在南京辦的《南京人報》，隻身入川，母親帶了三歲的三哥張全和在襁褓中的四哥張伍，追隨父親去了四川。我和妹妹蓉蓉在四川出生，戰爭時期，我們住的是重慶郊外南溫泉桃子溝的三間茅屋，山村生活雖然清貧，我們年幼又有父母陪同，也不知愁。倒是常見父親手拉胡琴唱著京劇，思念家鄉的老母，聲音所含的悲涼，孩子也是懂的。他有篇散文這樣寫過「每當風靜夜闌，月明如晝，乃移一竹椅於斷板橋頭，抬頭望月，高歌《坐宮》想老娘想得我肝腸痛斷一段。唱自不佳，然離思如剝繭抽絲，吾與楊四郎化而為一矣。」

一九四五年，日本投降，雙親帶了我們兄妹四人，回安徽老家看望離別八年的祖母，舟車顛簸幾千里，經川黔湘鄂，千辛萬苦、於第二年一月到達安慶。

許多親友在碼頭上迎接，安慶文藝界也拉起「歡迎張恨水勝利還鄉」的橫幅歡迎。我們坐人力車回到小東門奶奶住的地方，前方一棟二層高的小樓，父親看見了奶奶，他一躍下車，不顧骯髒跪倒在塵埃飛揚的大路旁，就像孩子見到久別的母親，那心裡的委屈，全隨著淚水滿面流淌。

我見到這情景愣住了，父親在我這個五、六歲的女兒心目中是權威，是巨人，為什麼父親對奶奶執禮甚恭？

父親有兩首七絕記述這件事：

八載回來喜欲狂，夕陽樓下置歸裝，
憑欄遙見慈親立，拜倒風沙大道旁。

飛步登樓一笑盈，座前再拜敘離情；
八年辛苦吾何恨？又聽慈親喚小名。

我後來慢慢懂了這個道理，敬祖尊親即「孝」。

——北美華文作家協會網站，二〇一三年三月號

作者簡介

張明明，一九四〇年生於四川重慶。一九四六年隨父母遷往北京，畢業於中央工藝美術學

院。一九七六年移居香港，開始寫作和收集先嚴張公恨水的遺作，一九七九年移民美國。在私人公司及美國陸軍從事室內設計和壁畫創作。二〇〇〇年退休。曾任華府書友會、華府作家協會會長、中華文化藝術同盟主席。

鹿橋與張愛玲
——感念《未央歌》作者鹿橋先生辭世十年

張鳳

鹿橋——吳訥孫教授，居然已離開我們十年！一九九七感恩節前他由聖城飛來哈佛，向現已退休，於史丹福近郊著書的吳文津館長指明見我，為我珍藏二十多年的《未央歌》精本題字：「束髮受教為君子孺　朋而不黨更不吞聲哭的野老　鹿橋　一九九七　題為　張鳳女士」。客居女兒家過節，一周內約我見了幾次，確是位「天才雅士，謹言慎行，言出於口，文發於筆，都是一字千鈞的」，這是「白馬社」他的摯友唐德剛教授所說的鹿橋，真是位君子儒！自此我們書信往還不斷。翌年他為拙作《哈佛哈佛》書名題字，取哈佛疊聲重層意象，以花式飛白體書之，赤墨吉祥套色用章，最高印有董作賓為他所刻的陰文「鹿」字章，加筆名、原名章，人云罕見！二〇〇六年再有福緣受到託付將他送紀剛先生墨寶送藏，交周欣平掌館的柏克萊加大的東亞圖書館。

不愛多見人的鹿橋信中曾說：我不是能跟多人來往的人，只能挑著，這次能與妳開心談幾回……一九九九年特為拜望兩老，與親筆寫滿牆壁《易經》、名聞遐邇的居處「讀易齋」，而應允神鹿邑（聖路易）作協分會李笠和謝惠生等位邀請，前去美中西區華人學術聯誼會演講，之後終得歡敘。

在哈佛與鹿橋先生傾心相談，就因他問，你們女作家怎麼多像張愛玲有說不出的憂鬱？而與他辯論張愛玲的淒涼身世。鹿橋與張愛玲曾同在一九三九年九月上海《西風》雜誌第三七期紀念創刊三周年「現金百元懸賞徵文」獲獎。十八歲的大一女生張愛玲，寫約一千二百字的〈天才夢〉散文獲第三名名譽獎——名譽獎前面還有十名，也就是第十三名，文中名句：「生命是一襲華美的袍，爬滿了蚤子。」就出自這才華初萌的處女作。《西風》結集出版得獎徵文就用她的題目〈天才夢〉，她在五十五年間多次解說，還斤斤較量首獎的字數超出，舊事重提的還有水晶、陳子善等多位。陳子善二〇〇一年到美國曾經拜訪過鹿橋，就是我們開車載他和廖炳惠兩位去的。那時節，鹿橋因眼病、腸癌才搬到哈佛醫學院附近傍女，知道鹿橋波士頓住處者，屈指可數。

一九三九年鹿橋剛大二，對文學發生很大興趣，作品很得師長、（女）同學讚揚傳觀，特別又可笑的應了高班男同學陸智常——他徒步旅行夥伴陸智周之兄——挑戰，鹿橋以陸智常找來的三個印花貼徵文，在呈貢與昆明分別寄出三篇徵文：兩份是舊信代文。結果，他憑新寫的〈我的妻子〉獲得第八名——作品刊出和《天才夢》出版時都有後來加的〈結婚第一年〉題目，水晶誤為他得首獎（實是作者水沫的〈我的亡妻〉）。鹿橋寫〈委屈、冤枉，追慰一代才女張愛玲〉一文解釋，另說徵文字數是五千字內。

此外，他與張在人世間的軌跡相逢，是一九七一年十一月十一日鹿橋應名家高居翰（James Cahill）之邀演講繪畫史，在柏克萊加大熱鬧非凡演講後，收拾幻燈片之際，一位身長著灰衣者，自我介紹說：我是某某夫人。鹿橋未聽清，也不像認識。說時遲，那時快，兩人之間鑽出一個侄兒欲談轉系事，不過十秒鐘，灰色身影已轉身走了。後來讀到張愛玲用的外國名字（就是Mrs. Ferdinand Reyher吧），鹿橋確信那天飄然走了的是張愛玲，雖說她表裡如一呼應字裡行間所述之疏離。

確如鹿橋推斷，張愛玲自我掌握了見與不見的原則，較年輕時是在意衣著裝扮的，往訪不見先有胡蘭成，以及後來數度叩訪的水晶等。但是她主動去看生人，回訪胡蘭成。

一九七二至七三年鹿橋教授客座東京大學。情急之胡蘭成要鹿橋出名寫一封信給愛玲，想要與她再通消息，春旅中鹿橋回房寫就：述一九七一沒想到是她來談話，真是可惜，表達道歉之意。信由胡蘭成寄……「誰知道呢？也許那信尚在人間。」胡自己寫信去給愛玲，也請過炎櫻，到一九七六年後也請朱西甯幫他去信，不過全如張愛玲曾主動去看的鹿橋去信一般，石沉大海。

胡蘭成一句話倒是說得準確：鹿橋到處風光映照，而唯愛他的太太，對世間女子不談戀愛。我觀察，一直怕長大的他，也極愛孩子。

一九九八年十二月鹿橋為《市廛居》出版帶著太太演講，距離上次回台一九七五年整整十八年，赴台是應歷史博物館之邀，演講「龍的傳人」，停留三周。先赴北一女而後返清華謁梅校長墓、同清蔚園讀者網路對談，簇擁盛況，再掀鹿橋旋風，書剛出一月就三刷。

鹿橋特寄來親簽的兩本書，另本送杜維明教授。也為我《哈佛人文精神》作序的杜先生讀後說：文筆好得不得了！我們應該學。尤其在初知母重病，心慌忐忑中，他所有的書，特別是超過六十刷的小說《未央歌》的情真與他光燦的青春樂觀精神，片語隻字，皆能渡我浮沉。

鹿橋興趣廣博，愛玩，在南開中學、西南聯大或耶魯常引領徒步旅行，去看廣袤大地，上泰山，下徽浙，擅歌詠、玩排球，毫不糜費，打工則廣播、拍戲，女朋友多，還會開飛機！有了駕機執照就帶李抱忱的表妹，長他四歲的太太薛慕蓮上天翱翔。在他從容徹破生死二〇〇二年三月十九日逝後，淚尚未乾，殷殷照料他的夫人也於二〇〇四年五月十一日相隨而去。十年生死兩茫茫，心傷！

鹿橋常在心上思考的是文化演變的種種訊息、潮流中的人物色相，而未曾或忘的是他對中華文化的堅持。我曾協助聯繫未成的大陸版橫排正體字《未央歌》，終於在黃山書社出版——雖封面是簡體字，但立刻排上深圳讀書月期間出爐的「二〇〇八年十大好書」榜，應足以告慰鹿橋先生。

——北美華文作家協會網站，二〇一二年七月號

作者簡介

張鳳，密西根州大碩士，曾任職哈佛燕京圖書館編目組、海外華文女作家協會審委。現為哈佛中國文化工作坊主持人、北美華文作家協會副會長。著有《哈佛問學錄》、《哈佛緣》、《域外著名華文女作家散文自選集》、《哈佛采微》、《哈佛心影錄》、《哈佛哈佛》、《一頭栽進哈佛》等。

海角也有四月天——專訪王鼎鈞

傅士玲

「這是隨意札記，心態很輕鬆，也完全沒有要表現甚麼。爾雅出版社主人小說家隱地一直提倡日記文學，有一天找到我，我這才緊張起來，袁子才不是說過嘛，『阿婆猶是初笄女，頭未梳成不許看』。整理費了我很大的功夫。」——王鼎鈞二〇一二・十二

二〇一二年秋天，華人文壇有一件盛事。旅居美國三十六年的散文大家王鼎鈞，終於以《度有涯日記》寫出了離台赴美至今，這段紐約歲月的點滴。書名上頭「日記」二字，說明了這不是一本根據出版企劃所書寫的作品，它是鼎公的紐約生活紀實，為讀者真實呈現一位認真的作家深刻而謹慎的思想歷程。

剛迎了二〇一三年的歡騰，寒風襲境的紐約，一城冷清。才走進法拉盛「臺灣一〇一」餐館，遠遠地，「北美作協」趙俊邁會長一見我就起身揮手，對面坐著的鼎公與王阿姨見狀立刻跟著站起轉身。年近八十八高齡、挺拔頎長的鼎公玉樹臨風雙手抱拳，王阿姨溫柔頷首眉睫含笑；

滿城寒冰剎時被春風拂化，宛如《度有涯日記》第一篇的標題「海角也有四月天」。

「海角也有四月天」寫的是鼎公初到美國原以為再不能寫作，藉信仰洗滌，才能重拾筆墨，有今日令人捧讀再三的回憶錄和日記。

這句話不完全只描述鼎公客居他鄉歷經跌宕又奮起的心情。它其實也是鼎公這一生的縮影；挫折，絕望，思索，奮起，生命的苦sobre與美好，鼎公早已視為冬盡春來的自然循環，無所謂起與落。所以，鼎公的文章總是理直未必氣壯，文字溫潤如玉也能震聾發聵，也總能面面俱到地講理，只寫「有意義的東西」。

問鼎公是否堅持「文以載道」，他說，「文以載道，起初好像是說必須承載孔孟之道，後來是說必須負起某種使命，如抗戰，無產階級革命或反共抗俄。最後好像是說，這個『道』是作家自己的思想主張，『為我自己而藝術』。」午餐席間，他說好吃半個刈包就只吃半個，爽朗不推託，一絲不苟，足證他個人的思想主張絕對是為人處事要有規矩，這點在他歷年來的作品中也充分可見。

餐後返回鼎公家小坐，沒有午休習慣的他依舊腰桿挺直面帶微笑，作答時審慎以對，最難得的是，談笑間也毫無贅語。唯一和筆談不同的是，有了口語的抑揚頓挫，語言的機鋒少了一點銳利而多了詼諧，難怪每次鼎公的座談會總是引來笑聲連連，即使內容相當嚴肅，他也總能讓生硬的道理變得柔軟又容易吸收。舉例來說，《度有涯日記》中以抒情的筆，輕輕一揮，點出宗教與科學個別獨立卻又必須相容的關係：「宗教家在黑屋子裡打坐，科學家助他點了一盞燈，但打坐的人只看窗外的一顆星，他知道那顆星會變成太陽。」一幅畫面，具體寫實，有衝突，也有相依關係，卻只短短一句，就令人過目不忘。

很多讀者可能都是直到讀了「王鼎鈞回憶錄四部曲」，才懂得鼎公筆下大開大闔的人生體悟，來自年少至青壯歲月時受盡命運擺弄的跌宕；溫潤的珠玉，是墜崖的江河水激起的能量，是置之死地血淚交織後對生命的寬容與省悟。為了寫回憶錄，自謙「老人吸收新知有困難，溫故還能偶有所得，隨緣讀書，沒有功課表」的鼎公，從一九八四年開始搜集資料，用的是「麻雀戰術」。他說，「麻雀不停的在地上找東西吃，吃下去的東西零碎細小，但是發育了整隻麻雀。我按年代先後一本一本寫，同時搜集資料的工作仍繼續進行。」即使在《怒目少年》出版後，鼎公仍因發現了大量資料而重新改寫，去年甚至也對《關山奪路》作了許多增修。

在如此龐大的工程裡，當史料和個人記憶兩者有衝突時，該如何取捨？「對於大背景，人的記憶是靠不住的，人名，地名，時間，必須查考正式的記載。對於個人的心路，外面的雜音是不能接受的，要對自己忠實。如果史料本身有衝突，第一手優於二手，史家優於雜家，嚴肅優於流行。」

那麼描述個人情緒、感受時，如何拿捏主觀與客觀的分界？鼎公有如此妙喻，「作者從受害人變成受益人，再從受者變成施者。這個過程我稱之為修行。如果把回憶錄寫成文學作品，還得

『入乎其中，出乎其上』。作家超越恩怨，超越悲喜，超過得失利害，居高臨下，一覽眾山。為自己而寫，也為別人，為當下而寫，也為後世。」「個人的回憶錄應該是主觀的，這個主觀不是偏見，主觀照樣能面面觀，可稱之為『主觀的客觀』。例如我在《文學江湖》寫到鄉土文學，對八方風雨都有反映，我自己的感受和主張也一目了然。這就是入乎其中，出乎其外。」

一絲不苟的處事態度，即使在寫日記時也不例外，「大人物的日記是史料，不拘文采，小人物的日記，如果供人閱讀，就不能是原料，必須是成品，也就是說，要費一番功夫整理。」我們今天看到的《度有涯日記》在鼎公心目中還有另一層意義，「我在少年十五二十時就很喜歡寫日記，可是我的日記總是有人暗中檢查。我有一篇文章『鴛鴦繡就憑君看』，記述這些經驗。一九四九年到台灣以後，我就不寫日記了。因此我對一九九六到一九九八這一段日記很偏愛。」他輕描淡寫這般詮釋著一段糾結的情緒，有主觀，也很客觀。

讀過《度有涯日記》的文友可能發現了，鼎公旅美三十六年，但出版的這本日記卻只從一九九六年四月一日，寫到隔年三月。他在書中開宗明義提到，「買了三本日記簿，打算寫三年日記」。對於此問，鼎公給了一個令人期待的答案：「（日記簿用完後）沒有再寫日記。當年那些日記，『度有涯』只刊用了一半，以後還會有一本日記出版。正在寫的文章，只有在世界周刊的小專欄，每周一次。還有，紐約有些文友要我為他們講古文觀止，我講了二十多篇，講稿即可出版。」

華人文壇少有作家能普受同業肯定與尊崇，而鼎公是難得的一位。他天天在寫，一生以寫作為職業，數量與品質均佳，尤其多數寫勵志文章，猶能叫好也叫座，更是難得。但鼎公的寫作之路並非一帆風順，「我一九七八年出版了《碎琉璃》，我稱它為『胎生的文學』，打算以同樣的形式繼續寫下去，但出國以後，喪失了同樣的能力。我的《文學種籽》，一九八二年出版，《作文七巧》，一九八四年出版，都是從台灣帶出草稿，而且都是別人所謂廣義的文學，我所謂『卵生的文學』，不是我追求的東西。一九八四年出版《山裡山外》，寫得很吃力，也很失敗。直到一九八九年寫出《左心房漩渦》，才算正式恢復寫作。」

誰也不願輕易離開故鄉。異鄉客途，不論家屋多富麗堂皇更甚故里，它始終是不斷擴大和醞釀鄉愁的一口行李。靈魂的寂寞，成就了敏銳的思考力和觀察力。種種淬鍊，匯聚在鼎公的第四十二本書《度有涯日記》裡，讓我們見到了，再細微的平凡瑣事，也能不慍不火寫得事事入眼饒富意味。

初到美國時，鼎公說，「當年離開中國大陸，踏上基隆碼頭，我的感覺像再生；後來移民出國，走進美國海關，我的感覺像死亡。」

寫出回憶錄之後，他覺得，「用天主教的『告解』做比喻吧，說出來就解脫了。天主教徒向神父告解，我向讀者大眾告解。寫回憶錄是為了忘記，一面寫一面好像有個自焚的過程。」

一九七八年，五十一歲的鼎公懷著「盡棄所能、所知、所學，就如同撒手西歸」的心情離台赴美，迄今三十六年，美國儼然他此生第三個故鄉。他曾說，「寫回憶錄不是寫自己，而是寫出當年的能見度，反映時代。」也因此，我們看到的回憶錄，不止於鼎公個人的足跡，更看到那個大時代裡千千萬萬張受苦難折磨的臉孔。

二〇〇五年二月，鼎公的回憶錄首部曲《昨天的雲》、二部曲《怒目少年》出版，前者寫少年時家鄉的故事，後者記錄了一九三三到一九四五年抗戰時期的流亡歲月。同年五月，三部曲《關山奪路》付梓，一九四五年到一九四九年國共內戰，揭開自己和許多人共有的傷痕。時隔四年，四部曲《文學江湖》問世，寫自己，也寫出了台灣社會變遷和文壇的珍貴歷史。

坐在午後靜謐的斗室，驕陽照在屋內光潔的木地板上映出美麗的琥珀色光圈，聲音宏亮的鼎公忽然輕聲召喚正在忙著設計花藝的王阿姨過來，然後微微欠身朝向我說，「要感謝她沒有什麼物質要求。」王阿姨笑著猛搖手，然後像孩子般純真地點點頭，兩人同時露出幸福與驕傲的神情。三日之後，趁離開紐約前，到「維摩詰書屋」為鼎公舉辦的讀者簽書會多帶兩本書，台上，鼎公不慍不火地說著，「正氣不等於戾氣」，我想起《文學江湖》裡鼎公嘗說，「內戰結束前夕，我的人格已經破碎，台灣三十年並未重建完成。」又想起他受訪時懇切的一句話：「沒有人故意要做壞事。」當傷痕還在時就已經原諒傷害自己的人，這需要多大的力量與智慧？作為讀者，我們心疼之餘，更感佩他長年寫作不輟，握著文學耿介直率的筆，「貧賤不能移，威武不能屈」，依舊坦誠捍衛著正義，不忘初衷。

且讓我們齊心祝禱，有福氣和緣分不斷讀到鼎公更多新作品。

——北美華文作家協會網站，二〇一三年一月號

作者簡介

傅士玲，筆名穀雨、王約。美國威斯康辛大學東亞語文所碩士、喬治梅森大學宗教與文化研究所碩士，曾任英文漢聲出版公司主編、TOGO旅遊情報出版部副總編輯、壹週刊採訪主任、世界日報記者、華府華文作家協會會長、北美華文作家協會網站編輯委員、美國漢新文學獎散文評審。譯有《危機領導人》、《信任的深度》、《時光的禮物》、《紙的大歷史》等，著有《蔣公獅子頭》、《逃去住旅館》等。作品散見世界日報副刊、中國時報、中華日報等。

日出——懷念李渝及當年共渡青春歲月的朋友們

劉虛心

和李渝相識，大概是大學時代，什麼因緣已記憶模糊，只記得她總是獨來獨往。

初來美國留學，在北加州，因傅運籌的關係，和一群文人朋友時相往來，松棻、李渝住在柏克萊Oxford街上的一間公寓裡，松棻攻比較文學，李渝攻藝術史，來往的人自然多屬藝術家或小說家們，家裡經常高朋滿座。我經常見到過的有詩人葉珊，他總是酒不離手，更常見的是劉大任、傅運籌、唐文標幾位，有一次還見到陳世驤教授，大家多半談些台灣及海外的文壇信息。

當時因為陳映真被捕，他們都想盡辦法要營救，始終沒有成功；台灣的白色恐怖直接間接地影響著他們的生活，劉大任的博士論文最後只好中斷。有時他們想寫的文章不能送到原鄉台灣去發表，凡此種種，除了留學生普遍的失落及思鄉情懷以外，大家的精神常是苦悶的。

一九七〇年末，保衛釣魚台運動開始，從美國東岸到西岸，美中到美南，蔓延迅速，聲勢浩大，而身處於西岸加州大學柏克萊分校的這幾位文人，從運動初起便捲入風暴中心，不管你是發起者、參與者、支持者或旁觀者，都留下深刻難忘的印象，有些同學的終生命運和人生軌道也隨之改變。當時柏克萊有一個五人小組領導班子，常在松棻、李渝的家開會，松棻是領頭者之一，李渝是強力支持者也是參與者。大家決定一九七一年一月二十九日在舊金山華埠花園角廣場孫中山銅像前集會、示威遊行。這第一次的行動聯合了左、中、右各路人馬，大家都在保國衛土這個單純的理想上團結一心，士氣高漲。

第一次示威遊行之後，五人小組考慮到要如何保持群眾的持續關注及熱情，不能只靠遊行抗議，要延伸到文化領域才能深植人心。當時的刊物《戰報》就嗅到這個訊息，它不僅表達大家的政治理念，也包含文藝小品、雜文、詩歌、漫畫……等。為了把文藝面更推前一步，就考慮到戲劇這一形式。

戲劇是一門專業，大學有專門的科系，那裡是寄身海外、奔波於學業和生活多重壓力下的留學生敢於嘗試的？而我們這群年輕人因為理想主義帶來的一股不怕難的精神，發揮潛力去嘗試，如今回想起來，主要有幾個因素：

一、有幾位對文學、戲劇有修養和經驗的人。例如在加大修戲劇本科的戈武、修中國藝術史的李渝、修建築設計，以前在台灣參加過學生電視劇比賽得過佈景設計獎的傅運籌，他們三人形成了一個編導班子，加上曾在台灣《劇場雜誌》任主編之一的劉大任、文學家郭松棻，後來又結識了在舊金山大學修電影學的蔡繼光。這些人都有能力在各方面提出專業水準的意見，都願意全力以赴。

二、加大的東亞圖書館有豐富的中國近代文學、小說、戲劇、詩歌……各種書籍，在台灣被禁的左翼經典文學作品，一應俱全，開放取閱。

三、加大本身有供戲劇系學生實習演出的全套劇場和設施，我們大家排戲使用，很是方便。

四、灣區華人多，周邊學校華人學生、教授，加上中國城的愛國華僑眾多，都可以是我們的觀眾。

五、最重要的是，我們有幾個對演話劇幾近狂熱之士，如戈武、黃靜明、張宏年等人，日後都是台前幕後的各類主將。演完《日出》後，王正方從東部搬到北加州，他更是個戲痴，積極參與後來的每個話劇的編、導、演。

地利、人和都有了，演什麼戲呢？現編劇本，人力時間都來不及，用現成劇本，傳統舊戲或現代新潮都不合適，要挑有吸引力又能反映現實環境的戲，於是曹禺的四大悲劇就變成主要選擇，而最富戲劇魅力和對現實批判的就是《日出》及《雷雨》。我們決定用《日出》這個劇本。

《日出》原著的故事背景是民國成立之初的天津，講述當時半殖民地半封建社會的弱肉強食，描繪一個交際花和她身邊一群形形色色的貪利之徒，從掙扎、沉淪到滅亡的悲劇。戈武、李渝和傅運籌三人編導班子整日討論，決定把二十年代的天津搬到七十年代的台北，傅運籌是劇本改編執筆人。其實七十年代的台北，涉及銀行、金融、買空賣空、銀行中級職員向上巴結、向下踐踏、破產者求救無門、雛妓被出賣受盡折磨，這些素材對所有人都不陌生。

劇本、導演確定了，找演員也非易事。女主角陳百露有現成的人選，黃靜明是劉大俊的太太，當年是馬來西亞的電影明星，藝名「胡姬」，在東南亞曾享有盛名，陳白露是戲裡的靈魂人物，其他人都是大小配角。能找的人都找，找不到就自已上場。

戈武是潘經理的不二人選，李石清一角找不到人，傅運籌只好親自上場，編、導、演全扛下來。李渝不再是不愛理人的獨行俠，經常要哄著女主角高興，排練及演出的大小事項，她要全場緊盯。她和傅運籌是佈景、道具的主要負責人，她也低聲下氣去求人演尚未找到人的角色。每周排戲、前台後台各種工作分配，布景、燈光、音響、配樂、宣傳、票務，都需要大量的後援支持，好在許多參加保釣的港台留學生，大家平日想法不盡相同，認知也各有差異，各上崗位卻又毫不計較。上課打工的時間緊張，一到排戲時間，對詞、背詞、平時排練、彩排、正式推出全劇公演的時刻，個個全力以赴，相互配合，毫無怨言地承擔各自的工作，真是在共同目標和熱情氛圍下集體發揮的「愛的勞作」。

我們為了配合紀念五四運動，在一九七一年五月八日星期六，把多日的心血結晶呈現給觀眾。當晚柏克萊高中不到千人的小劇場座無虛席，我們演的賣力，觀眾也回報我們更大的熱情，出乎預料的好評，學生報刊、華僑報紙、香港的雜誌都刊登了報導和有水準的劇評，接著又受邀請，到史坦福大學演出一場，遠征洛杉磯演出一場。《日出》的演出，掀起了後續一連串話劇演出活動，春風吹到了東岸，紐約、波士頓都有了話劇活動。

戈武、李渝和傅運籌三人編導班子，最是勞苦功高。我相信在李渝的生命軌跡裡，這一段生活應該是相當快樂又意氣風發的。

我們還主持了一個電台節目「中國青年之聲」，在KPFA電台每週播出一小時，這也是要花大量人力及時間的工作，李渝經常參與。我們忙裡偷閒找些小樂趣，每年唐文標會邀大家去他核桃溪的家玩，帶我們去附近的櫻桃園採櫻桃，之後到他家飽餐一頓，喝酒加上高談闊論，李渝通常話不多，但也都是高高興興加入討論。

有一年春天，我們幾人由傅運籌開車到「優勝美地國家公園」去探幽，正值春雪融化，到處水流淙淙，李渝、松棻都興奮得很。他們很少這樣出遊放鬆自已，也不愛出外旅遊，北加州的陽光透過春日樹上的嫩芽，滿地的淙淙小溪，李渝像小女孩般的歡愉笑容，至今仍在我腦中留著這畫面。

好像是一九七二年吧，松棻和李渝決定到賭城Reno去行一個簡單婚禮，由唐文標開車，除了他們倆人以外，還有劉大萊和我。李渝穿著一件復古式的長裙裝，當主婚法官說出那千篇一律的台詞時，松棻忍不住笑了，這種形式的東西，松棻大概不當一回事，李渝垂著一頭烏黑長髮，倒是有幾分嬌羞之態。

那段時日，我和李渝經常見面，她已不再是那獨來獨往的人了。演《日出》時，我常開車帶著她東跑西跑辦事，買小道具或其他物件。戲演完後我們也輕鬆下來，一起去柏克萊的精緻小店閒逛，她喜歡手工染製的布和衣服，我也不惜血本買了一件上衣，至今仍是我喜愛的衣服。李渝是學藝術史的，有時畫家會找她幫忙裱畫，既接近她的興趣，也可賺點外快。

天下沒有不散的筵席，我們那群人，那幾年經常在一起，多半的聚會是在松棻、李渝家。後來劉大任、郭松棻、傅運籌、董敘霖，先後去聯合國服務，陸續搬到紐約去了，李渝多留了一段時間，博士論文結束後，也隨松棻去了紐約，後來在紐約大學任教直至去世。唐文標回台灣教書，戈武去了香港參加長城影業公司，楊思澤和廖秋忠也在學業完成後回中國服務定居。繁華過後，風流雲散，我也在一九七六年隨陳讚煌搬到德州。

《日出》是一齣悲劇。《日出》的名句當然也是悲觀的，但我只想用頭兩句，「太陽出來了，黑暗留在後面⋯⋯」來祝願李渝、松棻、戈武、黃靜明、唐文標和廖秋忠，願你們現在的世界裡，太陽正要出來。

（作者註：本文絕大部分取自傅運籌「柏克萊校園保釣運動中的話劇演出活動」一文。）

——北美華文作家協會網站，二〇一四年七月號

作者簡介

劉虛心，河北省饒陽縣人，一九四五年生於四川，兩歲遷台。台大商學系畢業，在台灣電力公司服務四年半。來美後就讀加州州立大學，七零年代初，積極參與保釣運動。婚後隨夫婿遷至休士頓。曾任銀行財務長三十餘年。熱愛文史、閱讀、寫作。退休後悠閒渡日並暢遊世界風光。

詩是不會死的——憶與紀弦談創作

瘂弦

雖說詩是少數人的文學，然而詩是不會死的。隨著時代的進步，科技的發達，詩的題材也愈益豐富了……

一、先生有沒有算過，七十年來您一共寫了幾首詩？出了幾部詩集？

答：我自一九二九年開始寫詩，迄今已寫了一千多首。從前在大陸上已出過幾部詩集，來台後，把它們整理一番，由「現代詩社」出了《摘星的少年》和《飲者詩鈔》厚厚的兩大部；這便是我編年自選詩之開始，自一九二九至一九四八。接下去，來台後的作品，自一九四九至一九七三，每五年一書，一共出了《檳榔樹》甲、乙、丙、丁、戊五集，以上皆由「現代詩社」出版。一九七六年底，離台赴美。自一九七四至一九八四共十一年的作品，編成一部《晚景》，交由「爾雅出版社」出版，這便是我的自選詩卷之八。卷之九《半島之歌》，收入一九八五至一九九二共八年的作品，由梅新主持的後期「現代詩社」出版。接下去，一九九三至一九九五共三年的自選詩，由「九歌出版社」出版了一部《第十詩集》。而自一九九九六至二〇〇〇，二十世紀最後五年的作品，則已交由「書林出版公司」出了一部《宇宙詩鈔》。到此為止，我的編年自選詩一共已經出版了十一部。至於詩選之類，在大陸和台灣，已出《紀弦詩選》、《紀弦精品》、《紀弦自選集》、《紀弦詩拔萃》等五、六部，那就不必計算在內了。

二、能否說說您的人生觀？

答：所謂人生觀，就是對於人生的看法。有人樂觀，有人悲觀，而我則係「達觀」，一種曠達的人生觀，一切順乎自然，聽其自然，而且看得很淡：富貴於我如浮雲。衣取蔽體，食取果腹，一向不講求物質生活的享受。但我並非重靈輕肉，亦非重肉輕靈，而係靈肉一致。這一點，也可以說是我的「詩精神」之所在。

三、請說說您的文學觀、詩觀。

答：對於文學與詩的看法，在我的多篇詩論、文學論、藝術論中早就談得清清楚楚的了。而總之，我所堅持的一點，便是一個「純」字：純詩、純文學。那些雜文、政論之類不算。作為一個小說家的魯迅，除了代表作《阿Q正傳》和很少的一些短篇小說之外，他寫了太多的雜文，實在不成其為文藝作品，而且是一種時間與精力之浪費，很可惜！至於詩，詩乃「文學之花」，詩乃人生之批評，詩乃經驗之完成。「詩」是少數人的文學，「歌」是大眾化的，詩是詩，歌是歌，「詩」「歌」不分是不可以的，所以我們不說「詩歌」。而關於「抒情」

與「主知」，我本來就主張「情緒之放逐」的，後又修正為「主知與抒情並重」了，這一點，圈子裡的朋友們都知道。

四、您是怎樣開始寫詩的？說一些您在回憶錄上不曾說過的如何？

答：我在回憶錄上說過的是：寫詩是和初戀同時開始了的。而不曾說過的，有兩點：首先，當我還是一個十六歲的少年時，就已經讀過不少徐志摩、聞一多、朱湘等「新月派」詩人的作品，不能說沒有受到他們的影響，因此，我的那些「少作」，皆為押韻的格律詩。其次，我的那些同學，多半左傾，我也就免不了跟著他們一同「前進」了。所以我的那些「少作」，除了一些情詩，差不多都帶有很明顯的「意識型態」之表現。當然，這兩點形式與內容方面之偏差，日後我都已經糾正了過來。大丈夫事無不可對人言。你既然問了我，我怎能隱瞞呢？你是我的好友，你是我的知己。

五、能不能舉出十首您平生所寫最滿意的詩？

答：〈八行小唱〉（一九三三）、〈戀人之目〉（一九三七）、〈摘星的少年〉（一九四二）、〈致詩人〉（一九四八）、〈雕刻家〉（一九五〇）、〈火葬〉（一九五五）、〈狼之獨步〉（一九六四）、〈鳥之變奏〉（一九八三）、〈動詞的相對論〉（一九九四）、〈上帝造了撒旦〉（二〇〇一）。其實何止十首。但你只要我舉出十首來，我就只好聽你的了。

六、對台灣詩壇的未來，您有何期許？

答：希望現有的各詩刊繼續出下去，大家互相尊重，不要抱持門戶之見。我不是早就提出了「大植物園主義」嗎？我要的是萬紫千紅共存共榮，而一個「清一色」的詩壇有什麼意思呢？

七、對於台灣年輕一代詩人，您有何印象？

答：現代主義者認為，從邏輯到秩序，此乃詩的進化，這不錯。但是詩要寫得「自然」一點才好，故意切斷聯想，拋棄主題，那就要不得了。而且人是有個性的：氣質決定風格，題材決定手法，走自己的路，唱自己的歌，這是很重要的。

八、在您的創作歷程裡，對您影響最大的作家是誰？

答：當然是杜衡啦。二十世紀三十年代，我在上海的交遊是有所選擇的：我經常往來的就是「文壇三劍客」（施蟄存、戴望舒和杜衡）以及其他「第三種人」（葉靈鳳、穆時英等）。至於那些「左翼作家」，我是不同他們打交道的。杜衡另一筆名蘇汶，當年十分響亮，他就用這個筆名，和魯迅他們打筆戰，提出「人生的寫實主義」，對抗其「社會的寫實主義」；為了爭取「文藝自由」，大戰三百六十回合之餘，編了一部《文藝自由論戰集》，由「現代書局」出版。他說人生是多方面的，對於左翼作家千篇一律的小說大加嘲笑，說那些主角——鬥爭資本家的工人英雄和鬥爭地主的農民英雄，都是有血有肉的真人真事，而實際是基於意識型態至上主義假造和幻想出來的。而對左冀詩人標語口號之作則嗤之以鼻，說那些都是非詩非文藝。他用「事實架空感情虛偽」八個大字打倒了他們。我一生堅持文藝作家創作自由，任何政治或宗教的權力不得加以干預，這證明了我受杜衡的影響最大。

九、在您的創作生涯中，對您影響最大的一部書是什麼？

答：戴望舒的《望舒草》。較之李金髮，戴望舒給我的影響更具決定性。記得我一口氣讀完了《望舒草》之後，從一九三四年春開始，我的詩風為之一變：我已不再寫格律詩，而專寫自由詩了。寫自由詩和擁護文藝自由，這便是我的「二大堅持」，我把它們帶到台灣來了。你稱我為台灣現代詩的點火人，我當之無愧。

十、您對詩的未來有何看法？

答：雖說詩是少數人的文學，然而詩是不會死的。隨著時代的進步，科技的發達，詩的題材也愈益豐富了。到了二十一世紀，人類即將進入「太空時代」，日後必將產生許多「新」詩，這是可以斷言的。我寫了不少的宇宙詩，這證明了科學乃文藝之友，而非其敵人，雪萊和皮可克他們不懂的。

十一、您寫詩的速度快不快？有什麼特別的創作習慣和心得？

答：我寫詩的速度不快。多想少寫，這便是我的創作習慣。往往一篇草稿放在一邊，想了好多天，還是不能修改完成。白天也想，夜間也想，偶然夢中得句，起而筆之，也是常有的事。但那只是「部分」，而非「全體」。說到心得，倒是與眾不同的。例如〈月光曲〉（見《紀弦詩拔萃》頁二二二），本來很長，修改了好多次，好多年，還是不能滿意。最後，只保存原先的兩句：「升起於鍵盤上的月亮，做了暗室裡的燈」，來他一個「不完成」的存在，這不也是一種「完成」嗎？此外，還有一首〈杜鵑〉（見《紀弦詩拔萃》頁八九）和一首〈玩芭比的小女孩〉（見《紀弦詩拔萃》頁二三二），也是同樣的情形。

十二、可不可以說說您始終保持旺盛的生命力和詩的創作力的奧祕。這本詩集《年方九十》對您的創作生命有無特別意義？

答：我一直保持旺盛的生命力和詩的創作力，其實並沒有什麼奧祕。不過，我這個人，就是為詩而活著，並將為詩而死去，這一點，我是很自覺的，這也許可以說是一種「宗教的情操」吧。至於這部詩集，我聽了你的話，名之為《年方九十》，對於我的創作生命，的確具有很特別的意義。那便是：證明我的詩路歷程尚未到達終點，還有很長的一段路，必須好好地走下去。

【附記】

我是紀弦先生的「私淑弟子」，從文藝青年時代開始，我就是他熱情的崇拜者、追隨者。「瘂弦」這個筆名，是在十九、二十歲時就取定了，裡邊有個「弦」字，可見我當時潛意識裡對紀弦先生就有著敬佩與景仰。我的第一首詩〈我是一勺靜美的小花朵〉（一九五三），就是紀弦先生幫我發表在《現代詩》第五期（一九五四年二月）上，對我的鼓勵很大，紀弦先生就是從這首詩對我有了初步的印象。

林海音女士曾為紀弦先生和我拍了一張合照，應該是一九六八年吧，林先生稱為「二弦」，一個是大弦、一個是小弦，這張照片裡紀弦先生拿著他的菸斗，我站在旁邊狀至恭謹，當時心裡不知道有多高興可以與他合照。

我永遠不會忘掉我第一次到他任教的成功中學去看他的印象，他站在校園的椰子樹下跟我說話，那樣子活脫脫就是《暴風雨》詩集封面上的自畫像，書上的樣子竟然出現在我的眼前，我感動得渾身發燙，好像看到情人一般。之後很多年，我對他的追隨、嚮往與崇拜，有增無減。

紀弦先生晚年，我們時常通信，一個月總有兩三封信吧，談詩談畫談家常。他在有封信的第一句話就是「涼風起天末，君子意如何」，後來我查了查，是杜甫寫給李白的一首詩的頭兩句，當然我知道紀老是把它當作普通的問候語來用的，但這也說明了老先生是把我當作很親的朋友來看待。因此，在他年事漸高以後，沒有精神氣力去做的事就交給我來做，比如他與胡蘭成在三〇年代交往頻繁，但手頭已沒有相關資料，就要我代為尋找，我到處蒐集，終於整理了一套寄給他，他收到後非常高興。

在很多信裡邊，我最常提到的有兩件事情，一是請他保重身體，做文壇最長壽的詩人；二是「鼓勵」他寫回憶錄，每封信都提到這件事。在我聲聲催促之下，皇皇三大部的《紀弦回憶錄》

終於由聯合文學出版社出版，呈現在世人面前。回憶錄寫得非常好，這部書曾得到文化部部長龍應台（時任台北市文化局局長）經費上的支持，在出版的過程中張默也出了很大的力氣。錢鍾書說「自傳就是他傳」，像紀弦先生這樣重要的人物，他的自傳就彷彿是詩壇的歷史，具有文獻的意義。

紀弦先生很重視養生之道，有很好的生活習慣，他曾告訴我他長壽的祕訣就是，吃飯定時定量，兩餐之間絕對不吃任何東西。他年輕時常飲酒，但到了晚年就保持在微醺狀態，所以我覺得他的身體本錢夠，因此我在每封信最後的問候語，不是「文安」、「保重身體」之類，都是「祝您向人瑞進軍！！！」關於這兩件事，我們的大詩翁都做到了，他把回憶錄寫出來了，也活到一百歲。

紀弦先生一向多產，晚年仍然寫作不輟，二〇〇四年時他已經九十多歲了，他告訴我他很想出一本詩集，把九十歲以前的詩彙集在一起，他要我替他取個書名，我建議他能不能用「年方九十」？意思是說我才九〇歲，還年輕呢！他很喜歡這個書名，也直說「很絕、很絕」。其實中國畫家在畫上題字時，常寫「年方」幾歲，我只是借用而已，紀老滿意就好了。詩集成書前，紀弦先生對我說，過去文壇的習慣，都是年輕作家請前輩作家撰序，咱們來個逆向思考，我這次是老前輩請年輕作家寫序，你寫序挺認真的，你就幫我寫序吧！我一想，這可折煞我了，實在不敢當，就勉力為之吧。我寫序有個習慣，為了慎重起見，執筆之前，一定與作者做個紙上訪問，做為參考之用。我就出了十二道題目請教他。老先生的回答十分詳盡，告訴我們很多以前所不知道的事情，是珍貴的文學史料。後來出書時，因為他身體狀況不太好，延宕了一些時日，文史哲出版社發行人彭正雄先生就把這篇問答放在書後，作為跋文。這篇訪問記雖然篇幅不長，比較簡要，卻是紀老在世最後一次接受訪問，實在是彌足珍貴。

紀弦、覃子豪、鍾鼎文三位先生，文壇稱之為「來台三老」，他們都是留日的，皆為詩壇的重鎮，我們這一代都是在他們的培育薰陶下成長的。紀弦先生熱情、奔放，有一點神經質，對台灣詩壇而言，他是名副其實的「點火者」，他點的火把我們當年這群小伙子統統燃燒起來，他的作風是能燒多久、能燒多旺就各憑本事了；覃子豪先生則屬實戰派，他是親手教我們如何把詩寫好，每篇習作他都仔細修改，尤其是當年參加文藝函授學校的同學，如向明、麥穗、我等，都是受惠者；鍾鼎文先生是位溫文爾雅的紳士，對年輕人雖然不像上述兩位這麼熱絡，但在發表和出版上也常常給我們很多幫助，他的作品對我們產生了很大的示範作用，也是我們尊敬的長者。

如今，三位老師皆已辭世，我們這些學生輩的也都八十歲了，已至耄耋之年，執筆的當下真是覺得無限感傷。哲人日已遠，典型在夙昔，老師們對創作的執著和對年輕人的關愛，將永遠銘刻在我們的心版之上。

——北美華文作家協會網站，二〇一三年十一月號

作者簡介

本名王慶麟，生於河南南陽，一九四九年隨軍到台灣。復興崗學院戲劇系畢業，一九五四年與張默、洛夫創辦《創世紀》詩刊。愛荷華「國際寫作計畫」訪問作家，威斯康辛大學東亞研究所碩士。

一九七七年接掌《聯合報》副刊主編，一九八〇年升任《聯合報》副總編輯兼副刊組主任，一九九八年退休。現居加拿大溫哥華，創立「加拿大華人文學學會」，與溫哥華「世界日報」合闢文學專版《華章》，擔任主編。曾主編《創世紀》、《幼獅文藝》、《詩學》、《聯合文學》等雜誌，主編《聯副三十年文學大系》共二十八冊，獲金鼎獎，《世界中文報紙副刊學綜論》（與陳義芝合編）。

著有《瘂弦詩集》、《鹽》（英文）、《中國新詩研究》、《聚繖花序》、《弦外之音》（有聲書）、《記哈克詩想》、《於無聲處》（瘂弦詩文集）、《兩岸書》（與楊稼生合著）。

輯四

融合：融入他鄉

流不斷的綠水悠悠

大邱

許多警匪槍戰片皆以底特律為背景，因為它的犯罪率在全美始終名列前茅，凶殺搶劫販毒等事時有所聞，是個惡名昭彰的罪惡之城，人人避之唯恐不及，未料我卻被留學浪潮沖到此處，就此一待三十餘年，好像底特律河水由渾濁轉為碧綠般不可思議。

底特律是密西根州的第一大城和大湖區的重要港口，以汽車工業為主亦以黑人眾多聞名。它位於北承聖克萊爾湖南接伊略湖的底特律河畔，因而得名，源出法語意為「海峽之河」。全長二十八英里的河水恰如一條細長的臍帶連繫著兩個大湖，為美加天然國界。巧的是南北兩端各有一個河中小島，巴博羅（Boblo Island）和貝爾（Belle Isle）分屬加拿大和美國，各自扼住出入湖區的咽喉。

在以海運為主的年代，其經濟戰略地理位置的重要性自不待言，自十八世紀以降，印第安人、法國人、英國人和美國人先後在底特律河兩岸掀起了一場又一場的爭戰，留下許多紀念碑文。

底城和加拿大的溫莎市隔河相望，兩城可南由大使橋或北從底特律－溫莎隧道來往，在九一一之前美加兄弟之邦的門禁十分鬆散，老美僅憑駕照便能自由出入，老外只要出示合法證件如綠卡或護照等即可輕鬆放行，很少盤查留難。

初來時底城華人不多，僅有的唐人街早已式微，像樣的中餐館絕無僅有，由於美金強勢，加境油價低於美國，於是溫莎成了華人週末假日消閒購物的聖地。

回憶中好像所有的生日節慶都是在溫莎度過的，平日雖然只有我和二姊兩家人加上父母，已是十口之家坐滿一張大桌，若是四兄妹全家大團圓則非席開兩桌不可，難怪侍者每次見了我們都眉開眼笑，不過由於生意火紅，我們雖是老顧客一樣要拿號排隊。

至於週末假日我們通常是早上前往溫莎飲茶，飯後至隔壁買一盒麵包糕餅，然後到市中心的河濱公園漫步。大人在涼風習習中閒話家常，孩子們則追逐海鳥或數算河上過往船隻，或是一同大啖底城買不到的荔枝。

雖然河水由於工業污染不夠湛藍還有些渾濁，但我們素喜溫莎的寧靜悠閒和整潔，孩子們卻心繫對岸的繁華熱鬧，有一次非要上貝爾島逛逛不可，此島曾是我求學時和先生約會的地方，其上有漂亮的植物園、水族館和暖房，於是我們就近通過隧道前往。誰知島上黑壓壓一片，搖滾音樂震耳欲聾，繞了幾圈竟然找不到落腳的地方，遂又折返溫莎重訪去熟了的玫瑰花園，此後再也沒有重回此島過。

玫瑰花園其實另有其名，一座是以噴水池為中心的英式花園，用繁花異草妝飾出不同的幾何圖案，美輪美奐大可流連。另一座才是環繞二戰轟炸機的圓形玫瑰花園。由於母親生前酷愛玫瑰，去的次數多了，我們便暱稱其為玫瑰花園。

噴水池前和轟炸機下每個人都留下了無數身影，成為生活中不可磨滅的記憶。但孩子們在意的不是園裡的鳥語花香，而是園首的冰淇淋小店，那一大球五顏六色的冰淇淋在夏日午後是何等的冰涼甜沁！

回程我們照例駛過大使橋，結果卻被美國海關攔下，因為我們在同一天之內分由大使橋和隧道兩次出境，全部都由電眼登記在案，這看似鬆散的邊界海關實在是疏中有密啊！

在蝦餃燒賣與菠蘿麵包的撲鼻香味中，送走了孩子們的童年和父母的晚年。三次能源危機之後，溫莎的經濟大受打擊，重稅之下使得對岸的華人卻步，市容蕭條不復往日繁華。底城卻因汽車工業蓬勃發展和交換學者學生的大量增加，湧進大批華人，中餐館和雜貨店如雨後春筍般興起，人們便很少過河打牙祭了。

提起底特律的地標，眾人腦中首先閃現的便是臨河的通用文藝復興中心。其實在它之前，雄據市中心一整條街二十五層樓高的赫德遜百貨公司，才是底特律的地標，更是底特律人的驕傲，它代表著高貴、品味和時尚。尤其每年一度在它門前起動感恩節花車遊行，早成底城傳統，也是孩子們心中的盛事。然而這樣的百年老店亦在經濟蕭條中不敵購物中心的競爭，於一九九八年透過電視轉播在眾人眼前灰飛煙滅，成了河上幻影。

如今矗立河邊的七十三層玻璃鋼管造型的文藝復興中心，原為福特產業，後由通用收購，並大事整頓河濱景觀，一時底特律市區大有復興之勢，但二〇〇一年的九一一恐襲破滅了這短暫的美景。兩岸海關除了錄影機外更加設重重路障，往往一等兩三小時才得盤查過關，除非真有急事，誰都不願輕易過河。

等到金融海嘯爆發，汽車城裡一片風聲鶴唳，失業率躍居全美之冠，再無人有興致過河吃喝。過橋費亦由起初的美金二元漲至四・七五元，美金加幣的匯率追成平手，加人反過來上美國消費購物，不能不興起「十年河東，十年河西」之嘆。

不過溫莎中餐館的生意早在金融危機之前即已一落千丈，大排長龍吆三喝四的場面不復再見。母親過八十大壽的那間餐廳早已數易其主，而當年歡喜祝壽的父親和兩位姊夫均較母親先走一步，對親人的驟然凋零，至今思之猶痛。

即連那家有如地標的「華閣」餐廳也宣告永久打烊，讓我們在回答海關「何處用餐？」一時失去了標準答案。雖然隔壁的糕餅店還在，但門庭冷落，那香味怎地就是不如往昔，況且買了也無人搶食，不覺興味索然。

比起通用和克萊斯勒的破產，那些小店家的倒閉不過是河上泡沫，雖多雖急但不致氾濫成災。若非美加政府及時伸出援手，這汽車城只怕早已淹沒河底。

汽車工業起死回生後，汽車城慢慢恢復了生氣，文藝復興中心、河濱步道、旅客捷運系統、福克斯戲院、底特律音樂廳和福特體育場再度吸引遊客前來，喧嘩擁擠忙亂中仍然有著不安。

然而對岸的溫莎不管時光流轉，物換星移，仍是一派優雅悠閒，由貝爾島至大使橋的河岸全是紅磚道和一座又一座的噴泉及英式花園，如珠串相連充滿美的驚喜，散佈其間的美英戰爭、兩次大戰、韓戰和越戰紀念雕像碑文，簡潔肅穆不會讓人感到驚嚇，卻清楚留下歷史痕跡，教人不忘戰爭的殘酷。

思念夏日冰淇淋的美味和玫瑰的芳香，未料久違的玫瑰花園風華不再，英式花園中的花草品種數量明顯減少，花棚無花連懸掛花籃亦無，冰淇淋小店重門深鎖，無從回味。記憶中屹立不搖的轟炸機不知去向，取而代之的是兩架螺旋槳飛機模型，少了那份親切感怎麼看都不對勁。最吃驚的是綠草地上竟然沒有玫瑰，我繞了一圈又一圈才發現一叢玫瑰，要是母親還健在，看到這繁華落盡的景象不知該有多失望。

可喜的是這渾濁的河水不知何時脫胎換骨成了一條碧綠的玉帶，在藍天白雲下滋潤著遊人眼目，空中飛鳥，河上風帆，路邊繁花，甚至過往行人無一不可入畫，只是那說不出的慵懶閒適難描難繪。汽車城的喧囂煩惱盡都隱沒於碧波之後，只有文藝復興中心在河上熠熠生輝，那流不斷的綠水悠悠，不光流淌著先民的血汗，還有無數前仆後繼的汽車魂，如不停轉動的輪軸牽動著兩岸的經濟命脈，駛向不可知的未來。

——北美華文作家協會網站，二〇一二年九月號

作者簡介

邱大陸，筆名大邱，出生於台灣台北市，輔仁大學統計學士，密西根韋恩州立大學數理統計碩士。在美從事電腦程式設計工作多年，二〇〇八年因受金融風暴波及退出職場，開始中文寫作。出版有《第六驛站浮想連篇》、《流不斷的綠水悠悠》等書，後者曾獲二〇一四年華文著述獎散文類第一名，並於是年加入海外華文女作家協會，現為該協會永久會員及網站理事。

心安即是家

伊犁

屈指一算搬到南加州已三十多年，在我們家的小藍屋居住也快三十年了。記得剛搬來時，兒子上小學一年級，女兒未及週歲，我為了照顧好他們，改成半工，每天接接送送，除了他們上下學，還得課後上才藝班，運動等等。放學後我要監督他們做功課，隨時擔任他們的輔導員。很多職業婦女覺得家庭主婦沒有尊嚴，不屑一顧，寧願請保姆帶大兒女，把家交給別人。其實每樣事情有得必有失，魚與熊掌兩者不可兼得，真是至理名言。如今回顧走過的足跡，對當初自己的選擇，並沒有後悔。我們人生的一大半已消磨，兒女都長大結婚，離開我們遠遠的，一年才見幾次面。我只祈望大家平平安安，過好每一天。

家在山腳下，我們當初搬來也是因為這裡學區好，環境優美。全區的房子都是一層的木造加州牧場樣式（ranch style），矮矮的毫不顯眼，附近房子都建於四五十年前。街道兩旁樹木茂盛，花木扶疏，草坪油綠，小房子都被大樹遮蓋。如果在空中俯覽，只見整片綠蔭，房子只露出一點點瓦角。美國人設計的房子都很舒適，最適合一個小家庭居住，一般都有三到四個臥房，主臥房連著浴室，加上廚房客廳家庭室。一層樓房的好處是很安靜，聽不到樓上放水或腳踏樓板的聲音。前院鋪了草坪，屋旁栽一些花木，後院很隱密，可以種花種菜，或栽果樹等等。來往交通白天不多，晚上更少，我們首次看到這裡的房子便愛上了。

美國地大人少，很注重環保，社區人士對於起新房子，或會令社區改觀的變化，都存有戒心。如果區內的房子要改建或加建，都要把藍圖先交上市政府並獲其批准，才可動工，最要緊是徵得左右鄰居的同意。為了市容與大環境，市府管制十分嚴謹。所以我們住的社區，三十年幾乎毫無變化。外人也許會想，房子舊了早就該改裝或蓋新屋啊。我們的房子不漏不破，可以擋風遮雨，晚上睡得香香的，廚房爐頭煤氣充足，水電運用無礙，為甚麼要改建？室雅何須大。

跟外子結婚時，他是一個窮留學生，我們可說白手起家。我喜歡他的樸素誠實，努力不懈，專一精進的內涵。他數十年從事太空研究跟教學，從來不會被外面的大環境左右或動搖，一直孜孜不倦，在科研的領域內默默耕耘，培養了很多出色的研究人員，發表過洋洋數百篇的論文。外子一直在加州理工學院任教，從助理教授開始，一直做到目前該要退休的年齡。他終生從事研究，似乎欲罷不能。這使我想起，一個人一定要選對職業，很多人對於自己的工作，只是當作謀生工具，迫不及待的等候退休，只有少數人熱愛工作，才會捨不得退。

我覺得自己很幸運，一直生活在安靜平和的環境中，相夫教子，把家庭放在第一位。我年輕時開始喜歡寫作，希望把我們這一代的移民與留學生的故事寫下來。多年來我把剩餘的時間與精力，投在寫作上。婚後雖然家庭主婦瑣事繁忙，手中的筆一直不斷，陸續出了幾本書，小說，散文，遊記等體，都有涉獵。雖然我寫的不多，與職業作家的產量相比，有天淵之別。我也沒有成就感，一向默默無聞。如今回望，我慶幸自己能一直保持初心，沒有放棄。寫作是個人的興趣，我希望作品能反映現實，把自己的所見所聞所思，化為文字，與讀者分享。偶爾獲得一些反響，帶給我很大的安慰。如今我的時間又屬於自己，近年來接觸到書法，國畫，古箏，這些中國傳統的藝術文化，讓我找到了精神的原鄉，填補了在美國生活精神世界的空間。

回到二人世界以後，我們多年以來堅持早晨散步走路。過去孩子在家時走的比較少，每天最多半小時。自從發現我的血糖偏高，膽固醇也高，健康亮起紅燈後，醫生建議多運動，我便把運動的時間增加到每天一小時，主要還是早晨散步。夏天天氣熱要早起，五六點便自然醒來，當然其他季節可以睡晚一點。在外子未上班前，眾人還沒出門前，路上幾乎沒有行車。外面的空氣清新，路人也少，走路時我們把呼吸放慢，深深吸一口涼涼的充滿氧的新鮮空氣，再慢慢吐氣。走路的步伐開始時慢一點，先暖身，不知不覺的加快腳步；上斜坡時先慢走，調好呼吸。我們還人一根登山棍，主要是上下斜坡時可作護膝用。山區到處鳥語花香，滿眼是綠草，時花，挺拔的松樹，偉捂的橡樹，後山更是一片清幽。我們以散步作為每天的開始，保持清晰的腦袋，靈敏的手腳，遠離疾病。人是動物，只有常動，才是健康之道。

所謂心安即是家，我們出生的年代，充滿離亂，生活貧困，父母為了避難，遠離家鄉，在陌生的異鄉闖出生存的空間。我們靠著父母一代的努力，隨著上世紀六十年代留學或移民的潮流，來到北美這塊肥沃的土地上，在此紮根創業，成家立業，大部分人如今生活富足，可算萬幸。不知不覺的我們已走過人生的高峰，如今已是夕陽殘照的黃昏時候。想起唐朝詩人白居易生於亂世，自小漂泊，後來當官又一再被貶，他的江州司馬稱謂，就是他被貶至江西九江當司馬而得來。他到處為家而能到處心安，而且寫了不少詩句，例如：「我生本無鄉，心安是歸處」；「無論海角與天涯，大抵心安即是家」；「身心安處為吾土，豈限長安與洛陽」等。

白居易晚年信佛，自號香山居士。「心安即是家」的思想與佛家思想非常吻合。據說，佛陀一次行化，一名仰慕佛陀的農夫虔誠恭敬地拿著掃帚為他清掃道路。佛陀非常感動，卻說：「善男子！當淨汝心，則世間一切土皆淨。」他認為，只要能淨心，就無論什麼環境都是淨土，都能夠心境安然。

——北美華文作家協會網站，二〇一六年五月號

作者簡介

伊犁，浙江溫州人，一九四八年生於家鄉，在香港完成中小學教育，一九六七年遠赴巴黎，次年往英國修讀護理。一九七三年移居美國，進波士頓麻州大學修讀英文系。自一九七七年定居

南加州，曾在舊金山州立大學寫作班進修，並在洛城華人社區工作。作品題材廣泛，反映華裔移民在美國社會生存的掙扎與心態，中西文化的衝突等。出版《十萬美金》、《殺嬰》、《美金的代價》等多部小說與散文集。

人文與自然交融的樂活城——重返波德

姚嘉為

夏天到科羅拉多州西部山區避暑，一路行來，看不盡的崇山峻嶺，奇岩怪石，大地遼闊，在科羅拉多河上乘坐皮筏，與大自然如此親近，身心無比舒暢。最後一天來到波德，一個令我魂牽夢繫的城市。

美國著名歷史小說家詹姆士・密契納（James Michener）在小說《百年風雲》（*Centennial*）中，描寫一位農民從東部賓州駕著篷車移民西部，渾然不覺地勢漸漸走高，有一天忽見地平線上冒出連綿不斷的千仞峭壁，敬畏天地之情油然而生，決定在高山邊緣落地生根。

波德（Boulder）正是落磯山腳下發展出來的城市之一。海拔五千多英尺，人口不到十萬。四季分明，風景壯麗，夏天乾燥涼爽，適合登山健行，冬季白雪覆蓋，是滑雪的好地方。東望是廣袤無垠的大草原，西望是氣象崢嶸的熨斗山（Flatirons），山色黛青，稜角分明，如鬼斧神工劈成，酷似熨斗，成為波德的象徵。

五千萬年前，落磯山脈比喜馬拉雅山高一倍，雨雪冰河侵蝕下來的土石沉積在大草原上，形成微微起伏的矮丘和台地。更古早時期，天翻地覆的地殼變動，滄海桑田，在大地上雕刻出無比險峻雄奇的景觀。

我們直奔Chautauqua Park，三十年前住了一個暑假的地方。公園位於熨斗山腳下，西邊是大片的空曠田野，數十條登山步道進入樹林深處。Chautauqua是印地安語，意指飛魚，以前這裡是印地安人的家園，十九世紀中期，歐洲人隨著淘金潮，陸續來到，取而代之，建立了城市。

Chautauqua也是十九世紀末期一項美國成人教育運動，在偏遠地區提供成人進修課程和演講、戲劇、音樂等文化活動。隨著社會進步，此一運動已經式微，只存在於少數城市中，以波德的規模最大。園中有木屋、招待所、音樂廳和餐廳，全年開放，二〇〇六年名列美國歷史地標。

車子駛入Chautauqua Park，街道兩旁一棟棟度假小木屋，不見向日葵隨風搖曳的大門及當年住的深褐色招待所。遙見熨斗山巍然矗立於天地間，霎時如遇故人，載欣載奔，踏上步道，邁向樹林深處。我驚訝地發現，田野依然空曠，一如當年，時光彷彿停格，初訪波德的點滴重回心頭。

那年夏天，我隨著先生來到波德，過了一段山中隱士般的日子。招待所是木造房子，隔音不佳，走動時吱呀作響，得輕聲細語，躡手躡腳，以免驚擾鄰居。室內不准烹飪，沒有電視機和收音機，每天傍晚我們帶著小鍋小灶，到樹林中燒飯，飯後走步道健身。原野一望無際，麋鹿和山羊不時出沒，草叢中點點仙人掌花和蒲公英，風景清幽，偶與行人照面，彼此親切招呼。如今招待所和客棧都有廚房，容許房客自炊，仍然沒有電視機，希望讓來客遠離塵囂，與大自然親近吧！

窮學生租不起車子，先生每天搭乘菲裔教授的便車到山上的國家大氣研究中心，傍晚在路旁豎起大拇指，等待善心人送他下山。有一天我們散步時，發現研究中心近在山頭，先生大樂，以後可以走步道來回了，結果走了一個多小時才抵達，只好作罷。

當地居民酷愛戶外運動，健行、攀岩、滑雪外，常見人們戴著頭盔，騎車上下班，周末出遊，在高低起伏的馬路上，矯若游龍，瞬間遠去。先生借來一部自行車，向他們學習，騎車上下山，第一天便面色慘白地回來。波德海拔五千多英尺，空氣稀薄，徒步上山已氣喘如牛，何況騎車？下山更是危險，自行車直衝而下，如同煞車失靈，他只好再度放棄。

公園後方有數十條步道，健行者比以前多了，但絲毫不擁擠。原來波德市政府的人口政策是每年增長率百分之一，現在的人口比三十年前只增加了三萬。步道旁的原野空曠，也是因為當地的政策，由人民納稅，保留足夠的空地，避免追求經濟發展而濫墾擴建。這兩項政策保障了當地優質的生活環境。

登高遠眺，藍天如洗，市區一片綠意，除了科羅拉多大學美麗的紅色屋宇外，不見高樓大廈。注重城市與大自然的互相搭配，互不侵犯，已成為波德的傳統，保持了一個講究和諧美感的綠化城市。

科羅拉多大學更是此傳統的最佳例證。校園建築，石磚紅瓦，綠藤攀牆，頗似長春藤名校。最大的特色是傲人的自然景觀，位於落磯山麓，背後群山疊障，前面俯瞰溪谷，流水淙淙。二十世紀初期，建築師以建築與自然環境的和諧為基調，規劃長期的建築藍圖。一望無際的藍天，蒼勁的山脈，紅色屋瓦，淺磚色牆壁，與山脈的砂岩色澤呼應，氣勢雄渾。百年來，無論新建或翻修，校區建築都能維持和諧的美感，是我心目中最美的大學校園之一。

當年我常搭乘公車去科羅拉多大學，圖書館中有中文報紙和小說，助我消磨客中寂寥的時光。公車上通常只有我一人，如同搭乘專車，沿途的木造房子被花草環繞，像天然圍牆，增添琵琶半遮面的幽趣。大學附近，書店、咖啡店、餐廳、披薩店林立，年輕人來往於潔淨的石板路上，陽光燦亮，好風如水，令人心情開朗。

那年夏天，我們不但與大自然無比親近，也欣賞了許多現場音樂會。每年夏天的「科羅拉多音樂季」，在Chautauqua公園的大禮堂舉行，幾乎都免費，即使收費，大門也會半開，我們常坐在場外的草堆上免費欣賞管弦樂，聲樂與現代樂演唱會。

此行發現，科羅拉多不少城鎮和波德一樣，山川壯麗，大地遼闊，是科州得天獨厚的自然資產，山中城鎮仙樂飄飄處處聞，豐富精緻的音樂活動，包括音樂會、大師音樂營、歌劇營、大師演講，是科州獨特的人文資產。

在滑雪勝地亞斯本，我們聽到當代名小提琴家Joshua Bell演奏小提琴協奏曲，並指揮音樂營管弦樂團演出。在約翰丹佛（John Denver）紀念公園內，看見石頭上銘刻著他的代表曲歌詞，腦中霎時湧現他那海闊天空，燦爛如陽光的嘹亮歌聲。在紅岩石（Red Rock）戶外劇場，與近萬名觀眾聆賞爵士樂演唱，兩側巨大的紅岩石為屏風，面對著遠方起伏的山巒與大地，當暮色四合，丹佛城依稀明滅的燈火，與夜空中滿天的星斗交輝，此情此景，何似在人間。

當年我們常去城中區的珍珠街上閒逛，這個綿延四條街的觀光步行區，咖啡店、餐廳、冰淇淋店和糕餅店林立。街頭藝人在紅磚道上表演，我們駐足觀看蘇格蘭風笛，杯子交響樂和雜耍，充滿新奇感。如今的珍珠街上，建了噴泉與雕像，外地來的年輕歌手彈著吉他演唱。美食餐廳、書店、精品店、服裝店林立，竟有一家茶葉行，出售烏龍，普洱和錫蘭茶。

珍珠街上有不少老建築，可以追溯城市的發展史。波德建於一八七一年，五年後科羅拉多成為美國第三十八州，次年科羅拉多大學建校，其後建鐵路，蓋學校，經濟日趨繁榮。二十世紀初，電車是此地的交通工具，三十年代汽車取代了電車，珍珠街成為商業中心。六、七十年代，人口增加，購物中心如雨後春筍般出現，一九七六年珍珠街成為觀光步行區。

初訪波德時，我出國不久，北美的遼闊大地，山川景物，人們的和善有禮，尊重他人，樂於助人，對我震撼極大。三十年後重遊斯地，景物依舊，人情依舊，並非停滯不前，而是有意地選擇一種生活方式，以生活品質，環境美化為優先，經濟發展其次，再度令我震撼。

從十九世紀的淘金潮，六、七十年代的嬉皮文化與反越戰示威，到今天以生活品質、健康、戶外生活、適合居家聞名，波德被譽為全美十大最快樂、最健康、最適合退休的城市，可謂當之無愧。

——北美華文作家協會網站，二〇一六年二月號

作者簡介

姚嘉為，台大外文系學士，留美獲大眾傳播碩士及電腦碩士。現任海外華文女作家協會副會長，中華民國筆會會員，曾任北美華文作家協會副會長暨網站主編（二〇一二－二〇一六），現為該會榮譽顧問及網站顧問。

曾獲梁實秋文學獎散文獎、譯文獎第一名及譯詩獎，北美華文作家協會散文獎第一名，中央日報海外散文獎，多次獲僑聯總會華文著述獎。出版著作：《越界後，眾聲喧嘩》、《在寫作中還鄉》、《湖畔秋深了》、《深情不留白》、《放風箏的手》、《愛冒險的酷文豪》、《震撼舞台的人》等書，主編《亦俠亦狂一書生——夏志清先生紀念文集》、《暖暖內含光——喻麗清紀念文集》。

第十二屆國際英文短篇小說大會

莫非

透過台灣作家章緣的引薦，受邀參加二〇一二年六月底在阿肯色州北小岩城（North Little Rock）舉辦的第十二屆國際英文短篇小說大會。主辦人李摩瑞斯（Maurice Lee）教授在邀請電郵中說，我是代表北美華人女作家團體。但知自己的斤兩，只不過就北美地利之便與對文學的熱愛，忝陪後座。

赴會後的感覺整體來說，就是文化和文人的「連結」。這次的主題也設為：短篇小說傳統：通向現代和未來的橋。對主題闡釋經我翻譯如下：

每個城鎮裡，只要有一條河就有一道橋。北小岩城就有六座橋。搭橋一向是文明舉動，是人類需要從一個問題、一個盼望或一個慾望的一頭，抵達另一頭的表現。故事，也是從此岸到彼岸的橋樑。無論是高空飛過或低空掠過，都有女詩人伊莉莎伯・伯朗寧（Elizabeth Browning）所說的「必要性」。它們可以幫助我們從過去跨越到現在，從無知到有經歷，或反之，從知識走向神祕。上一屆大會的主題是「邊界」，使得這次強調「橋」的主題也有點不可避免，至少迫切，在進入二十一世紀第二個十年的時候。

用「橋」的觀點來想故事，會帶我們思考形式的基本特色（文體理論想要發掘的），以及其滑溜的善變性（文化歷史學者想要追蹤的）。故事是如何從一世紀走到下一世紀？從一種語言到另外一種語言？從一種世界觀到另外一種世界觀？浪漫主義又如何進入寫實主義？現代主義進入後現代主義？是什麼讓一個故事不停地流傳？一個作者又如何化思考為文字，從雜誌轉化成書，從早期走到晚期階段？一個故事停在半空又是怎麼回事？

讓人不意外地，學者們會強調橋弧的兩端——開始和結束——以及支撐中間的想像網絡和結構設計。但各類研究橋墩設向何處、傳遞了什麼價值觀、誰在收取路費、至終，橋又服事了誰，也很重要。這類和無數相關的問題，都可開放討論。短篇小說是跨越深淵的鋼索，故事可以挑戰地心引力。受邀作家教我們如何作到，思考其中的意義，並讓我們讚賞他們的表現。無論什麼途徑帶領你來到阿肯色州，在我們探索短篇小說世界的時候，盼望你能加入我們一起跨越多道橋樑，不論真實或想像。

建立在這樣的主題，大會開出的「菜單」有：英語語系非洲裔當代短篇小說、經典英美小說作者作品、美裔葡萄牙短篇小說、亞裔英文小說、多媒體多文體小說、文化限制與自由喪失中的寫作（探討哈金等小說作家）、極短篇小說、文化神話中的政治、印度中國短篇小說、後現代實驗小說、美國南方短篇小說、加勒比海文學、大陸短篇小說、愛爾蘭短篇小說等。每個主題下都有三到四篇的論文簡介。

另外，還有來自荷蘭、義大利、加拿大、葡萄牙、愛爾蘭、蓋亞納、西班牙、大陸、台灣、北美、南非、印度、新加坡、香港、牙買加、澳大利亞、埃及等四十多位作家在大會中朗讀作品。大會的時間安排，是兩個到三個座談會和三個作品朗讀會同時進行，因此必須有所取捨。好像吃美食並列的盛宴，只能就自己胃納大小來選擇進食。

如此多種族文化的文學作品陳列討論，大大開了我在國外多年的眼界。來到此，才對比出我對其他文化作品的無知與忽視。而且我雖屬台灣作家，但多年涉獵美國或歐洲文學，多少帶點主流西方的觀點，在後現代裡是屬於對「霸權」主流關注，對這些東方或第三世界的文學則欠一份凝視。不同文化作品的英譯，很明顯地在此成為一道橋樑，串起不同語裔的彼此閱讀。

大會之所以會在阿肯色州小岩城舉辦，是因為主辦人李摩瑞斯（Maurice Lee）教授就在中阿肯色州大學教書。在聯繫台灣等在內的幾個國家舉辦流產後，就退回他的大本營來運作，這樣人力物力兼具備，且小城為了爭取國際知名度不虞餘力，幾乎每天晚上都由不同單位設宴款待。最熱情的當屬克林頓總統圖書館，在那座像小型博物館的建築裡，看到白宮辦公室複製（沒有想像的大），還有總統座車展覽，以及克林頓總統夫婦從年輕從政的歷史照片一路展覽至今。從政時所收到的各類國家贈品，因怕有受賄嫌疑，照美國法律全部歸公屬於人民，也設櫥窗展覽窗展覽出來。

那晚宴會有小岩城、北小岩城（這是兩個城市）的市長分別致詞歡迎。他們說和克林頓總統從年輕時就是朋友，因此知道他們夫婦很多故事，如果我們需要故事材料，他們可以慷慨供應。接著就放一段錄影，居然是克林頓總統本人對我們這群作家表示歡迎，並以「要我們為他留幾個好故事」結束，太給作家面子了。大陸女作家方方說：「這克林頓還挺巴家（就是顧家的意思，克林頓的政治生涯是在阿肯色州起家）」。

這次參加會議，深深感到語言的限制。雖然來美快三十年，也參加了許多英語大會，卻沒有如此專業精湛的文學語言。真是隔行如隔山，和過去所參加的大會相比，這次會議最大不同在強調交流，而非教導。因此邀請來的作家或學者，都以「宣讀」或「朗誦」方式來呈現議題或作品。沒有太多解釋，也沒有太多互動，如果所討論的作家是我尚未讀過作品的，吸收起來就大打折扣。

莫非在現場朗讀自己的短篇小說英譯〈叩應〉。

朗讀也對我是一個新鮮的經驗。過去只聽過詩的朗讀，短，又有聲韻，朗朗有聲，讓我發現詩的可親近，即使是英文。因此為我開了進入英文詩的一道大門。但是朗讀文學論文，每位學者又會創新一些解讀作品的名詞或觀念，就很得集中注意力來聆聽了。若是聽到一些精練又美麗的句子，就好比發現一翩飛的蝴蝶由眼前經過，驚鴻一瞥就消失不見，惋惜。

小說朗讀也是。初始還在猶疑自己要選哪篇小說來朗讀？是否有訣竅？是否要選特別有情節的容易讓人跟得上？唸時是否要像戲劇有抑揚頓挫來幫助讀者進入故事？……我選的是曾得宗教文學獎的短篇小說「叩應」英譯，瞎摸索一些後上場，只要求盡量唸得清楚有聲調。感覺上和聽眾是建立了點連結，因為他們像聽演講一樣有笑、有反應。然而，後來觀摩其他作家，發現單調無表情的閱讀也是一種方式，這樣可以讓自己個人完全不打斷文字所鋪陳傳遞出來的想像空間。其實話說回來，文字才是整場閱讀的重點，讀和聽的人都是文人，都對文字有深深的熱愛，會受文字感染被帶進入一個世界，在此，文字才是橋樑，不是所閱讀的人。即便如此，極短篇小說閱讀，四位小說作者從九百字到二百五十字的長度，都不約而同地採取戲劇化閱讀，效果也特別好。因此，也可說各人憑自己風格來表現。

這次參加也特別感覺自己像座「橋」。大陸作家裡方方因為多年前在海外華文女作家大會裡見過，因此有機會和他們一起吃飯交流，認識了茅盾文學獎評審任芙康和作家趙玫夫婦。台灣作家郝譽翔、蔡素芬、賴香吟、伊格言、張系國雖都未見過，但因為旅館沒有什麼好吃的，不得不冒著中暑，和幾位台灣作家走路出去覓食，經歷了攝氏四十多度的熱浪。幾天如此同進同出，也混熟了。張系國教授且像導遊般，在唯一沒有節目的晚上，打聽了鎮上有名的海鮮餐廳「飛魚」，舉帽佯作領隊帶著我們一路殺過去，果然烤魚蒸蝦都很鮮美。

在中阿肯色州大學晚宴那天，因為協調不周，當地華人文學教授帶我們幾位台灣作家逛校園時，被校車給放了鴿子。晚上九點我們落難在空無一人的學生中心，靠著新到手的iPhone，和旅館、校車聯繫……終於在十點多把我們幾個作家搞上了車。因為酷暑，大家上了車就奄奄一息了。

在文學中，這次大會也真正達到了橋樑位置，因為台灣、大陸和美國文學，我都關注多年。因此特別感覺第一次，把自己生命中幾個關注地理位置的文學給連結起來了。然而大會主題：短篇小說傳統：通向現代和未來的橋，老實說卻只通向當代世界短篇小說的涉獵，對未來的探索較缺，也許會是下一屆國際短篇小說大會的主題？

——北美華文作家協會網站，二〇一二年九月號

作者簡介

莫非，原名陳惠琬，馬里蘭州立大學會計學士，普渡大學電腦碩士，富樂神學院神學碩士。曾任銀行會計經理、電腦工程師，現任「創世紀文字培訓書苑」，推廣基督教文學書寫。

散文曾獲台灣「聯合報文學散文獎」、「宗教文學獎」、「台灣文學獎」、「教育部文藝創作獎」、「梁實秋文學獎」等。小說曾獲台灣「冰心文學獎」、「宗教文學獎」等。著有散文集《行至寬闊處》、《擦身而過》等。雜文集《愛得聰明，情深路長》、《非愛情書》、《紅毯兩端》。小說《在愛的邊緣》等。

悠悠白山行

凌詠

去年勞工節長週末時，我和四位山友，長征至Sierras Nevada Range一帶，雄心勃勃地欲征服被譽為加州第三高峯、海拔一四二五二英呎的白山頂（White Mountain Peak）。三位勇士豪傑和兩位巾幗英雄就由山姆大哥來回掌盤，驅車完成了兩天一夜行的壯舉。領隊彼得計劃一路先取十五號公路往北過卡洪隘口，再轉三九五號公路，經過歐文谷地（Owens Valley）中的歐藍伽（Olancha）、孤松（Lone Pine）、獨立（Independence），大松（Big Pine）一連串美如詩畫的小鎮，當晚在碧霞鎮（Bishop）住一宿，睡個飽覺後，翌日上山，因此我們在去途上可以悠哉遊哉地東逛逛西看看。

在快到孤松鎮之前，我們左入了阿拿巴馬山丘。此地以奇山異石出名，很多一九五〇年代的西部電影都在這裡拍攝外景。夾在山石堆間的蜿蜒小路，凹凸不平，最適合摩托車騎士展露神技。我們坐在山姆大哥的SUV裡，雖是越野卡車，車行時仍微感左右搖晃和上下顛簸，可說是一種別開生面的體能訓練。遙望車後，除了一部吉普車在崎嶇的路上卯足勁地跟過來外，幾乎四處無人煙。一拐彎，突然看到有一人在山腳下搭建帳篷，我不禁納悶地問了同伴們：為何他獨自一人在此鳥不生蛋、無樹無花、不見甘泉只見荒原的鬼地方露營呢？

離開阿拿巴馬山丘，再往北經過獨立鎮後，領隊帶我們至鎮北七哩的滿砂那（Manzanar）停留。滿砂那，西班牙語是蘋果園的意思，原為住在鄰近小溪邊的印地安人於一九一〇年建立的小鎮，後來因為洛杉磯市政府購買此區的用水權而被迫離鎮。二次世界大戰時，羅斯福總統為防止在美國的日裔與日本政府勾結，在此地設立了日裔美人集中營，此遺址後來被改為滿砂那國家歷史景點（Manzanar National Historical Site），為曾經在此拘留一萬兩千名日裔美人的歷史作見證。

我對美國集中營一事本來全然不知，便抱著學習的的心態進入景點區的陳列館瞧瞧。我們一入館，便趕上一場即將開演介紹這一段歷史的紀錄片。片中詳盡地敘述此集中營設立的始末，包含美國聯邦調查局人員挨家挨戶地搜尋日裔美人的鏡頭，並放映了他們在營裡的生活狀況。有幾位被訪者在訪問中訴說了他們內心對此不公平待遇的委屈，因為他們已是數代的日本移民後裔，雖然自認完全是一個美國人，但卻沒有被美國政府當作真正的美國人看待。而我對這個集中營的感覺是，它較之二次大戰時期的其他集中營要來得文明得多。這兒的食物供給，尚考慮到日本人的飲食習慣，廚師有時會為被監禁者準備日本料理；另外，營裡偶爾還會舉辦舞會，讓居住者有一些正常的社交生活。

影片中讓我印象深刻的一幕是，營區中有一房間備有透天窗，躺在窗下的小牀上，睜眼就可以看見星辰滿佈的天空，任誰幸運地分到這間房，心靈上都可逃出這拘禁肉體的集中營，讓思想飛入天際四處遨遊，叫情緒得以沉溺舒展開懷。它是一個讓受禁錮如同囚犯的傷心人暫時獲得心靈轉寰的天地。看了這一幕，我先前問的問題有了解答：原來那位在阿拿巴馬山丘自架帳篷的旅人，為了欣賞在穹蒼裡閃爍的星星及體會天地有大美的意境，而特別到那山丘去露營。

我們離開滿砂那後，在路邊的奇異甌（Keough Hot Spring）野溪溫泉泡了腳、逗留了一會兒，就上路直至碧霞鎮的一間小旅館。那夜是個很特別的一晚，我既未對翌日將面臨高海拔爬山的挑戰感到恐懼，亦未受到無羈思緒的干擾，但卻毫無緣由地失眠整晚。第二天大家起個大早，填滿一肚子由領隊自備的豐富早餐後，我們於六時開車上路，

離開碧霞鎮向南，披星戴月往白山進發。那時正是破曉時分星月爭輝之際，望著月牙如鉤的景象，五人先是大發浪漫詩情，繼以科學頭腦來探索弦與月之關係，哪個是弦？哪個是弓？上弦月的弦是在弓之上還是弓之下？那日清晨我終於找到了答案。

不一會兒，大松鎮到了——它的海拔尚不到三千呎，接著轉向東取一百六十八號公路進山。車子持續爬升，兩個小時之後，我們已達九千呎高的白山遊客中心，大家下了車，鬆弛腳腿，也順便用了洗手間。那時我已受到稀薄空氣的影響，只有暗自禱告，希望能順利過關。八時二十分抵Barcroft研究站的柵欄處，那時柵欄已開，車輛可長驅直入，我們於十分鐘後到達研究站的停

車場，此地海拔一萬二千呎。五人立即套上登山裝備，準備開始一天的登爬。

白山因為被Sierras Nevada Range擋住了由西而入的濕氣，它是全世界屬於相同海拔最乾燥的山區之一，視野遼闊的周遭，看不到太多的樹木，山頂倒是易見。雖然頂峯只有五哩路之遙、爬昇兩千餘呎，但高山因素使登頂願望倍增挑戰性。由於長週末的緣故，抱著雄心征服白山的勇士大有人在。我們剛起步就可看到許多先行者，隨之，亦碰到不少單車超越我們而過，其中包括向前衝的女騎士。前三哩是緩坡，我還信心十足，可以應付，但已聽到自己的呼吸聲，因而提醒自己要步伐均勻，注意呼吸吞吐量。後面二哩則是先下坡再上坡，然後攻頂。等到了上坡爬高時，呼吸已非常急促，至最後一哩路，幾乎每跨一步，就得停下作深呼吸，實實在在地嚐到了「步步維艱，寸步難移」的滋味。我雖落後於同伴們，但仍堅忍向前，在離頂五百呎處歇腳，獨自遠眺雄偉壯觀的山體，內心正歌詠著斑斕無比又氣勢驚人的白山時，驟然間，聽到有人呼喚我名；原來其他四人已完成攻頂任務，折回下山。由於時間關係，領隊要我一同下山，我欣然應允。

向來不畏下山的我，這次又有了新的體驗。在離家的那一晚，因為時間緊迫，我無法好好準備登山乾糧，就買了一份一呎長「地下鐵」三明治，把它分成兩半，一半作為當日晚餐，美味可口；另一半留到登山時充飢，等吃時，它已是軟趴趴的，叫我食不下嚥。這引發了我的頭暈症，我雖然繼續往前行，卻生了「仙路飄飄處處飛」之輕飄感。後來聽了一位同行者藥劑師的勸，勉強地將剩下的三明治吃完，再加上數個能量果條，吃後身體狀況大為改善，得以加速前進。我雖是同行者中最後一位抵達停車處的人，但我因完成了此一高難度的登山旅途而感欣慰，也為再次見證了「只要一直走，就會達到目標」的信念而高興。

上了車，領隊對我未參與行前訓練而能堅持到底的表現，大大表揚，而我對於自己的耐力，也有了一層新的體認。

回程依舊是山姆大哥開車，過了午夜方至領隊家。領隊留我在他家住一宿，我則不願叨擾他的家人，而獨自開車一小時回到橡園。

依舊是披星戴月，但我的生命又添加了一份美好的回憶，它滋長了自信心，強化了生命力。

——北美華文作家協會網站，二〇一六年二月號

作者簡介

凌詠，原名凌莉玫，台大植物系畢業，企業管理碩士，會計師。《南加華人三十年史話》三位英文譯者之一。曾任Orient Express Toastmasters社長、南加州台大校友會理事及年刊主編。北美洛杉磯華文作家協會理事及二〇一五年《作家之家》主編。作品發表於各報刊雜誌，榮獲二〇一三年華僑救國聯合總會華文著述詩歌佳作獎。

我和你和狗狗小布

張系國

那隻肥胖的拳師狗有一雙很特別的眼睛。起先我只覺得特別，不知道特別在哪裡，仔細觀察後我明白了。牠有一隻充血的眼睛，另外一隻眼睛卻白得發青。一隻眼睛像喝醉酒的瘋漢，另外一隻眼睛卻像墳墓裡鑽出來的魔鬼。巨大的拳師狗歪頭看著我，然後張嘴打了個哈欠，嘴角流下一長條口水。我又注意到牠另外一個特點：牠全身披著黑褐色短毛，到了前腳卻突然變成白色，奇怪的是後腳仍然是黑褐色，彷彿戴了一雙拳擊手套。

這隻猙獰的拳師狗和我在修車廠門外對峙站著，確實令人有點發毛。難得這麼一個美好剛下過雨涼爽的初夏午後，我不能不回想，哪裡不好去，怎麼會落到在這鳥不生蛋的地方和一隻半醉半瘋的拳師狗對峙的地步？

是了，還是為了修理我那輛寶貝房車。拳師狗的嘴裡發出奇怪的嗚咽聲，我連忙安撫牠。牠應該是修車工人養的狗，卻不見他們出來，想必大家都在忙。終於有人出來了，瘦小的漢子，講的卻是西班牙語。

「阿蜜哥」我說。「這附近有焊接工廠，你知道在哪裡嗎？」

老墨點點頭：「噺，就是這裡。你等一下。」他轉身跑進左側的修車廠房不見了。怎會就是這裡？我不免疑惑。剛才請教另外一家修車廠的主人，那老頭明明說山裡有兩家焊接工廠，各在大路的一邊，遙遙相望。這山窪裡面卻只有這家修車廠，路的對面就是一脈青山，和老頭形容的完全不同。等到老墨再度出現，我連忙說：「我要找的是焊接工，因為我的房車的備用電池鐵架生鏽，鐵架都快全部解體，我要請焊接工幫我重新焊個鐵架。」

「噺，」瘦小的老墨又轉身跑進修車廠，回來說：「他可以幫你做。四十元。」

「四十元！」我懷疑自己的耳朵是否有問題。這年頭隨便修個什麼都要好幾百塊，哪裡有修車廠只收四十元的。「我什麼時候來修？可不可以約個時間？」

瘦老墨搖頭說：「不用約時間。你等一下，他就會幫你焊。」

還有這等好事情。在美國無論辦什麼事情都要好久以前事先約好，哪裡有隨到隨修的。但既然瘦老墨這麼說，我也不好再堅持預約時間，等就等吧。反正我今天已經預先把整個下午空出來，就為了解決備用電池鐵架生鏽的問題。既然找不到焊接工廠，這家又肯立刻做，而且特便宜，不如等他一下。

拳師狗還在斜眼打量我。既然決定等，不如和牠保持良好關係。可我聽過，人必須對狗很堅定下命令，牠就會心悅誠服，便對拳師狗說：「坐下！」拳師狗果然坐下，不一會乾脆順勢躺下來，肚子朝我，很明顯表示沒有敵意。我看牠的大肚皮，明白她是母狗。這就好，母狗總沒有公狗凶。但是修車廠的牆上釘著「內有惡犬」的牌子，還是令我有點擔心。

遊目四顧，這家修車廠共有三間廠房。中間的一間是瘦老墨和另外一個健壯的墨西哥小工在修車。右邊的廠房裡是一堆老黑不知道在瞎忙些什麼。左邊廠房的門緊閉，就是瘦老墨進去找焊接工的那間。我想進去和焊接工直接打招呼，又不敢造次。很多修車廠都不准顧客進去，顧客亂跑會被很沒面子的趕出來。這時門恰好開了，一位很胖很胖的男孩跑出來，看我兩眼，拍拍拳師狗的大頭。

「是你的狗嗎？」我朝胖男孩微笑。他真是胖，小腿就有艾比的兩倍粗，更不要說身子。我對胖男孩一向具有好感，因為看到他們就等於看到從前的自己。胖男孩沒有回答，專心摸狗頭。我再問一次，他才說：「不是我的狗，是拉瑞的。」

「拉瑞在裡面？」我猜拉瑞就是那位焊接工。「我可不可以進去找拉瑞？」

胖男孩聳聳肩膀。我進入廠房，拉瑞和另外一位長得超像胖男孩的年輕人正在用打磨機前後左右磨一塊車蓋，肥皂泡沫四濺，打磨機的聲音吵得比牆上喇叭播放的音樂還要大聲。年輕人應該是胖男孩的哥哥，看他對拉瑞恭敬的神情，後者顯然是頭頭。這兩個倒是金髮白種人，看我進來並不理會。在這家修車行裡，老墨、老黑和白人各有各的地盤。但是老墨會幫白人找生意，可見大家除了各保地盤也能互助合作。

我站了半小時，沒有人趕我但也沒有人理我。我自覺無趣，溜出去看那堆老墨在幹什麼。幫拉瑞找生意的瘦老墨歇了工，蹲在地上抽煙，看我走過來就問：「你開房車要去哪裡？」

「去新奧爾良看海。」我說：「少說有三千哩路。我的心臟不好，開這房車我一路上可以隨時休息。」

瘦老墨立刻把襯衫拉開，給我看他前胸垂直一道淡紅傷疤。「去年才動過手術，明年還要再開一次。」

「我也動過氣球吹漲手術。」我說：「我的醫生是義大利人，我問他要怎樣才能夠避免再動手術？他笑著說：要少吃紅肉和戒煙，可是你我都做不到的。他這麼說，當天我就戒了煙，二十多年沒碰過。紅肉也少吃，從此沒再動過手術。」

瘦老墨瞪我一眼，不再跟我說話。不知什麼時候開來一輛旅行車，健壯的墨西哥小工正在幫忙車主卸下車輪。原來車主自己帶來整套新買的剎車裝置，要墨西哥小工幫他裝。車主也是老墨，兩個半大不小的孩子坐在車上，任憑墨西哥小工用千斤頂把旅行車頂起，仍舊自顧自玩手機。穿西裝的中年車主看起來像個生意人，對我直搖頭：「這套剎車不便宜，好幾百塊呢！你來做什麼？那輛房車是你的？」

生意人這麼說，他的兩個孩子突然感興趣了，放下手機跳下車來參觀我的房車。連墨西哥小工、瘦老墨和胖男孩都圍過來看。他們發現這麼小的房車上面無論廚房、澡房、廁所、電冰箱、發電機、冷暖氣機什麼都有，不免發出讚嘆的聲音。生意人說：「這輛房車給退休的人最合用。你旅行時它就是你的家。」

「這輛房車不僅現在是我旅行時的家，」我正色說：「將來還可以作我的棺材。」

墨西哥小工和瘦老墨同聲說：「嘶，你可以葬在裡面，好主意！」彼此講了一大堆西班牙話。生意人卻表示懷疑：「有墳場肯讓你這麼做嗎？每個人都這樣，他們要虧本了。」

「不知道。當然他們可以提高收費。」我說：「我要造一間地下車庫，房車就停在裡面，車庫頂是墓碑。」

大家都笑了。七嘴八舌間，和胖男孩長得很像的年輕人從修車間走出來透氣。胖男孩對年輕人說：「爸，他說將來這房車是他的棺材。」

年輕人點點頭：「有人把自己綁在摩托車上，和他的摩托車葬在一起，從此永遠不分離。你知道，魔鬼騎士。」他咧嘴而笑，露出缺了一顆門牙的一排黃牙。

我聽胖男孩喚年輕人爸爸，不免吃驚，對胖男孩說：「我還以為他是你哥哥。你爸爸幾歲？」

胖男孩抬頭問年輕人：「爸，你幾歲？」

「三十一。」

胖男孩轉頭對我說：「我爸三十一歲。」

「那麼你幾歲？」

胖男孩說：「十三，快十四了。」

「和我的孫子艾比一般大。」我替他們算算，年輕人十八歲不到就和女友有了他，真太年輕了。「你還有弟妹嗎？」

「我弟弟十二歲，」胖男孩說：「妹妹七歲，但是他們和我媽住在一起。」

胖男孩這麼說，他們的家庭狀況就很明白了。胖男孩和他老爸穿著一樣的制服，應該就是老爸的制服，除了比較矮胖，簡直是翻版。這時拉瑞也從修車間走出來抽煙。缺門牙的年輕人對拉瑞說：「他說將來這房車是他的棺材。」

拉瑞轉頭吐口水，說：「我知道有人和他的跑車葬在一起，不過是燒成骨灰，把骨灰罈放在車子裡面。喂，你把車開到修車間前面，不必開進去。」

總算輪到我了！我找了張破椅子坐在拳師狗旁邊。拳師狗把大頭伸過來，要我替牠撓癢，這時牠的一雙紅白怪眼也沒那麼可怕了。我一面替拳師狗撓癢，一面看他們修車。俗語說：「大懶支小懶，小懶支門檻」，真是一點不錯。拉瑞對缺門牙的年輕人下命令，年輕人就對胖男孩下命令，三個人忙亂成一團。但是這對父子畢竟經驗不足，拆不下電池，最後還是拉瑞自己出馬，一邊罵人一邊修車。

幾名老墨發現沒有熱鬧可看，也回去修車。這時輪到右邊修車間的老黑發威了，突然推出一輛摩托車，發動引擎吐出大量黑煙灰煙白煙揚長而去。缺門牙的年輕人指指老黑，對我說：「魔鬼騎士，不是蓋的。」他哈哈大笑，胖男孩跟著傻笑。拉瑞吐口水說：「笑什麼？幹活！」

我不禁低頭冥思。匹茲堡山區很像中國貴州，同樣「人無三兩銀，地無三尺平，天無三日晴」。在匹茲堡的山窪窪裡，有一群窮人就這樣相濡以沫辛苦過活，雖辛苦但自在。在我眼裡，他們似乎是英國大文豪狄更斯筆下的怪異人物。但是在他們眼裡，這位想葬在房車裡的老中說不定也夠怪異。

窮人也有窮人的夢，但窮人的夢和一般所謂的美國夢不一樣。如果說美國夢就是人人擁有自己的房子，窮人的夢並不一定是擁有房子。其實擁有房子不過是一輩子做了房子的奴隸，甚至因為房貸被擁有銀行的資本家坑死，永遠不能翻身，這是美國中產階級的悲哀。

窮人的夢或者說真正的美國夢，應該是追求個人自由，這在民謠和美國特有的鄉村西部歌曲裡表達得最為明白。

個人自由當然和交通工具有關，你沒有交通工具就休想獲得個人自由。所以歌頌個人自由的鄉村歌曲裡都少不了提到交通工具。例如甸馬丁和瑞基奈爾孫唱的〈來福槍小馬和我〉點出早年西部拓荒者的交通工具是馬。因為是單槍匹馬，所以必須靠來福槍保護自己。

金斯敦三人合唱團和海灘男孩合唱團都唱過的〈單檣帆船蕎碧號〉裡面的交通工具是帆船，旅行模式也變成祖孫兩人相依為伴。這是我最欣賞的自助旅行模式，可惜艾比的媽媽太保守，到現在為止我還無法說服她，讓我帶艾比出去祖孫漫遊。

一般人最能接受的自助旅行模式應該是汽車旅遊。洛伯唱紅的〈我和你和狗狗小布〉裡，交通工具變成汽車。如果能有紅粉知己相伴，又有一條忠狗緊緊跟隨，即使浪跡天涯又有哪裡去不得呢？所以歌詞說：

我和你和狗狗小布
就愛當自由游牧族

然而歌曲最好聽的，還屬珍尼絲焦普林自彈自唱的〈我和寶比馬給〉這首歌。或許因為歌的背景是美國南方，〈我和寶比馬給〉裡的交通工具主要是火車。別的歌曲多半是男人唱給女人，只有這首是女人唱給男人。而且這首歌曲裡給自由下了極精準的定義：

自由就是再沒有什麼可以失去的

這話真對極了！如果心有顧慮患得患失，就不可能獲得真自由。所有的東西都失去了，再沒有什麼可以失去的，才能夠獲得真自由。可惜珍尼絲焦普林年僅二十七歲就因吸毒離開塵世，代價未免太大。

我坐在匹茲堡的山窪窪裡破爛的修車廠外頭，旁邊是外貌猙獰的拳師狗，一面看拉瑞修車，一面咀嚼〈我和寶比馬給〉的名句。「自由就是再沒有什麼可以失去的」，這種境界其實並不容易達到。但在這美好剛下過雨涼爽的初夏午後，我就這樣無聊無不聊坐在荒山野地裡，心情難得的平靜。

回到城裡，和朋友講起當天的經歷。朋友有些不信，說每日上下班都經過那裡，從來沒看到這家修車廠。我說不信下次跟我一起去。原來缺門牙的年輕人拆不下電池，拉瑞只好用強力膠把電池底盤黏上，說比焊接更牢，還多要十塊錢。但即使必須再修一次，花五十元尋到匹茲堡的「桃花源」何樂不為？

——北美華文作家協會網站，二〇一四年十一月號

作者簡介

張系國，台大電機系畢業，留美專攻電腦科學，獲柏克萊加州大學博士，曾任教於康乃爾大學、伊利諾大學、伊利諾理工學院（電機系主任），匹茲堡大學（計算機系主任），現任匹茲堡大學教授，並創辦知識系統學院。在專業領域裡早負盛名，是電機暨電子計算工程學會會士，

已出版學術論文兩百九十篇，編輯及撰述專書十六部，指導博士生和碩士生超過兩百人。張系國的文學生命發端於大學時期，作品兼採科幻、寓言和寫實手法，亦極重視時代的脈動。其膾炙人口的代表作《棋王》，現已翻成英文、德文等，並曾搬上銀幕、改編成音樂舞台劇、電視劇等。另著有《地》、《昨日之怒》、《遊子魂組曲》、《星雲組曲》、《沙豬傳奇》、《男人的手帕》、《一羽毛》、《玻璃世界》、《V托邦》、《多餘的世界》等三十九種。

兒童讀物中的多元文化

張燕風

過去幾年中，我寫童書，也擔任童書系列主編的工作。我參與出版的第一套系列書，主題是「先驅」（Pioneering），就是藉著各行各業領頭人物的故事來鼓勵小朋友，第二套是「創意」（Creativity），也就是藉著創意人物的好主意好點子來啟發小朋友，接下來，我們再想該選什麼樣的主題，會對現代生活中的兒童最有益處呢？環保？或更多的是多元文化？

二〇〇一年九月十一日，飛機撞毀紐約的摩天大樓，死傷慘重，那次恐襲事件震驚了全世界，為什麼不同種族，不同文化的人類之間會有這麼深的仇恨呢？

現在大家都說「地球村」，「地球是平的」，各類人種和族群在這個平台上都有很多接觸和交流的機會。如果我們對其他民族或國家不夠瞭解，是不是會產生很多的誤解，歧視，甚至仇恨呢？

大導演Steven Spielberg在今年哈佛大學的畢業典禮上致辭時說到，因為他是猶太人，所以小時候曾遭受過被霸凌的痛苦經驗。他提醒畢業生不要有仇恨的思想，要多聽別人的故事，瞭解別人的歷史和背景，才能和諧並存在這個地球村上。

我們為什麼要等到大學畢業典禮才做這樣的提醒呢？為什麼不在孩提時代就開始在童書中灌輸多元文化的觀念？讓兒童從小就熟悉這個世界上還有很多不同種族，不同習俗，不同信仰，不同文化的組成。隨著兒童年齡增長，慢慢學習互相理解，包容，平等，和平共處，那麼這個地球上就不會再有那麼多的歧視和仇恨了。

二〇〇五年我在上海看到博物館展出的宋版「清明上河圖」，我非常興奮，買了一幅複製的小手卷，想寫一篇文章把這幅國寶畫介紹給小讀者。回到美國後，我把畫給一位美國作家朋友Rena看。Rena是俄國猶太人，一九二〇年代出生在上海，在上海法租界生活了二十幾年後才搬來美國。她一直後悔在上海的二十幾年中，沒有學中文，沒有接觸中國文化，來了美國後才知道她錯過了認識中國的大好機會，為了彌補這個損失，她後來特別研究「猶太人在中國」的歷史和交流，並成為這方面的權威。

我和Rena展開「清明上河圖」手卷觀看，我告訴她那是描繪一千多年前宋代開封城內的繁榮景象。她說那時已經有猶太人移居到開封，在那裡做生意過日子了，但這段歷史鮮為人知。所以我們就決定以當時開封城做背景，寫一個中國孩子和一個猶太孩子在那裡相遇並建立友誼的故事。那時九一一事件剛發生沒幾年，Rena和我都認為恐怖份子的襲擊，都是源起於仇恨，我們寫的這本童書「紅風箏和藍帽子」，就是希望在孩童的基礎上就能建立起互相瞭解，信任和友誼。

我後來發現在中文童書的領域中，描述多元文化的書並不多。我在中國時曾經看過許多書展，也去過上海愚園路的兒童「蒲蒲蘭繪館」，其中的繪本多半是中國傳統故事，或是直接翻譯的，如安徒生童話等外國故事。而中國本身就是一個多元的國家，由漢滿蒙回藏苗等五十六個民族組成的，為什麼很少見到描繪多元民族共和的童書呢？

而在台灣方面，從原住民，大陸移民之後有本省人和外省人之分，再到近年東南亞來的新住民，如越南新娘等，在那片並不太大的土地上，融合了許多族群，宗教，語言，生活習慣，但關於介紹台灣多元文化促進融合這方面的童書也相對貧乏。

再談美國的情形。美國是個文化大熔爐，各種民族的移民交織出一張臉上已融合各種顏色，各種文化。可是境內仍有很嚴重的種族對立問題。

美國童書界很有名的兩位作家，都有移民的背景，作品也多半是與美國境內的移民故事有關。

第一位是Patricia Polacco，她的祖先來自俄國，經過好幾代和其他種族的混合，使他從小就有許多機會接觸各種不同的生活，因此在她的故事中展現了豐富的「多元文化」內容：有俄國人、猶太人、美國人、愛爾蘭人的家庭習俗和傳說，也由於PoLacco很強調家庭在文化傳承中的重要性，因此常在故事中融入豐富又獨特的家族歷史，她的作品獨具一格，非常受到老師，家長和小朋友的歡迎。

另一位是Leo Politi，是出生在美國的義大利人，小時候回過義大利，後來又搬回到美國，長期居住在洛杉磯城市中心地區，附近有China Town、Little Tokyo，墨西哥區等不同族群居住，他觀察周邊社區不同的生活習俗和傳統，寫了二十幾本有關多元文化的童書，詳實保留了洛杉磯各色民族的建築、家庭、友誼、價值觀，他作品中介紹了豐富的多元文化，得到人們的敬重和感激。

Politi的代表作品有Song of the Swallows（墨西哥文化）、Mieko（日本文化）、Moy Moy（中國文化）。

最好在孩子小時候就從童書中灌輸多元文化的觀念，我參考了一些西方的兒童繪本，繪本以繪圖為主，字數不多，但能用圖畫來表達出意思，很適合用來向年幼的兒童說明各種觀念。

二〇一二年美國少數族裔人口比例是三七％，而多元文化的童書只有童書總數的十％，預估在二〇四三年，美國少數族裔人口比例會增長成為多數族裔，到了二〇六〇年將佔人口比例五七％，多元文化的童書增長，會跟得上人口的變化嗎？

我們居住在西方國家，對多元文化有很深的體驗和認識。在我們面前有一塊很大的可耕地，要用手中的筆和我們的經驗，撒下華文兒童讀物中多元文化的種子，希望將來像花婆婆撒種一樣開花結果，為我們的兒孫輩打造出一個更和諧美麗的地球村。

——北美華文作家協會網站，二〇一六年十一月號

作者簡介

張燕風，臺灣政治大學統計系畢業，美國約翰霍浦金斯大學數理統計碩士。現居加州矽谷和臺北淡水兩地。目前擔任臺灣三民書局童書主編。

喜愛生命中一切簡單美好的事物，如圖畫和童書。曾旅居多個國家，常從貼近當地生活的看版海報、民間故事或街頭藝術中，去暸解那塊土地上的歷史與文化。著作包括《老月份牌廣告畫》、《布牌子商標畫》、《紅風箏和藍帽子》、《畫中有話》、《咪咪蝴蝶茉莉花》、《一星期零一夜》、《大衛奧格威》、Cloud Weavers等十餘本。

我愛POTLUCK

梓櫻

飄洋過海，飲食文化的不同，加重了思鄉之情。於是，越發想念在家鄉，上下十幾口，團團圍坐，親情濃濃；抑或三兩知己，一瓶好酒，幾碟小炒，掏心掏肺，不亦樂乎。然而，大西洋的間隔，把這種樂趣熬成了渴望。直到有一天，認識並加入了Potluck，才感覺回到了人群，找到了親情。

剛到美國不久，趕上感恩節，鄰居相邀，讓我們帶上一份食物，隨他們去參加教會聚餐。好奇怪哦，聚會還得帶菜？當我們帶著自己的「江西粉蒸五花肉」來到聚餐大廳，只見已經有近百人比我們先到。十幾張長桌在大廳中間排列成U形，一個個字牌標明了火雞區、主食區、菜餚區、湯煲粥區、糕點水果區。三隻烤得油光發亮的整火雞臥在烤盤上。主食區有大江南北的飯米麵——涼拌麵、蔥油餅、揚州炒飯，還有烤番薯、蒸玉米等。菜色更是五花八門，真好像開烹飪拼比大會。有粵菜豆豉蒸排骨、清蒸鱸魚；有川菜水煮魚、麻婆豆腐、夫妻肺片；有滬菜玉米炒松子、烤麩燉肉、紅燒獅子頭等，還有不少叫不上名字的台灣菜。一位台灣姊妹做的麵線酸辣湯最令人難忘。糕點倒是讓幾位就讀於本州大學食品科學系的學生佔了鰲頭。

聚會負責人拍著手讓大家安靜下來，這時大約有近二百人了。謝飯禱告後，大家在桌子的末端取了一次性碗、盤、刀、叉，排起隊，依次取食物。切火雞的弟兄，挽著袖子，三下五除二，一隻火雞便被肢解成塊。他還邊切邊問，誰要紅肉？誰要白肉？相識的人們嘮起了家常，不熟悉的人也彼此打招呼，問長問短。人們的微笑是真誠的，氣氛是祥和的，真讓人有歸家般的溫馨與感動。

幾個月後，社區大學學期結束，老師號召：一人帶一個菜聚餐！那可真叫五花八門。參加英文補習班的同學，多是剛到美不久的移民，家鄉菜正宗地道。有印度菜、墨西哥菜、西班牙菜、中國菜、韓國菜、日本菜等等。我第一次嚐到了帶辣味的印度咖哩雞，墨西哥的蔬菜捲餅和韓國精緻的糯米糕點……

還有一次參加美國教會的「婦女點心晚餐」，這次卻是糕點烘焙大比拼。數十種糕點五彩繽紛，軟、硬、酥、脆樣樣齊全。有用模子拍出的小人物、小動物；有蘋果派、香蕉麵包；有巧克力曲奇、杏仁烤薄餅；有綠茶蛋糕、椰絲糕……

來美一段時間，發現大家對這種一家一菜的聚餐形式習以為常、樂此不疲。規模大到上百人的團體餐聚，小到幾位好友的雅集。看來，這是美國飲食文化的特色，名字叫“Potluck”，我把它譯成「運氣鍋」。

據稱，Potluck這個詞出現在十六世紀的英格蘭，是一位叫湯馬斯•納舍的人發明創造的。它的意思是：如果一家人正在做飯，有朋友未請而來，並吃了這家的飯菜，那麼這個烹調飯菜的鍋就是幸運的，它會給這個家庭帶來運氣。到了十九世紀末、二〇世紀初，這種聚餐形式被教會發揚光大，稱為「自帶食物的公共餐」。參加聚會的人，或小團體，或大團體，都可以採用這種形式，不僅節省時間與金錢，同時人人都有參與感。

在這種共享食物的聚餐薰陶下，不愛「煮」的變得「煮興大發」，會「煮」的變得「煮藝精湛」。望著桌上的佳餚，既羨慕他人的手藝，又慚愧自己的欠缺。聽著姊妹們彼此討教、交換菜譜，自己的心和手也癢起來，止不住要試上一試。由於有機會展現、切磋，還有高人指點，「苦差事」漸漸變得不那麼苦了，反而有意思起來，甚至有重回童年「創意過家家」的感覺。如今我也知道了：涼拌豬蹄是整個蹄膀煮好後，剔去骨頭，用線紮好，凍成型後再切薄片；粉蒸肉要先用配料將肉醃半個小時後再蒸；蓮藕要放在不銹鋼的鍋中烹調才不會變色；湯要熬好之後再放鹽；自製八寶飯放涼後，再反扣到另一個盤子中才有形。削皮切片的蘋果或梨，只要浸在淡鹽水中幾分鐘，就可以保持不被氧化而發暗變灰……

一次又一次參加Potluck，收穫的不僅僅是廚藝，更是友誼，不少好朋友就是在這種聚餐會上結識的。這種聚餐形式的好處還有，舉辦餐會的主人不用困在廚房、花幾天時間辛勞準備，也就可以騰出時間，與朋友聊天。每次聚會，不僅享受美味佳餚，更可以享受親情友情，心靈得滋潤、得飽足。

——北美華文作家協會網站，二〇一六年二月號

作者簡介

梓櫻，原名許芸，大陸醫生，九十年代末移居美國，現任新澤西州立大學生物化學系教學實驗室主管。

二〇〇〇年開始寫作、編輯。三十餘萬字作品發表於海內外四十餘種報刊雜誌；五萬餘字被收入二十餘種書籍。著有散文集《另一種情書》、《天外有天》，詩詞集《舞步點》，專題集《自在跨越更年期》等。小說、散文多次獲徵文獎，散文與報導獲「海外華文著述獎」。曾任《找到了我的家》網絡期刊主編五年，參與多本書籍編輯。

彩繪靈魂之窗

萬羚

女兒畢業後，在加州沙加緬度一家專門做義眼的診所工作。我到加州探望女兒，也順便去看看她的工作環境。當我走進診所，義眼師艾瑞克正好要看一個病人，他告訴我，病人今天要畫眼睛。畫眼睛？我很好奇，問艾瑞克我能看你畫嗎？他欣然答應。

艾瑞克非常有耐心，逐一向我解釋做義眼的過程。他說來到診所的病人，大都已經在規模較大的醫院由外科手術醫師動過手術，在眼睛內部裝上一個支撐物，這支撐物，就相當於眼球的部分。義眼師的工作就是延續這個過程，做眼球的最外層，也就是我們看得見的眼白、虹膜及瞳孔的部分。義眼的製作過程，非常細膩又複雜，因為每個人的眼睛大小深淺都不同，必需先灌模定型，再用模型的型狀，做成壓克力的粗坏，之後，畫眼再磨光打亮，整個過程就像在做一件微型的雕塑作品。

病人由家人陪同，一起進入病房。艾瑞克拉了一把椅子讓我坐下，開始他畫眼睛的工作。病人已經來過診所很多次，畫眼睛是做義眼的最後一個階段。

艾瑞克把未完成的義眼準備好，套放在一個很小的模上固定，他從工具箱中抽出幾根細細的紅毛線黏貼在眼白的部分，眼睛的微血管就做好了。之後，他開始畫眼睛的虹膜及瞳孔，一枝非常細的筆，霑上油畫顏料，畫在一小片黑色的壓克力圓板中。艾瑞克說，以前的義眼大都是玻璃做的，二次大戰時，因為玻璃缺貨，經過逐部研究改進，現在已經都用壓克力了。他仔細端詳病人的另一隻眼，邊畫邊調色，黑色的小圓版色彩漸漸豐富，變得有生命。病人像一位專業的模特兒，安靜的坐著，但病房的氣氛卻不沉悶。

病人是個開朗的女士，她知道旁邊有個陌生人，並不介意，反而親切的跟我聊起來，她告訴我她雖然現在雙目失明，但艾瑞克對照著畫的這隻眼，原來是看得見的，她說，你看看我的自然眼，是不是很漂亮？

我說是的，你淡藍色的眼睛美極了，她開懷大笑，並說等到艾瑞克把另一隻眼睛畫好之後，她戴上義眼，就更完美了。

女兒靠近看艾瑞克畫，艾瑞克把畫眼睛的訣竅傳授給她，教她如何調色，如何觀察病人的眼睛。女兒告訴我，來做義眼的病人從嬰兒到老人都有，有些病人是先天的缺陷，但大多數的病人都是後天的原因造成。

女兒唸研究所時，開始學習做臉部的器官，耳朵、眼睛、鼻子等，一直等到她到醫院實習，接觸病人以後，我才真正明白她的所學。許多臉部受傷的病人，都有許多傷心往事，例如有些癌症病患必需切掉某些器官，有些因車禍意外，或因大火燒傷，或因戰爭被砲彈打傷而有缺陷。女兒的工作，就是幫助這些病人恢復昔日的面貌，讓他們重新找回自我。現在，她更專精於只做眼睛及上下眼簾及周邊的皮膚。

言談中，讓我感到最不可思議的是來到診所的兒童病患非常多。這些孩子，大都是在玩的時候意外傷到眼睛。我有一個朋友，也是小時候玩遊戲，不慎被利器戳中眼睛，從此一眼失明，動過手術後，裝上義眼。我們聊天時，他會講起他兒時因為一眼失明造成的許多不便以及心靈所受的創傷，過了一段蒼白孤獨的童年。因此，我要特別呼籲家長們，隨時注意孩子遊戲時的安全，以免造成一輩子的遺憾。

艾瑞克是個專業隨和的義眼師，他一邊工作，一邊指導女兒，一邊與病人聊天，讓病人儘量放鬆心情。我注意到，病人雖然看不見，卻非常在意艾瑞克為自己畫的眼睛夠不夠美。其實很多病人都只是一眼失明，所以義眼做好後，他們都看得到自己的容貌。有一個癌症病人，切除一隻眼睛及周邊的皮膚後，來到這個診所，艾瑞克和女兒一起幫她把切除的部分補上後，她寫了一封謝函給女兒，感謝女兒的巧手，讓她恢復昔日的美與自信。病人的謝函，就是給女兒最好的鼓勵。

我問艾瑞克義眼做好後，就終身配戴嗎？他說大約五、六年要換一次，小孩，可能就要隨著發育更換了。年紀越小，義眼師在工作時，困難度愈高，因為孩子好動也容易不安，經常要安撫他們的情緒，因此，學著如何和孩子相處，也是義眼師必修的一門課。他還告訴我，由於眼睛的分泌物，會讓義眼受損，因此病人每半年要回診，由義眼師來徹底清洗污垢並磨亮。

病房的氣氛沒有想像中的嚴肅，艾瑞克的手不停的畫，我們的話題也無所不談。病人問艾瑞克要當一個義眼師困難嗎？有哪些課程是必需學習的？艾瑞克說他在學校時主修美術，專攻雕塑，本來打算當藝術家，但在一個很偶然的機會，他來到診所工作，從學徒做起，經歷五年的時間，不斷的學習醫學課程，不斷的參加考試，最後才拿到執照。

女兒現在正走著艾瑞克當年走過的老路，她大學的時候主修生物工程和化學，之後到藝術學院學過畫，研究所先念了科學繪圖，再念醫學繪圖，對於繪畫和基礎醫學都經過嚴格訓練。她在診所要有一萬個小時的實際工作經驗，這大約五年的學習期間，每半年要參加一次義眼協會舉辦的學術研討會及資格考，累積成績，之後才能考執照，執照考上後，才能成為真正的義眼師。為什麼畫一顆眼睛，要經歷如此漫長的路，所謂的「台上一分鐘，台下十年功」不正是如此嗎？

艾瑞克畫好後，再上一層透明的壓克力，義眼就完成了。

病人走進診所時，是戴著墨鏡進來的，經過將近兩個小時的畫眼，當她走出診所時，她摘下墨鏡，張開漂亮的雙眼，面帶笑容，由她姊姊攙扶著，迎向陽光。雖然她仍雙目失明，但我知道這一隻漂亮的義眼，對她來說，卻是一盞讓她重新面對社會的明燈。

如今，女兒已渡過一年的學徒生涯，還有漫漫的四年長路要走，我來探望她，也來看看她的學習成果。我看著病人離去的身影，思潮澎湃，有一種難以言喻的感動。我為病人高興，也為女兒感到驕傲並以她為榮。

女兒從小就一直很有自己的主見，我們也都相信她會把她該做的事做好，凡事放手讓她自己做。

研究所時，她申請兩所學校，約翰霍普金斯大學和伊利諾大學芝加哥校區，兩所學校都錄取同時都給了獎學金。約翰霍普金斯是她夢寐以求的學校，她申請的系只錄取五人，我們當時都好高興，也希望她進這所名校，但比較兩所學校的課程後，她選擇放棄約大，回到芝加哥。她說伊大開的課比較不那麼傳統，而一些新的電腦技術以及義肢正是她想要學的，我們雖然對她的選擇感到失望，但也尊重她自己的抉擇。

畢業以後，她很幸運馬上在芝加哥找到工作，兩家公司錄用她，一家給她高薪，另一家薪水較低，但給她到各部門學習的機會，她放棄高薪，去做她想做的事。我當時覺得非常可惜，她跟我說，人要看未來，我只能安慰自己，我的女兒是個藝術家，有些想法跟我們是不一樣的。

後來她又找到目前這個工作，我一想到她要到一個人生地不熟的地方獨自生活，去當學徒，心中真是不捨。她跟我說五年很快就會過去，我去學五年，等我考上執照後，我會不一樣，如果留在芝加哥，五年以後我還是這個職位，領一樣的薪水，我雖心疼，還是尊重她的選擇讓她去加州。

我不是一個嚴厲的母親，女兒的成長過程，我只能一路陪伴，信任她的能力與判斷，信任她，卻不放任她，關心她，卻不阻止她。她八歲來美，剛來的時候，半句英文都不懂，回到家，我沒有逼她努力背英文單字，我讓她學中文，我相信學校的老師比我更有能力教她英文，日復一日，她的英文就會逐步跟上。如果說她的成長過程中，有哪一件事是我堅持的，那就是我堅持她要學中文。如今，這家診所因為女兒能講一口流利的中文，將增印中文的義眼手冊，希望對有需要的病人能有幫助，我想，這是我唯一的成就吧！

——北美華文作家協會網站，二〇一二年十一月號

作者簡介

萬羚，本名楊美玲，淡江大學中文系畢業，曾任「美中新聞」副刊主編，海工會美中辦公室主編等職。

從事兒童文學創作，喜愛攝影，並為「國語日報」兒童版及青少年版撰寫專欄。曾獲九歌兒童文學獎（一九九三年），小太陽獎（一九九九年），年度最佳少年兒童讀物獎（二〇〇一年）等獎項。著有青少年小說《茵茵的十歲願望》、《成長不寂寞》，散文集《大自然的探索》、《啜飲一杯甜蜜清泉》、《大地笙歌》、《飛鴻傳真》、《彩繪風城芝加哥》等書。

故鄉，是一首唱不完的歌

楊強

故鄉，是一首唱不完的歌。故鄉，是一方適合自己的淨土，住久了，產生了感情，就是我的故鄉。無論是生母原鄉、養母他鄉，都是一首最親切、最動人的歌。

生在北京，住在皇城根一個大院裡。從小吃姥姥做的臭豆腐、窩窩頭長大，和同院的玩伴跑遍古老京城的大街小巷，有天玩伴說：「我媽說我是從石頭縫裡蹦出來的。」我很好奇，回家問媽：「我也是從石頭縫裡蹦出來的嗎？」媽沉默一會兒：「不，你是從北海泥裡挖出來的。」從此，每次經過北海公園，我都要特別注意看看有沒有挖出小孩來。

每當我拿筷子吃飯時，總習慣把筷子抓在頂端，媽對爸說：「瞧，強把筷子拿得那麼高，將來長大準會遠離我們。」媽多次糾正，但吃著吃著，又升到筷子頂端，我認為那是說著玩的，我怎麼會遠離家鄉和父母？

小時候每天都要和姥姥去街頭水站抬水吃，我總是一路又唱又扭，從來不知安穩走路，姥姥說：「沒正形，沒出息，長大只能去掏大糞！」

那年跟媽回到河北老家，農村有後奶奶和一個比我大兩歲的叔叔，媽和我便成了她的眼中釘、肉中刺，髒活累活都讓我幹。每頓飯菜做好後，盛在兩個碗裡，後奶總要我先挑一碗拿走，她再加一勺菜放在另一碗內，遞給她兒子。後奶奶的偏心，讓我每頓飯都生悶氣。媽給我買了隻小母羊，我每天帶牠去砍草，把一肚子怨氣說給小羊聽，小羊成了我最好的朋友。冬天青草沒了，我只好把晒乾的紅薯葉子給羊吃。

後奶罵：「紅薯葉子是給牛給豬吃的，牛吃了可以犁地，豬吃了可以積肥；你羊吃了有什麼用？沒餵的明天就把羊殺了！」我當時既不敢怒又不敢言，媽悄悄對我說：「你奶奶心毒手狠，咱娘倆是胳膊扭不過大腿，她要殺，我也擋不住，就依她算了⋯⋯」我在被窩裡滾來滾去，堅持不肯，最後哭濕枕頭。

第二天放學回來，一進院子就看見剝下的羊皮搭在我砍草的筐子上，黑子正給我的羊開腔，肚子裡冒著熱氣，我看呆了，看傻了，沒哭也沒吭一聲，只盯著黑子的一雙血手，黑子似乎不敢抬頭看我：「你可別怪我，是你奶奶叫我來的。」黑子取出兩隻已成形的小羊，我雙手捧過兩隻粉紅色透明的小羊，跑出院門，直奔河邊小土丘，用大楷本把小羊包起來，挖了個坑，把牠倆埋了；我流著眼淚默默地發誓：永遠不再叫她奶奶！

晚上吃羊肉，媽媽再三勸我，我沒吃一口羊肉，沒喝一口羊湯。後奶翻起白眼：「他不吃拉倒，看他和誰賭氣？收拾炕桌睡覺！」媽把碗筷、炕桌拿到堂屋，當後奶鋪炕，拉開被褥時，突然火苗從靠爐灶的炕上冒出來，燒壞被褥，原來屋中的羊肉香味，頓時被燒焦的被褥味所替代，全家人忙著端水滅火。我站在一旁含著淚水喊：「活該！誰讓你殺了我的小羊！報應！報應⋯⋯」後奶找傢什要打我，媽推我跑出屋。

後奶讓我提早體會到這人世間的悲歡冷暖，加速心靈的成長，在無奈中送走了我的童年。

媽帶我到大西北去找爸爸，上了一年學，爸爸失業又回北京找工作。家中生活很困難，正好趕上劇團招演員，因為我從小就和玩伴翻窗偷看電影，喜歡歌舞，我就背著媽，偷偷跑到劇團考試，跳了新疆舞，唱了兒童歌，背誦了幾首唐詩，因為會說標準的北京話，當時就被錄取了。第二天揹著被褥，就住進劇團的集體宿舍。沒想到，從小愛唱愛跳竟演變成我一生的飯碗。

當時劇團是供給制，管吃、管穿、還發日用品，每月發三塊五毛，團長工資也和我這十二歲的小鬼一樣，男女都穿灰色制服，練台詞、練形體、排戲、吃飯、演出都是半軍事化的生活。當我知道一個小女同志，她領了三塊八毛，我就去問會計股：「為什麼她比我多三毛？」「那是女同志的衛生費。」「我也講衛生，我也要衛生費。」結果衛生費沒要到，還成了全團的笑話。

一個多月後，爸在北京找到工作，要媽帶我回京上學。劇團團長說：「他這是參加革命了，不能想來就來，想走就走，你放心吧，這裡是革命大家庭，會培養他，供他上學的。」

媽十分不捨的和我告別，給我一雙千針萬線親手做的布鞋和一塊香皂：「這下分開，不知何時再見面，你自己照顧自己，媽會做鞋給你寄來，這塊香皂洗完臉抹上點，別讓臉凍皴了。」

媽流著淚回了北京，我每月寫信，並把一半工資寄回家。媽做的鞋總是小一點，她不知我天天練功，吃得多，長得快。那塊香皂我一直捨不得用，放在枕頭下，晚上想媽時，就拿出來聞一聞，每當聞到香味，就好像又回到母親的懷抱。

團長果然讓我上了中學，又帶薪到北京上了中央戲劇學院，成為一個會編劇，能導演，並多次參加拍攝電影、電視劇的文藝工作者。

之後，我又來到離家更遙遠的美國洛杉磯。這次，好像走進一個完全陌生的世界，一不會英文，二不會開車，甚至連東西南北都搞不清楚，在國內會的，在這全都派不上用場，好像一切都要從零開始，難道「大鍋飯」真把人給吃糊塗了？整天沒著沒落，怕這怕那，怎樣從頭學起？怎麼找回自信、找到重新開始生活的力量，來補充心靈上的空虛和處境上的無奈？

幸虧身體好，一連打了許多種不同的工，吃了很多苦，受了很多罪。最不能忍受的是對大陸人的歧視。轉了一大圈，最後還是回到編、導、演老本行。在好萊塢當群眾演員、配音、拍廣告，參加了美國演員工會。

九〇年加入了洛杉磯華文作家協會，利用業餘時間寫了十多個劇本，十多篇小說，百餘篇散文，近百首詩歌和創業人物特寫，發表在各報刊雜誌。出版了劇本、小說集、散文集五本書，榮獲二十二個文學獎。

前幾年母親來美，她不習慣出門坐車，坐的時間一長就暈車嘔吐，覺得住在獨立屋沒四合院熱鬧，像住北京的郊區，她常用一美元折合八元人民幣來計算，嫌這兒物價太貴，看病買藥住院更貴的嚇死人。母親總是唸叨：「我不習慣，還是讓我早點回家給你爸做飯。看到你倆口子和睦恩愛，我就放心了。你寄來的照片，我貼在床頭天天看；有空打個電話，聽聽你說話就滿足了。」我想讓她多住些日子，到處玩玩，她卻怎麼也不答應，好歹住了三個月，就堅持要回去。臨走時，她看我手中的筷子仍然抓在頂端，便笑著對我們說：「強，從小工作養活自己，還每月給家寄錢，是個孝順孩子。一人在大西北時，要坐兩天兩夜的火車才到北京，現在又跑到地球的這半個來了，筷子還抓這麼高，難道還想跑到月球上去嗎？兒啊，無論你跑多遠，都是從媽身上掉下來的肉，媽永遠想著你。」

洛杉磯一年四季如春，天藍草綠，夏天艷陽高照，但不炎酷，夏夜涼爽宜人，而且土地肥沃，自種的水果蔬菜都吃不了送人。故鄉的桂花樹只在秋天才開花，在洛城的桂花樹到冬天還滿院飄香。雖然遠離故鄉和父母，但我和太太生活的平平安安，甜甜蜜蜜。更值得慶幸的是此地華人聚集，兩岸三地的各種食品豐富，不說英文也生活的自如，也能享受到中國傳統的節日氣氛，有時還真不覺得這是在美國。

在西北劇團三十多年，跟話劇團到處巡迴演出，我不單愛上了偏僻落後的大西北，更愛上戲劇工作和少數民族的文化藝術。維族、藏族的歌舞，黃土高原的「信天遊」，絲綢之路，大漠敦煌的故事，甘、青、寧三省的民歌「花兒」，都是我文學創作的源泉與素材，這兒有唱不完的歌。

好萊塢是讓世人嚮往，讓人遐想，讓人感到神奇的地方，我有幸經常到各大電影公司，和明星一起工作，也是件快樂的事。近來還在拍電視廣告，仍在筆耕，繼續發揚中華文化。

既然後半生選擇在美國生活，就必須經歷從內到外的轉變，要讓自己適應現實，坦然接受靈魂上的洗禮，人生就是不斷學習，不斷適應，不斷求變化的一生。

故鄉是心靈的港灣，是愛的源泉，是精神的寄托，是一方適合自己的淨土。回想起來，平生住過四個地方，無論異邦或故土都是我的一方淨土，都是同一首歌，一首唱不完的歌。

——北美華文作家協會網站，二〇一五年七月號

作者簡介

楊強，中央戲劇學院畢業，任職編、導、演。美國好來塢演員工會會員。北美洛杉磯華文作家協會祕書長，二〇一七「作家之家」文集總編輯。

屢獲文學獎，包括行政院新聞局優良電影劇本獎，華文著述獎小說第一名、詩歌第一名、散文第三名及十六項佳作獎，全球李白詩歌大賽第二名，全球世界華文散文大賽優秀作品，南加寫作協會優良劇本獎。出版劇本《罌粟花開》、散文集《天水白娃娃》、小說集《紅蜻蜓》、劇本集《東西方女人》、小說《盜墓賊和他的女人》及《楊強文集》。

夜曲四唱

趙淑敏

一、觀燈

上燈時分，我拉開了窗帘；誰都說這個舉動怪異，人家都是燈火亮起，便連忙合緊窗扉。其實一點也不奇怪，這就是我的幸運了，弄個棲身的所在，按個人的情況，難逃裝在都市水泥盒子裡的宿命，卻幸而沒有另一堆水泥盒子擋在近處礙眼。我阿Q地想，至少我可以享受至低限度的視野自由。

當大筆潑墨染黑了人間世界，骯髒喧鬧霸佔陽台的野鴿子群，不再來欺侮人，也掩蓋了陽台上淪陷於群鴿肆虐後的狼藉，能見的只有遠近的燈景。穿過層層的黑，我可以一眼望到那個都市標誌銀光閃閃的大地球；還有更遠更遠的背景。假如不挑剔，得說這畫面是美麗的。

落戶紐約，對美的標準並沒有降低，是享受美的慾望有了彈性。世間不全是「絕對」的事，就像昔年我還住在那山村裡，很多人憐惜地感嘆我居所的不便，我卻強調那山野淳樸原色清幽的難得，尤其雨夜佇立樓頭的時候，迷茫澐滃中，連單調的路燈燈柱都變成枝枝的銀色百合。距離、比較、想像、心境會變造出很多的視覺的奢侈品。可不是嗎？如今大雪飆飛的日子，偶一望向落地窗外，那幾支單調粗糙的路邊燈具卻也被化妝得像株株的白蓮花了。

誰都知道製造髒亂和噪音的本領是紐約人的特色之一，可是當萬物都入睡了，黑色的幕帷又遮蓋了天地，那時即使最凡俗的光亮也是溫暖而柔美的。從樓窗望出，那些長短錯落的水泥盒子身影，佔據了畫面的下半，成為午夜靜畫的「留黑」；也並非純黑，偶然還嵌鑲著稀疏的小金點。自「畫框」的左邊向右掃描，妙的是繞著大地球的燈亮，都是淺黃到暗紅雜然無序得很人間化的，好像故意在襯托那大球裝模作樣平凡的獨特。當然若是本城有點什麼大事小情，那片燈群處便忽然囂張地冒出一圈圈一簇簇耀眼的光芒。斯時，大球縱非黯然失色，也減去許多威風。不過我的意念中，只記得大地球，因為與我長相廝守的，是那始終靜靜關注著我的大銀球。

向右看，帝國大廈僅卑微地露一個頭頂，無甚獨特。倒是再右一點的遠處，斜畫一筆，是一大串搶著眨眼睛的彩色琉璃；不是寶石，因為寶石不會燦爛得那樣放肆而大膽。絕不典雅，很俗常，俗常得很親切暖心，我猜不出那是通向曼哈頓的哪一座橋，反正不管是哪一座，白日裡都是醜醜髒髒的。可是昨夜無意間偏頭一瞥，怎麼那串彩色琉璃不見了，平白無故鑽出了一大群絕不美麗的搭景，美化環境無用，妨礙視野絕對有能。嘆息中有惜有怨。

長久的觀燈也有心得，在我的蝸居落地窗前，是放焰火時最好的看台，不管在哪個河邊或公園施放，都看得見；感覺上，甚而某些節慶，那焰火幾乎是撲窗而來。直到前幾年那蓋得挺敦實巍峨的高樓拔地而起囂張地擋在視線的右前方；後來又有一幢很不起眼的小樓冒出了腦袋，它不足點綴都市之美，卻很成功地隔著Main St.在正前方的天空舉起一堵黑牆，不高但恰好擋住了「看臺」，這一高一矮兩座樓盤從此讓我再也看不到焰火，只聽見砰砰地響過，見到的只有最後的餘燼稀稀落落從半空掉下來；醜倒不要緊，給人一種有似人去樓空的蕭瑟。最初我是怨過這高矮二「盒」的，現在不怨了，觀看焰火本來就非所喜，臨窗一望無非是經歷節慶的湊趣，並不很欣賞，因為不喜歡那種虛幻之美表演過後的空虛。而怨只是對「看臺」又損去一項功能的掃興。

二、燃燭

忽然，地區性的停電。不止是不便，這麼一個大城市一時之間就陷入無接縫的黑暗，什麼事都能發生啊！很多人罵、怒；有人檢討；還有人誇大地預言可怕的下一次。我什麼都沒做，上一回紐約大停電，我也什麼都沒做。那次，儘管市長彭博一再呼籲為了防火最好不要點蠟燭，我還是按他求其次的建議，在一個晶瑩的玻璃杯裡燃起了一支燭。我把那杯子放在窗台上，目的是讓樓外的人可以看到這一星燭光，人的世界絕非孤獨。事實上這樣做極可能只安慰了自己，我，在黑暗中給人燃起了一支遠離孤單恐懼的燈火。

又要提「我還住在台北木柵那個山村」的時候了。像媽媽常用的妙喻那樣，「窮漢子得了狗頭金」一般，寒素書生終於不但有書房還有了書庫。尤其當家裡僅剩我一個人時，認命之餘，心中也有著滿足。因為我可以使用兩間書房，天台上還有一個約五〇〇方呎的書庫；書庫外圍繞著屋頂花圃。到屋頂花園澆花是功課也是沉重的身心負擔，但是到書庫尋書找資料，卻會帶點虛榮的快樂，唯一美中不足的是由於書庫是外加的，為了遵守不破壞大樓結構的諾言，必須從公共樓梯上天台。

大颱風後好容易恢復了水電，原不必上樓澆花，需要找份資料便上了天台。誰知工作完畢出來剛鎖好門，電就又斷了。哇！頓時便被無邊的黑包圍住了，沒有層次的黑；沒有一絲絲縫隙的黑！是不是全世界都死了？青山在哪裡？小路於何處？怎麼那些花花樹樹全被黑埋葬了，連近鄰的小學屋舍都看不到一點邊緣。黑色的地球彷彿就留下我一人！那黑，壓得人喘不過氣來，一動都不敢動，全身像被釘子釘牢地上，連姿勢都不敢變換。到底有多久哇？這樣的一瞬，有如一世紀！究竟過了多少個世紀？

就在無助又無望的當兒，一點一點暗紅的微光，從遠近一個個的窗口亮出來了。老天！我還活著，沒有被那強大的黑擠壓窒息而死，我也沒有真遭世界遺棄！哆哆嗦嗦地，摸索著回到樓下，眼淚不停地流，初次體會人為何要敬畏大自然，更深一層瞭解感謝的意義。感謝聰明的燧人氏，感謝那個個亮出燭光的窗戶，感謝那些燃燭的仁人君子們。更暗誓若有那同樣的情景，我一定儘先燃燭點燈。

三、歸巢

新來乍到便被諄諄叮囑，到傍晚便應如何關門閉戶，避免外出，在外須趕快回家。其實不用囑咐，此身如寄的感覺本來就令人不願在外留連，所以許多文章之會、音樂之會、戲劇之會，都只能婉謝了。偶然有那解意的仁者，肯於車接車送，去享受一場人以類聚的文化文學之宴回來，在燈影中下車，奔向大門，那短短的幾步回家之路，竟讓人有歸心似箭的感受；進了樓門，甚至覺得doorman的例行招呼都有家人的感應。

開門進屋，踢掉鞋子，伸長雙腿往沙發上坐下，舒一口氣。啊！無限舒服，無限自在，無限安心，無限幸福！我！到家了。這個「家」不是桌椅床櫃組合起來放人的地方，而是放心的所在。

前幾年猶在職場，每週八小時的四門課，總會配置一班夜間部的，下了夜課，那時穿過很多大街小巷；鑽過一處或兩處隧道；停停走走過算不清的紅綠燈，心裡有一長串的追求，追求那個給心憩息的家。如今的追求，僅是幾個街口或幾步路，可是期待還是相等的。我還有家，即使是在異國。

四、晚課

多少年了，違反常人之規的習慣也成了正常的習性。不管在哪個年程過的是什麼樣的生活，都願像水流或麵團一樣處處融貼；無論對誰，扮演的是家中的哪一種角色，在人間社會的哪個角落，都順應彌合得很好，甚而極肯屈己從人，唯有夜晚的「頭腦體操」，不管別人怎麼勸，醫生怎麼說，也不肯妥協放棄。

古人說雪夜擁被讀禁書是為人生至樂，我非常能領會。在我的生活圈子找到的禁書不多，但去掉一個「禁」字，那樂趣也是一樣；實際上有喜讀的書陪伴都是快樂的，夜讀乃是更高的享受。到現在還是如此，有大雪預報，除了購儲糧食，還要先到法拉盛圖書館提一袋書回來。

從八歲開始啃話劇劇本和福爾摩司探案，便已初嚐「享受」的滋味，閒書的閱讀已屬家法之所禁，閒文的書寫當然也不得不於暗夜偷偷為之，這就成了難改的癖好，也練就了愈夜愈清醒的頭腦。長大成人離家後，有了「自由」，不必再「偷偷摸摸」，無了管頭，便更不肯浪費好光陰。非常懷念各報副刊運勢盛旺，開著大門等你來，可恣意執筆揮灑的好年月，因為需要所以應對，於是由常常變成夜夜，美好的時光不可浪費呀！

曾經發誓只短痛不欲長痛，絕不寫長篇小說。向長篇小說挑戰，是激將法發生作用的結果，不肯的事也就肯了。於是調整生活程序，過了三四個月諸事如常不減，外加每晚苦寫五六小時的日子，絕大多時是晚上九點開始凌晨三點擱筆。一週總有兩天，三點方安枕，六點四十已走到車站，從城之南郊趕向北郊的學校上早晨八點半的課，二十一萬字的長篇《松花江的浪》就那樣完成的，回頭來看，真不相信自己能有那樣的毅力。這應是夜貓子習慣的副產品，是！不但喜歡長夜讀書，更喜歡深夜寫書。

但也養成一個很不健康的習慣，夜貓更夜了！即使什麼事都不必做，空想也好，偏要拖拖拉拉到兩三點就寢，才覺沒有浪費光陰。

走得再遠，舊習一以貫之，便覺安適，真的仍在我家；紐約的夜曲自然是同樣的調子，適於吟唱同樣的旋律，走同樣的程序，既然屋內窗外都把純粹的靜謐禮讓給我，我就要珍惜。經常是擱筆，停鍵，或放下書冊，起身望一遍樓外黑暗中的溫柔，向那些不能與我同享靜夜時光的窗戶已閉了眼的遠近芳鄰道聲晚安，再向老天道聲謝，如此慷慨！知道陽光普照時我不爭鋒，便把從天到地靜靜的另一個世界暫時都歸我，夠了！總是那樣，我的夜課……觀燈、夜讀、冥思……或是沉坐在鍵盤前敲下那定心的第一鍵，感覺世界確然都暫時全歸我所有了，得享充分被釋放的自由，那怕著名的紐約飆風大聲吹哨，震動了窗櫺，仍感到安心的寧靜；心是清明而恬靜的。自然，書寫心的語言，更是愈夜愈清明。

——原載北美華文作家協會網站，二〇一五年九月號（二〇一七年八月增修改寫。）

作者簡介

趙淑敏，原任台灣東吳大學教授，為專欄作家協會、婦女寫作協會等常務理事、理事。文學作品有：散文《多情樹》、《乘著歌聲的翅膀》、《蕭邦旅社》、《在紐約的角落》，小說《歸根》、《離人心上秋》、《惊夢》等共二十五書。一九七九年獲中興文藝獎散文獎，一九八六年以《松花江的浪》獲文協小說獎，一九八八年再以此書獲國家文藝獎。

那年，我報導奧斯卡

蓬丹

今年的奧斯卡頒獎典禮新聞沸沸揚揚，因為被影迷暱稱為「小李子」的Leonardo DiCaprio是否能獲得最佳男主角獎備受關注。典禮之前之後，「小李子」的心態、行動、表現等都成為娛樂版頭條。由此我回想起多年前曾有過的一次意外經驗，從旁協助一位記者朋友收集奧斯卡頒獎典禮花絮。

朋友彼時任職於某娛樂報刊，奧斯卡頒獎典禮屬於要聞，當日他身體不適而晚間即需發稿，擔心會因精神不濟錯過精彩鏡頭，央我助以一臂之力。原以為得去現場充當守株待兔的記者，但他說只要在電視機前捕捉精彩片段即可。我心想這一點都不難，算是影迷的我，每年都會收看奧斯卡頒獎轉播，雖從未全神貫注或全程參與，多半不會錯過最佳男女主角、最佳影片或導演的關鍵時刻。

那是一九九四年，想來那也是至今我唯一一次全程觀賞的奧斯卡頒獎。約四時許，就有影星進場走紅毯，當年尚無電腦，我準備好一頁三百字的有格稿紙，手握圓珠筆，在電視屏幕前擺好娛記（娛樂記者簡稱）架式，盡忠職守且興味盎然開始獵取有報導價值或趣味性片段。

一九九三年，一部名為「鋼琴」（The Piano）的片子問世。那之前似乎尚無女性擔任導演，因此紐西蘭裔珍康萍（Jane Campion）導演的這部片子相當受關注，影評也很好，於是我和朋友聯袂至影院觀賞。

看後印象至深，覺得劇情、拍攝手法、演技等俱屬一流。故事描述啞女艾達由父親安排，帶著私生女艾羅拉，從蘇格蘭遠嫁給紐西蘭農墾戶史都華為妻。深愛彈奏鋼琴的艾達，雖天遠路遙，仍堅持將琴運送過去，但史都華認為不值得付出龐大人工搬運鋼琴，將之留置海灘。艾達央求鄰居班斯幫忙帶她和女兒去到海邊，一見鋼琴，艾達就地急切且深情彈奏起來。

班斯從美妙琴音中意識到鋼琴對艾達的重要，幫艾達把琴運回家。並提議以河邊一塊土地交換鋼琴，史都華應允了，強迫艾達去班斯家教他彈琴。為能再度親近鋼琴，艾達勉強答應。見面習琴過程中，兩人卻產生了感情。史都華知道後將屋子封死，囚禁了艾達。封屋木板拆卸後，艾達第一件事就是寫下對班斯的真情，要女兒送去給班斯。

女兒卻背叛了母親，將此事告知史都華。史都華大怒持斧頭，兇殘斬下艾達食指。最終班斯與史都華達成協議，班斯帶著艾達母女遷離，他為艾達的食指製作一個鋼套，從此她以教鋼琴為業，重拾失落的情與愛。

特別記得此部電影中幾個對比的情節。奔浪激揚、天闊雲低的海邊，鋼琴孤零佇立，堅貞靜穆，彷彿意味著某種直往不悔的執著。同一個愛彈琴的女人，不懂憐香惜玉的莽夫，生斬活切了她的手指，而另一個男人，卻以珍愛之心為她做了鋼指——生命的挫折有時恰是轉機，若非斷指事件，或許三人都不會痛下決心快刀斬亂麻。

後來此片果然奪得那年最佳劇本、最佳女主角以及最佳女配角的奧斯卡大獎，女配角獎花落「鋼琴」片中飾演女兒的安娜巴奎（Anna Paquin），當時年僅十一歲，是最年輕的得主。之後又在澳洲影展奪下十一項大獎，坎城影展獲金棕櫚獎和最佳女主角獎。作為影迷，我也認為那是上世紀最令人激盪動容的電影之一。

荷莉杭特（Holly Hunter）在「鋼琴」片中飾演啞女艾達，完全以眼神、顏面或肢體動作表達各種內心情感，演技及造型可謂無懈可擊。當她在紅毯上出現時，我在文稿上記述著：「她的雙睛炯炯有神，鎮定愉快接受訪問，彷彿勝卷在握！」

但是另一位因「純真年代」（Age of Innocence）被提名最佳女配角的薇若娜瑞德（Winona Ryder），則面露焦慮，表現得不太自在。手稿中記載：「她在受訪時回答：我覺得很緊張，因為不知會不會得獎，也不知以後是否還會再被提名，這也許是我唯一的一次機會，所以感覺壓力滿大的。」

她的人生態度必然影響了日後的發展。可能因心理壓力吧？二〇〇一年她因在比華利山莊的高級商店偷竊而被影劇界排斥。後來雖曾解釋是憂鬱症，且大量服用止痛藥導致神智不清，但仍被判刑，以至於當年如日中天的她，至今只能演些二流角色，令人惋惜。

手稿中接下來寫道：「近年來英國男星在美國片中大為吃香，他們斯文俊逸的外表，成熟洗鍊的演技令影迷十分傾倒。例如這次來參加的吉洛米艾倫斯（Jeremy Irons），丹尼戴路易斯（Daniel Day Lewis），均已得過最佳男主角獎。「英倫情人」（English Patient）的勞夫芬斯（Ralph Fiennes），還有這次因「辛德勒的名單」（Schindler's List）被提名的李昂尼森（Liam Neeson）也極受歡迎。」當然，其後有更多英國男星勢如破竹，憑著出色外貌及演技，在美國影劇界搶盡鋒頭，至今不衰。

我也記載了著名影星寇克道格拉斯（Kirk Douglas）當年頒發最佳攝影獎。年近八十的他幽默地說：「攝影師是你在拍片時最痛恨的人，但是當你看到片中自己完美的形象時，他又成為你最要好的朋友了！」另一位老牌女星黛博拉蔻兒（Debra Kerr）得到特別貢獻獎。其時七十餘歲的她晚年隱居西班牙，台風依然絕佳，看來雖已老邁衰弱，仍可想見年輕時的娟麗優雅。

如今，這兩位老牌影星俱已仙逝，但他們都曾留下膾炙人口的作品。六、七十年代好幾部賣座片由他倆擔綱，中年以上的影迷想必不會忘記如萬夫莫敵（Spartacus），國王與我（The King & I），所羅門王寶藏（King Soloman's Mines）等巨片。好萊塢黃金時期的影片，曾經在我們蒼白的青少年時代，添加了許多難忘的色彩。

名導史蒂芬史匹柏（Steven Spielberg）以「辛德勒的名單」成為一九九四年的最佳導演。我記錄了他的謝詞：「這部電影，是我獻給那六百萬不能與我們一起觀看影片的被屠殺者的！」

之後他接受了芭芭拉華特絲的訪問。史導演提及小時曾因自己的猶太背景受過欺凌，但是他說：「這部影片的成功，使我感覺又找回了自尊。」

奧斯卡獎設立於一九二九年。近一世紀的電影業，從文化、思想、經濟、娛樂等各方面影響了人類的生活。影片乍起乍落，影壇星明星滅，我們更從其中清楚認知「江山代有人才出」的真義。

——北美華文作家協會網站，二〇一六年八月號

作者簡介

蓬丹，畢業於台灣師範大學社教系，主修圖書管理。後赴加拿大深造獲商科學位，現居美國，歷任採購經理，出版公司總編輯，英語教學主任等職。蓬丹業餘積極從事文化教育工作，並用心執筆創作，至今共有《花中歲月》等十三部文學著作，曾獲海外華文著述首獎，台灣省優良作品獎，中國文藝獎章，辛亥百年散文獎，世界海外華文散文獎等，並多次應邀於重要文學會議發表書寫經驗，其文學中心思想在於提昇生活品味與尊重生命價值。

人生靜靜流去

劉荒田

助手讓我坐上牙醫診所的皮椅子，把靠背調到近似「躺」的角度，正好對著落地窗外的後院。又一次，真巧！退休三年來，回到舊金山居住的日子大體近似，辨類似的事情，不能不多次興起「確曾相識」的感嘆。以眼前論，後院的陽光和坦蕩如砥的藍天當然是一樣的，偎依柵欄的扶桑花一樣慵懶，樅樹下的馬蹄蓮一樣高傲，老成的日本楓和去年一般高。花圃之間，碎石顆顆潔淨如洗，也沒有落葉，教你忽然想及，「花徑不曾緣客掃」的古典意蘊，被按鐘點拿薪水的勤快園丁掃進垃圾桶。躺下不一會，楊牙醫進來，和我握手，略道別後。我恭維他「一樣英俊」，他擔任我一家的牙齒總管超過十五年，老小的「牙事」，洗牙、脫牙、鑲牙、填牙，無一不經這位不會說中國話的中國人之手。

打交道的都是熟人，乃是「老」的部分涵義。每年替我們報稅的會計師，是二十五年不變的黃先生。從家門走出，遇到許多熟臉孔，夫妻聯袂散步的余先生（他們的獨子二十六年前因憂鬱症從金門橋跳下自殺）。總在來來回回地趕路，道漫漫兮修遠似地，那是鄰居戈爾曼先生，他每晚在年過八十、依然開「科韋德」跑車的女朋友家過夜，要回家餵自己的狗。天天進去買報紙的雜貨店裡，收款員是同鄉，她是唯一關注我們老兩口行蹤的好事者（回去有大半年了？回來習慣嗎？真會享福……）。隔壁的女同性戀者，維持著短髮和男子的龍行虎步，蒲公英和波斯菊，維持著各自的淡雅或明麗。剛才，在我為買菜走了無數次的「哪裡愛嘎」大街的人行道上，看到一處漆成褐紅色的車道旁邊，兩排小小的鞋印，是不知天高地厚的學步小孩，趁媽媽不在意，踏過未乾的油漆，再在水泥地上奔跑留下的，已存在好多年，肇事者該已長成少年，然而鞋印堅持著當年的頑皮；一如牙醫診所的接待室，一年年下來，小圓桌上堅持放上雜誌《浮華世界》、《體育》和《人物》。

楊牙醫開始洗牙，去年這活計是助手包的，今天師父出馬，未始沒有給很久不見的老客戶以較高禮遇的用心。在新世紀堅持近於純粹的「手工活」的大夫，努力清洗齒上的黑垢。（開始前他隔著口罩發問，抽煙嗎，喝咖啡嗎，喝茶嗎？我說煙不抽，茶和咖啡不常喝）。電動刮子、刷子、手動小鉤、小夾子、噴水器，工具不時變換，在口腔裡鼓攪。我只負責把嘴巴張成一個大窟窿。

我所面對的滑動門的右上角，電視機正播放一個具有相當文化含量的有獎遊戲。記得去年，也是這個屏幕，評析道．瓊斯指數漲跌的財經專家侃侃而談。這陣子是一條價值二九〇〇〇美元的選擇題：「有皺紋的地方，表示微笑在那裡待過」，是誰的名言？四個答案，B是馬克．吐溫。應考的年輕人答對了，氣宇更加軒昂。掌聲過後，刮子在嘴裡嗚嗚有聲。

我信馬由韁地放牧思想。時間的流速，何以如此緩慢？眾多參照物，幾乎都一仍舊貫，一如從船上望開去，景物沒有推移，因而造成「不動」的錯覺。這緩慢，不同於因病痛和失眠之類而生的「度日如年」，也有別於由嚴冬、梅雨一類倒霉天氣所催化的「永晝」，而是命運之神最慈悲的眷顧：讓人在最好的風景中停留得長久一些，促使你運用從來沒有如此細膩和敏銳過的感官。

牙醫在用鉤子突破牙齦，清理根部的積垢。對了，日子的慢，若就近取譬，就是細嚼，用味蕾把進入口腔的食物和飲料，咬嚼，品咂，無一遺漏地捕捉其品質，發掘全部佳處。過去，太多的快餐，狼吞虎嚥，飽肚是唯一宗旨，多少美食洶湧而下，不留痕跡。那時，有許多「以後」，如今，只剩眼前。而在「有能力享受時沒時間，有時間享受時沒能力」這一永恒的悖論之下，能夠及時修補，以挽回每況愈下的能力，是命運的又一光寵。

電動工具都關掉了。牙醫和助手聯手，在更新我的牙齒檔案，牙醫以小鈎子，像海關官員用鐵鉤勾貨箱一般，一邊檢查，一邊報出數字，讓助手輸入電腦。「三，沒了；七，沒了；十五，沒了；二十八，沒了——」，指的是已掉的牙齒。「一號，三；二號，四；——十二號，七；十五號，二——」我猜是評估每一隻牙齒的質量，也許主要指牙齦包裹牙齒的狀況，至於數字多為佳或相反，不得而知。我所知道的，敝牙在這個年紀，是木心所形容的「敗瓦殘垣」。好在，不管在老子有關「牙齒和石頭誰生存更久」的駁難之中，牙齒作為「堅硬」的象徵，被「柔軟」擊敗，總體而論，牙齒不但比舌頭韌長，而且贏了生命本身。人死之後，即使只齒無存，咬合肌等全部腐爛，白森森的牙床骨不是依然附在頭骨上？牙齒所對付的，是食物，更是光陰。豈止大躍進年代的野菜，知青時代的番薯，移民年代的雞翅膀，更是你自己的人生，甜酸苦辣，悲歡離合，喜劇悲劇，一一在兩排患上亞洲人很少倖免的牙周病的牙齒之間經過。

到了晚年，如果你保有起碼的健康，一如維持著能夠咬嚼的原裝牙齒（假牙也湊合，費多些功夫就是了），那麼，盡可以放慢節奏，品嚐從前來不及細品的真味。過去的忙迫，是因為欲望的鞭子在催；如今，荷爾蒙的波濤平復了，對金錢和權勢的渴望遠去了，你終於拿到進入佳境的門票——平靜的心情。

「或是在寂靜的樹林中緩步沉思／想著那些配稱為聰明、善良的人和事」，古羅馬詩人賀拉斯所道，就是晚年的靜觀之態。「配稱為聰明和善良的人與事」，便是歲月「靜水」的「流深」。林子中盤桓，看日影緩緩地隨著搬家的螞蟻蠕動。和可愛的外孫女，坐在草地上，撫摸落葉的脈絡。一碗加上藍草莓的麥片粥，吃掉半個早上。三頁紀伯倫的詩集，對付沒有蟬聲的夏午。以咖啡調友情，以鐵觀音泡親情。終於有這麼一段，摒除欲望加諸身上的一部分短視和偏見，力求透徹而全面地體驗生命。

「好了！」楊牙醫遞來一面鏡子。鏡中的牙齒，白得耀眼，我滿意地道謝。走出診所，依然是藍天麗日。前年在診所的接待室內，久坐無聊，讀了《人物》周刊上的一篇專訪，六四歲的好萊塢影星蘇珊・薩朗登（Susan Sarandon）說：「想到前面還有那麼多東西我弄不明白，真是快樂透了！」我對大街旁「東北餃子館」內埋頭包韭菜餃子，忽略廣場舞的大媽們，暗暗說，想到前面還有那麼多東西，沒來得及品嘗，真是快樂透了！

——北美華文作家協會網站，二〇一四年九月號

作者簡介

劉荒田，廣東省台山人，一九八〇年從家鄉移居美國。已出版散文隨筆集三十八種，詩集四種。二〇〇九年以《劉荒田美國筆記》一書獲首屆「中山杯」全球華僑文學獎散文類最佳作品獎。二〇一三年獲北美《世界華人周刊》，華人網絡電視台頒「二〇一三年度世界華文成就獎」，二〇一五年獲「新移民文學筆會」創作成就獎。二〇一一年以散文〈一起老去是如此美妙〉獲新疆「愛情親情散文大賽」第一名。獲《山東文學》雜誌二〇一五年度優秀作品獎散文第一名。

送往迎來

鄭寧思

在紐約M城住久了，總有親朋好友來來往往。

一位朋友要調職返台。因為有些交情，想送個甚麼禮物表達心意。

送條領帶吧。白領階級的他一定用得到，東西輕又好帶，他返台的行李與家當已經太多，一條領帶不會增加甚麼重量與空間。挑禮物，總是一件令我很頭疼的事。

驅車前往離家最近的一家梅西百貨公司，領帶區各種名牌、花色，目不暇給。我挑了又放下，翻了又翻，最後選了一條綠灰方格相間的美國牌子Calvin Klein，付了錢，覺得很滿意。

回到家準備包裝禮物。先把領帶上的價格吊牌剪掉吧，我掀開領帶背面內裡，正要抽出吊牌，這才突然注意到領帶的製造地是中國。

沒有甚麼不好，這些年中國製的產品在美國到處充斥，舉凡穿的、用的…各種歐洲名牌精品也都是；中國製造的品質符合水準，贏得市場。

只是，我原意是想送一件有美國特色的禮品。朋友在此外放了三年，帶件「美國製造」的禮物回國，比較具有紀念意義吧。

住在台灣的妹妹帶著放暑假的姪女來訪。我領著她們一睹自由女神的風貌，姪女很興奮似地像圓了夢。她說，阿姨，我還以為自由女神是白色的，原來是綠色的呢！

姪女到了禮品店，想買些紀念品送給老師、同學。妹妹倒先提醒我：「姐，上回我同事從美西遊玩回來，送了一個米老鼠鑰匙圈給我，結果是中國製的呢。」我笑笑：「『強國』的力量可是無所不在啊！」

隨老公去上海定居的Y回來了，每回她出書，總大方地寄一本分享給我。這次她約了幾位老友相聚。我想回贈什麼。

一個午後，女兒陪我去挑禮物。Y是文人，氣質出眾，品味獨具，送什麼好，我又得傷腦筋了。

想到城裡新開的一家精品店。這裡從服飾到文具，從珠寶到手工藝品都有，一定可以找到甚麼特別的。再來，我很喜歡他們的包裝服務，不僅為顧客省心省事，而且禮物看起來更精美。

女兒陪我慢慢逛著，一區一區看著，Kate Spade的原子筆好漂亮，Vera Bradley的碎花布包很實用…但是我幾度拿起來，看了一下，又猶豫地放下去。

在店裡的時間拖得有點長了，我想聽聽女兒的意見：「如果我很客氣地向美國店員詢問：請問這裡有沒有本地製造的商品，可以送給中國來的朋友當作禮物…妥當嗎？」

女兒搖搖頭，示意這樣的說法不太好，然後勾著我的手走回藝品區，要我再仔細看看。我的目光突然掃到展示架上一排剛剛忽略過的銀製手環，拾起欣賞，每只上面串著取自本地海灘的小貝殼，頗有設計感，又透著淡淡的海洋風……旁邊的紙牌寫著「請支持本地藝術家」，原來這些是本地藝術家就地取材所製作的藝品。我不再猶豫，隨即挑了其中一款，請店員幫我包裝，腦海開始想像Y戴著它的樣子……

——北美華文作家協會網站，二〇一六年二月號

作者簡介

鄭寧思，本名李秀臻，台灣輔仁大學大眾傳播系畢業，紐約州立大學奧本尼分校碩士。曾任北美世界日報記者、編輯；雜誌總編輯；北美華文作家協會網站編輯；紐約華文作家協會文集編輯；擔任過北美華文作家協會副秘書長及紐約華文作家協會會長；著有《風雲華人》。

吾心安處即是家

簡宛

三十多年前，初次離家，飛越重洋在美國紐約上州康乃爾大學落腳，美麗的校園，還有那藏書百萬冊的圖書館，處處都是令我目迷神馳的興奮。初來乍到對新環境的好奇與讚嘆，沖淡了思鄉的愁緒。康乃爾大學校園美麗，校內還有詩情畫意的比比湖畔可散步，舒緩了課業繁忙時的壓力。沿著住家走在前往校園的小徑，還有小山坡與小瀑布可觀賞，當年曾在康大讀書的胡適之先生，想必也深為康大幽雅的校園傾心，因此將所處的地名Ithaca漢譯為綺色佳，確實是名副其實。

校園雖美，只是每當夜深人靜，從入秋後開始就雪花紛飛，接著冰雪封天的長冬，直到春天將逝的四月天，甚至五月初，才有陽光的溫馨笑臉照耀，漫漫長冬，思念四季如春的故鄉，尤其是每逢年節，全家圍坐大圓桌的盛況，思念千山之外的台灣故居，常令我難以入眠。就在那難眠之夜，多愁善感的心，點點滴滴都流著思鄉的悲情，一篇篇思鄉的文字，《葉歸何處》一書，正是在這樣的情懷下寫成的散文集。

丈夫畢業後得到北卡州大教授職位，在十月風雪飄臨之前，我們就急忙向綺色佳道別，車子從紐約上州的康乃爾大學向南前行，經過華府開向位居日光帶的北卡州時，周圍已是片片在秋日陽光下展放的紅葉，忍不住停車駐足欣賞。生平從沒看過如此美麗的楓紅，進入北卡州時，兩旁高聳蒼松青樹與點綴著處處鮮艷的紅葉，有如大自然的盛宴，展開雙手歡迎我們。

行裝甫定，安頓好新家後，我們立即開始進行對新家周圍的了解。

北卡州位居於大西洋西岸，有溫暖的人情與四季分明的氣候，有陽光普照的好天氣，也有山林之秀，因此我明白了北卡人時常向外來者得意的宣稱：「如果上帝不是生在北卡州，為何北卡的天空總是蔚藍？」

我們也愛上了這有「上帝故鄉」美名的北卡州。定居三十多年，竟然比在故鄉的時間還長。我們居住之處位居三角研究園區（Research Triangle Park），周圍有北卡首府——洛麗城，及著名的杜克醫學院，杜克大學、北卡大學及北卡州立大學三校圍繞。三角研究園區是以研究為主，類似國內的新竹工業園區。在這研究園區研究工作者中，包括了許多學有專精的華人及其家庭，很自然地，我立即與華人同胞聯絡，在許多志同道合關心孩子教育的家長協助下，成立了北卡第一所中文學校。至今已有三十七年歷史，仍然不斷有熱心華文教育的有心人，持續傳遞中文教學，近年來，也有喜愛中華文化的學生與家長加入學習。一九九七年與愛讀書的同好共組書友會，保持著以書會友的情誼。

在北卡的歲月已超過了在故鄉的日子，但是故鄉卻常在我們心中。當孩子都有了自己的天地之後，我們就開始了年年飛向故鄉的返鄉行，雖然故鄉已非昔日故鄉，新興的高樓大廈櫛比鱗次，捷運南北來往四通八達。父母已仙逝，故鄉幸有從小一起長大的妹妹及弟弟，以及昔日同窗及文壇好友與新知……，故鄉仍像一塊強力磁鐵緊緊吸住我們。難怪美國朋友常笑問我們：「難道你們不知道，除了台灣，世界還有很多好看好玩的度假去處？」

家，並不只是好玩或好看的風景區，故鄉留下了太多珍貴的回憶與情感，在美國住了近四十年，常在我們心中懷念的仍然是故鄉的家。

自孩子展翅高飛後，我們就開始了時常飛往故鄉的路上。十多年前當外子在北卡州立大學有全年的休假之後，即應中央研究院聘請為講座教授，從一九九七年應聘為中研院客座教授開始，每年都有春秋兩季各三個月在台灣居住，在台北住了一年之後，愛上了故鄉溫暖的人情，從此就沒有中斷過，每年有如候鳥必飛向故鄉之行。

始終喜愛握筆書寫的我，更加樂於安排著每年提著行李與電腦，來往於飛往故鄉的海峽兩岸，不僅充實了寫作體裁，也利用了我所學的成人教育專業，配合了正在台灣提倡的「終身學習」主題，並樂意分享與自己所學相關的演講與訪談。兩年前（二〇一〇與二〇一二年）接受中央大學的聘請，擔任駐校作家兩年，滿足了我教學相長與年輕的大學生相處的心願，也加深了解年輕的一代。

雖然在北卡州居住了比故鄉還長的歲月，丈夫常說：北卡一住三十多年，雖然比故鄉還長，是我們成長後在此進修與成家就業之地——孩子在此出生、成長、上學、完成高等教育，甚至老大在此成就了事業。也可以說是落地生根之處，但是他鄉不比故鄉，落葉終需歸根，三年前（二〇一〇年）在台北購屋，築起了台北的新家。

把書法家董陽孜所寫的墨寶「家在自在」掛上客廳的牆上後，與早已掛好的薇薇夫人畫作並排陳列，台北新居的客廳，好像有了家的氛圍了。

在空無一物的新居客廳首先擺著一書架的書，是妹妹靜惠早就為我們準備的書籍。「書是最好的朋友」，風簷展書讀，沒有書的房子，只是一間空屋，「書」永遠是我們最好的精神食糧，有書相伴，坐臥書城，可以樂不思歸了。

站在新居窗口，向外遠眺，基隆河蜿蜒流過，早晚可在河邊散步，左右兩旁是青草如茵的公園，時有注重健康的團體或個人，專注打拳與練身，偶而也加入共跳排舞，與左鄰右舍相識相認，以免有相見不相識之憾。

新土與舊居，他鄉與故里，在現代人流動快速的生活，已難以分出，是「落地生根」還是「落葉歸根」的時代。四海為家處處家，家在心在，也許能在自由自在中讀書寫作，安心生活不受干擾之處，即為「吾心安處就是家」。

——北美華文作家協會網站，二〇一三年十一月號

作者簡介

簡宛，台灣師範大學文學士，北卡羅來那州立大學教育碩士。創辦北卡洛麗中文學校與北卡書友會，海外華文女作家協會第六任會長。著有散文及小說三十多本，曾獲中山文藝獎散文獎，兒童文學獎及海外華文著述獎。

跋　空中編輯室

北美華文作家協會網站二〇一二年創刊後，我在次年九月加入編輯團隊，直到二〇一六年底，隨著總會會長的選舉換屆而交班。說不上如釋重負，但有一種完成階段性任務的輕鬆，好像盼了很久，但交接後，湧上心頭的竟是不捨的感覺。回想三年多與主編、編輯夥伴、作者、讀者們之間的點點滴滴，多的是甜，是暖，那些曾經遇到的困難與挑戰，以及曾經有抽身而去的念頭，早已輕舟度過，化為人生的彩頁，現在的我，心中充滿的是感激與懷念。

多年前為了全心投入生養下一代的天職，離開了媒體與社團工作，蟄伏在家裡一段時間。二〇一三年因緣巧合，和同住紐約的趙俊邁會長不期而遇，他看到很久不見的我，得知孩子已經羽翼漸豐，我開始有自己的時間做做義工；在他的邀約與鼓勵之下，有一天我接到了北美華文作協網站主編嘉為姊的電話。

聽到她熟悉親切的聲音從遠方傳來，我既驚又喜，好像我們不曾分開、斷了音訊很久很久。嘉為姊是我最喜愛的作家之一，她擔任美南分會會長時、我也在參與北美作協的秘書事務，我們在工作上有過聯繫，並在北美華文作協年會、世界華文作協大會等場合相見。再次搭上線，嘉為姊把經營北美作協網站的理想與願景告訴了我，因為人力吃緊，她希望我能協助編輯工作。她對文學的熱愛、在海外耕耘文學園地的使命感，深深打動我。即使我自忖能力不足，想到趙會長與嘉為姊對我的信任與召喚，便懷著誠惶誠恐的心情接受挑戰，返回北美華文作協效力。

很快地，詩人林玲、作家傅士玲也陸續加入編輯團隊。我們四人，嘉為姊住德州，林玲在加州，傅士玲馬里蘭州和台灣兩邊跑，我在紐約；藉著網路科技與通訊的便利，對外，我們共同使用一個電郵信箱，接收稿件，與讀者、作者聯繫。每位編輯並有輪值信箱的時間。對內，嘉為姊利用google drive建立共同文件檔，進行稿件的登載、儲存、分類、編輯、校對、進度追蹤等等，即使我們四人分散各地，都能各司其職，互相支援，在期限內完成工作。三年多來，透過數不清的電郵、電話、遠距會議、通訊軟體，聯繫、溝通、與討論：每一期電子報就這樣誕生。（特別值得一提的是，嘉為姊的先生傅衣健大哥，負責網站張貼工作，不計名分默默為大家義務服務，令人敬佩。）

我們不在同一個城市，更不可能有一個實體辦公室，僅靠著電腦、網路、甚至手機，就在空中進行工作，達成任務，好像一個空中編輯室的概念。當然，在這個網路無所不能的時代，這根本不是甚麼新鮮事。

在空中合作這麼久，我們四人竟從未一起碰過面，林玲、傅士玲我至今沒見過本尊，連嘉為姊我也沒機會碰到面：想想，如果不是大家有份默契、對這份電子刊物有認同感、加上嘉為姊領導有方，我們沒有辦法這樣完成一期又一期。這個緣份，對我而言，奇妙又彌足珍貴。

北美作協網站本來是雙月刊，每兩個月更新內容，有各分會的會訊、文壇消息、作家專輯、散文、小說、新詩、評論報導、旅遊文學、徵文等。我們每人負責二至三個欄目。幾年來，除了獲得許多居住北美的文壇名家、會員們的賜稿支持，甚至還有來自歐華、台、港、中等其他地區的作品，網路作家也在我們的蒐羅之列，看到初試啼聲的新秀作品更是欣喜。除了靜態的編輯作業，我們也偶有採訪任務。紐約分會的講座等活動報導、夏志清教授的追思會、孟絲的作家專輯等，是我走出書房、或者重拾新聞寫作專業所完成的。林玲、傅士玲也都各有文采爆發的作品。

如果說有甚麼最大的挑戰與困難，我覺得莫過於要維持網站的品質與水準。隨著我們各自生活中有要盡的責任與義務，經常會碰到忙不過來的時候，要處理、預備與儲存兩個月的稿量是很大的。經過商討後，二〇一六年起網站改為季刊，每三個月全版更新內容，原以為兩個月才陣痛一次的感覺，改為季刊後，可以稍微緩和，其實不然，陣痛期反而拉長了。為配合網路求新求快的特性，追求滾動式張貼的潮流，編輯政策調整為只要收到好的原創、首發稿件，就要盡快處理，因為網站沒有稿費，這是回饋作者最好的鼓勵方式。有時效性的消息或報導也求盡快刊登。因此，輪值編輯查信箱的頻率增加了，還要即時回報、即時討論、即時編輯、張貼……看到點閱率的攀升，是我們最欣慰的事。

最後，最重要的心內話要說的是，沒有廣大會友們、作家、讀者們的支持，就沒有這片百花齊放的園地。而今有接棒的園丁持續守護與耕耘，讓它更加繽紛美麗。二〇一七年姚主編發想與提議——出版網站精選集，獲得吳宗錦總會長的首肯與支持。我們打頭陣，把二〇一二至二〇一六四年中所刊登的網站作品，以散文類為主，結集出書，與海內外讀者分享，並期許未來一本一本接續下去。我們四人花了一年多的時間，在茫茫作品中，一次次海選、篩選到精選，經過許多的討論、拉票到定案，如今終於順利完工，付印在即。《縱橫北美——從花果飄零到落地生根》是個開始，是北美華文作協網站的第一部心血結晶，期待掌聲之餘，請為我們繼續努力書寫下去。

李秀臻　二〇一八年　春　於紐約

跋　揮別鄉愁縱橫北美

在歷史的縱深裏流浪

文學，本源自於那些在歷史的縱深裏流浪者的鄉愁書寫。前幾代華人來到北美，多為躲避戰火、留學、或為個人生命追求更好的生存環境，在不斷地流離遷徙、奮鬥打拼的異鄉生活中，體驗自體生命及移民生活的漂泊感與疏離感，這種異鄉人獨有的苦澀，久經積澱成為一個族群共同的鄉愁，而關乎鄉愁的寫作，遂被前輩作家們反覆抒發為大量的文學思考與書寫，在華人社會裏激蕩起廣泛的閱讀與反思，使海外華文傳媒的副刊及各文學會社的期刊或雜誌，長期成為華族卸載沉重、撫平傷痕的最佳載體，而源自於鄉愁書寫的華文文學，也成為在歷史的縱深裏流浪者的心靈依歸。

在文學的景深裏回歸

然而當流浪者來到新大陸停下腳步，開始面對新天新地時，也為文學帶來改變。就像馬奎斯在《百年孤寂》裏說的那樣：「世界太新，好多事物還未命名，需要用手去指……」。故而隨著時空推移，文學作品會逐漸反映出時代更迭的軌跡，以及藏在時代背後更為深沉的政經科技變革及歷史文化脈動。最初鄉愁書寫所投射出的文學，只關乎遷徙族群最根本的匱乏與需求，年久月深之後，他們的書寫內容便會從離鄉背井的愁困、頻頻回首卻漸行漸遠的時空鄉愁中擺脫，而回歸到腳下漸漸落實的生存環境，以及眼前徐徐逼近的未來世界，不管是憂慮還是瞻望，都使他們的文學書寫，在鄉愁之外，增添了新的內容與形式，文學的景深也因銜接上新的地景與風貌，而成為一個族群或世代寫作者的另一種鄉愁與回歸之所在。

科技越發展，文學越貶值？

時至今日，一切似乎不同以往，大家每時每刻人不離網、機不離手，令人目盲耳聾的圖文音聲，使人恍如馳騁田獵，身心狂亂，忘乎所以。網路化科技工具日新月異，人工智能似乎就要取代人腦人心，儼然成為人體的最重要「器官」，並對人們日常生活的各個領域，進行著滲透、控制及全面顛覆的計劃。在一日千里的巨變中，無數的傳媒與閱聽大眾，早已紛紛被一股勢不可擋的力量，驅趕上了一個以變幻莫測來迎合眼球的時代，用他們所建立的新文明、新秩序，對舊世界、舊文化進行著翻天覆地的「革命」。變化來得太快，到處眾聲喧嘩，泛濫的網路文化及鄉民語言，令網上的文學寫作乏人問津，大有被微信裏那些如潮湧般簪花敷粉式的炫目圖文所席捲之虞，這也讓傳統文學的地景隨之黯淡，大家避讀經典、不問過去、避談文學，從而使文學這塊需要長期靠歷史土壤積澱和在地文化復育的園地，變得更加寂寞而沉重，也令文學的愛好者在不斷的價值失落和倫理失序中徘徊踟躕，進退維谷，他們既擔心文學的過去何去，更憂慮文學的未來何從！

河海由涓滴匯流

為了守住華文文學在北美的這一髮青山，北美華文作協網站自二〇一二年七月創刊迄今，一路秉持著「從北美發亮、發聲」的宗旨，為網上喜好文學的讀者邀集北美作家的作品，定期出刊。因緣際會，筆者於二〇一三年九月，在當時編輯部顧問喻麗清及主編姚嘉為兩位文壇前輩的引薦及提攜下，有幸得以自身有限的網路編輯經驗，義務參與了這個網路文學期刊的編輯工作。前後三年多的時間，我和李秀臻、傅士玲，在姚嘉為主編的擘畫及指導下，逐步豐富了這個網路文學期刊的內容。網站除開闢散文、短篇小說、詩歌、文藝報導及評論等專欄外，也對先後來自海峽兩岸、同屬文化中國圈的北美資深及知名作家，進行專訪及彙編其重要作品和相關評論；並透過報導世界華文及各地華文作協年會訊息、刊登北美各分會活動會訊、增進並建立與其他文藝網站的互動及連結、發佈北美及世界文壇消息等工作內容，來強化北美華人文壇的交流，充實並擴大文化、歷史、地緣對文學寫作、評論、報導與研究的內容。

除此之外，每期也交互推出長短期徵文，以鼓勵北美的文學愛好者投入文學創作的行列。

長期徵文的欄目分別是：〈北美風情畫〉、〈書寫我城〉、〈縱橫北美〉；短期徵文則陸續推出〈我看張愛玲〉、〈多少童年往事〉、〈落地生根，落葉歸根〉、〈兩代情〉、〈最浪漫的事〉、〈最難忘的春天〉、〈影響一生的書〉、〈回首〉、〈未寄出的信〉、〈自學記〉等書寫主題。這些能拓展稿源、鼓勵創作的好題目，也都受到作者及讀者的歡迎和共鳴，讓作協的老幹新枝們透過文學之筆，暢抒己懷，以文會友，一起灌溉這塊文學的園地。

這段期間，本刊還推出紀念詩人紀弦的〈紀弦紀念專輯〉、紀念文學評論巨擘夏志清的〈夏志清教授紀念專輯〉、紀念李渝的〈夢裏的尋鶴人〉，都是在獲知作家辭世後的極短時間內，向作家生前文友們邀集的追思悼念文，彙編為專輯，向這些照亮詩壇、文壇的前輩作家們致敬。

本刊也於二〇一五年九月特別製作了〈回首滄桑見證青史——紀念抗戰勝利七十年特輯〉，邀集海內外老中青作家分別從親歷者、後繼者或傾聽者的角度，以不同文學形式的撰文，共同銘記一代華人以血肉凝鑄的抗戰精神，傳寫他們以血脈相承的民族秉性。

二〇一六年北美協會改選，我們推出十一月號之後，階段性任務完成，網站編輯部由新的主編和編委們接任。感謝四年來嘉為姊在所有編程編務的設計、推展與進行上的承擔，及對我們不遺餘力的教導和督促，也感謝秀臻和士玲在我分身乏術時給予的協助和支援，我們彼此祝福，並期待再度合作的機會。

文學待承先啟後

回顧過去四年多來，我們見證了作家們圍繞著人文關懷的基本命題書寫，從離散到生根、原鄉到他鄉、幻滅到重生、禁錮到解放、發展到環保、否定到認同、對抗到和解、疏離到超越、批判到關懷，內容林林總總，形式不一而足。而綜觀所編二十八期近兩千篇文章的內容，集合起來，就是一部北美華人從花果飄零到落地生根的奮鬥史。經過再三思量，以話史、采風、如晤、融合四個輯名為經緯，精心選編其中五十一篇，結集成冊，為創刊四年來的精采好文留下紙版書見證，也為我們一起走過的編輯歲月，留下紀念。

希望這本精選集的出版，能為北美華文寫作園地留住一份紙本文學作品所堅持的書卷意識，並以此燭照幾代華人揮別鄉愁後縱橫北美的心路。

林玲　二〇一八年春　於舊金山

語言文學類　PG1963　北美作協文庫01

縱橫北美
——從花果飄零到落地生根

作　　者 / 北美洲華文作家協會
編　　輯 / 姚嘉為、李秀臻、林玲
責任編輯 / 杜國維
圖文排版 / 周妤靜
封面攝影 / 傅衣健
封面設計 / 蔡瑋筠

發 行 人 / 宋政坤
法律顧問 / 毛國樑　律師
出版發行 / 秀威資訊科技股份有限公司
114台北市內湖區瑞光路76巷65號1樓
電話：+886-2-2796-3638　傳真：+886-2-2796-1377
http://www.showwe.com.tw
劃撥帳號 / 19563868　戶名：秀威資訊科技股份有限公司
讀者服務信箱：service@showwe.com.tw
展售門市 / 國家書店（松江門市）
104台北市中山區松江路209號1樓
電話：+886-2-2518-0207　傳真：+886-2-2518-0778
網路訂購 / 秀威網路書店：https://store.showwe.tw
國家網路書店：https://www.govbooks.com.tw

2018年8月　BOD一版
定價：500元

國家圖書館出版品預行編目

縱橫北美：從花果飄零到落地生根 / 北美洲華文作家協會著. -- 一版. -- 臺北市：秀威資訊科技, 2018.08
面； 公分. -- (語言文學類；PG1963)(北美作協文庫；01)
BOD版
ISBN 978-986-326-577-1(平裝)

839.9 107010584

讀者回函卡

感謝您購買本書，為提升服務品質，請填妥以下資料，將讀者回函卡直接寄回或傳真本公司，收到您的寶貴意見後，我們會收藏記錄及檢討，謝謝！如您需要了解本公司最新出版書目、購書優惠或企劃活動，歡迎您上網查詢或下載相關資料：http:// www.showwe.com.tw

您購買的書名：____________________

出生日期：________年________月________日

學歷：□高中（含）以下　□大專　□研究所（含）以上

職業：□製造業　□金融業　□資訊業　□軍警　□傳播業　□自由業

□服務業　□公務員　□教職　□學生　□家管　□其它_____

購書地點：□網路書店　□實體書店　□書展　□郵購　□贈閱　□其他

您從何得知本書的消息？

□網路書店　□實體書店　□網路搜尋　□電子報　□書訊　□雜誌

□傳播媒體　□親友推薦　□網站推薦　□部落格　□其他__________

您對本書的評價：（請填代號　1.非常滿意　2.滿意　3.尚可　4.再改進）

封面設計____　版面編排____　內容____　文／譯筆____　價格____

讀完書後您覺得：

□很有收穫　□有收穫　□收穫不多　□沒收穫

對我們的建議：____________________

____

____

____

請貼
郵票

11466
台北市內湖區瑞光路 76 巷 65 號 1 樓
秀威資訊科技股份有限公司 收
BOD 數位出版事業部

（請沿線對折寄回，謝謝！）

姓　　名：＿＿＿＿＿＿＿＿　年齡：＿＿＿＿　性別：□女　□男

郵遞區號：□□□□□

地　　址：＿＿＿＿＿＿＿＿＿＿＿＿＿＿＿＿＿＿＿＿

聯絡電話：（日）＿＿＿＿＿＿＿＿（夜）＿＿＿＿＿＿＿＿

E-mail：＿＿＿＿＿＿＿＿＿＿＿＿＿＿＿＿＿＿＿＿